José Calvo Poyato (Cabra, Córdoba, 1951) es doctor en Historia Moderna por la Universidad de Granada. Sus investigaciones se han centrado fundamentalmente en el tránsito de la Casa de Austria a los Borbones. En 1995 publicó su primera novela, *El hechizo del rey*, a la que siguieron, con gran éxito de público y crítica, *Conjura en Madrid* (1999), *La Biblia negra* (2000), *Los galeones del rey* (2002), *Jaque a la reina* (2003), *El manuscrito de Calderón* (2005), *La orden negra* (2005), *El ritual de las doncellas* (2006), *La dama del dragón* (2007), *Vientos de intriga* (2008), *El sueño de Hipatia* (2009), *Sangre en la calle del Turco* (2011), *Mariana, los hilos de la libertad* (2013), *El Gran Capitán* (2015) y *El espía del rey* (2017). Varias de sus obras han sido traducidas a diferentes idiomas. Con *La Orden Negra* fue finalista del premio Torrevieja en 2005.

Fundador y primer director, entre 2003 y 2006, de la revista *Andalucía en la Historia*, es colaborador asiduo de publicaciones como *La Aventura de la Historia* e *Historia y Vida*. Es miembro de la Academia Andaluza de la Historia y de la Real Academia de Córdoba. Desde 2008 mantiene una columna de opinión semanal en el diario ABC.

www.josecalvopoyato.com

Papel certificado por el Forest Stewardship Council®

MIXTO
Papel procedente de fuentes responsables
FSC® C117695

Primera edición en B de Bolsillo: junio de 2018

Travessera de Gràcia, 47-49. 08021 Barcelona

Printed in Spain – Impreso en España

ISBN: 978-84-9070-696-1
Depósito legal: B-10.669-2018

Impreso en Novoprint
Sant Andreu de la Barca (Barcelona)

BB 0 6 9 6 1

Penguin
Random House
Grupo Editorial

Sangre en la calle del Turco

JOSÉ CALVO POYATO

Un apunte histórico

Uno de los períodos más apasionantes de nuestra historia contemporánea es el llamado Sexenio Revolucionario (1868-1874). A lo largo de esos seis años —iniciados con el destronamiento de Isabel II tras la revolución de Septiembre, llamada también «la Gloriosa», y que concluyeron con la proclamación de Alfonso XII en Sagunto por el general Martínez Campos—, los españoles vivieron en una continua agitación política: el primer gobierno provisional, presidido por el general Serrano como regente de una monarquía sin rey, la monarquía de Amadeo de Saboya, quien, al abdicar inesperadamente, provocó un ensayo efímero de república, cuyo fracaso trajo un segundo gobierno provisional de Serrano hasta que se produjo la mencionada proclamación de Alfonso XII.

En 1870, cuando Serrano ejercía la regencia, el general Prim, pieza fundamental en el destronamiento de Isabel II, buscaba rey por las cortes europeas para entronizar en España una nueva dinastía que sustituyera a los Borbones. La búsqueda se efectuó en medio de fuertes tensiones, derivadas de las grandes diferencias políticas que separaban a quienes acabaron con el reinado de Isabel II, donde coincidieron políticos y militares de diferente signo, tanto monárquicos como republicanos, cuyo único elemento común era su rechazo a la reina que destronaban. Entre los primeros se encontraban partidarios de coronar a su hermana, la infanta Luisa Fernanda, lo que suponía convertir en rey a su marido, Antonio de Orleans, duque de Montpensier. En general, los llamados unionistas, es decir, miembros de la Unión Liberal, como era el caso del almirante Topete —uno de los triunviros, junto a Serrano y Prim, de la Gloriosa—, estaban a favor de esta solución, a la que se oponían los progresistas y los demócratas, capitaneados por Prim, cuyo rechazo a los Borbones se extendía a toda la familia. Por su parte, los republicanos estaban convencidos de que el destronamiento de la reina era un golpe a la monarquía y, en consecuencia, conduciría a la proclamación de la república.

El rechazo de Prim a los Borbones lo llevó a barajar distintas posibilidades, entre ellas la de Fernando de Sajonia-Coburgo, padre del rey de Portugal, la del alemán Leopoldo de Hohenzollern o la del italiano Amadeo de Saboya. Contaba para entronizar la nueva dinastía con el apoyo de los progresistas, con el respeto de la mayor parte del ejército y con el fervor de las masas populares que veían en Prim a un heroico militar, brillante vencedor de los moros en la batalla de los Castillejos. Por el contrario, su proyecto chocó con numerosas dificultades tanto internas como externas.

En la esfera internacional, la búsqueda de rey fue el detonante de la llamada guerra franco-prusiana que acabó con la caída de Napoleón III y del Segundo Imperio francés. En España se vio dificultada por la actuación del propio general Serrano, quien, desde su papel de regente, torpedeaba sus iniciativas. Con todo, las mayores dificultades llegaron de la mano del duque de Montpensier, cuya mayor ambición era verse coronado rey. Antonio de Orleans subvencionó multitud de periódicos a los que se daba el nombre de montpensieristas y compró voluntades entre los miembros del Congreso de los Diputados, donde se vivieron apasionados debates.

Algunos de los protagonistas de aquel momento histórico fueron personalidades tan importantes de la política española del XIX como Cánovas del Castillo, monárquico que impulsará la candidatura del futuro Alfonso XII; Castelar, republicano unitario; Pi i Margall, republicano federal; Ríos Rosas, monárquico montpensierista; Ruiz Zorrilla, presidente de las Cortes y defensor de los planteamientos de Prim al igual que Sagasta. Piezas importantes en algunos de los sucesos de aquel año fueron Morayta o Paúl y Angulo, republicanos ambos y, como era muy habitual en la época, directores de periódicos de fuerte contenido político. Todos ellos desfilan por las páginas de *Sangre en la calle del Turco.*

Las tensiones políticas, los rumores de intervencionismo militar, las intrigas soterradas, los enfrentamientos abiertos o las conspiraciones para el asesinato formaron parte de la realidad política de aquel momento, trascendental en la historia de España. El proyecto de Prim, cuando parecía que enfilaba la recta final, se vio truncado la noche del 27 de diciembre. Muchos romances cantaron lo que ocurrió en la madrileña calle del Turco. Pero exactamente, ¿qué sucedió?

Para acercarse a los entresijos de aquella monumental tramoya que fue la política española de 1870, le invito, amable lector, a la antigua usanza, como se hacía en los viejos corrales de comedias, con un: pasen y lean.

José Calvo Poyato

3
2
1
Santa María
Infantas
Reyna
Caballero de Gracia
Alcalá
Carrera de San Gerónimo

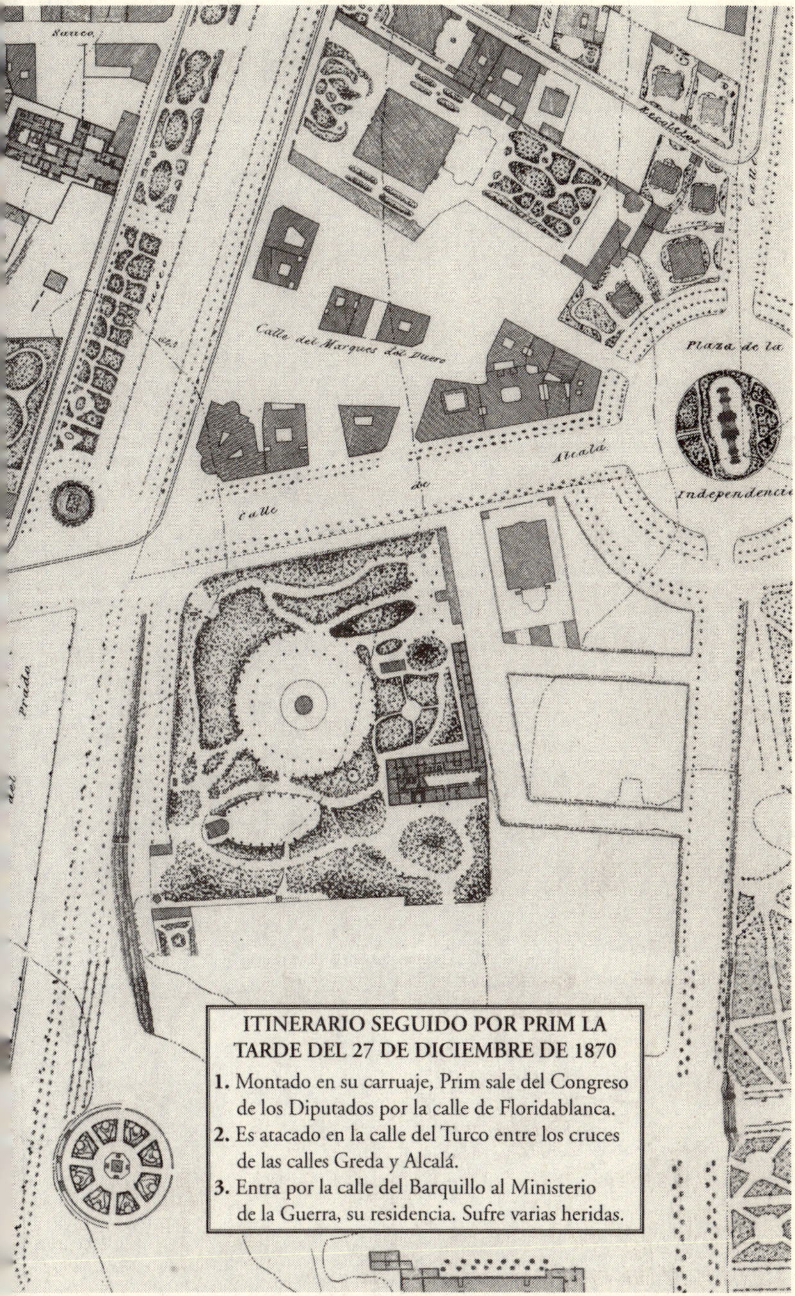

ITINERARIO SEGUIDO POR PRIM LA TARDE DEL 27 DE DICIEMBRE DE 1870

1. Montado en su carruaje, Prim sale del Congreso de los Diputados por la calle de Floridablanca.
2. Es atacado en la calle del Turco entre los cruces de las calles Greda y Alcalá.
3. Entra por la calle del Barquillo al Ministerio de la Guerra, su residencia. Sufre varias heridas.

1

Subí la empinada escalera con la esperanza de encontrar la punta del ovillo de aquel oscuro asunto. Estaba convencido de que allí obtendría los datos para la crónica que don Felipe Clavero, el director de *La Iberia*, me había encargado y convertir en realidad mis expectativas de conseguir un puesto en el diario donde estaba de meritorio desde hacía algo más de un año.

Don Felipe no había sido muy explícito en su encargo: se limitó a señalarme que buscara tema y le escribiera una crónica. La decisión de ocuparme de lo ocurrido dos días antes en la calle Carretas era de mi exclusiva responsabilidad. Con su voz grave y autoritaria, me había dicho en la Pecera —nombre que dábamos a su despacho los miembros de la redacción—: «Besora, si es usted capaz de traerme una crónica que despierte el interés de nuestros lectores, tiene paga fija mensual, un plus por cada artículo que firme y los gastos que, debidamente justificados, sean necesarios para realizar su trabajo».

Si tenía éxito, pondría punto final a mis penurias. Con la magra asignación paterna, lo que a escondidas me enviaba tía Ernestina desde Reus, más lo que sacaba con mis gacetillas y sueltos, apenas tenía para cubrir gastos en Madrid. Mis progenitores, sobre todo mi madre, rechazaban mis pretensiones de hacer carrera literaria, lo consideraban simples fantasías. Cortarme el grifo había sido la forma de castigarme por abandonar el floreciente negocio familiar de fabricación de aceites y venirme a Madrid a probar fortuna en el mundo de las letras.

No me atreví a preguntar a don Felipe cuánto suponía la paga fija, por no parecer más interesado de lo conveniente, pero sabía, porque en la redacción esas cosas eran la comidilla de cada día, que me aseguraba al mes entre cuatrocientas y quinientas pesetas. Ésta era la nueva moneda oficial de España desde octubre del 68, puesta en circulación un mes después de que la revolución protagonizada por Prim, Serrano y Topete destronara a Isabel II. Me sentía particularmente orgulloso del primero, reusense como yo.

Trabajaba en *La Iberia* desde que llegué a Madrid, como ya he dicho, con el propósito de hacer carrera literaria. Eso significaba visitar cenáculos, anudar amistades y forjarse un puesto en el mundo del periodismo. Después vendrían las obras mayores, las que perduran, las novelas, que habían desplazado a la poesía en las preferencias de los lectores. La triste realidad era que los periódicos del día servían al siguiente como envoltorios de vulgares mercancías; a veces, su destino era aún más vil: troceados, colgaban del gancho de alambre en la pared de algún retrete. Cada nuevo número asestaba un golpe de muerte a su hermano mayor.

Hacía ya año y medio de la Gloriosa, nombre que se daba a la revolución que destronó a Isabel II. En mi pueblo se vivió con entusiasmo. El *carrer* de Monterols y la plaza del Mercadal eran una fiesta: la muchedumbre gritaba enfervorizada: «¡Abajo los Borbones! ¡Abajo los Borbones!». Quienes teníamos a Prim en un pedestal, lo vitoreábamos, pero también hubo paisanos que lo criticaron con dureza; ya se sabe que nadie es profeta en su tierra.

Muchos de esos criticones tendrían que haber visto —según me contaron varios compañeros de redacción, al saber que éramos paisanos— su triunfal entrada en Madrid. Fue el delirio, me decían Carlos Rubio —un cordobés desastrado en el vestir que prestaba poca atención a su higiene corporal, pero excelente periodista— y Pepe Suardíaz, entre clarete y clarete. Me contaban que las mujeres lo piropeaban y algunas le gritaban: «¡Torero!». El héroe de los Castillejos, la batalla donde su valor personal convirtió en una resonante victoria lo que tenía todas las trazas de acabar en un desastre frente a la morisma, era ahora un ídolo en la capital de España.

Yo había llegado a Madrid, con mis veinticinco años recién cumplidos, unos meses después de que la Gloriosa lo pusiera todo patas arriba. Exactamente el 12 de enero de 1869. Dos días después aparecí por *La Iberia* con mi carta de recomendación en la mano, gracias a las gestiones de mi tío Fernando Besora Pallarés, que también era mi padrino, razón por la que me llamo Fernando. En ella se decía que era bachiller y tenía cursados tres años de Derecho en la Universidad de Barcelona, que dominaba el francés y poseía alguna experiencia profesional, al haber publicado varios trabajos en el *Diario de Reus* y, sobre todo, en el *Brusi*, nombre con que se conocía popularmente al *Diario de Barcelona* en alusión a la familia propietaria. Don Felipe Clavero la leyó atentamente y se limitó a decirme: «Dentro de diez días, venga de nuevo por aquí». Temí que fuera la forma de despacharme con elegancia. Para mi sorpresa, expirado el fatídico plazo, me encontré con el encargo de unas gacetillas y otros trabajos menores, sin retribución fija y a modo de prueba. De aquello hacía más de un año y, pese a mi situación de meritorio, había prestado algunos servicios tan señalados como para que don Felipe me lanzara aquel reto. La diosa Fortuna había venido en mi ayuda, porque lo ocurrido en el palacete de la calle Carretas tenía todos los ingredientes para contar una buena historia. Ése era el asunto que me había conducido hasta aquella empinada escalera que llevaba a la buhardilla al final de la calle Fuencarral. La puerta estaba llena de arañazos y desconchones. Golpeé con los nudillos y aguardé impaciente hasta que una voz desganada me respondió:

—¿Quién llama?

—Soy Fernando Besora. ¿Vive aquí Segismundo Martínez, el sereno de la calle Carretas?

—¿Qué quiere usted?

—Hablar con él.

—¿Qué quiere? —preguntó de nuevo.

—¿Le importaría abrirme?

—¿Qué quiere? —preguntó por tercera vez, sin disimular su malhumor.

Estaba seguro que si le revelaba mi propósito jamás abriría. Palpé los duros de plata que llevaba en mi bolsillo y le hice una oferta que era una inversión arriesgada:

—¿Le gustaría ganarse cinco duros?

Pasaron unos segundos sin respuesta, pero aguanté haciendo tintinear las monedas en mi bolsillo.

—¿Qué quiere a cambio? —preguntó con suspicacia.

—¿Le importaría abrirme?

—Primero, dígame qué quiere por esos cinco duros.

Ahora la respuesta no se hizo esperar, los cinco duros eran una tentación muy fuerte.

—Que me cuente lo que vio usted hace cuatro noches.

El silencio del sereno me indicó que vacilaba.

—¿Cómo ha dado conmigo?

—Tengo información.

—¿Quién es usted? —me preguntó enfadado.

—Ya se lo he dicho, Fernando Besora.

Ahora me gritó sin la menor consideración:

—¡Váyase! ¡Váyase a la mierda!

Desconcertado, me encontré bajando los escalones y con una tufarada a col rebotándome el estómago; era el olor de la miseria, pero tuvo la virtud de sacarme del estupor. Subí de nuevo y llamé con tal fuerza que me hice daño en los nudillos.

—¿Qué tripa se le ha roto ahora?

Me sorprendió la rapidez de su respuesta. No se había movido del otro lado de la puerta.

—¡Diez duros! —exclamé sin pensar para no arrepentirme de la locura que acababa de cometer.

Otra vez los segundos se me hicieron eternos, estaba tan tenso que hasta contenía la respiración. El chasquido de un pestillo me indicó que los diez duros habían surtido efecto. Ya estaba arrepentido. Era un disparate ofrecer una suma así.

—¡A ver esos diez duros! —me espetó apenas abrió la puerta.

Segismundo Martínez era alto, pero encorvado por el peso de los años. Tenía la cara arrugada y el pelo grisáceo, cortado a cepillo. Una barba de varios días acentuaba su aspecto desaliñado. Calzaba unas gastadas zapatillas de paño y vestía una bata de cuadros, raída y llena de lamparones. Me llamó la atención el bordado que destacaba en su bolsillo: dos ces entrelazadas bajo una corona condal, lo que significaba que antes había tenido un dueño de alcurnia.

—No tan deprisa, amigo —le respondí, tratando de aparentar aplomo.

Me midió con la mirada y comprobé que no le causaba buena impresión, pero los diez duros eran una tentación.

—Le juro que si me engaña... —Completó la frase mostrándome la porra que sostenía en su mano.

—¿Puedo pasar?

No me respondió. Se hizo a un lado y me franqueó la entrada a un pequeño recibidor donde sólo había una percha de pared en la que colgaba un gabán que había conocido mejores tiempos y una bufanda. Aseguró la puerta con el pestillo y con un gesto me indicó que lo siguiera por un pasillo oscuro en el que flotaba un olor que no identifiqué. Un gato romano, escuálido y con la pelambre sucia y estropeada, se enredó entre sus piernas y lo hizo trastabillar; le valió un garrotazo. El bicho soltó un lastimero maullido y desapareció. Lo sentí por el animalejo, aunque nunca me han gustado los gatos ni los perros. Me condujo hasta un cuarto desangelado donde en torno a una mesa había varias sillas de diferentes procedencias y, colgado en la pared, un grabado con una virgen y sobre el cristal, sostenida en el marco, una estampa.

—¡Tome asiento! —me ordenó, señalando con la porra una de las sillas.

Desabotoné mi abrigo para sentarme con más comodidad.

—Le advierto —alzó la porra amenazante— que mi nombre no aparecerá en ningún sitio. ¿Queda claro?

Lo que estaba claro era que, antes de empezar, había impuesto sus condiciones, a pesar de los diez duros que tan insensatamente le había ofrecido. Saqué mi cuaderno de notas y el lápiz que guardaba entre sus páginas.

—¿Es usted periodista? —preguntó para constatar lo que ya había intuido.

—Trabajo para *La Iberia*.

—¿Ése es el periódico de don Felipe Clavero?

—Sí. ¿Algún problema? —le pregunté desafiante, dispuesto a demostrarle que el pagano era yo.

Se sentó y me preguntó menos insolente:

—¿Qué quiere usted saber?

—Todo lo que ocurrió en ese palacete la noche del lunes.

—No sé mucho.

—A mí me han dicho lo contrario.

—¿Quién le ha dicho eso?

—Secreto profesional. Los nombres no deben salir a la luz. Acaba de exigírmelo.

Mis palabras aliviaron algo la tensión instalada entre nosotros.

—Le advierto que no es mucho lo que puedo contarle.

—Y yo a usted que tendrá que ganarse los diez duros.

Me miró de la misma forma que cuando abrió la puerta, pero ahora yo pisaba un terreno más firme y no me arredré. El individuo que tenía delante no había visto diez duros juntos en su vida.

—¿Qué quiere decirme con eso?

—Que diez duros es mucho dinero y tendrá que satisfacer mi curiosidad. Quien me dijo que viniera a verlo sostiene que es la persona mejor informada sobre lo ocurrido. —Decidí apretarle las tuercas—. Para juntar diez duros tiene usted que pasar en vela, abriendo portales y alumbrando borrachos, por lo menos una semana.

—Exagera usted.

—Vamos al grano. Cuénteme todo lo que vio y escuchó la otra noche.

—¿Por dónde quiere que empiece?

—Por el principio. Si no le importa, conforme usted habla, yo le pregunto.

Asintió con la cabeza y, antes de abrir la boca, sacó una petaca y un librito de papel. Me ofreció tabaco, pero le dije que sólo fumaba en pipa, de modo que aproveché para cargarla mientras él, con parsimonia y mucho oficio, liaba un cigarrillo. Saqué mi bolsa con el tabaco holandés de hebra que compraba en un estanco de la Puerta del Sol; era el único dispendio que mi magra economía podía permitirse, más allá de acudir una vez por semana a la tertulia del café de las Columnas. Encendió su cigarro con un chisquero de torcida y luego carraspeó, como si necesitara aclararse la garganta.

—Verá usted, las reuniones en esa casa no son de ahora. Sé lo que digo. Llevo catorce años como sereno de la manzana.

—¿Desde cuándo se reunían?

—Hará cosa de medio año, chispa más o menos.

—¿Quién es el dueño de la casa?

—Siempre la he conocido como residencia de los condes de Casalabrada. —Miré el bolsillo de su bata y las dos ces entrelazadas—. ¡Desde que murió doña Blanca, todo ha ido mal en esa casa!

Me sorprendió aquella expresión inesperada.

—¿Quién era doña Blanca?

—La condesa. ¡Una señora de los pies a la cabeza! Todo lo contrario de su marido. ¡Un mal bicho!

—¿Cuándo murió?

En lugar de responderme, se levantó y consultó la estampa que había en el grabado.

—El veinte de enero del año pasado. El día que la enterraron hacía un frío que pelaba —añadió, colocando el recordatorio en su sitio—. Fue una pena que muriese la condesa y quedase el conde.

—¿Lo dice por algo en concreto?

—Maltrataba a la gente que estaba a su servicio y dio mala vida a la condesa.

—¿Tenían hijos?

—Uno. Un tarambana.

—¿Qué sucedió con la casa después de la muerte de doña Blanca?

—Estuvo abierta hasta finales del verano pasado, pero muy abandonada. Después se marcharon el conde y su hijo, y la cerraron a cal y canto.

Allí había algo que no encajaba. Miré al sereno a los ojos, los tenía hundidos y casi escondidos por unas cejas muy pobladas en las que se veían algunas canas.

—Si la casa ha permanecido cerrada desde entonces, ¿cómo explica que quienes se reúnen lo hagan desde hace medio año?

—Fue entonces cuando comenzaron las reuniones.

La historia prometía: tenía un palacete abandonado.

—Hábleme del conde.

—Estaba muy estropeado, llevaba mala vida. La servidumbre se fue largando, poco a poco, después del entierro de la condesa. No lo aguantaban por su mal carácter. Si estaban allí era por doña Blanca.

—Comprendo. Cuénteme lo que sepa de esas reuniones.

—He de confesarle que desde el principio llamaron mi atención por la hora y la gente que allí se congregaba. Eran... eran... ¿Cómo le diría a usted?

—¿Extrañas?

—Eso es, extrañas. Gente rara.

—¿Por qué lo dice?

—Se reunían al filo de la medianoche.

Ya tenía otro ingrediente: reuniones a medianoche con ribetes clandestinos.

—¿Algún detalle sobre ellos?

—Es gente rara, ya se lo he dicho. La mayoría llegaba en vehículos particulares que se detenían el tiempo justo para apearse.

—Ha dicho que las reuniones eran al filo de la medianoche. ¿Cuánto duraban?

—Un par de horas, y se marchaban de la misma forma que

llegaban: salían de uno en uno, aunque a veces se veía alguna pareja. Todo con mucho sigilo.

—¿Venían vehículos a recogerlos?

—A veces, aunque no era fijo.

—¿Habló con alguno de los cocheros?

—Sólo nos dábamos las buenas noches. Era gente de pocas palabras. Quizá le interese saber que, por lo que pude ver, me parece que siempre eran los mismos.

—¿Cuántos se reunían?

—No sabría decírselo con seguridad. Andaba haciendo la ronda o acudiendo a alguna llamada para abrir una puerta o ayudar a alguno que volvía con una copa de más. Pero yo diría que eran en torno a una docena.

—¿Sabe algo sobre las reuniones?

—Nada. Creí que eran cosas de la política. Ya sabe usted a qué me refiero.

—Vamos a lo sucedido hace dos noches. Intente recordar los detalles, por favor.

Segismundo dio una última calada a su cigarrillo y lo aplastó en un platillo de loza desportillado que hacía las veces de cenicero.

—Todo comenzó con un grito sobrecogedor.

—¿Dónde estaba usted?

—En el chaflán de la calle de la Cruz.

—¿Recuerda la hora?

—La una y veinte.

—¿Cómo lo sabe con tanta exactitud?

—Porque soy sereno y una de mis obligaciones es estar pendiente de la hora.

—¿Qué hizo usted?

—Supe que el grito procedía de la casa de doña Blanca. Son muchos años escuchando en medio de la noche.

—¿Qué hizo usted? —insistí.

Por primera vez vaciló antes de responder. Sacó otra vez su petaca, tenía grabado el mismo anagrama que el bolsillo de la bata. Con la misma parsimonia, pero con los dedos temblorosos, lió otro cigarrillo. Aguardé en silencio a que expulsase el humo de la primera calada; luego me miró un instante y bajó los ojos, como si se avergonzara anticipadamente de sus propias palabras.

—Sentí un escalofrío y se me encogieron mis atributos. Estaba tan acojonado que me quedé inmóvil. Unos gritos me sacaron de aquella parálisis: «¡Sereno, ¿es que no has escuchado ese grito?!». Corrimos juntos hasta la verja del palacete adonde poco después llegaron algunos guardias.

—¿Qué guardias?

—De los que prestan servicio en el Ministerio de la Gobernación.

—¿Quién les avisó?

—No lo sé. Aparecieron por allí y a partir de ese momento todo fue confuso. En el follón, todos los reunidos lograron escaparse. Al menos la mitad lo hizo por el tejado.

—¿Está seguro de que no detuvieron a nadie?

—Seguro.

Aquello confirmaba un rumor: la policía no había practicado detenciones.

—¿Sabe si alguien más vio a los que se escabullían por el tejado?

Segismundo se encogió de hombros y dio una calada a su cigarrillo.

—Si yo los vi, pudo verlos cualquiera.

Chupé con fuerza mi cachimba para reanimarla y unas caprichosas volutas de humo llenaron el espacio que nos separaba.

—¿Qué hizo la policía?

—Anduvo revoloteando por la zona.

—Supongo que entró en la casa.

—No lo hizo hasta que a primera hora de la mañana apareció un juez.

—¿Estuvo usted allí todo el tiempo?

—Mi trabajo termina a las siete de la mañana, pero tuve curiosidad y me quedé hasta que salieron de la casa.

—¿Entró usted?

—No. Sólo accedieron el juez y los agentes. Pregunté a uno que conocía, pero no soltó prenda. Después de mucho insistirle me dijo que los muebles estaban enfundados y que había mucho polvo en el suelo. También que en una habitación había un crucifijo tirado y roto, y muchas velas negras a medio consumir.

Observé que apretó los labios y dudó.

—¿Qué iba a decirme?

—El grito fue algo horrible. ¡No puedo sacármelo de la cabeza! Esta mañana me he despertado tres o cuatro veces empapado en sudor.

—¿Qué tenía de particular?

—¡Era el grito de un niño!

2

Dudaba si irme derecho a la redacción y comunicarle a don Felipe que tenía pepitas de oro en bruto sobre lo ocurrido en la calle Carretas o no soltar prenda hasta tener, pulido y aquilatado, el texto que me abría la posibilidad de un puesto fijo en el periódico. Decidí que lo segundo era lo más prudente. En las redacciones abundan los vividores, pululan los aprovechados y tienen acomodo quienes están dispuestos a acuchillar por una información valiosa. Lo primero que aprendí, a los pocos días de estar en *La Iberia*, fue que las paredes tienen oídos, y no se trata de una expresión literaria. Mejor sería ofrecer a mi director la crónica ya redactada. A los únicos que podía decirles algo era a Pepe Suardíaz y a Carlos Rubio; con su olfato periodístico, este último era quien me había dicho que en lo de la calle Carretas había una historia con garra.

Llegué a la Puerta del Sol, donde reinaba el bullicio de costumbre. La crucé sin detenerme y enfilé la calle Arenal; allí me alojaba en una vivienda particular. Era un piso grande, propiedad de la viuda de un bodeguero, doña Rosario, quien admitía huéspedes que acreditasen su solvencia económica y moral. Me admitió gracias a una carta de recomendación de un industrial de Reus, amigo de tía Ernestina, la hermana de mi padre. Con los ingresos procedentes del alquiler de dos habitaciones doña Rosario redondeaba sus medios para mantenerse con muchas economías ella y su hija Paloma. Vivía en el piso una criada berciana, de Ponferrada, llamada Micaela y que llevaba con la familia desde antes de que naciera Paloma: una deliciosa criatura que me había trastornado desde que puse los pies en aquella casa.

El alojamiento incluía derecho al desayuno, el almuerzo y la cena, por nueve pesetas diarias. Doña Rosario era muy estricta con los horarios. Se almorzaba a las dos y se cenaba a las ocho con puntualidad inglesa y exigía que se avisase si no se almorzaba o cenaba, para no malgastar comida. A veces, por razones de trabajo no iba a comer, a pesar de haber asegurado mi presencia en la mesa. Doña Rosario lo llevaba muy mal y eso que ella no dejaba de cobrar. Procuraba reducir las ausencias porque me privaban del placer de estar cerca de Paloma y también porque suponían un gasto adicional, y mi economía no estaba para muchos dispendios; en realidad, tenía que hacer filigranas para pagar todas las semanas. En mi casa, sobre todo mi madre, trataba de rendirme por hambre y obligarme a regresar a Reus y abandonar lo que denominaba despectivamente mi «aventurilla madrileña». Menos mal que tía Ernestina se había apiadado de mí y, con su ayuda y el óbolo paterno, iba tirando, porque con lo que ganaba en el periódico no podía subsistir.

El deseo de mis progenitores era que yo me dedicara al negocio familiar del aceite. Mi padre contaba conmigo para ampliarlo en Andalucía, donde había un vasto campo de operaciones para gentes tan emprendedoras como los Besora, mientras que Carlos, mi único hermano y el *hereu* de la familia, se encargaría de dirigir el negocio desde la casa central en Reus.

Doña Rosario, la viuda, rondaba los cuarenta años, pero era tan estirada y seca que aparentaba muchos más. Su cara alargada —según ella era signo de hidalguía— tenía siempre una expresión ceñuda. Todo lo contrario de Paloma: un ángel de ojos verdes y melena rubia que se recogía en moños de formas diferentes. En las pocas ocasiones que la había visto con el pelo suelto, su imagen era irresistible. Tenía la piel muy blanca y era más alta de lo habitual entre mujeres. Cuando su indumentaria no tenía el aire mojigato impuesto por su madre, mostraba un contorno tentador. Al principio, la atracción que sentía por Paloma era física, pero conforme pasaron los meses mis sentimientos se acrisolaron. A sus dieciocho años la niña de la casa se estaba convirtiendo en la niña de mis ojos. Me resistí algún tiempo a reconocer la realidad, pero acabé rendido a la evidencia de que no podía quitármela de la cabeza. No me atrevía a insinuarle mis sentimientos por temor a doña Rosario y, sobre todo, porque no tenía qué ofrecerle.

Desde primeros de octubre hubo otro alojado en la casa: un estudiante de Derecho, según decía la carta de recomendación que, como a mí, doña Rosario le había exigido. Se trataba del hijo único de una ricachona familia, propietaria de extensas dehesas en el valle de Alcudia y de grandes rebaños de ovejas merinas. Su nombre: Crisanto Mondéjar. Antes de Navidad me percaté de que Crisanto estaba más pendiente de Paloma que del Código Penal y lo que era peor: doña Rosario no veía con malos ojos el interés del estudiante manchego por su hija.

Era más de la una y media cuando llegué a casa. En el recibidor me encontré a Micaela que limpiaba el polvo del perchero, donde colgué mi chistera y mi gabán.

—Buenas tardes, Micaela.

En lugar de responderme, me preguntó con tono desabrido:

—¿El señor va a comer?

—Por supuesto.

—¡A doña Rosario no le va a gustar! —protestó, sin dejar de darle al plumero—. Ayer dijo que no vendría a almorzar.

—Pensé que iba a terminar más tarde. Por eso he venido media hora antes.

Micaela farfulló algo entre dientes; me hice el remolón. En el salón doña Rosario y Paloma hacían ganchillo, aguardando que diesen las dos. No me importó que la madre frunciera el ceño cuando le dije que las acompañaría en el almuerzo. Yo estaba pendiente de Paloma que vestía una falda azul marino de amplio vuelo y una blusa camisera sobre la que llevaba una toquilla de punto. Estaba preciosa.

Para mi satisfacción Crisanto Mondéjar no apareció a la hora del almuerzo y disfruté su ausencia. Después de la sobremesa me encerré en mi habitación, dispuesto a dejarme la piel en aquella crónica donde estaban cifradas todas mis ilusiones.

Guardé la levita en el ropero y me abrigué con la bata de recia lana del Pirineo que tía Ernestina incluyó en mi equipaje. Me acomodé ante la mesa de trabajo, afilé varios lápices y me dispuse a ampliar las notas con detalles que conservaba frescos en mi memoria. Aquel trabajo me llevó más de dos horas y mucho cansancio pero, como estaba dispuesto a avanzar, sólo me permití un breve descanso para fumar una cachimba y combatir el frío con una copa de aguardiente de la garrafilla que guardaba en el armario. Comencé a emborronar los folios del primer borrador. Don Felipe había dicho que quería una crónica detallada, como para llenar tres columnas de una de las cuatro planas del periódico. Al iniciar la redacción me asaltaron las primeras dudas. Todo el trabajo podía resultar estéril si a mi jefe no le gustaba el enfoque. Elaboré la primera parte de borrador y encendí el quinqué; la luz que entraba por la ventana había menguado tanto que me escocían los ojos. Fue entonces cuando unos golpecitos interrumpieron mi trabajo.

—¿Sí?

Micaela entreabrió la puerta y con mal genio anunció una visita.

—Su paisano desea verle.

Mi paisano sólo podía ser Miguel Rocafull, otro reusense afincado en Madrid que también buscaba abrirse camino en el proceloso mundo de las letras. Todavía no tenía sus horizontes definidos y se movía entre la prosa y el verso. Sostenía que el verso daba más cartel, pero que el futuro estaba en la novela. Era otro de los asiduos a la tertulia sabatina del café de las Columnas, nombre con que ahora se conocía al mítico Lorenzini, donde los liberales, en tiempos de Fernando VII, el rey felón, habían tenido uno de sus principales centros de reunión y debate. Para sobrevivir trabajaba tres noches por semana en un horno de pan, dedicaba dos tardes a desasnar a los hijos de un industrial y dos mañanas en la librería de Fernando Fe, que también era centro de reunión de escritores y de acaloradas tertulias. Cuando no trabajaba ni recibía la visita de las musas, se iba a la galería alta del Congreso de los Diputados adonde tenía acceso gracias a su amistad con un ujier de la cámara.

A doña Rosario no le agradaban las visitas, pero transigía con algunas. En cualquier caso habían de ser recibidas en la habitación del alojado, a condición de que se respetasen ciertos horarios; en modo alguno se admitían después de la cena. Por supuesto, estaban prohibidas las visitas de señoritas. Rocafull se acomodó en la otra silla que formaba parte del mobiliario de mi aposento y me comentó que había pasado casi toda la mañana en el Congreso de los Diputados.

—Todo el mundo andaba revuelto a cuenta del manifiesto del infante don Enrique.

Arqueé las cejas en un movimiento instintivo del que Rocafull no se percató.

—Sólo se hablaba de eso. El manifiesto del Borbón…

—¿De qué demonios me estás hablando? —lo interrumpí sin consideración.

Me miró con aire de incredulidad.

—¿No te has enterado? ¡Valiente periodista estás hecho! ¡En todo Madrid no se habla de otra cosa!

—En Madrid se habla de muchas otras cosas —respondí malhumorado—. ¡Como lo ocurrido en la calle Carretas!

—¿Lo de la calle Carretas? ¡Eso es la prehistoria, Fernando!

—¿Qué es eso del manifiesto?

—Enrique de Borbón ha publicado un escrito donde se despacha a gusto contra Antonio de Orleans. Ha aparecido en *La Época.*

—¿Qué dice? —pregunté ansioso.

—No lo sé, pero, según Cánovas del Castillo, «don Enrique le está buscando los tres pies al gato».

—¿Quieres explicarte de una puñetera vez?

—El infante ha llamado al duque de Montpensier «henchido pastelero francés». Según he oído con esas palabras termina don Enrique su manifiesto. Otro diputado le ha soltado a Cánovas que el infante tiene razón porque el duque está gordo como un choto, pastelea con unos y con otros en busca de la corona y es gabacho.

—Estoy de acuerdo con Cánovas: don Enrique no deja de provocar a Montpensier.

—¿No estarás de parte del gabacho? La idea de que pudiera llegar a ser rey me pone enfermo. ¿Sabes por qué le dicen el Naranjero? —Antes de contestarle que lo sabía me lo explicó—: Fueron los sevillanos, quienes le pusieron el mote cuando se enteraron que dio instrucciones a su administrador para vender las naranjas de los amplios jardines de su palacio de San Telmo, donde tenía fijada su residencia.

Se casó con la infanta Luisa Fernanda porque los médicos le aseguraron que Isabel II iba a durar menos que el responso de un cura loco. Lo mejor de esta historia es que el Orleans ha exigido reparación pública al Borbón y éste se niega a desdecirse. ¡Habrá duelo, Fernandito!

—Los duelos son ilegales —argumenté.

—Sólo en teoría. Las autoridades suelen hacer la vista gorda.

—Sí, pero en un caso como éste… Se trata de un Borbón y un Orleans.

Unos golpecitos en la puerta anunciaron la hora de la cena. Micaela era como un reloj ambulante. Por la ventana llegó a mis oídos el toque de las campanas de San Ginés llamando a la oración. Me quité la bata y me puse una chaqueta de buen uso, pero de andar por casa, anudé el lazo que ajustaba mi corbatín y acompañé a Rocafull a la puerta. En el comedor ya estaban doña Rosario, Paloma y Crisanto Mondéjar. La señora de la casa, según su costumbre, bendijo con una breve oración los alimentos que íbamos a tomar y, terminadas las preces, gritó:

—¡Micaela!

Al punto, la fámula apareció sosteniendo una sopera humeante. Invariablemente, tomábamos sopa de puchero enriquecida con algunos tropezones de jamón del que se había utilizado para el cocido del mediodía, seis días a la semana pero, como era viernes, tocaba puré de verduras y de segundo bacalao con tomate. Doña Rosario era muy estricta con los mandamientos de la Iglesia, que ordenaban abstinencia de carne en dicho día, como sacrificio por la muerte de Nuestro Señor Jesucristo.

—¿De qué se habla en el caserón de San Bernardo? —sondeé a Crisanto para ver qué se decía sobre el manifiesto en la Facultad de Derecho.

—Del manifiesto del infante don Enrique. Lo supongo al tanto de lo ocurrido.

—He oído algo, pero llevo un día muy atareado.

—*La Época* ha publicado un texto firmado por don Enrique donde pone al duque como hoja de perejil —proclamó con mucha suficiencia.

—Eso no es ninguna novedad —señalé, quitándole importancia a sus palabras.

—Esta vez, don Enrique se ha excedido. Por lo que he oído la cosa va a pasar a mayores.

Con aquellas palabras daba a entender que sabía más, pero guardó silencio y, como doña Rosario ya había servido el puré, sólo se escuchaba el tintineo de las cucharas. Sorprendí a Paloma mirándome. Se ruborizó y bajó la vista, clavando sus ojos en el plato. Con sus mejillas sonrojadas estaba hermosísima. Crisanto, para darse importancia, dejó pasar unos segundos antes de soltar la cuchara, limpiarse los labios con la servilleta y darle un sorbo al agua de su vaso. Se comportaba como un oráculo del que estábamos pendientes. Desde las pasadas Navidades, entre el estudiante para leguleyo y yo se había establecido una especie de pugilato por ganarnos la atención de Paloma. Casi lamenté haberle preguntado, pero me había podido la curiosidad.

—A media mañana comenzó a decirse que el duque de Montpensier se sentía tan agraviado que exigía una rectificación pública.

—No es la primera vez que don Enrique lanza una andanada al francés —proclamé, para dejar claro que estaba al tanto de aquella rivalidad y darme tono ante Paloma—. Ya sabe... los Borbón y los Orleans nunca se han llevado bien.

—¿Por qué dice usted eso? —me preguntó Paloma, dándome ocasión para el lucimiento.

—Siempre han rivalizado por el poder. Los Orleans han conspirado para hacerse con el trono y durante la Revolución francesa Felipe de Orleans votó la ejecución de su primo Luis XVI, escandalizando al mismísimo Robespierre.

Paloma me miró y sentí un agradable cosquilleo en mi estómago. Me juré a mí mismo que, si don Felipe me otorgaba su confianza, a la primera oportunidad le declararía mis sentimientos. Crisanto aprovechó para terciar y no quedarse descolocado. Aludió a que en el manifiesto el infante hacía referencia a Felipe Igualdad y apostilló:

—Si en un plazo de horas no hay reparación pública, sé de buena tinta que, si alguien no lo remedia, Montpensier mandará sus padrinos al infante.

Terminado el puré, Micaela retiró los platos y trajo la fuente con el bacalao. Doña Rosario sirvió primero a Crisanto mostrando así sus simpatías; luego a mí, después a Paloma y, por último, se sirvió ella. En esta ocasión no repitió la cantinela de que en su casa era tradición servir primero a los hombres. Me castigó con la peor tajada, lo que, de un tiempo a esta parte, ocurría con frecuencia. Quizá estaba al tanto de nuestra rivalidad y mostraba sus preferencias. Lógicamente, no protesté.

—¿Da usted crédito a ese rumor? —me preguntó Paloma.

Me había cogido desprevenido e improvisé una respuesta.

—Desconozco los términos del manifiesto. Ignoro hasta dónde el duque de Montpensier está dispuesto a asumir el riesgo de un duelo para limpiar su honor.

Crisanto, con mucha ostentación, volvió a limpiarse con la servilleta la comisura de los labios y con parsimonia sacó del bolsillo de su chaleco un papel. Antes de entregármelo, solicitó la venia de doña Rosario. El muy cuco sabía jugar bien sus cartas.

—¿Le importa, doña Rosario?

—Por favor.

El manchego alargó el papel por encima de la mesa, al tiempo que me invitaba:

—Léalo, léalo. En mi opinión ese Borbón, que en su locura juega a republicano, se ha excedido bastante más allá de lo tolerable.

Leí una sarta de improperios contra los Orleans en general y el duque de Montpensier en particular. Era un episodio más de la rivalidad que ambos sostenían desde hacía años, pero el Borbón jamás se había mostrado tan incisivo.

—¡Dicen que el duelo es seguro! —exclamó Crisanto, apenas hube terminado de leer.

—¿Cree que si se baten habrá consecuencias? —me preguntó Paloma.

Sus preguntas me llenaban de alborozo. ¿Buscaría equilibrar la actitud de su madre?

—Un duelo entre un Borbón y un Orleans es un asunto de relevancia y para la prensa, noticia de primera plana. Si se produce, correrá mucha tinta. Además…

El sonido de la campanilla de la puerta anunció una visita inesperada que me impidió concluir la explicación. Doña Rosario miró inquieta el carrillón que adornaba una de las paredes; sus agujas señalaban las ocho y veinte.

—¡Micaela, la puerta!

—Disculpe, doña Rosario, pero a estas horas…

Crisanto se levantó antes de que Micaela, ocupada en el fregadero, acudiese a la llamada de su ama y fue a abrir la puerta mientras nosotros tres aguardábamos en silencio. Estaba dispuesto a ganarme la partida por la vía materna. Nos llegó un leve rumor desde el vestíbulo antes de que Mondéjar regresara al comedor.

—Preguntan por usted. —Casi me escupió las palabras y añadió con desprecio—: Un mozalbete, dice que es de *La Iberia.*

El mozalbete no podía ser otro que Manolito, el botones del periódico. Pedí disculpas y, al tiempo que doña Rosario dejaba escapar un suspiro, me dirigí al recibidor. Allí estaba Manolito, aterido, con las manos en los bolsillos; su bufanda no era suficiente para combatir el frío de la noche madrileña.

—¿Qué ha ocurrido?

—Don Felipe lo aguarda en la Pecera.

—¿Ahora?

—Claro, don Fernando. Si no, a santo de qué iba yo a estar aquí.

—¿Sabes qué quiere?

La pregunta sobraba, Manolito estaba al tanto de todo lo que se cocía en la redacción. Llevaba recados de un pupitre a otro y todos lo utilizábamos como correveidile. Sacó las manos de los bolsillos y se sopló los dedos que asomaban por los rotos de sus guantes de punto, como si se tratase de mitones. Le lancé una moneda de diez céntimos, lo que en mis circunstancias era casi un dispendio, y la atrapó en el aire.

—Le van a endiñar lo del duelo.

—¿Qué sabes tú de eso?

—Los cuñados de la Isabelona: el hermano de Paquito Natillas y el Naranjero se baten mañana al amanecer. Ya tienen padrinos.

—¿Estás seguro?

Hizo un gesto de suficiencia.

—¡Aguarda un momento! Nos vamos juntos para el periódico.

3

Por el camino pensé en las consecuencias políticas de un lance de honor protagonizado por un personaje que aspiraba al trono, a pesar de que el general Prim —presidente del Gobierno y ministro de la Guerra— trataba de entronizar en España una nueva dinastía. Mi paisano era un declarado antibórbonico, una actitud que había llevado a los republicanos a pensar que Prim traería la república, sin considerar que el general tenía profundas convicciones monárquicas. Lo suyo no era un rechazo a la Corona, sino a la familia.

En la redacción apenas quedaba gente, al estar ya en las prensas el ejemplar del día siguiente. Mi director no se anduvo con rodeos.

—Besora, lo supongo enterado del duelo.

—Sí, señor. Algo sé.

—No se trata de un duelo cualquiera. Es entre un Borbón y un Orleans. Es… cómo le diría… una cita con la historia. ¡Es el duelo del siglo! ¡Eso es! ¡El duelo que tenemos entre manos es el duelo del siglo, Besora!

—Estoy de acuerdo, don Felipe.

Sin hacer caso a mi ratificación, indicó que el asunto quedaba en mis manos. Me dio instrucciones precisas y detalladas, me explicó por qué me hacía un encargo tan importante y me entregó seis duros para gastos, al margen de indicarme que el coche de punto que me llevaría al lugar del acontecimiento estaba ya alquilado. Me recogería a las seis de la madrugada en la puerta de mi domicilio.

Regresé a casa cerca de la medianoche y me encontré a doña Rosario y a Paloma en el salón. La curiosidad las mantenía levantadas. Ver a doña Rosario me importaba un bledo, pero si deseaba dar rienda suelta a mis sentimientos hacia Paloma, tendría que ganarme a la madre. Tía Ernestina decía que al santo se le empieza a adorar por la peana.

—¿Algún problema? —preguntó la madre apenas aparecí en el salón.

—Una urgencia, doña Rosario.

La patrona dejó sobre el regazo el primor en que trabajaba y se apretó el puente de la nariz con gesto cansino. Paloma tenía la mirada fija en su labor. Por una norma elemental de cortesía no debía limitarme a una respuesta tan escueta, al fin y al cabo aguardaban mi regreso. En pocas palabras les expliqué que el duelo se había concretado y que el director de mi periódico acababa de encomendarme el asunto.

—Seré un testigo oculto y excepcional.

—¿Por qué oculto? —preguntó Paloma.

—Porque todo se lleva con el mayor sigilo. Los únicos testigos serán los padrinos, los médicos y los cocheros que conduzcan a los duelistas al lugar del desafío.

—No sé a qué viene tanto secreto si, según ha dicho don Crisanto, en la universidad sólo se hablaba del duelo —sentenció doña Rosario.

El comentario me molestó tanto que decidí poner las cosas en su sitio.

—En realidad, Mondéjar se refería a rumores. Se limitó a decir que se especulaba con la posibilidad de un duelo. Lo que yo afirmo es que va a celebrarse y que son muy pocas las personas al tanto de los detalles, lo cual tiene cierta lógica.

—¿Por qué lo dice? —preguntó Paloma sin levantar la mirada.

—Porque los duelos están prohibidos por la ley, al margen de que la autoridad suele hacer la vista gorda. Si bien en un caso como éste, con un Borbón y un Orleans…

—¿Cómo es que le han encargado un asunto de tanta importancia? —Paloma alzó por primera vez sus ojos verdes de la labor.

Decidí darme tono. Era una estupidez, pero deseaba mostrar mi mejor perfil, a pesar de que tanto ella como su madre sabían de la precariedad de mi situación en el periódico: un gacetillero sin sueldo fijo y con escaso reconocimiento. Si deseaba competir por Paloma con el aprendiz de leguleyo tenía que forjarme una imagen sólida.

—Tengo la confianza de mi director. Me he hecho un hueco en *La Iberia* y a partir del mes próximo seré de la plantilla, con sueldo fijo y pluses por ciertos trabajos especiales.

Observé cómo Paloma me miraba con ojos arrobados y doña Rosario torcía el gesto. La madre, mujer de experiencia, tenía claro que para ella no había comparación entre el hijo único de un rico hacendado que, además, sería abogado —yo albergaba serias dudas acerca de que llegase a lucir la toga— y un plumífero que en el mejor de los casos podría ofrecer a su hija una soldada mensual mientras el periódico no dejara de publicarse, algo que en aquella agitada España ocurría con tal frecuencia que era casi un hecho cotidiano, si bien *La Iberia* con sus dieciséis años de vida daba ciertas garantías. En el Madrid bullicioso de las zarzuelas de Barbieri, en el que empezaba a bailarse el chotis en Lavapiés, salían a la calle ochenta periódicos, entre matutinos y vespertinos. *La Iberia*, con doce mil suscriptores, era de los más acreditados, pero no estaba exento de los vaivenes de la fortuna.

En realidad, don Felipe me había endilgado aquel asunto porque Pepe Suardíaz estaba en la cama con catarro; a Carlos Rubio, dado a las mayores extravagancias, no se le podía encargar una asunto como aquél y a Carmona Roland, con quien había chocado desde mi llegada, lo había mandado a Aranjuez a cubrir un crimen pasional. Los demás eran simples meritorios, como yo. Aspirantes a hacerse un hueco en el competitivo mundo de la prensa capitalina. Desde luego la decisión de don Felipe significaba que, entre los temporeros de la pluma, yo ocupaba sus preferencias.

Decidí dejar a doña Rosario haciendo cábalas sobre lo que monetariamente podía suponer formar parte de la plantilla y me retiré a la intimidad de mi alcoba con la excusa de que había de madrugar. Antes de marcharme, prometí que a mi regreso del duelo se lo contaría todo con el mayor detalle.

Pasé la noche en vela. Como no caía en los brazos de Morfeo, retomé el trabajo que había interrumpido la visita inesperada de Rocafull. Mi corta experiencia me había enseñado algunas cosas, una de ellas que las notas tomadas apresuradamente pierden frescura conforme pasan las horas. Una simple frase permitía evocar numerosas sensaciones cuando la trabajabas al poco de haberla anotado; te ayudaba a pergeñar un relato lleno de vida y vigor, y resultaba más fácil transmitir sensaciones al lector. Por el contrario, pasados unos días, las notas eran poco más que palabras hueras, casi vacías, a las que costaba mucho trabajo sacarle partido. No quería que la información del sereno dejase de ser pepitas de oro en bruto y se transformara en plomo.

Acabé de esbozar el primer borrador, pero no quedé satisfecho. Tenía que pulirlo hasta convertirlo en un texto merecedor de los honores de la imprenta, a pesar de que Segismundo no me había dado información acerca de qué había provocado en el silencio de la noche aquel desgarrador grito infantil.

A las tres de la madrugada estaba agotado tras veinte horas sin respiro, ya que hasta la cena de la víspera había sido un pulso con Crisanto. Lo peor era que no me atrevía a descabezar un sueño, pues en apenas tres horas llegaría el coche que me había anunciado don Felipe. Después de una inquieta cabezada escuché dar las cinco y decidí que lo más conveniente era despabilarme. Me lavé la cara con el agua fría de la jofaina y, sin saber cómo, vinieron a mi cabeza las palabras de mi tía —la única de la familia que acudió a despedirme— cuando salí de Reus. Eran como un grito de guerra de los reusenses para dejar claro el amor por nuestra patria chica: «Ya sabes, Fernandito, que tres son los lugares más importantes del mundo: Reus, París y Londres y en los tres, nada equiparable al *carrer* de Monterols».

Me vestí con levita, como si yo tuviese algún protagonismo en el duelo, y me abrigué con el gabán —utilizar mi capa nueva hubiera sido una estupidez— y la bufanda. Llené mi petaca de aguardiente y puse en el bolsillo mi cuaderno de notas y dos lápices. Estaba ya compuesto cuando en la calma de la noche escuché la llegada del carruaje. En la casa el silencio señalaba que todos dormían. Salí de mi alcoba sigilosamente, avancé por el pasillo, procurando no tropezar, y ya me disponía a abrir la puerta cuando oí un susurro a mi espalda.

—¡Que tengas suerte!

Me volví desconcertado, sin dar crédito a lo que acababa de escuchar, pensando que eran cosas de mi imaginación. En la penumbra del recibidor, donde ardía una mariposa en un cuenco lleno de aceite, apenas pude adivinar su silueta. Paloma se abrigaba con una gruesa y larga bata, y apretaba las solapas con su puño. Su melena suelta enmarcaba el óvalo de la cara y le caía sobre los hombros. Era la primera vez que me tuteaba. Me acerqué y presentí el calor de su cuerpo. Sin pensarlo, rocé con mis labios los suyos. Hecho un manojo de nervios, abandoné el recibidor con la mente turbada y el corazón desbocado. Al cerrar la puerta me volví —Paloma permanecía inmóvil— y tuve la sensación de que aquellos labios, que había rozado fugazmente, me sonreían.

Bajé la escalera fortalecido. El cansancio había desaparecido y estaba dispuesto a conquistar Madrid para ponerlo a sus pies. En la calle me recibió un frío gélido. Saludé al cochero:

—Buenos días. Supongo que don Felipe le ha indicado adónde vamos.

Devolvió el saludo llevándose dos dedos al ala de su sombrero y di por bueno su asentimiento porque apenas escuché su respuesta. Iba embozado con un capote para protegerse del frío. Tenía alzado el cuello y el sombrero calado hasta las cejas. Me acomodé y golpeé con los nudillos el cristal de la portezuela para indicarle que podíamos partir. Escuché el restallar del látigo y el chirrido de los ejes, al tiempo que me estremecía una sacudida. En el coche hacía casi tanto frío como en la calle, pero apenas lo notaba. Estaba en el cielo. Saqué mi petaca y el trago de cordial rasgó mi garganta; después encendí una cachimba y cerré los ojos para recrearme en la vivencia que Paloma acababa de regalarme en lugar de pensar que iba al encuentro de una «cita con la historia». Por la ventanilla comprobé cómo cruzábamos el Manzanares por el puente de Toledo para tomar la carretera de Extremadura.

Flotaba entre nubes recordando el mágico e inesperado

momento que acababa de vivir. Traté de interpretar la presencia de Paloma, su tuteo y, sobre todo, que no hubiese rechazado mi atrevimiento de besarla en los labios. Embargado por un sentimiento que jamás había experimentado y sumergido en un mar de emociones, el trayecto que, en otras circunstancias, hubiera sido penoso, me resultó liviano. No sabía dónde estaba, salvo que íbamos por el camino de Extremadura. El lugar elegido para resolver aquella cuestión de honor no podía estar muy lejos de Madrid, aunque yo sabía poco de duelos y no tenía una idea clara de los alrededores de la capital. Pensé que podía defraudar las expectativas que don Felipe había puesto en mí al hacerme un encargo como aquél y traté de concentrarme en las circunstancias que rodeaban el duelo. Llegué a la conclusión de que la única salida digna que tenía Montpensier había sido retar a don Enrique. Si hubiera guardado silencio ante el injurioso papel, lo habrían tildado de cobarde, incapaz de defender su honor. Sin embargo, planteado el duelo, Montpensier era el perdedor. Batirse era una ilegalidad y las leyes estaban para ser cumplidas, a pesar de que los españoles nos regocijábamos de vulnerarlas. Para algunos, hacerlo era un timbre de orgullo.

Cuando el carruaje se detuvo todavía no había amanecido. Eché pie a tierra y pregunté al cochero, que era poco más que un bulto en el pescante:

—¿Éste es el sitio?

—Aquí fue donde se me ordenó traerle.

—¿Dónde estamos?

—Esto es Carabanchel, señor. Ahí detrás hay un campo de tiro del ejército. —Señaló un talud cuya cresta se recortaba con el ligero resplandor que anunciaba la proximidad del amanecer—. No sabría decirle más.

Estaba claro que si había un campo de tiro... Miré a mi alrededor y sólo vi sombras que se desvanecían poco a poco en medio de un silencio tan espeso que sobrecogía. Sentí deseos de largarme y mandar al garete mi cita con la historia. Nada indicaba que allí iba a tener lugar un lance de honor y, por un momento, pensé que a don Felipe le habían mentido, pero el chirriar de unas ruedas al otro lado del talud delató una presencia.

—Aguarde aquí —ordené al cochero, quien otra vez se limitó a llevarse los dedos al ala de su sombrero. Era hombre de pocas palabras.

Trepé por la pendiente, procurando no hacer ruido, y llegué jadeante a la cresta cuando el alba ya disipaba las últimas sombras. Tendido, observé desde aquella eminencia un descampado donde los soldados hacían las prácticas de tiro. Había dos carruajes separados por medio centenar de pasos, a su alrededor se movían varias personas. Conté un total de diez; seis de ellos, probablemente los padrinos, conversaban; a la distancia que me encontraba no podía oírlos. En un par de ocasiones alguno se apartaba del grupo y comentaba algo con los que estaban junto a los carruajes. Mi curiosidad se acentuaba al no poder escuchar lo que hablaban.

Don Felipe llevaba razón: iba a ser un testigo excepcional, pero desde aquella distancia iba a serlo de una escena muda. Busqué la forma de acercarme y lo único que vi a mi alcance fue un grueso tocón, a medio camino entre los carruajes y el lugar donde yo me encontraba. Desde el tronco podía ver sin ser visto. El problema era cómo salvar los cincuenta pasos que me separaban de él sin delatar mi presencia. La única forma era reptando y no podía tardar en hacerlo: la claridad se apoderaba del lugar y el sol estaba a punto de rebasar la línea del horizonte.

Comencé a reptar sobre el suelo embarrado por la helada.

Lo lamenté por mi ropa, pero eso carecía ya de importancia. Avancé penosamente, arrastrándome pegado al suelo y con la chistera en una mano. Notaba el barro pegajoso, pero me animaba comprobar que, poco a poco, me acercaba a mi objetivo. Fue un acicate que a mis oídos llegaran algunas palabras sueltas. Cuando alcancé el tronco estaba embarrado, sudoroso y tenía el pulso acelerado. El esfuerzo había merecido la pena: era un observatorio privilegiado.

Me acomodé, saqué mi petaca y di otro trago al aguardiente; luego comprobé el estado lamentable de mis ropas, posiblemente mi gabán quedaría inservible. Reconfortado al comprobar que, al menos hasta el momento, nadie había reparado en mi presencia, me adapté al parapeto que suponía el grueso tronco de lo que en otro tiempo fue una robusta encina y mi corazón se aceleró al identificar la inconfundible silueta del duque de Montpensier. Se volvió hacia donde yo estaba, como si un sexto sentido le advirtiera de mi presencia, y clavó su mirada en el improvisado refugio tras el que me ocultaba. Permanecí inmóvil. Por un instante estuve convencido de que todo mi esfuerzo había resultado vano. Los segundos, sin embargo, pasaron sin que nadie se acercara a mi escondite. Me arriesgué a asomar la cabeza y otra vez me concentré en la figura de Montpensier, que se alejó unos pasos del grupo. Miré al otro corrillo y deduje que don Enrique de Borbón era el que estaba en el centro, aunque yo no era capaz de identificarlo. Su imagen era mucho menos conocida que la del duque francés, a quien había visto en pinturas y plumillas en las que destacaban unos caídos bigotes, una mirada profunda y una incipiente calvicie que despejaba su frente. En los numerosos periódicos que sufragaba podían leerse largas crónicas laudatorias sobre sus virtudes, méritos y capacidades. Se ensalzaba su figura con abundancia de ditirambos y se afirmaba con rotundidad que era el candidato adecuado para ocupar el trono que mi paisano Prim ofrecía a miembros de otras dinastías. Había escuchado decir a don Felipe que el general se había comprometido con Napoleón III, el emperador de los franceses, a que jamás don Antonio de Orleans ocuparía el trono de España.

Vi cómo uno de los caballeros, que yo suponía los padrinos, sacaba una moneda y, tras mostrarla a los demás, la lanzó al aire para atraparla al vuelo. Era el sorteo para establecer el orden de los disparos y la posición de los duelistas. Los padrinos de Montpensier escogieron sitio y el infante don Enrique dispararía primero. A un gesto del que había lanzado la moneda se acercó un individuo que aguardaba a pocos pasos con un caja en las manos. Eran las pistolas del duelo. Tras unas comprobaciones, escuché cómo uno de los padrinos de Montpensier solicitaba a los de don Enrique una rectificación para evitar el duelo. Ante la negativa, llamaron a los duelistas. El Borbón y el Orleans cruzaron una mirada de odio, ni siquiera se saludaron. Cada cual empuñó su pistola y los padrinos deshicieron el corrillo. Había llegado la hora de la verdad.

Por esos misterios que acompañan nuestra mente, a la que de repente llegan pensamientos que poco o nada tienen que ver con las circunstancias del momento, recordé el alboroto montado por la prensa sobre el candidato en boga poco antes de que yo llegara a Madrid: don Fernando de Coburgo, padre del rey de Portugal. Los periódicos montpensieristas airearon, con todo lujo de detalles, que vivía amancebado con una antigua cantante de ópera, la señora Hensler. El escándalo fue monumental y don Fernando, que tenía muchas reticencias para aceptar el trono, rechazó cualquier posibilidad al ver cómo se sacaba a la luz, sin la menor consideración, su vida privada.

Me arrancó de tales recuerdos una voz grave que sonó rotunda en el silencio matinal.

—¡Caballeros, el duelo será a sangre!

Me impresionaron aquellas palabras. Comprobé la hora en mi reloj: eran las ocho y cuarto.

—Los duelistas —prosiguió la voz— se situarán espalda contra espalda y se separarán diez pasos al tiempo que voy contando. Terminada la cuenta se detendrán y se darán la cara para quedar frente a frente. El primero en disparar será don Enrique; a continuación, si hubiera lugar, lo hará don Antonio.

Estaba sobrecogido. Apenas respiraba y tampoco sentía el frío. Las palabras «si hubiera lugar» habían sonado en mis oídos con una fuerza trágica. Aquello, por mucho honor que hubiera de por medio, era una locura. Los rivales, en mangas de camisa, se colocaron en posición y fueron separándose al cadencioso ritmo que marcaba la voz:

—Uno... dos... tres...

Paso a paso se ampliaba la distancia, que se me antojaba demasiado corta. El duelo, más que a sangre, me parecía a muerte. Don Felipe me había dicho que Montpensier era mejor tirador que don Enrique y que el infante, en un gesto de gallardía, había rechazado batirse a espada, renunciando al derecho que le asistía de elegir armas al haber sido el retado. Al llegar a diez, quien dirigía la ceremonia gritó:

—¡Alto!

El duque y el infante giraron como muñecos articulados. Durante unos segundos permanecieron inmóviles, impávidos, retándose con la mirada. Había oído decir que en tales ocasiones la compostura y las formas eran tan importantes como los hechos. Yo escuchaba cómo la sangre golpeaba en mis sienes.

—¡Fuego!

La orden fue seguida de un estampido. Miré a Montpensier, su contrincante había errado el tiro. El francés, erguido, aguardaba la orden de disparar.

—¡Fuego!

Se tomó su tiempo. No serían más de cinco segundos, pero se me hicieron eternos. Clavé mis ojos en don Enrique, estaba erguido, impertérrito. Montpensier alzó el brazo lentamente y cuando lo tuvo a la altura de la cara se detuvo un instante, antes de apretar el gatillo. Disparó y suspiré aliviado al comprobar que también había errado. No sabía por qué, pero en aquel momento mis preferencias se habían decantado por el infante español. Quizá porque don Enrique había disparado sin tanto preámbulo, con menos frialdad. Montpensier me parecía, en efecto, un «henchido pastelero francés». Los dos permanecieron inmóviles, mientras sus respectivos padrinos cargaban las pistolas.

Noté cierto nerviosismo y escuché algunos murmullos, pero sin enterarme de lo que se decía. Quien dirigía el ceremonial preguntó a los contendientes:

—¿Están preparados, caballeros?

Ambos asintieron con ligeros movimientos de cabeza.

—¡Fuego!

El infante disparó otra vez, apenas escuchada la orden, y otra vez falló. Su semblante era una máscara que no mostraba emoción. Seguía guardando las formas.

—¡Fuego!

Montpensier repitió la estrategia anterior: apuntó con lentitud antes de abrir fuego. Su segundo disparo rozó ligeramente la sien de don Enrique. A aquellas alturas del duelo yo era un manojo de nervios. Entonces ocurrió algo inesperado. Los padrinos, en lugar de cargar las pistolas, hicieron corro y discutieron sobre si la sangre del infante era suficiente para dar por finalizado el duelo y considerar lavado el honor de los contendientes, pero no hubo acuerdo. El Borbón dijo que si Orleans se retiraba lo consideraría un cobarde y él mismo se encargaría de difundirlo por toda España.

Cargaron de nuevo las pistolas y por tercera vez don Enrique falló en su intento. Montpensier, antes de disparar, se ajustó las lentes. Describió un arco de noventa grados con el brazo estirado empuñando su pistola, lo sostuvo en alto un par de segundos y cerró su ojo izquierdo antes de apretar el gatillo. Escuché la detonación y, al ver inmóvil a don Enrique, pensé que el francés había vuelto a fallar, pero percibí una mueca en su rostro. A continuación se dobló hacia delante por la cintura, intentó rehacerse, pero cayó de rodillas y dio de bruces en el suelo. Algo me dijo que el disparo era mortal. Impresionado, observé cómo sus padrinos y los dos médicos se acercaban a toda prisa; intenté tomar nota de lo que veía, pero me resultó imposible. Estaba paralizado. A mis oídos llegaban murmullos ininteligibles en medio de un gran revuelo, a pesar de que eran contadas las personas que había allí. Miré a Montpensier. Permanecía en el mismo sitio desde el que había disparado y tenía el rostro demudado. Sus padrinos se le acercaron para certificarle lo que, sin duda, ya sabía. Había matado al primo de su mujer y de su cuñada. Escuché a un médico decir a uno de los padrinos de don Enrique:

—No hay nada que hacer.

Me fijé otra vez en Orleans. Continuaba inmóvil. Su brazo derecho, flácido y pegado al costado, aún sostenía la pistola en su mano. Se quitó las lentes y vi en sus ojos un pesar infinito. Había triunfado en aquel duelo, pero era un hombre derrumbado. Acababa de matar a un infante de España.

4

Allí nada tenía que hacer. Al tercer intento Montpensier había matado al infante. La sangre de un Borbón había vuelto a correr a manos de un Orleans, como si la relación entre las dos ramas de la familia estuviera marcada por un destino fatal. Abandoné mi escondite reptando de nuevo hasta ganar la cresta del talud. Nadie me vio y si alguien lo hizo no me prestó la menor atención. Descendí por la suave pendiente hasta donde esperaba el cochero y emprendimos el viaje de regreso a Madrid. En el carruaje anoté mentalmente mis impresiones y algunos pequeños detalles que darían lustre al texto. Los hechos fundamentales no iban a borrarse fácilmente de mi memoria. Durante el trayecto, las rimbombantes palabras de don Felipe aludiendo a la cita con la historia cobraron un sentido que hasta entonces yo no había captado. Ahora era consciente de haber sido testigo de un hecho con graves consecuencias políticas.

Eran las once pasadas cuando crucé de nuevo el puente sobre el Manzanares con la sensación de que la vuelta había sido más breve que la ida, aunque mi cabeza había vivido emociones muy diferentes. Ahora el furtivo encuentro con Paloma y el fugaz beso compartido quedaban algo alejados en mi memoria, lo que no rebajaba un ápice su significado e importancia. El cochero me condujo hasta la redacción; apenas puse los pies en la acera, arreó las cabalgaduras y se alejó calle arriba sin despedirse.

Me quedé plantado en la acera, presa de encontradas sensaciones: cansado, hambriento, sucio y excitado. Recordé los suaves labios de Paloma y sentí un agradable cosquilleo. Dudé si subir a la Pecera o cruzar la calle y entrar en Casa Damián, desde donde llegaba un estimulante olor a churros. Mi frugal cena de la víspera ayudó a decidirme. Además, acababan de dar las once y media y don Felipe no solía aparecer por la redacción antes de mediodía. Me sacudí malamente el barro reseco de mi gabán en un empeño inútil de mejorar mi aspecto y entré en aquel híbrido de taberna y café donde tantas conversaciones habíamos desgranado Pepe Suardíaz, Carlos Rubio y yo. Antes de llegar a la barra, adonde se acodaban algunos parroquianos, escuché mi nombre.

—¡Besora!

Sentado en un rincón estaba el director de *La Iberia*, envuelto en las azuladas volutas del humo de su cigarro. Dobló cuidadosamente el periódico y lo dejó sobre el blanco mármol de su mesa donde humeaba una taza de café. Se quitó las gafas y las guardó en su funda que, como siempre, introdujo en el bolsillo superior de su levita.

—¡Qué agradable sorpresa, don Felipe!

Era una verdad a medias. Cierto lo de la sorpresa, no tanto que fuera agradable. Lo que yo deseaba era desayunar tranquilamente y refocilarme con el recuerdo de la despedida de Paloma. ¡Aquello sí que había sido una sorpresa agradable!

—¡Siéntese! —me ordenó, señalando una silla—. ¿Qué va usted a tomar?

El camarero ya estaba encima, con su bandeja de metal bajo el brazo, vestido con un chaleco negro sobre camisa blanca, un paño del mismo color anudado a la cintura que le cubría hasta los zapatos y una colilla apagada, en la comisura de la boca.

—¿Qué va a ser, don Fernando?

—Chocolate con churros.

Se dio media vuelta y gritó con un soniquete característico:

—¡Marchando un chocolate y una de churros!

—Está desmejorado, Besora —me soltó don Felipe—. Por lo que veo la brega ha sido dura.

—No ha sido fácil. —Volví a sacudirme los faldones de mi gabán, que seguía hecho una pena, y miré la chistera, que no ofrecía mejor aspecto; fue un error no dejarla en el coche cuando me bajé.

—Cuénteme qué ha pasado —me indicó con un tono de complicidad.

—La historia se repite.

—¿El Orleans se ha cargado al Borbón?

—Sí, señor.

Se quedó mirando el mármol de la mesa. Sabía que sus preferencias políticas no estaban con Montpensier, pero tampoco estimaba a don Enrique quien, al fin y al cabo, era un Borbón. *La Iberia* tenía una marcada tendencia política: defendía el ideario de los progresistas y se mostraba proclive a los planteamientos de Prim. Aguardó hasta que el camarero trajo el chocolate y los churros. Antes de que se retirase, pidió la cuenta.

—¿Todo, don Felipe?

—Todo.

Pagó y, sin contemplaciones, me indicó que no me regodease demasiado, lo que estropeó el desayuno. Más que disfrutarlos, engullí los churros. El chocolate estaba tan caliente que me quemé y la lengua me quedó rasposa. Deglutía la última porra y mi tazón de chocolate estaba por la mitad cuando me preguntó con tono desabrido:

—¿Ha terminado?

—Sí, señor.

Aplastó lo que quedaba de su habano en el cenicero, recogió el periódico y se levantó. Yo, para no atragantarme con el bolo de masa que a duras penas pasaba por mi garganta, di un último sorbo al chocolate, todavía demasiado caliente. Salí de Casa Damián como si fuera su perrillo faldero. Subimos a la redacción, que ocupaba la primera planta de un edificio con aire decadente. La amplia escalera, casi una escalinata, arrancaba de un portal que antaño fue vestíbulo y a cuyo fondo, aislada por unas mamparas, estaba la imprenta de nuestro periódico. No cruzamos una sola palabra en el camino.

En la redacción ya había cierta actividad, que aumentaría sin cesar hasta que se cerraran las páginas para enviarlas a los cajistas. Conforme se terminaba la cara de uno de los dos pliegos los impresores iniciaban su trabajo para que los suscriptores recibieran el ejemplar del día en su domicilio a primera hora de la mañana y llegase a los puntos de venta habituales y a los muchachos que lo voceaban.

El despacho de don Felipe estaba al final y quedaba aislado de la amplia sala donde los plumillas nos devanábamos la sesera, buscando el adjetivo correcto, el verbo adecuado y la puntuación conveniente para que nuestros textos obtuvieran su visto bueno y mereciesen los honores de la letra de molde. La puerta enmarcaba un cristal esmerilado donde podía leerse: FELIPE CLAVERO y una línea más abajo: DIRECTOR.

Don Felipe sacó la llave y le costó trabajo encajarla en la cerradura. Nunca había acudido a la Pecera acompañándolo, por eso me quedé en la puerta, recordando lo que me dijo mi primer día de trabajo: «Aquí no se pone un pie sin mi autorización». Era su *sancta sanctorun.* Había que golpear en el cristal y esperar su venia. Colgó la capa y el chambergo con que se cubría en una percha de pie y me gritó antes de sentarse:

—¡Qué hace usted ahí, hecho un pasmarote!

—Esperaba su permiso, don Felipe.

—¡Pase de una maldita vez y cierre esa puerta! —ladró, al tiempo que sacaba de un cajón de la mesa un habano que, tirando por lo bajo, costaba tres pesetas. Se dispuso a encenderlo; todo un ritual, pero antes me dio otra orden—: ¡Siéntese!

En la redacción se tenía como verdad admitida que don Felipe Clavero era soltero empedernido y que le profesaba no poca afición a los burdeles. También se decía, aunque eso no estaba comprobado, que mantenía relaciones con una dama. Estaba vinculado al periodismo desde que el general Narváez proclamó mayor de edad a Isabel II hacía más de un cuarto de siglo y formó parte del equipo de Calvo Asensio cuando se lanzó a la aventura de fundar *La Iberia*, allá por 1854, para apoyar las ideas de los liberales más progresistas, dando soporte a ideas tan revolucionarias como que un hombre tenía derecho al voto, más allá de sus circunstancias económicas. Don Felipe era director desde hacía nueve años y en sus artículos de fondo se mostraba ferviente defensor de la soberanía nacional, lo mismo que Prim, a quien en *La Iberia* se apoyaba sin titubeos. Lo que no era obstáculo para que don Felipe manifestara ciertas reticencias respecto a algunas de sus actitudes.

Me senté en el borde de la silla porque, la verdad sea dicha, don Felipe Clavero me producía un respeto rayano en el temor que se acentuaba cuando me encontraba en la Pecera. Acabó el ritual del encendido del puro y expulsó la primera bocanada de humo; entonces se retrepó en el sillón y me requirió:

—Ahora, cuéntemelo todo, Besora. Absolutamente todo, sin olvidar un detalle.

Durante cerca de una hora desgrané lo que había visto y sentido. Le describí el lugar: desolado y solitario, el amanecer y la impresión que me produjeron los preparativos, la forma como llegué hasta el tocón de la encina, los primeros disparos y el intento de dar por concluido el duelo, al resultar levemente herido don Enrique.

—¿Quién se opuso?

—El infante. Los padrinos de Montpensier argumentaron que se daban por satisfechos al haberse derramado sangre. Pero el Borbón dijo que si Montpensier se retiraba del campo del honor, él se encargaría de que fuera el hazmerreír de toda España.

—¿Montpensier no deseaba proseguir?

—Tengo la impresión de que se veía en una ratonera y que su única salida era dar el duelo por concluido, con lo que salvaba su honor sin que hubiera víctimas.

—En ese caso, ¿cómo explica que su tercer disparo fuese tan certero?

—No lo sé. Pero le aseguro que al ver caer al infante se le demudó el semblante.

Don Felipe dio una larga calada a su puro y murmuró entre dientes:

—El francés no es tonto. Pero se equivoca quien crea que desiste de sus aspiraciones al trono. Cuénteme con detalle la muerte de don Enrique.

—No es mucho lo que puedo decirle. Se formó ún gran barullo. Vi cómo se doblaba hacia delante y caía de rodillas para después dar de bruces en el suelo.

—¿Murió en el acto?

—El disparo era mortal, pero vivió unos minutos. Las palabras de un médico a uno de los padrinos de Montpensier fueron: «No hay nada que hacer».

Dio una chupada a su habano y expulsó el humo lentamente acariciando su larga barba; luego sacó del bolsillo de su chaleco su reloj, miró la hora y me ordenó:

—Ha sido usted testigo del duelo del siglo, Besora. ¡Póngase a escribir! ¡Vamos a darle la primera plana! ¡Quiero esa crónica encima de la mesa antes de las dos!

—Haré lo que pueda, don Felipe.

Me miró irónico.

—Supongo que quiere usted decir que la tendré aquí.

No rechisté. Había aprendido que a veces importaba más la actualidad que la calidad del texto. Me esforzaría por conseguir lo segundo al contar a nuestros lectores lo sucedido aquella mañana del 12 de marzo en el campo de tiro de Carabanchel.

—Sí, señor.

Estaba a punto de abandonar la Pecera cuando me detuvo su voz autoritaria.

—Limítese a los hechos, Besora. Sin añadir cosas de su cosecha. Los comentarios de esta historia, que va a traer cola, los dejamos para más adelante.

—Sí, señor.

Me concentré para sacarle todo el partido posible al acontecimiento que había presenciado y que, según don Felipe, era el «duelo del siglo». Pensé que ése era un buen título y que mataba dos pájaros de un tiro. Por un lado, respondía a la importancia de lo dilucidado en el campo del honor. Por otro, don Felipe se alegraría de que lo calificase con sus propias palabras. No podía olvidarme de que continuaba de temporero.

5

Poco antes de las dos estaba golpeando en la puerta acristalada de la Pecera.

—¡Adelante!

Don Felipe estaba retrepado en el sillón, envuelto en una nube de humo. No había salido del despacho en toda la mañana y tuve la sensación de que tampoco había hecho gran cosa. Los adminículos desperdigados sobre su desordenada mesa estaban en el mismo sitio que cuando salí. Mantenía el puro cerca de la boca con aire indolente. Intuí que le pasaba algo. Era anormal que no hubiese aparecido por la redacción, al menos un par de veces, dando gritos, impartiendo órdenes y repartiendo regañinas; pero lo que más me impresionó fue que, mirándome a través de la nube de humo que nos separaba, me preguntara antes de llevarse el puro a la boca:

—¿Qué tripa se le ha roto, Besora?

No podía haber olvidado el plazo que me había marcado y que me había hecho sudar tinta. Dejar listos para su visto bueno cuatro folios escritos por las dos caras no era poco. Había conseguido un texto aséptico, olvidándome de sensaciones y sentimientos. Me había recreado en el paraje, en la descripción de los personajes y en el desarrollo de los acontecimientos, sin añadir un ápice de calor. Para mi gusto el resultado era un poco frío. Pero era lo que me había exigido. Yo habría hecho algo diferente: poner el acento en las consecuencias políticas que, sin duda, iban a derivarse de aquel sangriento lance. Habría tirado de la historia y señalado la rivalidad existente entre las dos ramas familiares.

—La crónica del duelo, don Felipe. Van a dar las dos.

Sacó su reloj, comprobó la hora y con un esbozo de sonrisa me preguntó:

—¿Está contento con el resultado?

Me sorprendió su pregunta: significaba cierta consideración, al interesarse por mi punto de vista. Dudé si decirle lo que pensaba realmente de aquellos folios faltos de pasión o responderle con una evasiva. Me decidí por lo último.

—Como usted dice, siempre se puede mejorar. Pero creo que el trabajo responde al encargo que me ha hecho.

—¡A ver, a ver!

Alargó la mano, agitando los dedos. Se caló las lentes y, sin molestarse en decirme que tomase asiento ni que me retirase, se enfrascó en la lectura. Estuve a punto de abandonar la Pecera sin hacer ruido, pero permanecí allí, atento a cualquier indicio sobre el efecto que le producía la lectura. Leía y fumaba al mismo tiempo. Su rostro era una máscara. Hubo un momento en que me pareció percibir un leve asentimiento de cabeza. Cuando dejó los pliegos sobre la mesa y se quitó las lentes, me miró a los ojos.

—Sólo habrá que cambiar algunos signos de puntuación y utilizar varios sinónimos para evitar las reiteraciones en ciertas expresiones. Pero el tono es el adecuado. ¡Buen trabajo, Besora!

—Gracias, don Felipe. —No pude disimular la frialdad de mi agradecimiento.

—Pásese por administración y… —No terminó la frase. Se

levantó y se encaminó hacia la puerta—. ¡Venga conmigo! ¡No se quede usted ahí hecho un pasmarote!

Cruzamos la redacción entre las miradas de mis compañeros. La que me dirigió Carmona Roland era aviesa. Bajamos la escalinata. En la planta baja también estaba la administración: dos habitaciones con las paredes cubiertas de estanterías del suelo al techo llenas de archivadores. Don Felipe entró como un torbellino. Yo seguía la estela de su puro que echaba humo sin parar. Me satisfizo verlo entrar de aquella manera. El administrador y su ayudante, que también ejercían de cobradores de las suscripciones y de los vendedores ambulantes, a quienes maltrataban de palabra y no fiaban un solo ejemplar, me parecían dos seres perversos. Abonaban de mala gana los pagos, como si el dinero fuera suyo. Tenías que ir varias veces y casi implorar para cobrar. Un suplicio. El lugar olía a rancio y estaba sumido en una penumbra mortecina, incluso en las horas de mayor claridad del día, porque la luz sólo entraba por un ventanuco enrejado.

—A partir de este momento, don Fernando Besora es de la plantilla. ¡Cien duros el primer día de cada mes! Ciertas colaboraciones van aparte, ¿entendido?

—Por supuesto, don Felipe —asintió el administrador, sin rechistar.

Me quedé de una pieza. ¡Cien duros a primeros de cada mes! Además, el disfrute de ver al administrador encogido, en lugar de hinchado como un pavo real, mirándome con desprecio y poniendo toda clase de pegas a mis minutas era algo impagable. Don Felipe se volvió hacia mí y me preguntó:

—¿Tiene alguna colaboración pendiente?

—Sí, señor. Cuatro.

—¿Cuatro? —preguntó alzando las cejas—. ¿Acaso no le hace falta el dinero?

—Como a cualquier hijo de vecino, don Felipe. En realidad, estoy a dos velas.

—¡Démelas!

Antes de entregárselas al administrador, ajustó mentalmente la cuenta.

—¡Abónele a Besora las sesenta y ocho pesetas!

Sin rechistar, sacó de uno de los cajones una bolsa de cuero y contó trece duros de plata a los que añadió tres pesetas. Don Felipe me indicó con un gesto que recogiese el fruto de mis sudores. No necesité que lo repitiera.

—Don Felipe, los seis duros que me dio para gastos y…

—¡Quédeselos y se paga la limpieza del abrigo! ¡Lo tiene hecho un asco!

Estaba más contento que unas pascuas. Era plantilla de *La Iberia*, don Felipe me situaba en el nivel alto de las remuneraciones y llevaba noventa y ocho pesetas en el bolsillo. Me disponía a seguirlo escaleras arriba cuando me espetó:

—¡Váyase a casa, lávese y tómese el resto del día de descanso! ¡Se lo ha ganado!

—Don Felipe, yo… yo…

—¡Váyase a casa, no sea que me arrepienta!

No tuve tiempo de darle las gracias, ni de decirle que trabajaba en el suceso de la calle Carretas con lo que pretendía conseguir lo que acababa de lograr. La crónica de lo ocurrido me quemaba en el bolsillo porque barruntaba que allí había sucedido algo tremendo. Don Felipe Clavero siempre me desconcertaba. Era autoritario, a pesar de sus convicciones democráticas. Te exigía sin medida y era distante en el trato. Ahora, según sus normas, había puesto firmes a los bergantes de administración y se había mostrado generoso al señalar la cuantía de mi nómina y otros emolumentos que quedaban a su discreción.

En la calle lucía un sol espléndido que calentaba algo el frío ambiente de la mañana y mientras caminaba no dejaba de pensar en los rumores que circulaban en la redacción sobre la personalidad del director. Se comentaba que pertenecía a una sociedad secreta surgida en tiempos del liberalismo clandestino de la época de Fernando VII. Lo que nadie cuestionaba era que tenía una pluma acerada y que su prosa era elegante. No se prodigaba. Estaba más pendiente de encargar, corregir y perfilar los contenidos del periódico que de escribir.

Al llegar a la plaza Mayor me encontré con el bullicio de costumbre, un hervidero. Salí por la calle de las Postas a la Puerta del Sol, adonde llegué cuando sonaban las tres en el reloj del Ministerio de la Gobernación. Compré media libra de tabaco holandés de hebra y me quedé mirando un escaparate en el chaflán que separaba las calles del Carmen y Preciados. La cordura me decía que enfilara la calle Arenal y me fuera a descansar después de tantas horas de tensión. Pero yo estaba feliz y la tentación era demasiado grande. Recordé una de las sentencias de mi amigo Rocafull referida a las tentaciones: «La mejor forma de vencerlas es caer en ellas». Decidí hacerle caso.

En casa, Paloma y doña Rosario estaban en la sobremesa, Micaela andaba fregoteando en la cocina y a Crisanto no se le veía por ninguna parte. Decidí no despojarme del gabán, los restos del barro reseco darían solemnidad a la conversación. Entré al comedor con una sonrisa en los labios.

—Buenas tardes tengan las damas de la casa.

Paloma bajó la vista, clavándola sobre su taza de café, y doña Rosario miró con descaro las manchas de mi abrigo.

—¿Ha tenido un accidente? —preguntó al tiempo que echaba mano a unos impertinentes que colgaban de una cinta de seda negra sobre su pechera.

—No. ¿Por qué lo dice?

—¿Es que no se ha mirado el abrigo?

—¡Ya está presentable! Si lo hubiera visto esta mañana...

—¿Qué le ha ocurrido? —A Paloma apenas le salía un hilo de voz.

—Tuve que reptar para asistir al duelo en primera fila.

—¿Qué ha pasado? —preguntó doña Rosario con ansiedad.

—¿No se han enterado? El Orleans ha matado al Borbón.

—¡Jesús! —Se llevó la mano a la boca como si la noticia le produjese una fuerte impresión, pero pudo su curiosidad—: ¡Cuente, cuente, don Fernando! Pero antes póngase cómodo, tome asiento.

Me acomodé frente a Paloma, verla de nuevo era un bálsamo para mi cansancio. Me quité el abrigo para no ensuciar la tapicería y lo coloqué cuidadosamente doblado con el forro hacia afuera sobre el respaldo de una silla. Fue entonces cuando se salió del bolsillo un paquete pequeño y alargado, envuelto en papel de regalo y atado con una primorosa cinta de seda. Comprobé con el rabillo del ojo el interés de doña Rosario, quien, sin atreverse a preguntar, me indicó lo que era obvio:

—Se le ha caído algo.

Decidí dejarlo a la vista, sobre el forro azul de mi abrigo. Me di cuenta de que Paloma también miraba intrigada el delicado paquete. Yo me sentía el amo del corral.

—¿Quiere tomar un café? —me ofreció Paloma, quien ante su madre volvía a poner distancia en el lenguaje. Sin embargo, creí percibir un tono de dulzura.

—Sí, por favor.

En lugar de llamar a Micaela, Paloma trajo una taza y me sirvió. Observé un temblorcillo, apenas perceptible, en sus manos.

—¿Dos cucharadas de azúcar?

—Eso es —respondí satisfecho al comprobar que sabía el azúcar que ponía a mi café. Me gustaba dulce como un jarabillo.

Con mi relato traté de impresionar a Paloma y a su madre. A petición de doña Rosario, tuve que repetir hasta tres veces la forma en que don Enrique cayó herido de muerte. Antes de retirarme a mi alcoba dije a Micaela, quien había asistido al relato desde la puerta de la cocina, que cenaría en casa y aprovechando un descuido de doña Rosario, guiñé un ojo a Paloma.

Me dormí pensando en la forma de hacerle llegar el abanico que acababa de comprarle. No me desperté hasta que me sobresaltaron unos golpes. Creí que era Micaela anunciando la cena. Pero me sorprendió escuchar la voz de doña Rosario al otro lado de la puerta. Me despabilé temiendo que hubiera descubierto lo ocurrido aquella madrugada y fuese a ponerme de patitas en la calle. Tanteaba en la penumbra de la alcoba buscando mi bata, cuando escuché a doña Rosario gritar:

—¡Don Fernando, ha llegado para usted un telegrama de Reus!

Me sobrecogió el anuncio. Los telegramas sólo se empleaban para cuestiones de mucha importancia. Eran costosos y no estaban al alcance de todos los bolsillos.

—¡Salgo enseguida!

Un telegrama de Reus tenía, necesariamente, que traer noticias de mi casa. La última carta la había recibido el 2 de febrero, día de la Candelaria. Lo recordaba porque había visto en San Ginés una procesión con la gente alumbrando con cabos de vela envueltos en ramitas de romero. Temí que mi madre, una enferma crónica que gozaba de excelente salud, hubiera enfermado realmente. Nervioso, trataba de anudarme la bata con un revuelo de negros pensamientos. Me calcé las babuchas y alisé algo mis alborotados cabellos.

La estampa que me encontré al abrir la puerta presagiaba algo malo. El telegrama había reunido en el pasillo a todos los habitantes de la casa, incluido Crisanto. Doña Rosario me entregó, sin decir palabra, un pequeño sobre azul desvaído. La luz que entraba por la única ventana del pasillo era escasa; todo estaba envuelto en una penumbra que, sin duda, mi estado de ánimo hacía más oscura. A su lado estaba Paloma con el semblante entristecido y un brillo de ternura en sus ojos. Micaela, un paso más atrás y, al fondo, la figura inmóvil de Crisanto.

Rasgué el sobre sin miramiento y mis ojos volaron sobre las dos tiras de papel blanco que contenían un corto mensaje. Volví a leerlas incrédulo, antes de exclamar:

—¡A mi familia le ha tocado la lotería!

Hubo un silencio de estupor momentáneo.

—¿Cuánto? —preguntó doña Rosario muy seria.

Miré de nuevo el telegrama para no equivocar la cifra. Los nervios suelen jugar malas pasadas. Comprobé que lo firmaba mi tía Ernestina.

—Cuarenta mil duros —respondí bajando la cabeza, como si me avergonzara anunciar la cifra.

—¡Es usted rico, don Fernando! —exclamó Micaela.

Dudé que fuera así. La lotería había tocado a mis padres y en mi casa había un *hereu*. Pero juzgué más prudente guardar silencio.

6

Si el 12 de marzo llegó el telegrama que, según Micaela, me convertía en un hombre rico, cinco días después fui destinatario de otro de contenido bien distinto. Mi madre me comunicaba la repentina muerte de mi padre. Había fallecido a la edad de sesenta años a causa de un fallo del corazón. El entierro era el día 18 y llegué a Reus con el tiempo justo para asistir al sepelio de mi padre. Fue un día triste por lo inesperado del trance y porque las relaciones con mi padre, un buen hombre, habían sido de siempre mucho mejores que con mi madre, demasiado autoritaria y muy pagada de sí misma.

El tiempo se alió con mi tristeza. Apenas habíamos regresado del cementerio cuando estalló una tormenta que duró cerca de dos horas. La tata Inés, siempre miedosa con las tormentas, configuró sobre la mesa de la cocina una cruz de sal que, según ella, protegía de los malos espíritus que acompañaban al fenómeno meteorológico. No paró de bisbisear una plegaria a santa Bárbara, la abogada contra las tormentas:

Santa Bárbara bendita,
que en el cielo estás escrita,
con papel y agua bendita,
en el ara de la Cruz,
Pater noster amén Jesús.

Cuando la tormenta se perdió por el Mediterráneo, en casa estábamos en familia: mi madre, tía Ernestina, mi hermano Carlos, su esposa —mi cuñada Nuria Camps— y la tata, que a todos los efectos era un miembro más de la familia. Entonces amagó con estallar una nueva tormenta, al destapar mi cuñada la caja de los truenos.

—Supongo, Fernando, que desearás marcharte para Madrid lo antes posible.

—Allí tengo mi trabajo. Por cierto —miré a mi madre sentada en su sillón—, todavía no os he dicho que tengo sueldo fijo.

—¡Más te vale! —exclamó mi cuñada.

Todos los presentes sabíamos que se refería al dinero que me enviaba mi padre. Tía Ernestina, para evitar que le respondiese como se merecía, aunque yo no tenía ganas de polémica, echó tierra al asunto.

—Éste no es momento para hablar de ciertos temas, el cuerpo de mi hermano...

Mi cuñada estalló hecha una furia, como si la ofendida fuera ella.

—¡Hay cuestiones que deben resolverse en caliente! ¡Lo más conveniente será abrir lo antes posible el testamento! —Miró a mi hermano que tenía los ojos clavados en el suelo—. ¡Todo ha de quedarse arreglado antes de que te marches! ¡Vete a saber cuándo volveremos a verte el pelo! ¡Hoy por poco si llegas al entierro!

Las relaciones con mi cuñada nunca habían sido buenas, pero en las pocas horas que llevaba en Reus había comprobado que desde mi marcha eran mucho peores.

—Nuria, por favor —protestó mi hermano con un hilo de voz.

—¡Qué favor ni qué niño muerto!

Si mi cuñada deseaba pelea, no iba a encontrar en mí al adversario que buscaba. Así que decidí zanjar la cuestión en pocas palabras.

—Por mí podéis abrirlo cuando queráis. Mi hermano es el *hereu* y la ley está clara.

—No es el momento. —La voz de mi madre sonó como un latigazo.

Era un golpe de autoridad a su estilo, aunque en esta ocasión no me molestó. Lo que yo deseaba era encerrarme en mi habitación con mi dolor, y maldita la gana que tenía de hablar de testamentos y herencias. Con mi padre había estado estrechamente unido y nuestras únicas diferencias surgieron al comunicarle mi deseo de hacer carrera en el mundo de las letras y marcharme a Madrid. Sus planes pasaban porque me labrara un porvenir en el ámbito industrial, pero no contó con que no me interesaba el mundo del aceite. A pesar de que no entendió mi marcha a Madrid, no me negó su ayuda material. Sin ella me hubiese resultado imposible embarcarme en la aventura literaria. Creo que fue la única vez en su vida que se opuso a los deseos de mi madre, quien rechazaba mis proyectos con la mayor contundencia. Si con mi padre podía discutirlos, con ella no era posible. Sencillamente se negaba a hablar de lo que calificaba como una estupidez y me castigaba con una altanera indiferencia desde que planteé mi marcha a Madrid como un asunto irrevocable. Lamentaba haber llegado demasiado tarde para decirle que empezaba a abrirme camino y, sobre todo, decirle que podía sentirse orgullo del trabajo de su hijo menor.

—Doña Carlota, sería conveniente no demorar…

Mi madre impidió a mi cuñada completar la frase.

—He dicho que no es el momento. Hasta que se celebre la misa de funeral, pasados los nueve días, no se volverá a hablar del asunto. Entonces, ya veremos.

La autoridad de mi madre se impuso. Mi hermano y su esposa se despidieron y los demás nos retiramos a nuestras habitaciones, después de una cena frugal. Me reencontré con mi dormitorio, escuetamente amueblado, pero con todo lo necesario para mis necesidades en los próximos días porque mi estancia en Reus iba a prolongarse más de lo previsto. Me tranquilizaban las cariñosas palabras con que me había despedido don Felipe, extrañamente solícito en sus condolencias, al conocer la luctuosa noticia. «Tómese el tiempo que necesite, estas cosas suelen traer mucha cola.»

Los nueve días que separaban el sepelio del funeral fueron duros. El luto en Reus, como en otras poblaciones, era mucho más que vestir de negro. Al menos durante los primeros días, afectaba a todos los aspectos de la vida y, desde luego, mucho más a las mujeres que a los hombres No se debía salir a la calle salvo para lo más imprescindible, y como casi no se podía hablar todo eran murmullos y andar de puntillas. Las comidas transcurrían silenciosas, se dedicaba mucho rato a los rezos y al llanto, mucho llanto. Mi madre no, mi madre parecía tener los ojos secos.

El quinto día se rompió la monotonía y hasta se produjo cierto revuelo, al aparecer en casa el jefe de telégrafos. Quería entregarnos personalmente un telegrama remitido desde la Presidencia del Gobierno. Prim mostraba a la familia Besora su pesar. Supuse que había sido la madre del general, doña Teresa Prats, que vivía en la plaza del Mercadal, casi en la esquina con el *carrer* de Monterols, quien lo habría informado de la muerte de mi padre. Conocía la vieja relación de amistad que lo ligaba con el general, a quien mi padre se refería como Joanet, hasta que después de convertirse en el héroe de los

Castillejos, dejó de hacerlo por parecerle un apelativo inadecuado.

El contenido del telegrama era escueto y sencillo:

> JOANET SE SUMA A VUESTRO DOLOR EN MOMENTOS TAN TRISTES STOP ABRAZOS STOP PRIM

Aquellos días de tedio y pesadumbre, salpicados de visitas continuas de vecinos, amigos y conocidos, los proveché para escribir. Trabajaba en una novela de las de capa y espada, al estilo de las que Fernández y González publicaba por entregas en *La Discusión*. Escribía y pensaba porque, cuando menos acordaba, se me iba el santo al cielo y en el cielo estaba Paloma. Me recreaba en el fugaz beso de la madrugada que tantas alas daba a mis ilusiones. También en el que había logrado, casi robado, aprovechando un descuido de su madre, cuando le regalé el abanico que me había costado la mitad de lo recibido por mis colaboraciones. Un verdadero dispendio que me obligó a hacer más que cuentas, verdaderos malabarismos, para el viaje en tren que me trajo a Reus. Tuve que hacerlo en tercera clase. Mis recursos no daban para más.

Vine en un vagón más apropiado para el transporte de mercancías que de personas. Los viajeros con quienes compartí espacio eran de lo más variopinto. Un manchego con su amplio blusón negro y la gorra calada hasta las cejas hizo el trayecto desde Guadalajara hasta Calatayud acompañado, además de su romana y su capacha, de dos jaulas de quesos cuyo olor lo inundaba todo. Viajé con pavos atados de las patas y metidos en cestos de mimbre que, de vez en cuando, protestaban camino de su destino final, a pesar de que estábamos en cuaresma; lo mismo que dos pares de pollos y gallinas, regalo para un médico de Zaragoza, de un paciente de La Almunia de Doña Godina. Unos campesinos llevaban sacos de lona llenos de legumbres, y dos mujeres, que hicieron un corto recorrido entre dos pueblos cuyos nombres no recuerdo, subieron y bajaron con unas cajas con hortalizas y un lechón. El vagón parecía el Arca de Noé.

No pude despedirme de Paloma como hubiera deseado porque su madre, bien porque empezaba a sospechar algo y sus preferencias estaban por Crisanto —a pesar de la lotería—, bien porque quiso mostrarse atenta conmigo en un trance tan doloroso, no me dejó a solas un instante. Ahora en mi mente no sólo volaban los recuerdos, sino que mi imaginación trazaba proyectos de futuro.

Los nueve días de rigor se cumplieron el 27 de marzo. La llegada del funeral significaba para mí coger los bártulos y regresar a Madrid. En la iglesia los familiares nos colocamos en primera fila, cerca del presbiterio. Los hombres a un lado —junto a mi hermano y a mí estuvo mi padrino, el tío Fernando, el único hermano varón de mi padre que vivía en Palafrugell, adonde aún no llegaba el telégrafo y no había recibido la noticia del fallecimiento con tiempo de asistir al entierro— y las mujeres a otro; a mi madre, a tía Ernestina y a mi cuñada las acompañaron muestras primas María y Montserrat, las hijas de tío Fernando. Terminada la ceremonia, volví a estrechar un sinfín de manos, a saludar a conocidos y desconocidos. Todo formaba parte del rito. Así se cerraron los nueve días de rigor, aunque el luto en lo referente a vestir de negro, no participar en fiestas y celebraciones o simplemente salir a pasear por el *carrer* de Monterols o caminar hasta el santuario de la Virgen de la Misericordia, la imagen de la patrona que despertaba grandes devociones entre los reusenses, se prolongaría mucho más tiempo. Madrid era para mí una liberación.

Ni mi hermano ni mi cuñada sacaron el asunto del testamento. Se despidieron con un escueto «hasta mañana» y pensé que era una forma de quedar emplazados para el día siguiente y abordar el enojoso asunto. Después de que Carlos y Nuria se marcharan, mi madre se retiró a su alcoba sin comer, aduciendo una fuerte jaqueca. Tal vez fuera verdad, pero yo no me lo creía. En materia de enfermedades maternas yo había aprendido mucho. Desde mi infancia —cuando la posibilidad de perderla me producía angustia— la conocí enferma de los peores males; sin embargo, con el paso de los años aprendí que sus padecimientos no iban más allá de cosas sin importancia. Descubrí que gozaba de una salud envidiable. Sus enfermedades eran una forma de llamar la atención y de acentuar el férreo control que ejercía sobre quienes la rodeaban. Administraba con maestría mareos, migrañas, jaquecas y dolores de espalda, cintura o cervicales. Por el contrario, mi padre jamás se quejó de dolencia alguna. Fue durante el almuerzo cuando me enteré de algunas cosas ocurridas durante los últimos días de vida de mi padre. Apenas empezamos a comer cuando un cruce de miradas cómplices entre tía Ernestina y la tata me alertó.

—¿Ocurre algo? —pregunté mirándolas alternativamente.

Tras unos segundos de duda ambas comenzaron a hablar a la vez. Inés, por prudencia, dejó a mi tía la explicación.

—¡La culpa de todo la tiene la maldita lotería!

—¿La lotería? —pregunté sorprendido—. ¿De qué me estás hablando?

—La lotería ha tenido la culpa de la muerte de tu padre —afirmó mi tía sin pestañear.

Me quedé mirándola con los ojos como platos y añadió:

—Desde el primer momento esos malditos cuarenta mil duros no han traído más que problemas.

—Explícate, por favor.

—Verás, al saberse que a tu padre le había tocado un buen pellizco, acudió mucha gente para felicitarlo... Más de uno para ver si se escapaba algo.

—¿A quién más le ha tocado la lotería en Reus? —pregunté para situarme.

—A nadie más. El número premiado no se vendió en Reus sino en Barcelona, que es donde tu padre había comprado cinco décimos.

—¿Y qué tiene que ver el premio con la muerte de mi padre?

—Cuarenta mil duros en metálico es mucho dinero, Fernandito. La Nuria se relamió —señaló la tata—. Ya sabes cómo le gusta todo lo bueno.

Asentí con un ligero movimiento de cabeza. En mi casa, a pesar de que los posibles de la familia nos permitían acomodos que no estaban al alcance de la mayoría, mi madre había administrado el hogar con austeridad espartana. Por eso producían cierto escándalo los gastos de mi cuñada. Dos veces al año iba de compras a Barcelona y volvía cargada de vestidos, de sombreros y toda clase de perifollos. A ello se añadía que a comienzos del otoño pasaba una semana tomando las aguas en el balneario de Caldas de Montbui. En mi casa aquello se consideraba un dispendio, sobre todo porque mi madre, pese a sus enfermedades, jamás se permitió una temporada en un balneario.

—La Nuria —señaló tía Ernestina— pensó que los cuarenta mil duros irían íntegros a manos de su marido...

—Lo consideraba un derecho del *hereu* —añadió la tata.

—Pero se equivocó —prosiguió mi tía—. Tu padre le dijo a Carlos que había decidido repartirlos entre vosotros a partes iguales. La Nuria consideró la decisión de tu padre un atentado contra los derechos de su marido.

—¿Mi hermano dijo algo?

—Ni mu. Pero no había que ser un lince para saber que tampoco estaba de acuerdo. Tu padre se sintió en la obligación de dar una explicación.

—Se equivocó al hacerlo —afirmó la tata con contundencia y mi tía asintió.

—¿Por qué? —pregunté.

—Porque el premio en sentido estricto no forma parte del patrimonio familiar.

—¿Qué pasó?

—Al día siguiente tu padre y Carlos se encerraron en el despacho y tuvieron una conversación subida de tono que acabó en unos gritos que se escuchaban al otro lado de la puerta.

—¿Carlos le gritaba a nuestro padre?

—¡Sin el más mínimo respeto! ¡Jamás se había visto una cosa igual en esta casa! —exclamó la tata escandalizada.

Recordé los años en que Carlos, siendo yo diez años más pequeño que él, me sacaba a pasear y me compraba helados y caramelos. Añoré el tiempo en que para nosotros, al menos para mí, no existían herencias ni privilegios que, según las viejas leyes del derecho privado catalán, tenía él por su condición de primogénito, otorgándole el derecho a recibir la mayor parte del patrimonio familiar. Carlos cambió mucho desde que Nuria entró en su vida.

—De todos modos, ¿qué tiene que ver todo eso con la muerte de mi padre? —pregunté buscando la última conexión entre aquel dinero y lo ocurrido.

—Tu hermano salió del despacho hecho un basilisco, dio tal portazo que la casa tembló. Se marchó sin decir adiós a tu madre que en aquel momento volvía de la parroquia acompañada por ésta. —Mi tía miró a la tata—. Me preguntó qué pasaba y le dije que Carlos y su padre habían tenido una fuerte discusión. Entró en el despacho hecha un huracán y al instante me alarmaron sus gritos. Acudí y me encontré a tu padre con el rostro desencajado y una palidez mortal.

En aquel momento tía Ernestina rompió a llorar y la tata se sumó a su llanto. Cuando logré tranquilizarlas, me explicaron que mi padre ya no se recuperó.

—¡A tu padre lo mató el berrinche que le dio Carlos! Siento mucho tener que decírtelo, pero es la verdad. Tu tía y yo creemos que tienes derecho a saberlo.

—¿Qué opina mi madre de todo esto?

—No ha abierto la boca. Pero tú ya sabes cómo se toman las decisiones en esta casa. El reparto ya estaba hablado con tu madre.

Nos levantamos de la mesa sin probar bocado y me encerré en mi habitación. Derramé más lágrimas por mi hermano que por mi padre. Su mujer lo había convertido en otro hombre.

Al día siguiente mi madre nos citó a Carlos y a mí aquella misma tarde, a las siete. Nos reunimos en el despacho y mi madre nos dijo que llamaría al notario para las formalidades del testamento y que el dinero de la lotería se repartiría según había dispuesto mi padre. Mi hermano inició una protesta que ella cortó sin contemplaciones.

—No irás a discutir la voluntad de un difunto.

El testamento de mi padre dejaba a mi hermano en su condición de *hereu* la parte del león y a mí me quedaban las migajas. No me sentó ni bien ni mal. La ley era la ley. Sin embargo, las migajas significaban otro pellizco en metálico: dos mil duros, que se sumaban a los veinte mil de la lotería. También llegaba a mis manos una participación en los beneficios de la empresa familiar. El testamento contemplaba una ampliación de mis derechos, en caso de que me incorporase al negocio que quedaba bajo la batuta de mi hermano y los restringía, siempre dentro del margen legal, si persistía en el deseo de abrirme camino en el proceloso mundo de las letras.

El notario me leyó con detenimiento esa parte.

—¿Está usted en condiciones de tomar una decisión en este momento?

—Desde luego —respondí sin vacilar.

—Entonces, dígame.

—Prefiero la segunda opción.

—En ese caso, debe saber que su participación en los beneficios queda limitada al diez por ciento —me dijo mirándome por encima de las lentes.

Apenas escuché las palabras del notario señalando que las escrituras estarían para la firma el 13 de abril, Lunes Santo. Sin embargo, las cosas se dilataron dos días más. El Miércoles Santo salí temprano de casa y me encaminé hacia las oficinas de Aceites Luis Besora e Hijos, que estaban en un edificio anejo a la fábrica. Quería ver a mi hermano y sabía que cada mañana, a las ocho, llegaba puntualmente a su trabajo. Saludé a los cuatro escribientes de la oficina y pregunté por él.

—Está en su despacho. Enseguida le aviso.

—Déjelo, no es necesario.

Golpeé la puerta con los nudillos y, sin esperar a la respuesta, entré rápidamente cerrando tras de mí. No quería testigos. Mi hermano se quedó mirándome como si yo fuera una aparición.

—¿A qué se debe esta visita?

—Tengo que hablar contigo a solas, antes de que vayamos a la notaría.

Me miró con sarcasmo.

—¿No vendrás en busca de tus primeros beneficios?

Ignoré el comentario. No buscaba pelea, sino evitar posibles conflictos, a pesar de su actitud distante, casi grosera.

—He venido a venderte mi participación. ¿Te interesa?

Se quedó mirándome fijamente, como si buscase una trampa en mi propuesta. Su respuesta me llegó con un punto de agresividad:

—¡Tú no tienes participación!

—En los beneficios sí. El testamento de nuestro padre es muy claro. Exactamente me corresponde un diez por ciento.

—¿Cuánto quieres?

—Tú estás en mejores condiciones para hacer una oferta. Conoces los números.

—Tendré que hacer cálculos.

Carlos ignoraba que para mí desligarme de la empresa no era cuestión de un puñado de pesetas. Yo no era un hombre de empresa, mi vida iba a construirse en un mundo donde el dinero era un medio, no un fin. Lo que deseaba era disponer de unos recursos con que ofrecerle a Paloma Azpeitia la seguridad material que requería pedirla en matrimonio.

Cuando salimos de la notaría Carlos me dijo que necesitaba algún tiempo para hacerme una oferta. En realidad, buscaba ponerme nervioso para que aceptara su primera propuesta. Se sorprendió cuando le dije que me la enviara a Madrid, pues me marchaba al día siguiente.

Hice mi equipaje y, después de almorzar, antes de que mi madre se retirara, me despedí de ella con la frialdad acostumbrada. La tata derramó unas lágrimas al verme partir y tía Ernestina me acompañó hasta la estación. Fuimos dando un paseo, escoltados por el mozo que llevaba mi equipaje.

—¿Cuándo volverás?

—No lo sé. Si Carlos no demora su respuesta, pronto.

A las siete y algunos minutos el tren silbó anunciando su marcha. Nos abrazamos y subí a mi vagón para asomarme a la ventanilla y prolongar la despedida unos segundos. Mí tía permaneció en el andén agitando la mano hasta que la perdí de vista.

Después de un viaje de veintiuna horas, como viajero en primera clase, llegaba al apeadero de Atocha, que algunos llamaban estación del Mediodía.

El tren se detuvo envuelto en humo y en medio del desagradable chirrido de las ruedas, frenando hierro sobre hierro. Bajé al andén. La locomotora lanzaba nubes de vapor por los costados, como si se recuperase del enorme esfuerzo realizado para arrastrar la larga fila de vagones de madera alineados sobre la vía. La estación era un hormiguero de gente que iba y venía en medio de abrazos, risas, llantos, gritos y ruidos, un pequeño mundo donde las emociones afloraban con facilidad. Me acordé de una noticia que había leído en el periódico hacía ya unos meses, poco después de mi llegada a Madrid: reputados científicos afirmaban que la velocidad del tren no debía superar los sesenta kilómetros por hora, ya que el organismo humano era incapaz de soportar velocidades superiores y, si pasaba de esa barrera, se desintegraría. Ciertamente hacer el camino entre Reus y Madrid en menos de un día era algo extraordinario. Había oído decir a mi padre y a mi abuelo que en sus tiempos mozos se necesitaban de cinco a seis jornadas para cubrir el trayecto. El progreso de la industria era una auténtica revolución y los avances del siglo que nos había tocado vivir tan increíbles que si nuestros antepasados levantaran la cabeza no vacilarían en señalar como cosa de brujería muchas de las realidades que estábamos viviendo.

A pesar de mi billete de primera clase, estaba molido. Me alejé unos pasos de la humareda e indiqué a un mozo que se hiciera cargo de mi equipaje. Fuimos hasta la parada de coches de punto que había ante la fachada del Hospital General, al otro lado del descampado que separaba la estación ferroviaria de las últimas construcciones de la calle de Atocha y del paseo del Prado. En el reloj de la pared, bajo la marquesina que protegía parte del andén, eran las cuatro y cinco. No había anunciado mi regreso porque hacerlo por telegrama me parecía un exceso y por carta una inutilidad.

Caminaba hacia el coche con la sensación de que había roto amarras con el pasado y que encaraba un futuro más incierto que si me hubiera quedado en Reus como segundón de la familia bajo el mandato de mi hermano. Pero ese futuro era mucho más prometedor. Lo único que lamentaba era dejar atrás la ciudad que me vio nacer y a la que me sentía entrañablemente ligado, pero mi vida estaba en Madrid, en el mundo del periodismo y de la literatura, al lado de Paloma. El tiempo pasado fuera de Madrid me parecía una eternidad. Ahora mi mayor deseo era volver a verla, aunque fuera bajo la vigilante mirada de su madre.

7

Micaela acudió al sonido de la campanilla. Sin haber anunciado mi regreso, me pareció mejor llamar que abrir con mi propia llave.

—¡Qué sorpresa, no lo esperábamos!

—Lamento no haber avisado, pero hoy se viaja tan deprisa que una carta habría llegado después que yo. ¡Fíjese usted, ayer almorcé en Reus!

—¡Santa madre de Dios! ¿Adónde vamos a llegar? —exclamó llevándose las manos a la cabeza.

—Es el progreso, Micaela.

—¡Esto no puede traer nada bueno! Acuérdese de lo que le digo —afirmó con displicencia, y cogió mi equipaje con más soltura que el mozo de la estación.

—¿Están doña Rosario y la señorita Paloma en casa o han ido a San Ginés?

—Las dos en casa y también el señor Mondéjar. Hay novedades.

—¿Novedades? —pregunté mientras me quitaba la capa, la chistera y los guantes.

—Don Crisanto y la señorita Paloma se han comprometido.

Una oleada de calor subió por mi espalda y un bochorno

se apoderó de mi cara. Al tiempo que mi rostro enrojecía, mi estómago se contraía. Aquello no podía ser cierto. Paloma no había rechazado mis besos, fue ella quien acudió a despedirme en la fría madrugada en que el infante don Enrique y el duque de Montpensier se batieron en duelo. Había aceptado mi abanico, si bien eso no la comprometía a nada. Por un instante pensé que Micaela, con sus muchos años a la espalda, me estaba gastando una broma pesada. Seguro que a su ojo inquisitivo no habían escapado nuestras miradas, nuestros gestos o, incluso, había podido ser testigo, sin que Paloma y yo lo supiésemos, de alguno de los fugaces besos que nos habíamos dado.

Se quedó mirándome y, antes de echar a andar pasillo adelante para dejar el equipaje en mi habitación, murmuró con cierta malicia:

—Esa batalla la tenía usted perdida desde el principio. A pesar de que para mí, que tengo los colmillos retorcidos, aquí hay gato encerrado.

Estaba tan turbado que no presté atención a sus últimas palabras. No podía dar crédito a lo que acababa de escuchar. El mazazo era tal, que hubiera preferido que el suelo se abriera bajo mis pies y descender a los infiernos. Seguro que allí no se estaba peor. ¡Aquello no podía estar ocurriendo! Era una pesadilla de la que despertaría de un momento a otro. Paloma me quería. No me lo había dicho con palabras, pero lo decían sus miradas, sus besos y sus gestos. Si Micaela no me gastaba una broma del peor gusto, en mi ausencia tenía que haber ocurrido algo extraordinario.

—¿Quién es, Micaela? —Era la voz de doña Rosario.

—¡Don Fernando, señora!

Entré en el salón y ante mis ojos apareció la peor escena con que podía encontrarme. Sentados en el sofá estaban Paloma y

Crisanto Mondéjar; frente a ellos, en uno de los sillones, doña Rosario. Me quedé en la puerta, paralizado. Todos mis esfuerzos por aparentar serenidad se esfumaron. Estuve a punto de dar media vuelta y marcharme sin decir adiós. Abrumado, escuché lejanas las palabras de doña Rosario, creo que dándome la bienvenida, aunque no podría asegurarlo porque mi mente estaba en otro sitio. Clavé mis ojos en Paloma, que no pudo sostenerme la mirada. Crisanto se levantó y se acercó a saludarme con calculada cortesía. Esbozó una sonrisa de triunfador y supuse que mi imagen era la del más abatido de los perdedores. Me retó con la mirada al tiempo que me estrechaba la mano y no tuve energía para desafiarlo. Después de preguntarme por el viaje y por mi familia, doña Rosario exclamó jubilosa:

—¡Tenemos que hacerle partícipe de una magnífica noticia! ¡Don Crisanto y Paloma se han comprometido formalmente!

De repente, la tensión de las semanas vividas en Reus apareció como si un ensalmo les hubiese dado cuerpo. El dolor por la muerte de mi padre había estado mitigado por la ilusión de la nueva vida que imaginaba junto a Paloma. Las diferencias abismales que me separaban de mi madre eran cosa menor ante la ilusión de formar mi propia familia. Ahora todo lo forjado en mi imaginación, fruto de mi fantasía, se venía abajo de un solo golpe. Paloma iba a casarse con aquel manchego cuya familia contaba las ovejas por miles y que, según decía, estaba en Madrid para estudiar leyes, aunque yo no lo había visto dejarse los codos en los códigos. A pesar de la evidencia de lo que había ante mis ojos, me costaba trabajo darle crédito; los dos besos de Paloma no eran fruto de mi imaginación.

—Enhorabuena —balbuceé esforzándome para poder hablar.

Crisanto Mondéjar me miraba con aire de superioridad, mientras Paloma mantenía la mirada baja, fija en el regazo. Los ojos de doña Rosario me decían que las dehesas y las ovejas eran mucho más sólidas que las fantasías de un escritor en ciernes; que las ollas no hervían con trozos de ilusión, sino con carne, tocino y garbanzos. Me acerqué hasta ella y me ofreció su mano. Otra vez me preguntó por mi familia y por el viaje, y renovó sus condolencias. Su voz sonaba falsa. Miré a Paloma, que me dedicó una mirada huidiza. De repente tuve una ocurrencia digna de aquel trance.

—También yo tengo que anunciarles una novedad.

Dejé que pasasen unos segundos, los justos para picar la curiosidad; doña Rosario me miraba expectante. Al expresarla, la ocurrencia se convirtió en decisión.

—Ésta será mi última noche en la casa.

Observé cómo el rostro de mi patrona se estiraba y, consciente del impacto de mis palabras, profundicé en la noticia:

—Me instalo en el Gran Hotel de París. Mi presencia esta noche es una despedida.

Crisanto me miró incrédulo y Paloma alzó sus ojos. El Gran Hotel de París se había inaugurado hacía muy poco con un concepto moderno del alojamiento. La mayor parte de las habitaciones tenían cuarto de baño y el precio por dormir una noche era escandaloso: cuarenta pesetas. Un lujo como aquél estaba al alcance de muy pocos bolsillos, pero yo podía permitírmelo. Era mi respuesta al compromiso de Paloma que, más allá del varapalo a mis sentimientos, había herido mi orgullo. Anunciar que me instalaba en el Gran Hotel de París era una forma, desde luego estúpida, de responder con arrogancia. Doña Rosario estaba petrificada, pero vi en sus ojos un destello de duda y un brillo de malicia. Lo interpreté al instante.

—Mañana un botones del hotel vendrá a recoger mis cosas. Ahora, si me disculpan, me retiro a descansar. Aunque el tren nos ha acercado, Reus queda lejos.

Abatido, me recluí en la habitación y sin desvestirme me eché en la cama. Mi vida estaba hecha añicos. Sin Paloma carecía de sentido. Traté de contener el llanto, pero no pude y rompí a sollozar quedamente para que mi dolor quedase encerrado entre aquellas cuatro paredes que se me venían encima. En la soledad de mi alcoba no sé cuántas lágrimas derramé. Muchas. Al final, el llanto fue como un bálsamo para mi torturado espíritu y me quedé profundamente dormido. Me desperté entumecido, con el primer toque de las campanas de San Ginés. Al instante me invadió la tristeza. Estaba molido y tuve que hacer un gran esfuerzo para levantarme. Me lavé con el agua de la jofaina, me cambié de camisa y me recompuse en lo exterior. Recogí todas mis pertenencias colocándolas como buenamente pude en mi baúl y en dos maletas; todo mi ajuar, incluido medio centenar de libros y mis papeles, cabía en aquellos tres bultos. Escuché cómo Micaela trasteaba en la cocina, eso significaba que ya podía despedirme; le entregaría a ella la llave y un sobre con el dinero que liquidaba mi cuenta. Deseaba marcharme cuanto antes y, a ser posible, sin ver a doña Rosario ni a Paloma. Antes de abandonar la alcoba paseé una mirada de despedida por ella, había sido mi hogar durante más de un año. Allí había leído, compuesto sueltos y gacetillas, pergeñado algunas crónicas y redactado el embrión de una novela; allí me había enamorado de Paloma y forjado unas ilusiones que ahora estaban destrozadas.

Entré en la cocina con una gruesa carpeta llena de papeles bajo el brazo, lo hice con tanto sigilo que Micaela se sobresaltó.

—¡Jesús! ¡Qué susto me ha dado!

—Lo lamento, Micaela. No era mi propósito.

—¿Se marcha ya?

—Sí.

Me miró de arriba abajo con los labios apretados.

—¿Abandona el campo, sin presentar batalla?

—Ayer me dijo que la tenía perdida desde el inicio —respondí, encogiéndome de hombros.

—Y también que aquí hay gato encerrado.

Recordaba vagamente sus palabras.

—¿Por qué dice eso?

—Porque sí.

—Eso no es una respuesta, Micaela.

—Lo es, aunque a usted que es tan listo no le guste.

Micaela había descuidado la leche que, al hervir, se derramaba sobre la hornilla. En ese momento apareció doña Rosario, compuesta para ir a misa de nueve. Miró el sobre que aún sostenía en mi mano y aproveché para entregárselo.

—Aquí tiene el dinero que liquida mi cuenta. Compruébelo.

—No es necesario, usted es un caballero —me respondió cogiéndolo.

—En fin —comenté para dar por concluida la despedida—, a media mañana vendrán para llevarse mi equipaje. Ya está todo recogido.

El aire fresco de la mañana alivió algo mi acaloramiento y ejerció efectos beneficiosos sobre la presión que oprimía mi cabeza y mi pecho. Crucé la Puerta del Sol y entré en el vestíbulo del hotel más moderno de Madrid. Mientras buscaba otro acomodo, sería huésped del lujoso establecimiento. Pagué una semana por adelantado y di instrucciones para que se trajese mi equipaje. Ocupé una habitación de la planta principal y me marché hacia *La Iberia* para ponerme a disposición de don Felipe. Antes de salir cogí mi carpeta con los folios de la crónica del caso de la calle Carretas. Ignoraba lo ocurrido durante mi ausencia, pero si aquel asunto continuaba tan oscuro como cuando me marché, posiblemente podría aprovechar casi todo el texto.

Crucé la puerta de la redacción poco después de las once y media, Manolito fue el primero que se acercó a saludarme al tiempo que daba la voz de alarma. En un santiamén se formó a mi alrededor un corro de compañeros. Agradecí su interés, respondía a sus preguntas cuando apareció don Felipe Clavero. El rictus de malhumor que se dibujaba en su semblante se acentuó al ver el desbarajuste, pero al percatarse de mi presencia, se quitó la chistera y con una sonrisa, apenas señalada en la comisura de sus labios, me extendió la mano.

—Me alegro de verlo, Besora.

—Muchas gracias, don Felipe. También yo de poder saludarle.

—¿Cómo está usted?

—Dispuesto a retomar el tajo.

—Su familia, ¿bien?

—Sí, señor. Dentro de lo que cabe.

Se llevó el puro a la boca y batió palmas.

—¡Vamos, vamos! ¡Cada cual a su sitio! ¡Usted, Besora, acompáñeme!

Una hora después salía de la Pecera con tres encargos. El primero, que me pusiese al día sobre el duque de Montpensier y continuara escribiendo sobre su persona. A causa del duelo y por su condición de capitán general le habían hecho un consejo de guerra, cuya sentencia se había dado a conocer hacía pocos días; resultó condenado, pero la pena era simbólica para un hombre de su posición. Lo castigaban a treinta días de destierro a diez leguas de Madrid, al pago de seis mil duros de indemnización a la familia del difunto don Enrique y a una amonestación. El segundo encargo estaba relacionado con ciertos rumores acerca de que Prim mantenía contactos discretos con la casa de Hohenzollern para que uno de sus miembros ciñese la corona de España. Con el tercer encargo me llevé una sorpresa; al comentarle que indagaba sobre lo ocurrido en la calle Carretas, me preguntó si tenía algo redactado y le dije que un borrador inacabado. Lo leyó con la mayor atención y, después de responderle a un par de preguntas, me dijo con voz grave: «Besora, concéntrese en lo que le he encargado y olvídese de este asunto». Iba a recoger los papeles, pero me dijo que se quedaba con ellos. Me firmó un recibo por los diez duros que, según le había explicado, me costó aquella información.

8

Estábamos casi a mediados de mayo y mis heridas continuaban tan abiertas como la noche en que me enteré del compromiso de Paloma con Crisanto Mondéjar. Trataba de refugiarme en el trabajo y en el traslado a mi nuevo domicilio que, por una ironía del destino, estaba en la calle del Desengaño muy cerca de la esquina con Fuencarral, un piso pequeño aunque para mí era como un palacio. Allí me había instalado después de dos semanas como huésped en el Gran Hotel de París. Disponía de tres habitaciones, cuarto de aseo y cocina; todo un lujo.

Aparte de algunos sueltos, que formaban parte de la profesión, y varias gacetillas, había escrito un par de crónicas sobre la situación política, que merecieron comentarios elogiosos de mis compañeros de tertulia en el café de las Columnas. Rocafull, con quien me veía con frecuencia aquellos días, me dijo que estaba en el camino correcto. Al preguntarle por qué lo decía, me respondió sin pestañear: «He visto cómo te lanzaban las primeras miradas de envidia. Ese augurio nunca falla».

Don Felipe me preguntó sobre mis pesquisas acerca de don Antonio de Orleans y me indicó que ya era hora de que escribiera sobre Montpensier. Me dijo algo que me puso nervioso. Ese texto sería el artículo de fondo del periódico, es decir, el texto más relevante de ese día. Era imprescindible hacer un trabajo de investigación histórica para el que no me sentía capacitado. Decidí visitar en su despacho de la Universidad Central a don Miguel Morayta, cuyo prestigio y solvencia como historiador iba mucho más allá de ser un puntal del republicanismo más radical. Expresaba sus ideas con vehemencia en *La República Ibérica*, que estaba bajo su dirección. A pesar de su radicalismo político, todo el mundo alababa su ecuanimidad cuando de analizar la historia se trataba. En la cátedra se mostraba ponderado, sus clases eran de las más concurridas y su prestigio entre los estudiantes más que notable.

Don Miguel me había citado a las nueve de la mañana en su despacho de la calle San Bernardo, donde se había instalado la Universidad Central al traerse a Madrid la vieja universidad fundada por Cisneros en Alcalá de Henares. Un bedel me condujo con aire solemne hasta la puerta del despacho del catedrático. Allí aguardamos unos minutos hasta que dieron las nueve porque, según me dijo, don Miguel era muy quisquilloso en cuestiones de puntualidad. Llamó a la puerta cuando aún resonaba en la galería la novena campanada y el catedrático respondió de inmediato, autorizando la entrada.

El despacho era pequeño y estaba sumido en la penumbra a causa de unas gruesas cortinas de terciopelo, que cerraban el paso a la luz de la única ventana. Las paredes estaban forradas de volúmenes donde se alternaban las ediciones en rústica y las encuadernaciones en piel. Sobre la mesa vi un rimero de papeles, varios tomos de la *Historia General de España* del padre Mariana y un quinqué que rompía la penumbra en un círculo de claridad que apenas llenaba la mesa a la que se sentaba el historiador. Morayta no había cumplido los cuarenta, pero su calvicie y un bigote demasiado canoso lo hacían parecer mayor.

—Tome asiento, Besora —me indicó, señalando la única

silla que había en el despacho. Me agradó que recordara mi apellido. ¿Sería verdad, como sostenía Rocafull, que mi nombre empezaba a sonar en el panorama intelectual madrileño?

—Muchas gracias.

—Creo recordar que usted desea conocer mi opinión acerca del matrimonio de Antonio de Orleans con Luisa Fernanda de Borbón.

Observé que prescindía de los títulos para referirse a la familia real.

—En efecto, don Miguel.

—Orleans vino a España para casarse con la infanta Luisa Fernanda, la menor de las dos hijas de Fernando VII. La boda se celebró el diez de octubre de mil ochocientos cuarenta y seis, el mismo día en que Isabel II lo hacía con su primo Francisco de Asís de Borbón, un curioso personaje acerca del cual circulan por Madrid escabrosos rumores. Este Francisco de Asís, a quien la *vox populi* llama Paquito Natillas, era hermano de don Enrique, el que ha perdido la vida en el duelo contra Orleans. Un verdadero lío de familia. También debe usted saber que Orleans llegó engañado al matrimonio.

Sin tiempo para sacar mi lápiz y mi cuaderno, la mano se me quedó paralizada.

—¿Engañado, dice? —Recordé que Rocafull me había comentado algo.

—Sí, señor, engañado. Le aseguraron que Isabel padecía una enfermedad tan grave que en poco tiempo la llevaría al sepulcro. Por eso aceptó casarse con la hermana pequeña. Llegar al trono, como era su deseo, era cuestión de poco tiempo.

—¿Era cierto que Isabel II estaba enferma?

—En eso no le engañaron, pero la enfermedad, como ha podido comprobarse, no era mortal. Se trataba de un problema herpético, muy molesto y de difícil tratamiento.

Anoté el dato como pude y le pregunté en el estilo directo que el catedrático había impuesto desde el principio:

—¿Por esa razón ha conspirado contra su cuñada?

Morayta se acarició su rasurado mentón y se quedó mirándome. No me habría gustado tener que enfrentarme a aquella mirada en un examen.

—Orleans, al comprobar que la enfermedad de su cuñada no la llevaba al sepulcro, intrigó para derrocarla.

—¿Es cierto que apoyó económicamente la revolución de Septiembre?

—Tan cierto como que nosotros estamos aquí. Compró la voluntad de los generales unionistas. Orleans fue quien fletó el vapor *Buenaventura* que los trajo desde Canarias a Cádiz. Llegaron al día siguiente de que Prim desde el puente de mando de la fragata *Zaragoza*, adelantándose a Topete, gritara: «¡Abajo los Borbones! ¡Viva la soberanía nacional!». ¿Sabe cuánto dinero puso para destronar a su cuñada?

—Circulan diferentes cifras, don Miguel.

—Fueron cuatro millones de reales. La verdad es que para Orleans se trataba de una inversión con la que esperaba obtener importantes dividendos. Destronada su cuñada, su mujer podía ser llamada a reinar, pero…

Morayta hizo un gesto con los hombros y dejó colgada la frase en el aire. Yo aproveché para anotar los detalles principales.

—¿Cree usted que su duelo con el Borbón ha perjudicado sus aspiraciones?

El catedrático negó con la cabeza.

—Los duelos están prohibidos, pero mucha gente sostiene que es una forma de defender el honor. ¿Se imagina usted que Orleans, con su fama de pusilánime, no hubiera reaccionado al manifiesto de don Enrique? No tenía más remedio que desafiarlo. Otra cosa es que acabara con su vida. Habría sido mejor para él que sólo hubiera resultado herido.

—¿Por qué ha dicho que Montpensier tiene fama de pusilánime?

—Porque en los momentos de dificultad nunca ha arriesgado. Abandonó a su mujer en el palacio de las Tullerías cuando la revolución del cuarenta y ocho, la que destronó a su padre. Luisa Fernanda necesitó Dios y ayuda para llegar a Bruselas. En África no se le vio, a pesar de tener título de capitán general. Llegó a Cádiz cuando la revolución había triunfado y no se presentó en Alcolea, donde Serrano se enfrentó a las tropas leales a Isabel II. Sus opciones para convertirse en rey son escasas.

—¿Por qué lo dice?

—Porque Prim le cerrará el paso. ¿Conoce usted la interpretación que don Emilio Castelar hizo de sus tres jamases?

Tenía una vaga referencia de eso de los tres jamases, pero no sería capaz de explicárselo a nadie.

—Me gustaría escuchársela.

—En un debate en el Congreso, Prim respondió a una propuesta de Castelar para que se vetara a los Borbones en todas sus ramas familiares como posibles candidatos al trono de España. El general señaló que jamás los Borbones volverían a sentarse en el trono. Lo dijo por tres veces: «Jamás, jamás, jamás». Castelar interpretó a su modo a quién iba dirigido cada uno de esos jamases.

—¿A quién?

—El primero a Isabel II, el segundo a su hijo Alfonso y el tercero a Luisa Fernanda. Ese tercer jamás era un dardo directo a las pretensiones de Orleans.

—¿Cree correcta la interpretación de Castelar?

Morayta dejó escapar un suspiro.

—Esa pregunta debería usted hacérsela a Prim. En cualquier caso, debe saber que, en vísperas de la Gloriosa, se comprometió con un enviado del emperador de los franceses a que el destronamiento de Isabel II no significaría, en ningún caso, que Orleans llegara al trono que quedaba vacante. Napoleón III no permitirá que un hijo de Luis Felipe se siente en el trono de España. Ésa es una de las razones por las que nuestro presidente anda mendigando un rey por media Europa para coronarle la testa. Una estupidez, cuando tiene en la mano una solución mucho más fácil.

—¿Cuál?

—¡La proclamación de la república, amigo mío! —exclamó con vehemencia.

—Pero la Constitución aprobada el año pasado afirma que España es una monarquía —repliqué para que don Miguel argumentase.

—Eso no es problema, en España cambiamos de Constitución como de levita. El problema está en que Prim, equivocadamente, relaciona la idea de república con desorden y falta de autoridad; al fin y al cabo es un militar. Pero la república es la mejor forma de salvaguardar la soberanía nacional que tanto empeño tiene Prim en proteger como el principal valor de un pueblo.

Don Miguel Morayta consultó un reloj y, poniéndose de pie, me indicó que daba por concluida la entrevista. Antes de marcharme, me preguntó:

—¿Es usted catalán? Lo digo porque tiene un acento muy marcado.

—Sí, señor. Soy de Reus.

El catedrático me miró fijamente a los ojos.

—¿Conoce usted a Prim? —Rápidamente se dio cuenta de

lo inadecuado de su pregunta y corrigió sobre la marcha—: Me refiero a si tiene usted alguna relación con él.

—Mi padre y él fueron buenos amigos.

Don Miguel me acompañó hasta la puerta y antes de abrirla me dijo:

—Por cierto, dígale usted a Clavero que se ha vuelto manso.

Me sorprendió escuchar aquellas palabras en boca del mesurado catedrático de Historia que me había ilustrado con ecuanimidad sobre las pretensiones de Montpensier. Acababa de aparecer el incisivo director de *La República Ibérica*.

—¿Por qué lo dice?

—Porque *La Iberia* ha perdido la bravura con que nació. —Consultó otra vez su reloj y me deseó un buen día.

En las galerías y en los patios de la universidad había mucha animación. Estudiantes que iban y venían con libros y cartapacios, algún catedrático con aspecto solemne y envarado, a quien todo el mundo cedía el paso, corrillos animados donde se discutía con acaloramiento. Salí a la calle con las ideas sobre lo que iba a ser el artículo de fondo flotando en mi cabeza. Necesitaba ordenarlas rápidamente y completarlas con los datos obtenidos en algunas lecturas. La imagen que, poco a poco, tomaba cuerpo en mi cabeza sobre el duque de Montpensier, y que pensaba ofrecer a los lectores de *La Iberia*, era la de un conspirador ambicioso y poco amante del riesgo. Encargaba a otros las tareas que significaban algún peligro, aunque no había dudado en batirse. Tenía una inmensa fortuna y era un puntilloso administrador de sus bienes, lo que le había llevado a tomar iniciativas que a los ojos de los españoles resultaban ridículas en una persona de su condición. Sabía, porque me lo había contado Rocafull, que Montpensier había acudido en un par de ocasiones a la librería donde trabajaba. Allí husmeaba entre los anaqueles y preguntaba el precio de los libros. El librero había comentado con desdén: «¿Cómo aspira ese individuo a ser rey de España si deja de comprar un libro porque le parece demasiado caro?». Cuando me lo dijo, pensé que al menos entraba en las librerías y se interesaba por los libros. Aunque yo coincidía con el librero en que su actitud no resultaba estimulante.

Embebido en aquellos pensamientos, llegué al portal de mi casa. La portera, que se llamaba Marcela, me abordó:

—Esto lo han traído para usted. —En su mano agitaba un sobre como si se tratara de un trofeo.

Recogí el papel y le di las gracias. En el membrete estaba el anagrama del Gran Hotel de París. Lo abrí intrigado allí mismo. Había dejado en la recepción del hotel mi nueva dirección por si llegaba algún recado. Al leer la escueta nota mi pulso se aceleró.

> Apreciado señor don Fernando Besora:
> Una mujer, que dice llamarse Micaela, ha venido cuatro veces preguntando por usted. Insiste en que le facilitemos su dirección. ¿Existe algún inconveniente?
> Atentamente,
>
> La dirección

Nervioso, salí a la calle de nuevo y me encaminé hacia la Puerta del Sol. Marcela me miró, sin decir palabra. Los esquemas para el artículo de fondo se habían evaporado de mi cabeza. No tenía la más remota idea de lo que podía querer Micaela.

Entré en el hotel y me acerqué a la recepción, donde me atendieron con la cortesía debida a quien había sido huésped durante dos semanas.

—Don Fernando, es un placer verle de nuevo. ¿Ha recibido el mensaje?

—Por ese motivo estoy aquí.

—Verá, nada más lejos de nuestro ánimo molestarle. ¡Pero esa mujer ha insistido tanto...! El director pensó que quizá se tratara de un asunto de su interés.

—Han hecho ustedes muy bien. Micaela es persona conocida, sin duda desea localizarme por algún motivo que lo justifica. ¿Cuándo vino por última vez?

—Ayer vino tres veces. La última, a eso de las siete.

Justo en aquel instante Micaela apareció por la puerta. Yo no podía verla, pero la exclamación del recepcionista no se prestaba a equívocos.

—¡Hablando del rey de Roma...!

Me volví y vi cómo Micaela, con un cesto de mimbre al brazo, cruzaba con decisión el vestíbulo. Su sorpresa al verme fue tan grande como la mía.

—¡Micaela!

—¡Menos mal que lo encuentro! ¡Porque la verdad sea dicha, venía con las de Caín! —Lanzó una mirada iracunda sobre el recepcionista, que le respondió con una sonrisa de circunstancias.

—No debe enojarse, Micaela. Este señor ha cumplido con su obligación.

No hizo el menor caso a mi comentario y me susurró al oído:

—Tenemos que hablar, pero este lugar no me gusta. —Miró en derredor—. ¡Fíjese, todos están pendientes de nosotros! ¡Ni que tuviéramos monos en la cara!

Me despedí, agradeciendo al recepcionista su interés, y seguí los pasos de Micaela, que ya salía por la puerta como alma a la que persigue el diablo.

—¿Le ha ocurrido algo a Paloma?

Miró a ambos lados de la calle. La Puerta del Sol era un hormiguero.

—¿Conoce algún sitio cercano donde podamos hablar tranquilamente?

Micaela había cumplido los sesenta. Supuse que no había inconveniente en decirle que mi casa estaba cerca. Allí podíamos hablar lejos de oídos indiscretos.

—Podemos ir a mi domicilio, está en la calle del Desengaño.

Se quedó mirándome y temí que me soltase un exabrupto en defensa de su honorabilidad, pero se limitó a suspirar.

—¡Desde luego que hay que tener mal gusto! Aunque la verdad sea dicha, he conocido a más de uno que se regodeaba en su propia miseria. ¡Vamos a su casa! Así podré ver dónde se lame sus heridas, sin haber tenido redaños para presentar batalla.

Ya en mi piso, Micaela se recreó fisgoneando con descaro el mobiliario, muy inferior al de la casa de la viuda de Azpeitia, pero suficiente para mis necesidades.

—¿Cuánto paga por esto? —me preguntó al entrar en el saloncito.

—Treinta duros mensuales.

—¡Jesús bendito, adónde vamos a llegar!

Dejó el cesto sobre una silla y me preguntó:

—¿Tenía pensado marcharse cuando se encontró con el pastel?

—Supongo que no ha venido a preguntarme eso.

—Desde luego que no. Pero lo que quiero decirle está relacionado con eso.

—¿Con mi marcha de la casa?

—No, con el pastel. ¿Recuerda lo que le dije de que había gato encerrado?

—Claro que sí.

—Pues no me he equivocado.

Noté cómo se me aceleraba el pulso.

—¿Se ha roto el compromiso? —pregunté con un atisbo de ilusión.

—No. Pero ese Crisanto Mondéjar no es trigo limpio.

—¿Por qué lo dice?

—Porque es verdad.

—Siéntese, Micaela, y explíquemelo todo con detenimiento.

No era una cortesía, sino que yo necesitaba sentarme. Mis piernas flaqueaban.

—No tengo tiempo. He salido a la compra y ya sabe lo puntillosa que es la señora, aunque siempre puedo decirle que había cola en la carnicería.

—Entonces no me tenga más tiempo sobre las ascuas.

—Escúcheme con atención. Cada día que pasa dudo más que Crisanto Mondéjar sea quien dice ser. Para mí que su compromiso es una jugarreta. Es cierto que viste como un caballero y que maneja los duros con soltura, por lo menos los ha manejado hasta hace poco.

—¿Qué quiere decir con esto último?

—Que tengo ojos en la cara. Ése anda en manejos turbios y últimamente con menos dinero. Me temo que su compromiso con la niña es para cubrirse las espaldas.

—¿Está segura?

—Segura, lo que se dice segura, como para que lo jurase con los evangelios por delante, no. Pero una puntada por aquí y un fleco por allá terminan haciendo un mantón.

—¿Le ha dicho algo a Paloma?

—Ni una palabra.

—¿Y a doña Rosario?

—¡Dios me libre!

—¿Puedo saber por qué acude a mí?

Casi se le quebró la voz al responderme.

—Porque usted la quiere y ella a quien quiere es a usted.

La cabeza me daba vueltas. Saber que mi amor era correspondido me producía vértigo. No abracé a Micaela por decoro. Para serenarme le ofrecí un vaso de agua; pero, como cuando la invité a sentarse, quien necesitaba el agua era yo.

—¿Por qué cerró doña Rosario el compromiso con la familia de Mondéjar?

—¡Pero qué tonterías está usted diciendo! Los Mondéjar no han aparecido por la casa. A mi señora la ha embaucado ése con las dehesas y las ovejas, y con la promesa de sacarla del apuro en que se encuentra. ¡Sepa usted que en casa de los Azpeitia no es oro todo lo que reluce!

—Ya lo supongo, de lo contrario no admitirían huéspedes con derecho a comida.

—La cosa está mucho peor de lo que imagina.

—¿A qué se refiere con la cosa?

—A la hipoteca que tiene la casa. La amenaza de ejecución por falta de pago está cada día más cerca.

—Me temo, Micaela, que tendrá que echar un embuste grande a su señora. Porque va a contarme, con pelos y señales, lo que está pasando.

Necesitó cerca de media hora para relatarme la historia del compromiso. No permitió que la interrumpiese y muchos detalles de interés quedaron pendientes. Después de escucharla, yo era un hombre dispuesto a presentar batalla para conseguir el mayor de mis anhelos, mayor incluso que mi deseo de triunfar en el mundo de las letras. Quedé en que me vería con Paloma al día siguiente en una pastelería de la calle Mayor, cuya dueña se llamaba doña Rosa, aprovechando que su madre tenía que ir a la modista.

9

Había emborronado media docena de cuartillas porque mi cabeza no estaba para darle a la historia de Montpensier la fluidez necesaria para hacerla atractiva. No dejaba de pensar en Paloma y en el hecho de que su madre la había utilizado como moneda de cambio para resolver el problema económico de la familia. Desconocía la cuantía de la hipoteca, ni lo que sumaban los pagos atrasados o los exorbitantes intereses que en esas circunstancias cobraban los prestamistas. Los abusos eran tan grandes que algunas instituciones habían constituido Montes de Piedad para evitar que los usureros chupasen la sangre de quienes atravesaban un mal momento.

Estaba más que mediada la tarde cuando decidí que las musas estaban en el empíreo y no tenían la menor intención de visitarme. Salí a la calle sin rumbo fijo. Paseé por la Puerta del Sol, muy animada de viandantes y carruajes, y miré algunos escaparates; sin apenas darme cuenta, acabé en la calle Arenal. Quiso el azar que tropezase con Rocafull, saliendo del hotel Cuatro Naciones, muy cercano a la parroquia de San Ginés. Era casi la hora del crepúsculo.

—¿Qué haces por aquí? —le pregunté.

—Trabajando. Esta noche tengo turno en la panadería. He venido a tomar nota de los encargos que necesitan para mañana. Mi jefe añade una peseta al jornal por llevarle el pedido de media docena de clientes. Mi itinerario incluye este hotel, dos fondas, la botillería de Pombo, el *restaurant* Tournier y la posada del Peine.

No presté atención a la retahíla de establecimientos porque, por encima de su hombro, vi a Crisanto Mondéjar cruzar la calle. Me pareció que llevaba mucha prisa. Lo vi perderse por la calle de San Martín en dirección a la plaza de las Descalzas.

—¡No me estás escuchando! —protestó Miguel.

—Acabo de ver a Mondéjar.

Rocafull estaba al tanto de mi fracaso sentimental. Era de las pocas personas a las que podía abrir mi corazón y expresarle mis sentimientos.

—¡El que te ha birlado a Paloma! —exclamó volviéndose para verlo, pero el aprendiz de leguleyo acababa de perderse por la esquina.

—¡Eso de que me la ha birlado, habrá que verlo! ¡Voy a ver adónde va!

Rocafull se sorprendió. Pensaba que yo había dado la batalla por perdida.

—¡No vayas a hacer ninguna tontería! —me gritó al verme salir pitando.

Apreté el paso para no perderlo de vista, pero cuando llegué a la esquina de San Martín se había esfumado. Podía haber entrado en algún inmueble o haber llegado a la plaza de las Descalzas. Casi corrí hasta la plaza y vislumbré su silueta perdiéndose por la calle de la Flora. Empezaba a anochecer y los faroleros iniciaban su tarea, armados con sus largas pértigas. Avancé rápido, protegido por las sombras que favorecían mis planes de seguirlo sin ser visto. Al final de la calle, giró a la derecha. No conocía la zona y leí el rótulo de la calle con dificultad, era la de los Caños. Hacía poco tiempo que el ayuntamiento había decidido colocar unas placas con los nombres de las vías. Estaba poco concurrida y, por primera vez, Mondéjar aflojó el paso, como si buscara algo que no encontraba. Sus dudas me permitieron acercarme y comprobar cómo entraba en el portal de la casa que formaba el chaflán de aquella calle con la de los Ángeles.

Decidí acechar, dispuesto a aguardar el tiempo que fuera necesario. Me di una vuelta por la zona, sin perder de vista el portal, y entré en un café que llevaba el nombre de los Ángeles al comprobar que desde una de las mesas se veía, a través de un ventanal, la puerta de la casa donde estaba Mondéjar. Era un observatorio perfecto. Pedí una cerveza y el camarero me ofreció algo con que acompañarla, recitando una retahíla de platos, destacando los callos picantes y unas albóndigas que, según él, estaban para chuparse los dedos. Sólo entonces me di cuenta de que no había probado bocado desde el desayuno y me decanté por queso en aceite. Era lo más conveniente, por si tenía que salir a toda prisa.

No dejaba de preguntarme qué haría allí Mondéjar cuando una mano apretó mi hombro. Instintivamente traté de levantarme, pero no pude y al alzar la vista me encontré con una sonrisa que apuntaba en unas facciones endurecidas. Por un instante temí por mi vida.

—¿Fernandito Besora?

Miré al individuo que pronunciaba mi nombre como lo hacía mi familia y mis amigos en Reus.

—¿Quién es usted?

—¿No me reconoces?

—No.

—Soy Ignés de Vilaplana. ¿No te acuerdas de mí?

Disimulé un suspiro de alivio. Ignés de Vilaplana era un mito en Reus y mi padre, uno de sus mejores amigos. Se trataba del más famoso contrabandista de la comarca. Se dedicó a colar tabaco de matute, aunque no desdeñaba otras mercaderías si había demanda y la ganancia era proporcionada al riesgo. También era un declarado liberal, al que los carlistas de la zona se la tenían jurada.

—¡Ignés! ¡Ya lo creo que me acuerdo de usted! ¡Pero me ha sorprendido tanto que por un momento…!

—Has pensado que iba a despacharte para el otro barrio. Lo he leído en tu cara.

Resoplé y lo admití. Lo invité a tomar algo.

—¿Cómo me ha reconocido?

—¡Pero si eres la viva estampa de tu padre, Fernandito!

El contrabandista, que ya pasaba de los sesenta pero se mantenía vigoroso, se sentó y pidió una jarrilla de vino.

—¿Qué haces por Madrid?

—Soy periodista.

Comprobé que torcía el gesto, pero guardó silencio; tal vez, porque llegó el camarero con su vino. Pagué las consumiciones por si tenía que salir a toda prisa. Mi paisano dio un tiento a su vino y chasqueó la lengua.

—¡Esto tiene poco que ver con los caldos del priorato! ¿Cómo está tu padre?

—Lo enterramos hace un mes.

Se quedó mirándome. Vi sus ojos brillar y tragar saliva. Jamás hubiera pensado que un hombre como Ignés de Vilaplana mostrara de forma tan natural su sensibilidad.

—Lo siento. Ignoraba que había fallecido. Nos vimos el Miércoles de Ceniza. Al día siguiente me vine a Madrid, a resolver ciertos asuntillos.

—Su muerte nos ha sorprendido a todos. Sufrió un ataque al corazón.

—Tu padre era una gran persona. No lo digo porque esté

muerto, sino porque es la pura verdad. Si ahora estoy sentado aquí, es gracias a él. Aquellos malditos carlistas me habrían ajustado las cuentas si no me esconde en el barril. ¿Te acuerdas?

—¡Cómo iba a olvidarlo!

Se refería a una vieja historia, acaecida un día de verano en que mi padre le salvó la vida de una turba de carlistas que lo buscaban para matarlo. Ignés merodeaba por la masía que mi familia poseía al pie de la Mola, donde se alternaban avellanos y almendros en medio de un viñedo cuyas uvas llenaban de vino la bodega que ocupaba todo el subsuelo de la casa. Los perros delataron su presencia y mi padre salió con un pedreñal cargado y yo, aunque no era más que un niño, detrás de él. Encontró a Ignés agotado y malherido. Suplicó ayuda. A lo lejos se alzaba la polvareda que levantaba la partida de carlistas, que se acercaba. Mi padre no dudó. Lo bajamos a la bodega y se ocultó en uno de los toneles. Allí permaneció mientras los carlistas lo buscaban por los alrededores de la casa. Cuando se marcharon, mi propio padre le vendó las heridas porque mi madre no quiso inmiscuirse; decía que se trataba de un malhechor. Me extrañó no verlo en el entierro ni en el funeral de mi padre.

Se quedó con la mirada perdida, supuse que recordando detalles de aquel momento grabado en mi memoria infantil como un acontecimiento épico que no había borrado el paso de los años.

—Te hacía en Barcelona. Tu padre no me dijo que estuvieras en Madrid.

No quise explicarle que no compartía mi decisión de dedicarme a las letras y que me viniera a Madrid, por lo que me limité a un vago comentario:

—Ya ve que no. Trabajo en un periódico que se llama *La Iberia.* ¿Lo conoce?

—Supongo que no os meteréis con el general.

No necesitaba preguntar a quién se refería. Para Ignés el general era Prim. Lo había dicho como si no hubiera otro. Sabía que estuvo con él en África, en la jornada de los Castillejos. En Reus se decía que ambos estaban ligados por un pacto de sangre.

—No, señor —respondí con cierto orgullo y añadí—: *La Iberia* está con la Gloriosa y compartimos el rechazo de Prim a los Borbones.

—Eso está bien. ¿Cuánto tiempo llevas en Madrid?

—Casi año y medio. Vine a principios del año pasado.

—El general sentía mucho aprecio por tu padre. ¿Sabes si está al tanto de lo ocurrido?

—Sí, envió un telegrama de condolencia a la familia.

Ignés de Vilaplana se quedó unos segundos en suspenso, acariciándose su rasposa mejilla que llevaba varios días sin ver la navaja del barbero. Yo aproveché para mirar de soslayo hacia el zaguán, con la conversación había descuidado la vigilancia. La calle estaba solitaria y sumida en una oscuridad que las farolas apenas lograban romper.

—¿Has visto al general?

—Alguna vez de lejos, en su carruaje.

—No me refiero a eso… Digo si has hablado con él.

—No.

—Eso habrá que arreglarlo.

Ambos nos echamos a reír.

—¿Dónde vive aquí en Madrid?

—Un poco más abajo, en la fonda que hay en la calle de los Caños.

—Así que ¿es vecino de esta zona?

—Si quieres llamarlo de ese modo…

Di el último trago a mi cerveza y le pregunté:

—¿Podría decirme quién vive allí? —Señalé la casa donde había entrado Mondéjar.

En sus labios apuntó una sonrisa maliciosa.

—¿No sabes que casa es ésa?

—Si lo supiera, no preguntaría.

—¡Es el burdel de Patrocinio, Fernandito! ¡Uno de los más celebrados de todo Madrid! —exclamó dándome en la espalda un fuerte golpe que pretendía ser amigable—. Si no te decides a entrar, yo te acompaño. Hay una maña que hace maravillas con las tetas. ¿Qué? ¿Te animas?

Alcé las manos con las palmas extendidas, como si me protegiese de un enemigo invisible. No es que fuera un mojigato, ni que careciese de experiencia en aquellos establecimientos; a los diecisiete años, con otros amigos, entré por primera vez en un prostíbulo de Barcelona. Era una forma de señalar mi mayoría de edad. Luego había repetido en alguna que otra ocasión. También había probado en Madrid. Cerca del periódico había un par de casas de lenocinio. Eran locales de cierto nivel donde se guardaban escrupulosas normas de higiene y un médico visitaba mensualmente a las pupilas para comprobar que estaban sanas y no transmitían enfermedades venéreas. Entre los anuncios que se insertaban en la cuarta página de *La Iberia* se ofrecían profilácticos y también remedios para la gonorrea y la sífilis a base de vapores de mercurio y tratamientos con azufre, dirigidos por prestigiosos facultativos.

—No, Ignés. No ando buscando refocilarme con una manceba.

—¿Entonces?

Pensé que nada perdía con darle una pista. Me constaba por mi padre que el contrabandista, a pesar de sus actividades delictivas, era hombre de palabra.

—Busco información.

—¿Vas a escribir sobre los burdeles y las putas? —preguntó con una carcajada.

—No, no es eso.

En aquel momento un bulto emergió del portal de la casa de Patrocinio.

—Tengo que marcharme.

El viejo contrabandista se sorprendió al verme marchar de aquella manera y gritó cuando salía por la puerta:

—¡Si necesitas algo, ya sabes dónde encontrarme!

Seguí los pasos de Mondéjar; ahora sus andares me parecían más lentos. Al final de la calle se detuvo y me oculté en el saliente de una puerta. Fue entonces cuando observé un ligero resplandor que me dejó estupefacto.

¡Aquel individuo estaba encendiendo un cigarro y Mondéjar no fumaba!

Recordé una muletilla de tía Ernestina: en la oscuridad todos los gatos son pardos. El embozado que yo seguía no era Crisanto. Salí de mi escondite, ya sin el menor sigilo, y el desconocido fumador se giró, poniéndose en guardia. Los atracos nocturnos a viandantes solitarios estaban a la orden del día. Al ver su rostro, iluminado por la mortecina luz de la farola bajo la que se había detenido, me llevé una sorpresa todavía más grande. En aquel momento habría deseado poder hacerme invisible.

10

—¿Es usted o se trata de una aparición? —Sentí su voz ronca como una amenaza.

—¡Don Felipe! —exclamé sin disimular mi sorpresa.

Al acercarme llegó a mi olfato el olor penetrante del habano que acababa de encender. Embozado en la capa y con el chambergo calado hasta las cejas ofrecía un perfil siniestro. No se cortó un pelo:

—También está usted de putas.

—No, don Felipe, mi presencia es circunstancial.

—Pues no sabe lo que se pierde. Las tetas de Afrodisia son las mejores de Madrid.

Su afirmación certificaba las palabras de Ignés. Ahora sabía que el nombre de la maña era Afrodisia y confirmaba los rumores que circulaban por el periódico acerca de las aficiones de nuestro director a los burdeles.

—Tengo alguna referencia, don Felipe.

—Si venía detrás, supongo que llevamos el mismo camino. ¿Me equivoco?

—Acierta usted de pleno.

No me atreví a decirle que lo había confundido con otra persona y echamos a andar hacia la plaza de las Descalzas. Tenía cierta sensación de fracaso.

—¿Ha terminado ya el artículo de Montpensier?

—Sólo queda la redacción final. —No era verdad, pero tampoco mentira.

—En ese caso, me gustaría tenerlo sobre mi mesa mañana a primera hora.

Acababa de cometer una estupidez, porque malditas las ganas que tenía de ponerme a emborronar cuartillas.

Llegamos a la calle de la Misericordia, donde estaba uno de los locales más pintorescos de Madrid: los Salones de Paúl. Era uno de los lugares preferidos por quienes llevaban una vida disoluta. Había salas de juego donde se apostaba fuerte, pequeños reservados para representaciones picantes, para llevar señoritas de la calle o para compartirlos con algunas de las que allí tenían aposento. Los precios eran prohibitivos; sin embargo, las mujeres del Paúl era fama que quitaban el hipo. También había salones de baile y, por lo que había oído decir, un local donde señoritas sobre un estrado se quitaban lentamente la ropa hasta quedar completamente desnudas al son de la música. Eran espectáculos clandestinos, pero las autoridades hacían la vista gorda, amparándose en la generosa ley de libertad promulgada por el gobierno. Don Felipe se detuvo en la puerta.

—¿Le apetece una partida? —me invitó por hacerme un cumplido.

—No, don Felipe. Mejor será que me retire si quiere tener mañana a primera hora el artículo sobre la mesa.

Me despedí sin atreverme a preguntarle por qué me había dicho que me olvidara de la crónica de la calle Carretas, después de haberla leído con tanta atención. No podía comprender que a un suceso como aquél apenas le hubiéramos dedicado un par de sueltos perdidos en un rincón.

Al llegar a la Puerta del Sol sonaron las campanadas de las

once. A la entrada de la calle Carretas vi una aglomeración de gente. Señal de que algo había ocurrido.

—¿Qué ha pasado? —pregunté a un individuo que venía de allí.

—Los de la Partida de la Porra... ¡Se han atizado con otros de lo lindo!

Lo dijo con delectación morbosa.

Habían bautizado con el nombre de Partida de la Porra a un grupo de matones y corría el rumor de que gozaban de la benevolencia del Ministerio de la Gobernación. Sus objetivos preferidos eran los periódicos que criticaban al gobierno, sobre todo republicanos y carlistas. Habían protagonizado varios asaltos a las redacciones.

Desde el triunfo de la Gloriosa se podía ejercer la crítica, incluso la más feroz, sin las trabas de otro tiempo, cuando la censura y el secuestro de los periódicos desafectos al gobierno era práctica cotidiana. Aquella libertad, sin precedentes en el periodismo español, había permitido aflorar las publicaciones más diversas. Muchas tenían una vida efímera que no iba más allá de una veintena de números. Periódicos con tradición de años y una tirada de algunos miles de ejemplares como *La Iberia* eran harina de otro costal. Se decía que el responsable de la Partida de la Porra era Felipe Ducazcal, persona muy próxima al general Serrano, que ejercía funciones de regente del reino, mientras se encontraba rey. También se decía que Prim y Serrano habían tenido algunas diferencias a cuenta de la Partida de la Porra.

Me acerqué al grupo y vi en el suelo a dos damnificados que estaban siendo atendidos antes de llevarlos a un hospital para suturarles las heridas.

—¿Se sabe cómo ha empezado la trifulca? —pregunté a un grupo

Uno de los sujetos se volvió al escuchar mi pregunta. Me miró de soslayo y frunció el ceño al reconocerme. Sin la menor consideración a los diez duros que le había pagado, me espetó:

—¡Tened cuidado, es un periodista!

—¿No te parecieron suficientes diez duros por un par de horas de conversación?

Segismundo Martínez soltó un salivazo que se estrelló a mis pies, dio media vuelta e hizo mutis por el foro. Uno de los presentes, soltando una risotada, me propuso:

—Por bastante menos le cuento lo que ha pasado con pelos y señales.

Yo también me marché, escamado ante la hostilidad del sereno. Cuando salí de su buhardilla no podía quejarse, yo había cumplido mi parte del trato. Además, nada de lo que me contó había visto la luz. ¿Qué secreto se escondía en aquel palacete que estaba a pocos pasos de donde me encontraba? Me encaminé hacia mi casa, dispuesto a dedicarle buena parte de la noche a redactar el artículo de Montpensier, pero mi cabeza estaba en otro sitio. Si yo tenía olfato periodístico, en el suceso de la calle Carretas había algo muy oscuro. No entendía que nuestro periódico hubiera pasado de puntillas sobre una historia a la que se podía sacar mucho partido e interesar a los lectores de *La Iberia*, ni comprendía la actitud de mi director. Y ahora me encontraba con el inexplicable rechazo de Segismundo Martínez.

11

Estuve redactando borradores hasta que, dadas las cuatro, quedé medianamente satisfecho con el texto definitivo. Lo había titulado: «El duque francés, historia de una ambición». Dormí inquieto poco más de tres horas y a las ocho estaba gozando de las delicias de un cuarto de baño. Para mí era una novedad de la que, con anterioridad, sólo había disfrutado las dos semanas que fui huésped del Gran Hotel de París. Ni en casa de mis padres en Reus, ni en el piso de doña Rosario había algo semejante. Allí los lavados eran de jarra y palangana, y una vez al mes remojo en la tina. Muchas viviendas disponían ya de agua corriente, pero poseer un cuarto de baño era excepcional. Entre las familias con posibles, por lo general ligadas a la tradición, desnudarse por completo era algo pecaminoso, como también lo era permitir que chorros de agua recorriesen y acariciasen el cuerpo, incluidas las partes pudendas. Las clases populares sencillamente no podían permitírselo por falta de medios; en esos barrios los aguadores todavía tenían trabajo y en las fuentes públicas se arracimaban las mujeres y los muchachos con sus cántaros.

A las nueve de la mañana, lavado y recompuesto de la falta de sueño, rasurado y perfumado salí a la calle y me fui directamente a la redacción para dejarle a don Felipe el artículo, antes de que él llegase. Trataba de evitar algún encargo de urgencia que entorpeciese mi cita con Paloma. Era tan temprano que sólo estaba Manolito. Fui hasta la Pecera por si estaba abierta, algo que raramente ocurría.

—¿Quiere que le abra, don Fernando?

El botones adoptó una actitud de disimulo, como si no hubiera pronunciado aquellas palabras.

—¿Tienes llave?

—No, señor. Pero…

Aquel muchacho era de rabos de lagartija. Pensé que lo mejor era no buscarme complicaciones. Con don Felipe, tonterías las justas. Pero entonces me acordé de mi borrador con la historia de la calle Carretas. Era una ocasión perfecta para recuperarlo.

—¿Esto queda entre tú y yo?

—Por supuesto, don Fernando.

Abrió la puerta utilizando un naipe. Estaba claro que no era la primera vez.

—No se entretenga. Yo vigilo.

Busqué las cuartillas pero no aparecieron. Entregué a Manolito el texto de Montpensier acompañado de una moneda de veinticinco céntimos —una real propina— y el encargo de que se lo diera al director de mi parte. Cogí un puñado de cuartillas en blanco y me marché rápidamente. Ya sabía cómo iba a emplear mi tiempo hasta la hora de mi cita con Paloma. En una mesa apartada del café de las Columnas trataría de recomponer, frase por frase, la crónica que había entregado a don Felipe. Mucho antes de las doce había concluido mi tarea, si bien era consciente de estar lejos de tener completa aquella historia con ribetes tenebrosos.

Diez minutos antes de las doce paseaba por la calle Mayor y cuando escuché las campanadas entré en la pastelería. Era un local moderno con las paredes revestidas de armarios con hojas cristaleras donde se exponían en las baldas, colocados con primor, bombones, caramelos, pasteles y otras delicias. El techo estaba decorado con escenas campestres pintadas al temple con no mal estilo. El establecimiento estaba muy concurrido a aquella hora. Me quité la chistera y me acerqué a una matrona que parecía la dueña; era la encargada de los cobros. Me recibió con una sonrisa.

—¿Su nombre es don Fernando?

—Sí, señora. ¿Usted es doña Rosa?

—Para servirle. —Se colocó un monóculo prendido de una cinta de raso perdida entre los encajes almidonados de su pechera. Me escrutó con cierto desparpajo, como si calibrara mi categoría a través de la indumentaria. Debí aprobar el examen porque, con otra sonrisa, me indicó:

—Pase al obrador.

Le bastó una mirada para que una de las jóvenes dependientas, vestida de punta en blanco con cofia y puñetas de encaje, y un talle de avispa que era la antítesis de las orondas formas de su jefa, alzase un tablero del mostrador que se abatía con un sistema de bisagras. Accedí al obrador y me recibió una mezcla de agradables olores mientras avanzaba detrás de la joven, flanqueado por bateas rebosantes de hojaldres, empanadas y cortadillos, barquillos de canela y otras variadas delicias. Me condujo hasta una salita amueblada con sobriedad y elegancia, donde todo era impoluto.

Allí aguardaba mi ángel. Si la pastelería no tenía otra entrada, había desperdiciado un tiempo precioso pateando la calle Mayor desde la esquina de la Travesía del Arenal hasta la calle Coloreros, a cuya espalda se alzaba San Ginés.

Había imaginado de mil maneras mi reencuentro con Paloma. Ahora que la tenía delante me quedé inmóvil, nervioso y sin habla. La joven dependienta se retiró discretamente. Nunca había estado a solas con Paloma, salvo instantes fugaces, casi a hurtadillas y robados a la férrea vigilancia de su madre. Se había puesto de pie y estaba tan nerviosa como yo. La vi bellísima, se tocaba con un sombrerito y tenía recogido el cabello; una gasa de rejilla velaba parte de su rostro. Vestía un traje largo de dos piezas en terciopelo azul, ajustado al talle, y la falda recogida con un gran lazo en la parte de atrás. Cubría sus manos con unos guantes de encaje casi transparentes y sostenía nerviosa una sombrilla de poco vuelo, también de encaje. Sus ojos verdes brillaron un instante, a mí se me formó un nudo en la garganta y el abrazo en que nos fundimos, sin decir palabra, llegó como algo natural. No sabría precisar cuánto tiempo estuvimos apretados el uno contra el otro. Yo acariciaba su espalda una y otra vez con las lágrimas a punto de desbordar mis ojos, mientras ella sollozaba, con la cabeza apretada contra mi cuello. Si era verdad que había siete cielos, yo estaba en el séptimo.

Era el hombre más feliz del universo.

—Te amo —le susurré al oído.

—Y yo a ti.

Busqué sus labios y los encontré. Fue un beso largo, su boca fundida con la mía. Un beso suave y fuerte a la vez, amoroso y seductor. Se adueñó de mí un incontenible deseo de estar siempre unido a ella. Nunca había experimentado una sensación ni remotamente parecida. Cuando nuestros labios se separaron, el rostro de Paloma estaba arrebolado y en sus ojos enrojecidos había un brillo de alegría. Comprendí que aquel tiempo había sido para ella un calvario superior al que yo había soportado.

—¡Te amo! —exclamé sin soltarle las manos y mirando sus pupilas.

—También yo te amo.

Hubiese dado todo lo que tenía porque aquel encuentro clandestino fuera eterno. Nos sentamos muy juntos sin soltarnos de las manos.

—¿Dónde está Micaela?

—Ha acompañado a mi madre a la modista. Tratará de retrasar todo lo posible su regreso a casa. Me ha insistido en que no permanezcamos aquí más allá de la una. Aunque estoy cerca de casa, no quiero pensar que mi madre regrese y yo no esté allí.

—Micaela me ha contado las razones de tu compromiso, quiero que tú me las expliques con detenimiento. Tal vez…

Puso un dedo en mi boca y no me dejó terminar.

—No quiero empañar este momento.

—No se trata de empañarlo, vida mía, sino de buscar una solución.

Paloma rompió a llorar. Sus lágrimas no eran de felicidad, ahora daba rienda suelta a la amargura que suponía verse obligada a contraer matrimonio con un hombre al que no amaba. Saqué mi pañuelo y traté de enjugarlas, al tiempo que besaba su mejilla y le susurraba palabras de cariño. Así transcurrieron varios minutos, hasta que se serenó y me explicó las circunstancias que la habían llevado a aquella situación.

—La muerte de mi padre cambió por completo nuestras vidas. El negocio era floreciente, pero él era la clave de su funcionamiento. Para mi madre era inconcebible hacerse cargo de la actividad desempeñada por mi padre y decidió traspasarlo por una bonita suma de dinero que, según sus cálculos, convenientemente colocada, nos permitiría vivir holgadamente. Las cosas no marcharon como ella imaginó, entre otras razones porque mantuvimos el mismo tren de vida que nos había proporcionado mi padre. Dos doncellas, además de Micaela, meriendas con las amigas, veranos en el balneario, vestuario de temporada. Los recursos disminuyeron y se prescindió de una doncella. Se redujo a la mitad el tiempo de tomar las aguas, las meriendas se espaciaron y la moda, aunque estaba en nuestros roperos, mermó de forma considerable. En lugar de reducir, habría sido necesario un corte radical con una forma de vida que, desgraciadamente, pertenecía a nuestro pasado. Sin embargo, mi madre no estaba dispuesta a renunciar a algo que consideraba natural. Entonces se vio obligada a prescindir de la doncella a la que ayudaba Micaela, sustituyó las meriendas por la asistencia a los oficios religiosos y tomar las aguas se convirtió en un recuerdo cada vez más borroso. Pero esas medidas que hubieran sido una solución, tomadas a su debido tiempo, no remediaron nuestra situación. Se vio obligada a pedir dinero prestado para pagar las deudas, ofreciendo como garantía nuestra propia casa. Fue entonces cuando se decidió a tomar huéspedes para tener unos ingresos con los que hacer frente al pago de los créditos. La presencia de huéspedes es algo que soporta con dificultad, tú lo sabes bien. Le supone una humillación que acepta porque no tiene más remedio. La situación se ha ido complicando poco a poco. Hemos vivido de la ampliación del crédito, pero los prestamistas, desde hace algunos meses, se han negado a darle más dinero, por lo que no ha podido hacer frente a los pagos, ni del principal ni de los réditos.

Paloma estaba pasando un mal trago, hacía un esfuerzo para no llorar. En una mesita auxiliar vi una jarra con agua y dos copas. Llené las dos, también yo necesitaba refrescar mi garganta. Apenas dio un par de sorbos, antes de proseguir.

—Al día siguiente de tu partida a Reus, me confesó que estábamos en la ruina y nos amenazaban con el embargo de la casa si no hacíamos frente a los pagos. Las buenas gestiones de un viejo amigo de mi padre, don Modesto Martín, han logrado posponer la ejecución de la hipoteca por cuatro meses.

En ese momento Paloma soltó la copa, se llevó las manos a la cara y rompió a llorar de nuevo. La besé una y otra vez en las mejillas. Cuando se serenó, me contó la que para mí era la parte más dolorosa de aquella historia.

—Mi madre, desesperada, había observado el interés de Crisanto por mí. Me dijo que allí estaba la solución a nuestros problemas. Pero yo me negué. Crisanto, que ha debido husmear las dificultades por las que atravesamos, insinuó a mi madre su interés por mantener una relación conmigo con propósitos formales. Mi madre, en un ejercicio de increíble hipocresía, le dijo que yo tendría que dar mi consentimiento, que para ella la voluntad de su hija era sagrada. En realidad, se estaba dando tiempo para vencer mi resistencia. Me ha recriminado no sé cuántas veces los sacrificios que ha hecho por convertirme en una señorita y que nuestra penosa situación es consecuencia de ello. Al tiempo que me ponderaba las ventajas de un matrimonio con un rico hacendado, me amenazaba con el destino más oscuro si nos ponían en la calle. —Dejó escapar un suspiro—. En fin, Fernando, echó sobre mis espaldas la responsabilidad de resolver con mi matrimonio el problema que sus ínfulas había generado. Me sentía fatal, culpable de una situación que yo no había provocado. Mi resistencia duró cinco días, los peores de mi vida. ¡Cómo te echaba de menos!

Después de contarme lo ocurrido, estaba algo más calmada, aunque el subir y bajar de su pecho denotaba que la tranquilidad estaba muy lejos de su ánimo. Entonces quise corroborar algo que Micaela me había dicho.

—¿Han venido los padres de Crisanto para formalizar vuestro compromiso?

—No, ha prometido a mi madre que nos visitará un tío

materno suyo. Pasa temporadas en Madrid; según dice Crisanto, tiene negocios inmobiliarios.

—¿Se ha comprometido el tío de Crisanto a hacer frente a las deudas de tu madre?

—Todavía no nos ha visitado.

Estaba claro que los recelos de Micaela tenían fundamento.

—Eso es muy extraño.

—Al parecer, los padres de Crisanto estarían dispuestos a levantar la hipoteca antes de que cumpla la deuda y escriturar el inmueble, que quedaría como nuestro domicilio en Madrid, a nombre de su hijo. De todas formas no me hagas mucho caso, no he querido saber nada de este asunto; es mi madre quien lo lleva. ¡Imagínate cómo me siento cuando escucho hablar de dinero en relación a mi compromiso! ¡Como si fuese una vaca que llevan al mercado!

En ese momento unos suaves golpes sonaron en la puerta.

—Disculpen, pero es la una menos cuarto. —Era la voz de doña Rosa.

—Sólo un minuto, por favor —respondí.

—No se entretengan. Micaela insistió mucho en que la señorita no se retrasara. Primero que salga ella; después, al cabo de unos minutos, lo hace usted.

—Enseguida, doña Rosa, enseguida —respondió Paloma.

—Necesito saber a cuánto asciende la deuda de tu madre.

—No lo sé, no suelta prenda. Pero ¿para qué quieres saberlo?

—Tú entérate y hazme llegar la cifra con Micaela. Ella sabe dónde localizarme.

—¿No vas a decírmelo?

—Confía en mí. ¿Cuándo volveremos a vernos?

Paloma encogió sus frágiles hombros y la tristeza veló sus hermosos ojos. Nuestro beso de despedida lo interrumpió una nueva llamada, ahora más exigente. Se levantó, se recolocó el sombrero y bajó el ligero velo que hacía su rostro más seductor, se ajustó el vestido y alisó la falda, antes de ponerse los guantes.

—No lo sé. Mi madre está vigilante, consciente de que mi compromiso está muy lejos de mis sentimientos.

Nos abrazamos sin saber cuándo nos veríamos de nuevo. Supe que comenzaba un martirio y que desde aquel momento empezaría a contar los segundos hasta que pudiéramos estar juntos otra vez. Al salir, la dueña del establecimiento me miró con cara de complicidad y me dijo:

—Don Fernando, si le he hecho aguardar unos minutos es porque no debemos dar ninguna pista de su encuentro. No sabe lo afiladas que son algunas lenguas.

12

Los días de espera se me hicieron interminables. Habían pasado dos semanas y Micaela no daba señales de vida. Me cocía a fuego lento en un mar de dudas. En *La Iberia* todo marchaba como la seda, salvo que las invectivas de Carmona Roland, reconcomido por la envidia, eran cada vez más frecuentes. No se atrevía a decírmelas a la cara; de hecho, me había retirado el saludo, pero tanto Pepe Suardíaz como Carlos Rubio me transmitían sus exabruptos verbales, cada vez más insidiosos. No podía soportar que don Felipe hubiera alabado ante la redacción mi artículo sobre Montpensier. Lo ponderó hasta sonrojarme. Apareció como artículo de fondo y fue muy celebrado en los medios hostiles a don Antonio de Orleans. Sin embargo, la prensa afín al duque me dedicó furibundas críticas; especialmente duras fueron las de *La Correspondencia de España*, dirigida por Manuel María de Santa Ana, el anterior secretario de Montpensier. El ataque a mi «falta de preparación», a la «endeblez de los argumentos» y a la «perversa intencionalidad que rezumaban mis palabras» estaba firmado por el propio Santa Ana, indicativo de hasta dónde había escocido mi texto en las filas montpensieristas. Que el propio director de *La Correspondencia de España* la emprendiese con un plumilla al que estaban dando juego me llenó de satisfacción. Pero lo que me hizo sentir verdadero orgullo fueron las alabanzas de mi director. Mi papel en la redacción había subido como la espuma. Todo aquello sacaba de quicio a Carmona Roland, que se consideraba con muchos más méritos que yo para recibir tan efusivas felicitaciones.

Una mañana don Felipe me llamó a la Pecera.

—Quiero que haga con Hohenzollern lo mismo que ha hecho con Montpensier.

Dio una larga calada a su habano y expulsó tal cantidad de humo que la sempiterna nube que lo envolvía se hizo más densa. En aquel momento su aspecto, envuelto en la humareda, con sus barbas blancas y las lentes caladas sobre su prominente nariz, tenía algo de venerable. Se me representaba como la encarnación del Dios del Sinaí, al que don Emilio Castelar había invocado en un memorable discurso ante las Cortes para solicitar la libertad de cultos.

Hacía varias semanas que me había encargado fisgonear sobre los rumores que circulaban acerca de la posible candidatura de Leopoldo de Hohenzollern, pero apenas había conseguido algún dato suelto.

—¿Dónde podría encontrar información?

Se caló las lentes y me miró con socarronería.

—Busque en las bibliotecas.

Busqué información, siguiendo los consejos de don Felipe; incluso pude constatar que los rumores de que un Hohenzollern estaba en la lista de Prim eran fundados, aunque nadie sabía si la respuesta a los deseos de mi paisano sería positiva. Pasé dos mañanas en la Biblioteca Nacional, así llamada desde 1836, cuando el gobierno se incautó de la Biblioteca Pública de Palacio que fundó Felipe V en 1712. Estaba cerca de la plaza de la Encarnación. Allí me documenté sobre los antecedentes históricos de la familia hasta llegar a quien era en aquel momento el jefe de la familia: Guillermo I de Prusia. También buceé en los papeles sobre los derroteros por los que se movía la política prusiana del momento: la pieza clave era el canciller Otto von Bismarck, impulsor de la unificación alemana. En realidad, hablar de Prusia no era ya adecuado para referirse al Estado gobernado con mano de hierro por Von Bismarck; lo correcto era hablar de Alemania, después de que los prusianos se hubieran anexionado una serie de territorios limítrofes con Dinamarca y vencido a los austríacos en Sadowa hacía cuatro años. Descubrí que las opiniones estaban divididas acerca de si albergaba deseos de nuevas ampliaciones territoriales; algunos pensaban que tenía puestos los ojos en Alsacia y Lorena, territorios pertenecientes a Francia.

Madrid rebosaba de vida. La gente aprovechaba las agradables tardes de finales de mayo. Me tomé una horchata en La Valenciana y decidí irme a casa. Tenía material para elaborar el trabajo, aunque era consciente de que todavía me faltaban detalles de importancia y ese último dato que convierte una simple crónica en un verdadero artículo de fondo. Cuando doblé la esquina de la calle del Desengaño los latidos de mi corazón se aceleraron al ver la inconfundible silueta de Micaela en la puerta de la casa donde estaba mi vivienda. Estaba de espaldas y por los gestos supe que discutía con Marcela, la portera. Su presencia sólo podía significar noticias de Paloma. Al verme, la portera hizo a Micaela un gesto despectivo y, antes de perderse por el portal, le gritó un insulto que no escuché, al que Micaela replicó:

—¡Y tú una guarra!

—¡Micaela! —exclamé sorprendido.

—¡No dice que vengo a revolcarme con usted en la cama, buscando su dinero!

—¿Eso le ha dicho?

—¡Con peores palabras!

—Tendré que aclararle un par de cosas. Ande, cálmese.

—¡Para usted es fácil decirlo, pero a una le cuesta trabajo tranquilizarse cuando la llaman puta de medio pelo!

Obvié cualquier comentario. Deseaba conocer la razón de su presencia.

—¿Qué noticias me trae?

Micaela miró a ambos lados y yo interpreté mal su gesto, al proponerle:

—¿Subimos al piso?

Me miró escandalizada. La disputa con Marcela le había herido su amor propio mucho más de lo que yo imaginaba.

—¿Para que esa malnacida tenga con qué darle a la lengua? ¡Ni hablar! Escúcheme, porque lo que tengo que decirle lo despacho en un minuto.

—Soy todo oídos.

Se aseguró de que nadie más la escuchaba.

—Pasado mañana a la una y media en la pastelería de doña Rosa. No es seguro que la niña vaya, pero hay una posibilidad. Si pasada media hora no ha aparecido, es que no puede ir.

—¿Qué posibilidades hay de que acuda? —pregunté con ansiedad.

—Bastantes. Si todo sale como está previsto, podrán verse de nuevo. Además, para que se entretenga hasta pasado mañana, tome. —Me entregó un pliego doblado, se acomodó el mantón sobre los hombros y, antes de marcharse, me preguntó:

—¿Ha averiguado algo acerca de ese individuo?

No necesitó aclararme que se refería a Crisanto. Negué con la cabeza.

—Pues no lo deje. Sigo pensando que hay gato encerrado.

13

Pasé toda la noche dando vueltas en la cama, buscando una solución para la hipoteca de la casa de la madre de Paloma, que debía a sus acreedores casi veintiocho mil duros, una pequeña fortuna que suponía, según mis cálculos, la mitad del precio de la vivienda. Las sanguijuelas estaban dispuestas a chuparle la sangre: habían cerrado el grifo y exigían el pago. Estaba claro que los prestamistas «cebaron» a doña Rosario facilitándole nuevos préstamos, a pesar de que no abonaba ni el capital ni los réditos vencidos. El objetivo era hacerse con la propiedad por un precio muy inferior al del mercado.

Al día siguiente, poco después del mediodía, me dirigí al café de las Columnas y al cruzar por la Puerta del Sol alguien a mi espalda pronunció mi nombre:

—¡Fernandito! ¡Fernandito! —Era el viejo contrabandista del campo de Reus.

—¡Ignés, me alegro de verlo!

—Más te vas a alegrar cuando te cuente lo que he averiguado. ¿Llevas prisa?

La tertulia en el café de las Columnas no tenía hora, la gente se incorporaba o se marchaba con absoluta libertad. Además, Ignés había dado un aguijonazo a mi curiosidad. ¿Qué podía haber averiguado que fuera de tanto interés para mí?

—Podemos tomar algo —le propuse.

—Vamos al café del Carmen.

Nos acomodamos en un rincón discreto. Ignés pidió una jarrilla de vino y yo una cerveza. Una vez atendidos, me soltó de sopetón:

—La casa de doña Patrocinio es algo más que un burdel.

—¿Qué quiere decir?

—Que tal vez te interese saber que allí, además de ir a follar, algunos se reúnen para tratar de asuntos ajenos a la fornicación.

—¿Cómo lo ha sabido?

—Simple curiosidad. Al fondo del portal hay una puerta, pensé que daba a un patio de luz, pero tal patio no existe; da a una escalera que conduce hasta un sótano.

—¿Un sótano?

—Sí, y nada tiene que ver con el negocio que ocupa el resto del inmueble. El principal es para la gente con posibles y los pisos de arriba para quienes quieren echar un polvo pero no tienen más de dos pesetas, allí reciben las veteranas; en el sótano se despachan otros asuntos. Lo he averiguado en una visita a Afrodisia. Mientras se preparaba, miré por la ventana y me extrañó comprobar que no había patio. No le di importancia. Yo estaba a lo que había ido, pero cuando terminé, mientras me vestía, miré de nuevo y me acordé de que habías preguntado por el lugar y luego supe que estabas al acecho.

—¿Por qué dice eso?

—¡Coño, Fernandito! Saliste corriendo para que no se te escapara el sujeto que acababa de salir. Te fuiste tan deprisa que ni te despediste, ¿o no te acuerdas?

—Le pido disculpas.

—¡Déjate de tonterías! No lo digo para que te excuses. Pensé que podría interesarte lo que había en aquella planta baja y, antes de marcharme, husmeé por el portal. Entonces fue cuando descubrí que la puerta daba acceso a un sótano. Estaba cerrada pero la abrí con ésta. —Me mostró una ganzúa que sacó discretamente del bolsillo de su chaleco—. Bajé los escalones a oscuras, palpando las paredes. Me encontré con otra puerta que tampoco se me resistió, pero necesité un buen rato para abrirla. Está chapada por ambos lados con planchas de hierro. Es un local muy extraño. Me produjo malas sensaciones. Lo que vislumbré con la poca la luz que entraba por la rendija de uno de los postigos que dan a la calle, justo por encima de la acera, es una especie de sala de reuniones o algo por el estilo. Los postigos también están forrados de hierro. Quienes allí se juntan no desean delatar su presencia.

—¿Cómo es ese sótano? —pregunté, cada vez más interesado.

—No muy grande y huele de una forma especial, y las paredes están recubiertas con una bayeta negra.

—¿Bayeta negra? ¿Para qué?

—¡Yo qué sé! Creo que fue la bayeta lo que me produjo mala sensación. También hay un sillón que parece un trono, una mesa larga y sillas alrededor. ¡Ah!, y un arca de las antiguas, de tres llaves. Imposible de abrir con una ganzúa. También te diré que he visto entrar gente que no parecen clientes del burdel. Se reúnen de noche.

Estaba perplejo. ¿Había ido Crisanto al burdel o a aquel sótano? ¿Llevaría razón Micaela cuando decía que allí había gato encerrado?

—¿Sabe algo de esa gente?

Ignés negó varias veces con la cabeza.

—No tengo idea. En fin —apuró el último trago de su vino y se levantó—, ignoro si te será de utilidad. Si me entero de algo, te lo haré saber. Por cierto, ¿dónde vives?

—En el número seis de la calle del Desengaño.

—No puedo entretenerme más. ¿A que no adivinas adónde voy?

Me encogí de hombros.

—A comer con el general. Le gusta recordar viejos tiempos, le distrae de los enojosos asuntos de Estado. Ahora está agobiado con «Ole ole si me eligen».

—¿Se refiere usted a Leopoldo de Hohenzollern de Sigmaringen?

—El nombrecito del que ha buscado el general para coronarle la testa se las trae.

El viejo contrabandista hablaba con la mayor naturalidad de algo que no estaba al cabo de la calle. Pagué la consumición y salimos a una concurridísima calle del Carmen. La gente entraba y salía de los comercios, miraba los escaparates y conversaba en corrillos. El trajín de personas y animales de carga era continuo. No encontraba la forma de plantearle al viejo contrabandista una cuestión que tanto me interesaba. Sabía que era uno de los pocos amigos que Prim tenía más allá de las amistades políticas, siempre ligadas a los avatares del poder, y también que jamás diría algo que pudiese perjudicar a su amigo. Por otro lado, yo no deseaba sonsacarle arteramente información. Estaba a punto de preguntarle abiertamente, cuando Ignés se me adelantó:

—¿Por qué no me acompañas, saludas al general y le preguntas por «Ole ole»?

Me quedé de una pieza, sobre todo por la forma en que hacía la propuesta. Lo había dicho con el mismo desenfado con que se refería a Hohenzollern. Me detuve un momento, pero él no aminoró el paso. Tuve que acelerar para alcanzarle.

—¿Qué me dices? —insistió cuando llegué a su altura.

—¿Cree que me dejarán pasar?

—Nada se pierde con intentarlo.

Su campechanía me resultaba increíble. Hablaba de llevarme a presencia del mismísimo presidente del Gobierno como de entrar a un café.

—¿No le crearé un problema?

—¡Qué problema ni qué niño muerto! Lo más que puede ocurrir es que no te dejen entrar. ¿Qué me dices? Puedes agradecerle personalmente el telegrama que os envió por la muerte de tu padre.

—¿No se molestará?

—¿El general? Si se trata de sus enemigos, es duro como una roca. ¡Ya lo demostró con los moros en los Castillejos! ¡Y con los políticos ni te digo! Pero con sus amigos es otra cosa y no me refiero a los que ahora le hacen la rosca.

—¡Para mí será un honor estrechar su mano! —exclamé lleno de orgullo.

—Entonces, aprieta el paso, que vamos ajustados.

Enfilamos la calle de Alcalá y conforme nos acercábamos al palacio de Buenavista —sede del Ministerio de la Guerra donde Prim vivía con su familia—, yo estaba más nervioso. Al llegar a la esquina con la calle del Barquillo sudaba, tenía el estómago contraído y estaba tentado de dar media vuelta y salir corriendo.

—Entraremos por aquella puerta. —Ignés señaló la entrada de carruajes.

El centinela de servicio se mostró seco, casi huraño. Llamó al sargento de guardia y le cuchicheó algo al oído. Se dirigió a mi paisano con mucha altanería:

—¿Qué tripa se te ha roto?

—El general nos espera.

—¿Se puede saber a quién espera Su Excelencia?

—A dos paisanos de Reus. Mi nombre es Ignés de Vilaplana. —Lo dijo con tanto aplomo que al sargento se le bajaron los humos. Se atusó los mostachos y nos indicó, con menos arrestos, que aguardásemos. Se perdió por el portalón y al cabo de unos minutos apareció escoltando a un oficial.

—¿Ignés de Vilaplana? —preguntó mirándonos alternativamente.

—Soy yo.

—¿Quién le acompaña?

—El caballero es Fernando Besora. Los Besora son una familia que se honra con la amistad del general.

—¡Acompáñenme, por favor!

El sargento desapareció en el cuerpo de guardia y, mientras cruzábamos un patio ajardinado, el militar preguntó a Ignés:

—¿Ha visitado anteriormente a Su Excelencia?

—En varias ocasiones.

Entramos a un vestíbulo y subimos a la planta principal por una escalera de mármol blanco y baranda de caoba. El mobiliario era regio. Grandes espejos colgaban de la pared, alternándose con tapices flamencos. Labrados candelabros brillaban sobre las cómodas. Todo era grandioso. Nos detuvimos ante una puerta custodiada por un centinela que, al ver al oficial, pasó de la indolencia a la marcialidad.

—Aguarden un momento, por favor —nos indicó.

Al instante apareció un individuo enjuto que peinaba media melena partida y negra. Sus ojos eran chispeantes y vestía una elegante levita ceñida.

—Buenas tardes —saludó al viejo contrabandista, estrechándole la mano, al tiempo que se quedaba mirándome.

Mi paisano hizo las presentaciones:

—Éste es Fernando Besora. Fernando, el señor Muñiz es el secretario del general.

Me miró fijamente al estrechar mi mano. Estaba seguro de que en su mente escudriñaba mi apellido.

—¿También es usted reusense?

—Sí, señor. Toda mi familia es de Reus —respondí con orgullo.

—¿Les hemos enviado un telegrama de pésame? —me preguntó dubitativo.

—Por el fallecimiento de mi padre.

—Lo siento mucho.

—Gracias.

Por la forma en que me miraba deduje que Muñiz buscaba algún recuerdo más en su memoria. Decidí ayudarle.

—Tal vez mi nombre le suene por otra razón.

—Es cierto, pero en este momento no logro…

—Escribo en *La Iberia.*

—¡Claro! —exclamó con el rostro iluminado—. ¡Magnífico su artículo sobre Montpensier! Su Excelencia lo celebró mucho, pero no estableció la relación… ¡Síganme, síganme, por favor! Su Excelencia estará encantado de saludarle.

En aquel momento fui consciente del poder de la letra impresa. Ignés aprovechó que Muñiz nos abría paso para darme con el codo en la cadera. Cruzamos una puerta y entramos en las dependencias privadas del general. La grandiosidad quedó atrás. El mobiliario era de calidad, pero allí imperaba la austeridad.

Ver de cerca a Prim me impresionó. Conversaba con dos militares de alta graduación, según deduje de sus uniformes. Él vestía de paisano. Era enjuto y más bien bajo, tenía el rostro alargado y la piel cetrina y curtida. Algunas canas resaltaban en su cabello negro y su calvicie era algo más que incipiente; tenía la barba canosa y cuidada con esmero. Los ojos negros, no muy grandes, y su mirada, aunque melancólica, era penetrante. En la frente se veía una arruga muy pronunciada. Interrumpió la conversación, se acercó a Ignés y lo estrechó entre sus brazos.

—¡Viejo gruñón! ¿Te has traído la navaja?

Al deshacer el abrazo me miró.

—¡Tú eres Besora!

—Sí, excelencia —respondí nervioso.

—Eres el vivo retrato de tu padre. Pero… —Miró a Muñiz—. ¿Qué hace aquí?

La pregunta significaba que no estaba al tanto de mi presencia y que mi aire familiar le había dado la pista para identificarme. Eso certificaba uno de los muchos rumores que circulaban en torno a Prim. Se decía que sus soldados lo adoraban, a pesar de la estricta disciplina que imponía en las unidades bajo su mando, porque era capaz de identificar por su nombre al último de ellos. También se afirmaba que compartía el rancho con su tropa, pasaba sed cuando el agua escaseaba y hambre cuando faltaba la comida. No exigía lo que no estuviera dispuesto a dar. Me lo imaginé en los ardientes pedregales de Marruecos, bajo un sol de justicia, empuñando la enseña y lanzándose contra las filas enemigas gritando a sus hombres que le siguieran a la muerte o a la gloria. Cuentan que así fue como convirtió la batalla de los Castillejos en una resonante victoria cuando la derrota extendía sus negras alas sobre nuestro ejército.

El secretario miró a Ignés.

—Fernandito tenía ganas de conocerle, mi general. También desea darle las gracias por el pésame a su familia y preguntarle por alguna cosilla sobre «Ole ole si me eligen», ese que va a ser rey.

Las últimas palabras de Ignés hicieron que los rostros se ensombrecieran y un silencio espeso se apoderó del salón, como si hubiera invocado un demonio. Me sentí abrumado y sorprendido por la agudeza de Vilaplana. Fue Prim, con las manos en la espalda y mirando a su amigo, que no parecía alterado por el efecto de sus palabras, quien rompió el silencio.

—¿La gente da por sentado que Leopoldo de Hohenzollern será rey?

—No lo sé, mi general, lo que dan por sentado es que el pan ha subido, que no se resuelven los problemas de abastecimiento de agua y, sobre todo, que las obras de eso que llaman tranvía y tiene levantadas las calles no se terminarán en el plazo previsto.

Ignés tenía razón. La gente, al menos todavía, no hablaba del nuevo candidato. Tampoco me imaginaba a Micaela hablando de Hohenzollern ni a Marcela; ellas estaban pendientes de comadreos, en los que eran peritas.

Prim me miró.

—Y tú, ¿qué piensas?

—¿Yo? —balbuceé abrumado.

—Sí, tú.

—El asunto no está en la calle, excelencia. Sólo en algunos círculos.

—Pero por lo que veo ya lo han bautizado de forma castiza. ¿Qué piensas tú de ese «Ole ole»? —preguntó a Ignés.

—¿Yo? A muerte con lo que piense mi general.

La respuesta arrancó a Prim una carcajada y la tensión desapareció.

Por una puerta disimulada en el testero del fondo apareció una dama. Me pareció una mujer atractiva, sin ser bella. Sus ojos eran grandes y negros, como su cabello, que recogía en un abultado moño bajo apretado contra la nuca. Portaba en su mano un precioso abanico que me recordó a Paloma, en la que llevaba más de una hora sin pensar, algo verdaderamente extraordinario. Los militares adoptaron una posición marcial, sin llegar al firmes, y Muñiz le dedicó una sonrisa cortesana. Prim la besó en la mejilla y extendió la mano señalando al contrabandista.

—Paca, mira quién está aquí.

—Ignés, lo veo estupendamente —afirmó sonriendo al tiempo que ofreció una mano a mi paisano, quien la besó de forma poco ortodoxa—. ¡De vez en cuando me acuerdo de su navaja!

Otra vez salía a relucir la navaja. La dama se quedó mirándome y Prim me presentó a su esposa, doña Francisca Agüero, como el hijo de su amigo Luis Besora. Tomé la punta de sus dedos y los rocé con mis labios sin llegar a besarlos.

—¿También tú te llamas Luis?

—No, señora. Mi nombre es Fernando.

—¿Te quedarás a comer?

Abrumado, no supe qué responder. El propio Prim me sacó del aprieto.

—Si en Reus se enteran de que te dejo marchar a estas horas con el estómago vacío, me pondrán de vuelta y media.

—Excelencia... yo... yo no...

—¡Que pongan un cubierto más para que no tenga que sacar la navaja!

Seguía sin saber qué era lo de la maldita navaja, pero Prim parecía haber recuperado el buen humor después de intuir que en la calle ya se empezaba a hablar de la candidatura al trono de Leopoldo de Hohenzollern. Se despidió de los dos militares. Más tarde supe que eran sus ayudantes, los coroneles Moya y González Nandín. Muñiz, antes de retirarse, susurró unas palabras al oído del general.

El comedor familiar era una pieza sencilla, comparado con la majestuosidad del palacio de Buenavista. En torno a una mesa cuadrada comimos los cuatro, aunque yo más que comer sufrí un verdadero purgatorio, temeroso de cometer alguna incorrección. Me costaba trabajo dirigirme a Prim, cuya personalidad imponía más allá de la magistratura que ocupaba. Tampoco sabía cómo dirigirme a su esposa. Vilaplana, por el contrario, no tenía problemas para desenvolverse en aquel ambiente tan alejado del suyo. Tratando de no parecer un estúpido y convencido de que se trataba de una cuestión donde no pisaba un terreno resbaladizo, pregunté por la historia de la navaja.

—He visto que produce hilaridad la navaja de Ignés, ¿qué pasa con ella?

Prim y Vilaplana intercambiaron una mirada. El general, que acababa de dar un sorbo al vino de su copa, indicó al contrabandista que se explicase. Pero lo interrumpió la llegada del servicio con el primer plato: una ensalada de patatas y judías verdes. Mientras comíamos Ignés contó la historia de la navaja.

—En una ocasión el general me invitó a su mesa, pero con menos intimidad de la que gozamos hoy. No recuerdo cuántos éramos, por lo menos una docena. La comida era plato único: tasajos de jabalí que el general había cazado en su finca de los Montes de Toledo, acompañados de patatas asadas. A mí me faltaba el cubierto…

—No fue un descuido de la camarera —puntualizó doña Francisca.

—¡Qué va! ¡Todo había sido ideado por el general, que también dispuso que me sirvieran el último! Esperaba mi reacción al verme sin cubierto. Observé que el personal empezaba a comer y que yo no tenía con qué hacerlo. Busqué ayuda con la mirada, pero nadie me prestaba atención. Todos se habían conchabado.

—¿Qué hizo usted? —le pregunté.

—Saqué mi navaja; el chasquido del muelle al abrirse horrorizó a la damisela que estaba a mi lado. Luego puso cara de asco al ver que me valía de ella y de un trozo de pan para comerme la carne. El general se desternillaba de risa.

—Yo sabía que era hombre de recursos —comentó Prim—. Pero quería probarlo fuera de su ambiente.

—¡Aprobé con nota! —exclamó el contrabandista satisfecho.

Tras la historia de la navaja se hizo un breve silencio, sólo roto por el tintineo de los cubiertos de servicio del segundo plato: entrecot con una salsa española. Una vez servidos, Prim me comentó:

—Me han dicho que trabajas en *La Iberia*.

—Así es, excelencia. —Supuse que Muñiz se lo había comentado al despedirse.

—¿Es cierto que quieres saber sobre la candidatura de Leopoldo de Hohenzollern?

—Desde luego, excelencia. Mi director me ha encargado un artículo. Ya sabe Su Excelencia... por Madrid circulan algunos rumores.

—¿Qué has averiguado? —La pregunta fue directa.

Le expliqué mis pesquisas y me interrumpió varias veces, pidiéndome aclaraciones. Cuando terminé ya estábamos en los postres: fruta del tiempo.

—¡Mucha historia y poca sustancia! —exclamó—. Por lo que veo el botín es magro.

—No he podido averiguar más, excelencia.

El general no pudo reprimir una sonrisa.

—Ignés afirma que don Leopoldo ya ha aceptado la propuesta.

—Mi general —protestó el contrabandista—, yo no he dicho eso.

—¡Ah!, ¿no? Entonces he oído mal. En cualquier caso, no deis crédito a los rumores. La candidatura está aún muy verde. Puedes decirlo sin revelar la fuente.

—Desde luego, excelencia.

—También puedes decir...

Hice ademán de coger mi cuaderno de notas, pero bastó un gesto de Prim para desistir. Tenía una autoridad innata. No me extrañaba que, más allá de sus virtudes como militar, sus hombres lo siguieran hasta las mismísimas puertas del infierno si él daba esa orden. Su capacidad de mando era en él un don natural.

—Nada de notas, lo que voy a decirte son dos líneas. Confíalas a tu memoria.

—Disculpe, excelencia.

—Puedes decir que hay muchas dificultades para que el proyecto salga adelante, a pesar de que el canciller Bismarck se muestra partidario de nuestra propuesta.

—¿Podría indicarme alguna de las dificultades, excelencia?

—El mayor problema es Francia.

Prim agitó una campanilla y Muñiz apareció en el comedor.

—¿Quién sabe que estos caballeros han almorzado conmigo?

—Además del servicio y quienes aquí estamos, sus ayudantes, el oficial de guardia y posiblemente un par de centinelas.

—¿Saben quién es Besora?

Muñiz quedó unos segundos en suspenso.

—Lo sabemos nosotros, además de González Nandín y Moya.

—También el oficial de guardia —añadió Ignés.

—Bien. El señor Besora no ha estado en palacio. ¿Entendido?

—Desde luego, excelencia.

Prim dio un último sorbo a su vino, se limpió los labios y se levantó. Vilaplana y yo nos pusimos de pie.

—El trabajo se me amontona y tú —me miró a los ojos— tienes mucho que hacer si quieres que mañana esa información esté en las páginas de *La Iberia*.

Muñiz nos acompañó hasta la salida. Se mostró muy locuaz, al comentarle Ignés que el general había dicho que la candidatura de Hohenzollern estaba en el aire. El secretario se detuvo ante la escalinata que conducía a la planta baja y, asegurándose de que nadie más lo escuchaba, me dijo:

—¿Quiere un notición?

—Por supuesto.

—Pues preste mucha atención porque lo que voy a decirle no pienso repetirlo. La candidatura de Hohenzollern al trono es imposible.

—Tengo entendido que hay algunos problemas, pero que es imposible…

—Si publica lo que le he dicho, acertará.

Los ojos se me pusieron como platos. ¡Aquello era un bombazo!

—¿Puedo… puedo decirlo así?

—Por supuesto. Todo el mundo mirará hacia usted, que se habrá convertido en el periodista mejor informado de Madrid.

Ya en la calle del Barquillo, Ignés encendió uno de los cuatro habanos que el general le había entregado al despedirse. Al tiempo que con fruición expulsaba la primera bocanada de humo, me propuso tomar el café que el precipitado final de la comida había impedido.

14

Trabajé como jamás lo había hecho en mi vida. El café con Ignés fue tan rápido que a las cuatro y media estaba en mi casa ordenando papeles y dándole vueltas a la cabeza sobre la historia que iba a contar. No dejaba de pensar en cómo iba a convencer a don Felipe para que publicásemos aquello, habida cuenta de que no podía revelar las fuentes. Tenía a mi favor que mi director era un periodista de pies a cabeza. Desde las páginas de *La Iberia* se defendían los postulados progresistas, pero se estaba muy lejos de quienes escribían vinculados al ideario de un partido o ligados a sus prohombres más significativos. Tampoco deseaba don Felipe hacerse un nombre en las letras a través del periodismo. Que yo supiera, no había escrito dramas para ofrecerlos a Talía y llevarlos al escenario. No hacía ejercicios líricos, ni le tentaba la novela que cada vez tenía mayor número de seguidores entre las menguadas huestes de quienes en España no tenían miedo a la letra impresa. Don Felipe era el alma de *La Iberia* y de vez en cuando, muy de vez en cuando, nos regalaba un texto de una prosa primorosa donde revelaba una cultura tan vasta que resultaba enciclopédica.

Escribí sin descanso, contra el reloj, que aquella tarde avanzaba más deprisa de lo deseado, a diferencia de lo que últimamente me ocurría cuando la lentitud de los minutos me parecía desesperante. La admisión de textos en la redacción se cerraba a las ocho, salvo excepciones; eso significaba que por lo menos una hora antes tenía que salir de mi casa con la historia bajo el brazo. Por mucha diligencia que puse, cuando salí a la calle habían dado las ocho y media. Marcela quiso decirme algo, pero no podía perder un minuto. Le dije que ya hablaríamos. Caminaba tan deprisa que hubo trechos en los que más que andar corría. Cuando entré en el portal, sudoroso y jadeante, ya habían dado las nueve. Subí la escalera de dos en dos y crucé la redacción sin saludar. Traté de recomponerme en la puerta de la Pecera y saqué el texto del bolsillo antes de llamar.

—¡Pase!

Miré la mesa de don Felipe con la esperanza de ver algún original sobre ella, pero sólo vi el desorden habitual. Eso significaba que los textos estaban abajo, en la imprenta. Todos mis esfuerzos habían resultado vanos. Resoplé y mi superior me miró por encima de las lentes incrustadas en su nariz caballuna.

—¿Se encuentra bien, Besora?

—Sí, señor. Pero estoy desalentado.

Me señaló la silla que tenía delante. Desganado, tomé asiento y solté las cuartillas sobre la mesa. Don Felipe las miró sin tocarlas.

—¿Qué es eso?

—Una bomba.

Me taladró con la mirada antes de coger los papeles y enfrascarse en su lectura. Su rostro, como siempre, era inescrutable. Cuando terminó se quitó las lentes y, acariciándose la barba, me preguntó:

—¿La fuente es solvente?

—De toda garantía.

Se levantó, se puso la levita que colgaba del perchero y se caló el chambergo, mientras yo lo miraba inmóvil.

—¿Qué hace ahí como un pasmarote? ¡Sígame!

Apenas pegué ojo. Aguardaba las primeras claras del día, pero fui incapaz de permanecer en la cama hasta el amanecer. Era todavía noche cerrada cuando me levanté. Me afeité tranquilamente, me aseé despacio y vestí mi mejor levita. Las largas horas de vigilia me habían servido para tomar una decisión: estaba dispuesto a reunir la suma de veintiocho mil duros que costaba la libertad de Paloma. Tenía una posibilidad de conseguirla y por Paloma estaba dispuesto a cualquier cosa.

Cuando salí a la calle, los faroleros apagaban las últimas luminarias. Corría una suave brisa mañanera y, como era domingo, había menos actividad de la habitual. Acababan de dar las siete y en algunas iglesias sonaban las campanas anunciando la misa primera. Hacía mucho que había abandonado el fervor religioso que tuve en otro tiempo, pero estaba lejos del radicalismo de los llamados laicos, cuyo objetivo era eliminar los elementos religiosos que presidían la vida de los españoles, amén de deslindar las competencias del Estado y de la Iglesia. Yo era un decidido defensor del progreso e incluso compartía algunas ideas democráticas, como la implantación del sufragio universal que había consagrado la Constitución vigente, y me mostraba partidario de la idea de que la soberanía residía en la nación que para mí se identificaba con el pueblo, como había gritado Prim en la bahía de Cádiz al iniciar la revolución que había mandado al exilio a la corrupta hija del peor de nuestros reyes. Eso no era obstáculo para que me mostrase enemigo de los radicalismos pregonados por carlistas y republicanos. Yo estaba en la línea de los planteamientos de

Prim. El conde de Reus sostenía que, sobre nuevas bases, la mejor forma de gobierno era una monarquía parlamentaria de carácter representativo, porque la soberanía residía en los representantes de la nación elegidos por sufragio universal. El problema era que los intentos de Prim por conseguir una cabeza en la que colocar la corona se habían saldado hasta el momento con estrepitosos fracasos y, desde luego, rechazaba que el elegido fuera el general Serrano que coqueteaba con la posibilidad de coronarse o que fuera rey el duque de Montpensier.

Entré en el café del Pasaje, muy concurrido a pesar de lo temprano de la hora, para desayunar y aguardar a que los vendedores de periódicos comenzasen a vocear su mercancía. Me senté en una mesa apartada, según mi costumbre, y pedí chocolate con churros. Apenas había probado la primera porra, cuando un vendedor gritó desde la puerta del establecimiento:

—¡Lea *La Iberia*! ¡Ole ole no será rey! ¡*La Iberia* afirma que Ole ole no será rey!

Varios parroquianos buscaron en sus bolsillos los veinticinco céntimos. El muchacho repartía ejemplares y cobraba con la agilidad de quien sabe que la falta de diligencia da alas a la competencia. Logré el último de los ejemplares. El muchacho prometió volver para satisfacer la demanda pendiente.

«Leopoldo de Hohenzollern no será rey de España»: era el titular que don Felipe y yo decidimos mientras bajábamos a la imprenta. Miré a mi alrededor y me llenó de orgullo ver a la gente embebida en la lectura. Mientras lo leía con fruición, olvidándome de los churros y del chocolate, llegaron hasta mis oídos algunos comentarios. Los había para todos los gustos, la mayor parte muy contundentes. Hacía tiempo que había comprobado que cada español llevaba dentro un presidente del Gobierno con soluciones inmediatas para todos y cada uno de los problemas que nos acuciaban. No podría señalar las veces que había escuchado en tabernas, botillerías y cafés expresiones tan enérgicas como: «¡Esto lo arreglaba yo en dos días!», «¡Si me dejasen, acababa con el problema en un santiamén!». Otros se mostraban expeditivos ante las dificultades: «¡Los colgaba a todos y santas pascuas!». O amenazaban sin ahorrarse un ápice de ferocidad: «¡Que me los dejen a mí un par de horas!». Para ellos no existía separación de poderes, derechos individuales ni garantías constitucionales. Cuando escuchaba tales sandeces pensaba que si un problema podía solucionarse en un santiamén era necesariamente un asunto menor, sin importancia.

Por fortuna los comentarios que llegaban a mis oídos, tal vez porque venían de gente leída, como decía tía Ernestina, eran más sosegados, pero la mayoría, en mi opinión, verdaderos desatinos: «Prim está malgastando oportunidades y perdiendo el tiempo», «Hay que proclamar la República» o «La solución la tenemos en casa».

Doblé el periódico por la página dedicada a los anuncios: «Crecepelos mágicos», «Medicamentos portentosos», «Tratamientos contra las enfermedades venéreas», «Corsés estilizadores de la figura»... De repente, una voz en la mesa de mi derecha exclamó:

—¡El verdadero problema es Prim!

Miré por encima del periódico hacia el grupo de donde había salido la exclamación, pero no identifiqué a su autor, ni volví a escuchar más comentarios. Pagué la consumición y salí con *La Iberia* plegada bajo el brazo.

Eran poco más de las ocho. Disponía de mucho tiempo antes de mi cita con Paloma y decidí recogerme en mi casa, dedicaría un rato a la lectura. Mi espíritu no estaba para retomar la novela. Llevaba tanto tiempo abandonada que la percibía como algo ajeno, distante. Me había salido del meollo y de la piel de sus protagonistas.

Cuando llegué a la casa Marcela estaba en el portal. Hacía días que le daba largas para no hablar de un asunto que le planteé recién instalado en la casa y que ahora me parecía una equivocación. Le había dicho que necesitaba alguien que se encargase de mis asuntos domésticos. Debía ser persona de confianza y que dispusiera de tres mañanas semanales. Me preguntó cuánto estaba dispuesto a pagar y le pedí orientación a ella. Me dijo que ocho pesetas semanales por tres mañanas era un precio razonable, pero en la redacción me dijeron que lo justo era la mitad. Me molestó el engaño y que me dijera que su hija Virtudes podía encargarse del trabajo. La hija de la portera, como su madre, me parecía demasiado meticona, que diría tía Ernestina.

La verdad era que no podía demorar mucho la decisión porque la casa empezaba a notar la falta de limpieza y mi ropero la necesidad del lavado y planchado. La despensa había soportado mejor la situación porque me proveía de lo necesario en un colmado que había al final de la calle.

—Han venido preguntando por usted.

Me lo soltó sin molestarse en dar los buenos días y con una sonrisa en los labios que no fui capaz de interpretar. Temí que fuera Micaela para anular mi cita con Paloma.

—¿Quién?

—No lo ha dicho, pero ha dejado este recado.

Sacó una cuartilla y, antes de dármela, se interesó, como me temía, por el trabajo:

—¿Va a darme una respuesta? Debe saber que mi hija tiene otras ofertas.

No deseaba enemistarme con la portera, pero estaba convencido de que aceptar su propuesta no era lo más acertado.

—Ocho pesetas me parece demasiado por tres mañanas.

—Pensé que así me quitaría de encima aquel incordio, pero me equivoqué.

—¿Cuánto estaría dispuesto a pagar?

—No más de un duro.

Yo esperaba un rechazo frontal, una explosión de cólera e indignación, pero me miró con una sonrisa en los labios.

—¿Empieza mañana?

Asentí, mascullando una afirmación entre los dientes, al tiempo que recogía el mensaje. El texto lo firmaba don Felipe Clavero.

> Hemos procedido a efectuar una nueva tirada, los ejemplares del día vuelan de las manos con la tinta aún fresca. En la imprenta no paran. La causa es su artículo sobre Hohenzollern. Enhorabuena. Lo espero en la redacción.
>
> F. Clavero

Me satisfizo el escueto mensaje que me consagraba en el mundo del periodismo. Ahora mi mayor problema era decidir si acudía a *La Iberia* o me desentendía del asunto hasta que me hubiese visto con Paloma. En casa me quedé en mangas de camisa. A aquellas alturas de mayo, el calendario señalaba que estábamos a 29, el calor empezaba a apretar. Me tendí en la cama y consideré la situación. Me incliné por no arriesgar mi encuentro con Paloma que a veces daba como seguro y a veces no, temiendo algún inconveniente. Los minutos se me hicieron eternos. Bastante antes de la una, después de un somero lavado para refrescarme y convenientemente perfumado, salí a la calle. Tardé poco en llegar a la Puerta del Sol, observé que alguna gente tenía en sus manos un ejemplar de *La Ibe-*

ria. Pensé en don Felipe aguardándome en la Pecera y me lo imaginé sumando ejemplares y más ejemplares porque, a pesar de lo avanzado de la hora, los vendedores seguían voceando que «Ole ole» no iba a ser rey de España. Henchido de orgullo profesional, caminé con paso mesurado por aquella plaza irregular en la que confluían una decena de calles, deteniéndome en algunos escaparates. Antes de la hora fijada estaba ante el escaparate de la pastelería, como si me interesase alguna de las delicias allí expuestas. Alcé la vista y vi a través del cristal a doña Rosa acomodada en aquella especie de trono desde el que ejercía su dominio. Me hizo una seña para que entrase. Me recibió con una amplia sonrisa.

—Es un placer volver a verle, don Fernando. —Me ofreció su blanca y regordeta mano —sus nudillos eran hoyuelos—, que tomé galante y la rocé con mis labios, advirtiendo cómo se estremecía antes de añadir emocionada—: Además, es usted el hombre del día. —Con una pícara mirada, sacó de debajo del mostrador un ejemplar de *La Iberia.* Bajó su voz hasta darle un tono de confidencialidad—: La señorita Paloma lo aguarda desde hace unos minutos. —Miró a una de las dependientas y le ordenó—: Merceditas, acompaña al caballero.

Crucé por el mismo pasillo lleno de bateas rebosantes de dulces, mientras maldecía los minutos malgastados en la Puerta del Sol. Paloma, que vestía un traje de muselina rosa con pequeños adornos de encaje en el cuello y los puños, me pareció una diosa. Se levantó al verme y fui el más feliz de los mortales al fundirnos en un abrazo, olvidándonos de Merceditas, que cerró la puerta discretamente. Perdí la noción del tiempo abrazado a Paloma, besando su cuello, sus mejillas, sus labios. La estrechaba entre mis brazos con tanta fuerza que temí hacerle daño, aunque sus delicadas formas se adaptaban con elasticidad a la presión de mis manos. Deseé que el mundo se detuviera y el tiempo se congelara, embargado por un placer inenarrable que estremecía mi cuerpo de los pies a la cabeza. Paloma vibraba en mis brazos al tiempo que acariciaba con ternura mi cuello y mi nuca.

Tuve que hacer un verdadero esfuerzo para contener mis apetitos porque mis deseos por fundirme con ella iban más allá de lo recomendable. No me atrevía a preguntarle si ella deseaba lo mismo que yo, aunque tenía la sensación de que, como en tantas otras cosas, me habían engañado en los años de mi estricta formación en un internado religioso cuando me decían que una dama no experimentaba deseos libidinosos.

—He dicho a doña Rosa que nos avise a las dos y media.

Paloma me explicó cómo era posible que pudiéramos vernos a una hora que coincidía con el almuerzo.

—Mi madre ha quedado, después de la misa mayor en los Jerónimos, a la que hemos asistido juntas, en visitar a los prestamistas para intentar un nuevo aplazamiento, ofreciéndoles el pago total de las ciento cuarenta mil pesetas que les adeuda.

—¿Cuándo cumple?

—El treinta y uno de agosto.

—¿Por qué necesita un aplazamiento? La familia Mondéjar está comprometida en hacerse cargo de la deuda.

—Crisanto dice que hasta pasado el verano no podrá hacer efectiva la suma.

—¡Pero si su familia son grandes hacendados, propietarios de fincas enormes y miles de cabezas de ganado lanar…!

—Ha explicado no sé qué razones a mi madre.

—Esto me huele a chamusquina. Esa actitud es muy rara. ¿Os ha visitado su tío?

—No. Micaela también dice que aquí hay gato encerrado.

Me alegró saber que la había hecho partícipe de sus resquemores.

—Cuéntame, exactamente, lo que tu madre pretende.

—Quiere un aplazamiento hasta fin de año con la esperanza de que para entonces la familia de Crisanto haya hecho efectivo su compromiso. Pero no albergo muchas esperanzas. Esos usureros han hincado el diente y no soltarán la presa.

—¿Aceptaría tu madre los veintiocho mil duros si se los ofreciera?

Paloma me miró sorprendida.

—¿Tú dispones de esa suma?

—No.

—¿Entonces?

—Puedo conseguirla. Mi padre señaló en su testamento que yo tendría el diez por ciento de los beneficios anuales de la empresa familiar.

—¿El diez por ciento de los beneficios de este año alcanza esa suma?

—No. Pero tengo ciento diez mil pesetas. Cien mil de la mitad del premio de la lotería de mi padre y diez mil de una manda de su testamento. Probablemente mi hermano se encargará de disminuir la cifra de los beneficios, pero este año rondarán entre las ciento cincuenta mil y las doscientas mil pesetas.

—En el mejor de los casos y siempre que tu hermano no rebaje la cifra, necesitarías al menos dos años para llegar a los veintiocho mil duros de la deuda.

—Puedo vender a mi hermano ese derecho.

—No te comprendo.

—Renunciaría a mi participación en los beneficios a cambio de una suma mayor.

Las lágrimas aparecieron en sus ojos y resbalaron por sus mejillas.

—¿Estarías dispuesto a renunciar a tu herencia por mí?

—A eso y a mucho más.

Me rodeó con sus brazos y me estrechó contra su pecho.

Unos suaves golpes en la puerta anunciaron que nuestro tiempo había concluido.

—¿Cuándo volveré a verte?

—No lo sé —me respondió con una tristeza infinita en sus ojos.

Arregló los encajes del vestido y recompuso su figura antes de darme el doloroso beso de la despedida. Decidí poner en práctica lo que durante nuestro encuentro había revoloteado por mi cabeza.

15

Eran las tres cuando llegué a la Pecera. Allí estaba don Felipe, parapetado tras su mesa de trabajo, envuelto en la nube de humo del habano que sostenía entre sus dientes. Si le había molestado mi retraso, no lo demostró.

—Fernando, hemos batido todas las marcas.

Me sorprendió que no me llamase por mi apellido. Era una muestra de intimidad que no utilizaba con ningún otro miembro de la redacción. Para él éramos Besora, Suardíaz, Rubio o Carmona; a este último, pretencioso y muy pagado de su segundo apellido, lo mentaba sólo con el primero.

—¿Qué significa eso, don Felipe?

—Que, sin haber cerrado las cuentas, hemos puesto en la calle cuarenta y cinco mil ejemplares, incluidos los que van a provincias. Jamás habíamos llegado tan lejos.

—Enhorabuena.

—¡Pero si ha sido usted el artífice de este fenómeno!

—Usted, como director, tomó la decisión de cambiar el contenido del periódico.

—Porque soy perro viejo y sé cuándo tenemos un diamante.

—Exagera usted, don Felipe.

—No sea modesto. Si el protagonista fuera ese engreído de

Carmona, estaría pavoneándose por todo Madrid y ya me habría pedido un aumento de sueldo.

Aquella alusión hizo que, sin pensármelo, le plantease la petición que me veía obligado a hacerle. Estaba claro que el éxito proporcionaba alas a la osadía. Sólo un par de semanas atrás, habría cavilado varios días antes de atreverme a formulársela.

—A propósito, necesito pedirle algo.

—¡Un aumento de sueldo! —exclamó jovial.

—No, señor. Unos días de permiso. Necesito ir a Reus.

En lugar de responderme, me preguntó:

—¿Ha almorzado?

—No, señor.

—Entonces somos dos. ¡Vámonos a celebrarlo a Lhardy!

Algunos colegas se quedaron boquiabiertos. Al cruzar la redacción, don Felipe, en un gesto insólito, me tomó del brazo. Escuché a Carmona Roland mascullar algo cuando pasamos a su altura.

Lhardy era un elegante establecimiento, al que llamaban con la palabra francesa *restaurant* y que superaba a las casas de comidas convencionales. Difundía por Madrid un nuevo concepto de la gastronomía, si bien algunos de sus principales platos eran tradicionales. Gracias a don Felipe, que era un habitual, nos atendieron como a príncipes. La comida se prolongó tanto como el cocido que nos sirvieron; no concluyó hasta pasadas las seis. Cuando salimos a la Carrera de San Jerónimo, Madrid estaba cubierto por una espesa capa de nubes oscuras que anunciaban una de las tormentas típicas en aquella época del año. Un remolino de viento trajo olor a tierra húmeda. La tormenta estaba cerca. Me calé la chistera y me despedí de don Felipe con un apretón de manos. Mientras él tomaba dirección al paseo del Prado yo enfilé hacia la Puerta del Sol, dispuesto a poner en práctica lo que había concebido en la trastienda de la pastelería de doña Rosa.

En el *restaurant* habíamos cerrado un acuerdo. Logré su venia para viajar a Reus, pero pospondría mi marcha hasta que en el Congreso de los Diputados se celebrara el debate de la ley para establecer los votos necesarios para la elección del futuro monarca. Se anunciaba una jugada de los diputados montpensieristas. Don Felipe opinaba que mi firma era un filón y no estaba dispuesto a encargarle a otro el asunto. Yo protesté con cierta dosis de falsa modestia —en realidad estaba encantado con que me tuviera aquella consideración— y él insistió en que mi nombre se había consagrado y tenía las resonancias de los grandes. Escribiría un nuevo artículo de fondo y después me iría a Reus. Fue suficientemente discreto para no inmiscuirse en los motivos que me llevaban de nuevo a mi ciudad, dio por hecho que se trataba de un asunto de familia.

Crucé la Puerta del Sol y enfilé la calle Arenal, apretando el paso porque los remolinos de viento eran cada vez más fuertes y el olor a tierra mojada más intenso. La tormenta estaba tan encima de Madrid que los primeros goterones me cayeron cuando entraba al portal de la casa donde había vivido hasta hacía pocas semanas. Subí la escalera algo nervioso y en la puerta resoplé, tratando de recomponerme porque mi corazón latía como si hubiese hecho a plena carrera el trayecto desde Lhardy. Dudé antes de tirar de la cadena y esos segundos de titubeo acrecentaron mis temores; ahora me arrepentía de no haber hecho partícipe a Paloma de lo que mi mente había fraguado. Traté de tranquilizarme diciéndome a mí mismo que doña Rosario nada sabía de los trajines de Micaela, de nuestros sentimientos o de nuestros encuentros a escondidas. En realidad, lo que podía extrañar a la madre de Paloma era que yo no hubiera aparecido por la casa, después de haber vivido allí más de un año.

Tenía la mano en la cadenilla de la campana cuando me di cuenta de que había cometido un error imperdonable. Salí apresuradamente a la calle donde la lluvia arreciaba, obligándome a protegerme bajo los balcones y los aleros de los edificios. Para ahorrar unos pasos crucé por la travesía del Arenal y la calle Coloreros que daba a la calle Mayor. En la pastelería de doña Rosa no había clientes. Al verme frunció el ceño, se colocó el monóculo para verme mejor y me preguntó preocupada:

—¿Ocurre algo, don Fernando?

—¡Vengo como cliente, doña Rosa! —exclamé quitándome la chistera y sacudiendo algunas gotas de mi levita.

—¡Bendito sea Dios! ¡Me había temido una desgracia! ¡Merceditas, atiende a don Fernando!

Diez minutos después estaba de nuevo ante la puerta de la casa de Paloma, algo mojado, sobre todo por proteger la bandeja de pasteles. Tiré con fuerza y la campanilla repiqueteó varias veces. Nervioso, escuché descorrer el pestillo. Micaela, al verme en el umbral, se llevó la mano a la boca. Le dediqué una sonrisa y le mostré la bandeja.

—¡Cómo se le ha ocurrido! ¡Usted está mal de la cabeza!

—Esto hay que resolverlo, Micaela. Paloma y yo no podemos vivir así —le susurré.

—¿Está ella en el ajo de esta visita?

—No.

—¡Santo Dios! —exclamó llevándose las manos a la cabeza.

—¿Quién es? —preguntó doña Rosario desde el salón.

—¡Es don Fernando, señora! ¡Viene a hacerle una visita!

Estaba seguro de que Micaela reprimía su deseo de darme

un pellizco retorcido, pero se limitó a coger mi chistera y a mover la cabeza con gesto preocupado.

—¡Adelante, don Fernando! ¡Qué agradable sorpresa! —Doña Rosario salía a mi encuentro con una sonrisa en los labios.

Besé su mano y me invitó a pasar al salón. Paloma estaba lívida, sin color y sin habla, paralizada. A Crisanto Mondéjar no se le veía por ninguna parte. Ofrecí los pasteles a doña Rosario.

—¡Qué detalle! ¡Son de doña Rosa! ¡La mejor pastelería de Madrid! ¡Siéntese, siéntese!

—Muchas gracias, doña Rosario.

—¿Qué tal en su nueva casa? ¿Nos echa de menos?

—Bueno, digamos que poco a poco me acostumbro a la soledad de aquellas paredes y, desde luego, echo en falta los guisos de Micaela.

—¡Vaya por Dios! ¿Tomará café con nosotras o prefiere chocolate?

—No quiero molestar, doña Rosario, sólo deseaba cumplimentarlas, a usted y a Paloma. He de excusarme por dejar transcurrir tanto tiempo sin visitarlas.

—¡No diga esas cosas! ¡Usted no molesta en esta casa! ¿Café o chocolate?

—Mejor café, doña Rosario.

—Póngase cómodo, mientras doy instrucciones a Micaela.

Se fue hacia la cocina, proporcionándonos unos instantes para explicarle a Paloma la razón de mi presencia. Cogí sus manos, pero las retiró enfadada.

—¡Estás loco, Fernando! ¡Me has dado un susto de muerte!

—Lo primero es cierto: tú eres la causa. Lo segundo lo lamento mucho.

—¡Tu visita hará sospechar a mi madre!

—Lo dudo. La ha tomado como una cortesía.

Paloma suspiró y yo aproveché para robarle un beso fugaz que la ruborizó.

—¿Has venido para verme en presencia de mi madre? —Su voz sonaba temblorosa.

—He venido porque estoy dispuesto a ofrecerle la ayuda de que hemos hablado en la pastelería.

—¡Eso es una locura! —exclamó con un hilo de voz—. ¿Cómo vas a explicarle que estás al tanto de nuestros problemas?

—Lo tengo pensado. No te preocupes.

La aparición de Micaela portando una bandeja con el servicio del café y los pasteles que yo había traído interrumpió nuestra conversación. Me lanzó una mirada de reproche más elocuente que un discurso de Castelar. Regresó a la cocina y aproveché para decirle a Paloma que permanecería aquella semana en Madrid, pero que viajaría a Reus el 9 o el 10 de junio.

—No digas nada a mi madre, Fernando. Te lo suplico. —Me imploraba con las manos juntas como si elevase una plegaria.

—Ni tú ni yo merecemos vivir en esta situación. Amarnos no es un delito para que tengamos que vernos furtivamente, a escondidas.

—Mi madre no aceptará tu propuesta y, además, no creo que debas quedarte sin participación en la empresa de tu familia. Era el deseo de tu padre.

No estaba dispuesto a cejar en mi empeño. Lo único que lamentaba era no habérselo dicho cuando estábamos en la pastelería. La llegada de doña Rosario interrumpió otra vez la conversación. Era el momento de preguntar por mi rival.

—¿Y el señor Mondéjar? Supongo que no estará encerrado en su habitación castigándose con el Código Penal.

—Salió después del almuerzo. Tenía que verse con unos amigos. ¡Paloma y él hacen una pareja extraordinaria!

Escuché cómo la lluvia golpeaba con fuerza en los cristales. De pronto el fugaz resplandor de un relámpago trajo un trueno largo y prolongado que sonó en la lejanía.

—¿Ha conocido ya a los padres de Crisanto?

Era consciente de caminar por el filo de la navaja, pero estaba dispuesto a apretar. Sabía que los padres del leguleyo no habían aparecido, como tampoco lo hicieron cuando, ya comenzado el curso, Crisanto se aposentó como huésped. En realidad, todas las referencias a las extensas dehesas y los grandes rebaños de ovejas se sustentaban en su palabra.

A doña Rosario le costó trabajo responder con un no y para desviar la conversación, mientras servía el café en las tazas, me comentó zalamera:

—Tengo entendido que se ha encaramado a lo más alto de la profesión. Hoy mismo me han hablado de usted en términos muy elogiosos.

Otro relámpago alumbró el salón con su luz espectral y el trueno sonó más fuerte, más cercano. La tormenta se aproximaba a toda velocidad a Madrid.

—No puedo quejarme.

—¿Azúcar?

—Dos cucharadas, colmadas, por favor.

—¡Qué tonta! No recordaba que a usted le gusta que parezca un jarabe. ¿Qué piensa de todo este jaleo que hay con la elección de rey?

Su pregunta dejaba claro que no deseaba conversar sobre la intimidad familiar.

—Lo que he escrito en *La Iberia* y que tanta polvareda ha levantado es que la candidatura de Hohenzollern Sigmaringen también se ha ido al traste. Prim tiene más dificultades de las previstas para encontrar una testa que coronar.

—Lo que Prim tendría que hacer es aceptar de una vez a

Montpensier como rey y dejarse de pamplinas. Está consiguiendo que seamos el hazmerreír de Europa.

Fueron afirmaciones contundentes, muy a la española. Me llamó la atención que salieran de boca de doña Rosario, jamás se había interesado por los asuntos públicos. Sabía que mucha gente veía a los políticos como una caterva de aprovechados, sólo preocupados de sus propios intereses. Era cierto que algunos tenían comportamientos detestables, pero otros, como Prim, luchaban por materializar sus ideas de mejora social. Mucha gente, sin embargo, los metía a todos en el mismo saco y afirmaba con rotundidad que todos eran iguales; iguales de sinvergüenzas.

—Montpensier es serio —añadió doña Rosario—, está casado con la infanta Luisa Fernanda y es un gran administrador. ¡Eso es lo que España necesita! ¡Una persona que ponga orden en este desaguisado en que vivimos desde que destronaron a Isabel II!

Si pretendía que la conversación discurriese por esos predios, no estaba dispuesto a facilitárselo, aunque tuve que morderme la lengua. Quien permanecía angustiada era Paloma. Di un sorbo a mi taza y la deposité con cuidado sobre la mesa.

—Por cierto, doña Rosario, ha llegado a mis oídos algo que me ha preocupado.

—¿Qué ha oído usted? —me preguntó muy seria y expectante.

—Disculpe que parezca entrometido. Si no fuese por la estima que les tengo... He oído decir que... —titubeé un momento— que sufre algunas dificultades económicas.

Doña Rosario se puso de pie como si le hubieran dado un alfilerazo.

—¡Cómo se atreve usted a hacer tal insinuación! ¿Ha venido para insultarnos?

—Nada más lejos de mi ánimo, doña Rosario.

—¡Cómo se atreve! —gritó descompuesta—. ¡Salga de esta casa inmediatamente!

—Madre, lo que Fernando acaba de decir es verdad. No se por qué la enoja tanto.

La reacción de Paloma me sorprendió. Sobre todo, el tono sosegado de sus palabras. Su madre le dedicó una mirada iracunda.

—¿Has dicho Fernando? ¿Qué clase de familiaridad es ésa? —Me miró colérica y me ordenó por segunda vez—: ¡Salga de esta casa!

—Creo que no es usted justa. He venido a ofrecerle mi ayuda.

—¿Su ayuda? ¡Usted es un don nadie! ¡Pretende ganarse la vida escribiendo!

—Podría disponer de los veintiocho mil duros que necesita.

—¡Márchese! —gritó fuera de sí.

Abandoné la casa con una penosa sensación de fracaso y la triste convicción de que Paloma iba a pagar los platos rotos de mi equivocada decisión.

16

Llegué a casa calado hasta los huesos, después de caminar bajo el aguacero que descargaba sobre Madrid. Al abrir me encontré una nota que alguien había introducido por debajo de la puerta. Me quité la chistera, estaba tan empapada que el sombrerero tendría problemas para devolverle el apresto. Antes de despojarme de la levita, rasgué el sobre. Quien me escribía era el secretario de Prim, a quien yo había dejado mis señas particulares, antes de despedirme. Decía que deseaba poner en mi conocimiento un asunto del mayor interés y me citaba para el día siguiente a las nueve de la mañana, en el café de Naranjeros, en la popular plaza de la Cebada. Me rogaba puntualidad, dando por sobreentendido que yo acudiría a la cita. En aquel momento lo único que deseaba era despojarme de mis empapadas vestiduras, secarme y meterme en la cama.

Madrid amaneció con la atmósfera limpia y, al salir a la calle, me recibió una agradable brisa mañanera que me acompañó durante el trayecto. Fue un alivio, después de una mala noche. Diez minutos antes de la hora fijada estaba acodado sobre una mesa de madera —el mármol quedaba para establecimientos de más postín— delante de un café. Renunciaba al chocolate y los churros porque mi estómago, a pesar de haberme acostado sin cenar, estaba cerrado a cal y canto. No lograba apartar de mi cabeza las consecuencias de mi visita a la casa de Paloma y, embebido en mi tristeza, sólo me di cuenta de que eran las nueve cuando se me acercó un desconocido que me preguntó:

—¿Don Fernando Besora?

—Soy yo.

—Esto de parte de don Ricardo Muñiz.

Me entregó un sobre de color crema y textura recia, me saludó con una inclinación de cabeza y se marchó deseándome un buen día. Su sorpresiva aparición hizo que ni siquiera respondiese a sus buenos deseos. Yo esperaba al señor Muñiz para compartir confidencias; me molestó que un propio viniera en su lugar. Traté de recordar las palabras de su escrito, probablemente no dijera que acudiría a la cita. Miré con cierta displicencia el sobre por ambos lados, no tenía la menor indicación. Lo abrí cuidadosamente y extraje una cuartilla en la que había unas líneas escritas a vuela pluma y dos folios de texto por el anverso y el reverso con letra de pendolista; también unos recortes de prensa pertenecientes a *La Política* y *La Correspondencia de España*. Decidí seguir un orden y empezar por la cuartilla. Muñiz me indicaba que en los folios estaba resumido todo lo referente a la votación del futuro monarca. Era el asunto que se debatiría aquella semana, el mismo que don Felipe me había encargado antes de viajar a Reus. En una posdata me decía que el general había quedado muy satisfecho con el artículo de la víspera. La lectura de los folios revelaba la complicada situación a que se enfrentaba Prim en aquel debate parlamentario donde había en juego mucho más de lo que a primera vista parecía. Me reconfortó comprobar que, si bien Muñiz no había hecho acto de presencia, acudir a la cita había merecido la pena.

En una segunda lectura me centré en las últimas líneas

donde Muñiz afirmaba: «El presidente de la comisión que ha elaborado el proyecto de ley, el señor Ríos Rosas, ha redactado un documento que, de salir aprobado, permitiría la elección del futuro monarca con un reducido número de votos, en relación al total de la cámara. Ese proyecto favorece los intereses de un candidato muy concreto. El debate parlamentario será muy duro». Si estaban buscando la forma de llevar al trono a un candidato con un puñado de votos, siendo Ríos Rosas declarado partidario de don Antonio de Orleans, estaba clara cuál era la jugada de los montpensieristas, conscientes de que en una votación el duque, en el mejor de los casos, podía obtener un centenar de apoyos.

Centré mi atención en los dos recortes de prensa que pertenecían a los números de la víspera. Eran panegíricos a Montpensier y se alababa el trabajo de Ríos Rosas, ponderándose el magnífico proyecto de ley que se remitía a las Cortes y que debía ser aprobado sin modificar una sola coma. Volví a leer los folios y comprendí cuál era la intención del secretario de Prim. No formulaba petición alguna, pero resultaba evidente que me entregaba el material necesario para escribir un artículo de fondo cuando aún faltaban varios días para el debate. Hice cuentas y decidí entregarlo el sábado para publicarlo el domingo, antes de que sus señorías se trabasen en el cuerpo a cuerpo dialéctico. La lectura de aquellos papeles me distrajo del varapalo que doña Rosario había dado a mis expectativas. Me atormentaba saber que Micaela —mi cordón umbilical con Paloma— estaría de morros conmigo, pero lo que más me afligía era que Paloma habría tenido un altercado con su madre y, en ese terreno, siempre llevaba las de perder. Para ella suponía un desafío acudir a nuestros fugaces encuentros. El incidente con doña Rosario —había pensado mucho en ello durante las largas horas de insomnio en que estuve dando vueltas en la cama— me había revelado dos cosas. La primera, cuánto le escocía una simple alusión a sus problemas económicos que para ella eran una cuestión de honra. La segunda que, probablemente, le producía cierto resquemor haber utilizado a su hija para salir de sus apuros. En alguna ocasión le había oído decir que Mondéjar era un pueblerino, hijo de unos paletos acomodados, que había venido a Madrid a hacerse con un título académico para darse pisto en un poblacho manchego.

Pagué el café y me disponía a salir cuando se me acercó un individuo con rostro somnoliento que sostenía en sus manos la gorra típica de los serenos.

—¿Dispone de un minuto? —me preguntó nervioso.

—¿Qué quiere?

—Hace días, cuando lo de la Partida de la Porra en la calle Carretas, usted se acercó adonde yo estaba con otros compañeros, entre ellos Segismundo Martínez, el que lanzó un salivazo a sus pies, ¿se acuerda?

—¿Por qué se refiere a ello?

—Porque aludió usted a diez duros por un par de horas de conversación.

—¿A usted qué le importa?

—Me importa porque supongo que está relacionado con la oscura historia de la calle Carretas.

Me fijé en su cara: la tenía picada de viruela.

—¿Sabe usted algo de lo que pasó en ese palacete?

—Algo.

—¿Cuánto es algo?

—Bastante.

—¿Cuánto quiere?

—Lo mismo que le dio a Martínez.

—¿¡Diez duros!?

Hice ademán de marcharme, convencido de que se había acercado sólo para sacarme algún dinero.

—Le propongo un trato. —Lo miré sin responder—. Si lo que le cuento no tiene importancia para usted, sólo paga las copas de aguardiente. Si le parece de provecho, me abona los diez duros.

—Con esa propuesta se entrega usted atado de pies y manos. Me resultaría muy fácil, después de escuchar su historia, decirle que para mí carece de interés.

—Usted no es de esa clase de personas. Usted es un caballero, y no lo digo porque vista levita. No hay más que mirarlo a la cara. Uno aprende mucho abriendo puertas a medianoche y acompañando a borrachos y descarriados. ¡Si yo le contara...!

No era capaz de discernir si era un tunante con mucho oficio o una persona decente que buscaba redondear sus magros ingresos. Decidí que por escucharlo sólo iba a perder algo de mi tiempo.

—Siéntese.

—Mejor nos vamos. Mire con disimulo a los tipos que están en la mesa del fondo. No le han quitado el ojo de encima. Entraron justo después de usted, lo venían siguiendo por la calle. Mejor será que nos vayamos.

—Si es verdad lo que dice, nos seguirán.

—Los despistaremos.

Con discreción observé a dos individuos que parecían sostener una animada conversación. Ni los había visto en mi vida, ni sabía si era verdad que andaban tras mis pasos. ¿Sería una treta de aquel individuo para tenderme una trampa?

—¿Cómo se llama usted?

—Pedro Gómez. ¿Nos vamos?

—¿Está seguro de que esos tipos me siguen?

Esbozó una sonrisa y mostró una dentadura lamentable.

—Si no se fía, haga la prueba. Salgamos tranquilamente y verá lo que ocurre. Lo único malo es que perderemos la oportunidad de despistarlos.

—¿Cómo piensa hacerlo?

—Sacándoles una pequeña ventaja hasta llegar a las callejuelas que hay desde aquí hasta la calle de Segovia. Conozco la zona.

Cada vez estaba más convencido de que me tendía una trampa y que aquellos sujetos formaban parte de su plan. Me iba a llevar por una zona de callejuelas poco transitadas, donde podrían apiolarme sin mucho problema. A pesar de todo, decidí seguir su juego y estar muy pendiente, por si todo era una añagaza. Era más joven y podía correr más deprisa. Como el café estaba pagado, salimos sin detenernos. Vi cómo los dos sujetos llamaban para abonar su cuenta, eso nos proporcionaría cierta ventaja. Por lo pronto Pedro Gómez no se equivocaba y tampoco erró al conducirme por el dédalo de callejuelas que se abrían entre la plaza de la Cebada y la calle de Segovia.

Diez minutos después estábamos en una botillería de la plazuela de Puerta Cerrada. Pedimos dos copas de aguardiente, para Pedro Gómez fue la primera de media docena, no paró de beber mientras me contaba una historia sobre lo acontecido en la calle Carretas. Era increíble, pero estaba bien armada y sus detalles coincidían con lo que yo conocía.

—¿Cómo puedo confirmar lo que me ha contado?

Me miró vacilante, como si se hubiera arrepentido de haberme hecho partícipe de aquello. Parecía asustado de sus propias palabras. Ahora sabía por qué había bebido sin cesar, lo había hecho para darse el valor que necesitaba para contármelo. Tenía los ojos enrojecidos por la ingesta de aguardiente y me dio pena.

—Puede estar seguro de que nadie sabrá que esa historia ha salido de su boca, pero compréndalo, para publicar algo como lo que me ha contado, necesito pruebas.

Antes de responderme pidió otra copa de aguardiente y se la zampó de un trago.

—Si se las facilito, ¿me jura que lo contará todo en el periódico?

—Delo por hecho.

—En ese caso, acompáñeme, quiero mostrarle algo. Aunque le advierto que no es plato de gusto.

Bajamos casi hasta la Puerta de Segovia y por un portillo cercano fuimos a parar a unos andurriales al pie del cerro de las Vistillas. Allí no había calles ni casas, sino inmundas chabolas diseminadas al pie del cerro, en cuyas alturas se alzaba el palacio de los duques de Osuna. Nunca había visto algo parecido: chiquillos desnudos, de piel renegrida, pies lacerados de andar descalzos y rostros famélicos, marcados por un hambre nunca saciada. Mujeres escuálidas o con los cuerpos deformados, cubiertas de harapos, con algún hijo al costado, como si se tratara de un cántaro, o colgado del pecho buscando con la boca lo que no podía encontrar. Hombres ociosos por obligación, mal vestidos, matando el tiempo, sentados en el suelo con la espalda pegada a la pared de alguna de las chozas, o entretenidos en trabajar un palo con una navaja o jugando sobre el suelo con unos naipes desgastados. Me miraban con recelo, pero la compañía de Pedro Gómez era como un salvoconducto para transitar entre la miseria oculta a los ojos de la buena sociedad. Propondría a don Felipe un artículo denunciando todo aquello con dureza. El Madrid del ferrocarril, de los nuevos hoteles y *restaurants*, que iba a inaugurar los tranvías o abarrotaba el coso taurino junto a la Puerta de Alcalá, no podía vivir de espaldas a aquella realidad.

Pedro Gómez se detuvo ante la puerta de una de las últimas chabolas y apartó el mugriento lienzo que hacía las veces de puerta.

—Clara, ¿estás ahí?

Me preparé mentalmente para lo que iba a encontrarme.

Repitió la llamada antes de que una voz gastada le respondiera:

—¿Quién llama?

—¡Soy yo, Pedro! ¿Podemos pasar? Hay un caballero que desea hablar contigo.

Una mano apartó el cortinón y el rostro ajado de una mujer apareció en el hueco de lo que debía ser la puerta. Estaba a medio cubrir y sostenía a un bebé famélico colgado de un pecho. Tenía los ojos grandes y negros, como el desgreñado pelo que caía sobre sus hombros. Me miró sin pudor por su desnudez y observé sus facciones: era una mujer bella, a pesar de su aspecto. Tendría poco más de veinte años.

—Cuéntale a este señor qué ocurrió con tu hijo.

Una mezcla de rabia y dolor brilló en sus ojos.

—Me engañaron, señor. Se lo llevaron porque decían que era un niño muy bonito, para unas pruebas de eso que llaman… llaman…

—Fotografías —la ayudó el sereno.

—Me dieron cuarenta reales sólo por tenerlo unas horas, pero mi hijo murió.

—¿Le devolvieron el cadáver? —pregunté sobrecogido, pensando en lo que realmente había ocurrido.

—No, me dieron cien reales más y me dijeron que, después del accidente, sus restos eran irreconocibles.

—¿Cuándo fue eso?

—El siete de marzo.

Se me erizó el vello de la nuca. Tenía grabada esa fecha en mi mente.

—Veo que la recuerda muy bien.

—¡Cómo voy a olvidarla! Fue el último día que vi a mi Francisco —gimoteó.

—¿Qué edad tenía?

—Habría cumplido siete años en San Pedro.

Agradecí la información y propuse a Pedro marcharnos. Me sorprendió que Clara me preguntase:

—¿Eso es todo? ¿El señor no va a darme nada?

Rebusqué en mis bolsillos y saqué un duro de plata. Mientras hablábamos, alguna gente se había acercado hasta nosotros, pero guardaba cierta distancia. Me sentía incómodo sabiéndome el centro de aquellas miradas poco amistosas. Menos mal que Pedro Gómez caminaba a mi lado. Mejor dicho, yo marchaba a su vera. El sereno saludaba a algunos de los que nos miraban; sólo cuando llegamos a la calle de Segovia, le pregunté:

—¿Cómo se enteró usted de que esa mujer era la madre del niño?

—Clara es mi hermana pequeña.

Estaba decidido a denunciar a aquellos asesinos que habían sacrificado la vida de un inocente, pero aún me faltaban algunos elementos. Lo que no lograba explicarme era por qué don Felipe había mostrado tan poco interés en aquella historia.

Cuando fui a pagarle a Pedro Gómez los diez duros, los rechazó:

—No quiero dinero, sino justicia. Si se lo pedí, fue para no despertar sus sospechas. Un tipo como yo, sólo ofrece información a cambio de dinero.

—¿Por qué no se los da a su hermana? Le arreglará la vida durante algún tiempo.

Cogió el dinero con lágrimas en los ojos.

—Si quiere encontrarme, búsqueme en la manzana de la Carrera de San Jerónimo con el paseo del Prado.

—Seguramente lo haré.

Al despedirnos con un apretón de manos me dijo:

—Tenga mucho cuidado con esos tipos que lo siguen.

17

El último día de mayo lo pasé encerrado en mi piso. Virtudes, la hija de Marcela, no apareció; trabajaba los lunes, los miércoles y los viernes. Estuve preparando el borrador del artículo que Muñiz me insinuó, sin decirlo, con el sobre que me había enviado. También dediqué parte de mi tiempo a repasar las notas de mi conversación con Segismundo Martínez y las cuartillas donde había tratado de reconstruir la crónica que di a don Felipe y puse en limpio toda la información facilitada por Pedro Gómez. Me interesaba esto último mucho más que las cuestiones de la política nacional. Decidí insistirle a mi director en la publicación de un artículo sobre lo ocurrido, ahora que tenía todos los datos. La gentuza que se reunía en el palacete del conde de Casalabrada había asesinado a un niño, aunque tenía que comprobar si la causa del asesinato era la que Pedro Gómez me había contado. ¡Me parecía tan irreal! Era necesario agitar las conciencias y desenmascarar a aquellos miserables para que pagaran por su crimen.

Llegué a *La Iberia* bien entrada la mañana, pero don Felipe no había aparecido por la redacción. Estaba en la cama con fiebre y un fortísimo catarro. Era Pepe Suardíaz quien ejercía sus funciones mientras se recuperaba. Ni por asomo, a mi amigo se le ocurrió aposentarse en la Pecera.

—Don Felipe me ha dicho que te centres en el proyecto de ley para establecer el sistema de votación en la elección del nuevo rey.

—Lo tendrás el sábado por la tarde para que salga el domingo.

—¿No podríamos adelantar algo? El debate en el Congreso es el martes.

—Por eso, precisamente. Con cuarenta y ocho horas de antelación estará fresco como una lechuga —le repliqué.

Si no podía hablar con don Felipe de la historia de la calle Carretas, estaría mejor en mi casa por si aparecía Micaela. La única posibilidad de que eso ocurriera era que doña Rosario reconsiderara su decisión. Pero mi espera resultó inútil, y el resto de la semana transcurrió sin grandes novedades. Pasaba muchas horas encerrado en la Biblioteca Nacional, documentándome sobre asuntos relacionados con la historia que me había contado Pedro Gómez: esoterismo, sectas y ritos. Cuando no estaba en la biblioteca estaba en mi casa, buscando una explicación para aquel asesinato que a nadie parecía importar lo más mínimo. A la única persona que veía era a Virtudes. Su trabajo mejoró mucho mi situación doméstica. El sábado por la mañana, di un último repaso al artículo sobre la elección de monarca y modifiqué un par de detalles. Don Felipe, que seguía acatarrado, afirmaba que llegaba un momento en que había de darse por concluida la redacción, de lo contrario una simple gacetilla se convertía en un trabajo interminable. Siempre se encontraba una redundancia que suprimir, un adjetivo que expresaba mejor la cualidad, una aclaración que perfilaba la expresión o una forma verbal que nos parecía más adecuada. Cuando al día siguiente viera la luz, los plumíferos al servicio del duque de Montpensier —don Antonio de Orleans les pagaba generosamente del mismo modo que subvencionaba periódicos para que le dedicaran toda clase de loas e impulsaran su candidatura al trono— se echarían sobre mí como lobos hambrientos. Me disponía a salir para llevárselo a Suardíaz cuando escuché hurgar en la cerradura. Me puse en guardia al recordar la advertencia de Pedro Gómez y respiré aliviado al ver que se trataba de Virtudes. La muchacha era muy eficiente.

—¿Se marcha ya, don Fernando?

—Sí. Pero… —temí haberme despistado—, ¿no estamos a sábado?

—Sí, señor.

—Entonces no deberías estar aquí.

—Sólo serán unos minutos. Ayer dejé la colada en lejía y hay que sacarla, si no el lunes me encontraré con un montón de harapos. ¿Le preparo el desayuno?

—No te molestes. El lunes no te olvides de llevar la chistera al sombrerero para ver si tiene arreglo. Me había olvidado por completo de ella.

—Como usted mande.

Mientras caminaba no dejé de mirar hacia atrás para comprobar si alguien me seguía. El ruido en la cerradura me había metido el miedo en el cuerpo. No observé nada extraño, pero no me sentí seguro hasta que estuve en la redacción. Saludé sombrero en mano y me acerqué a la mesa de Suardíaz.

—¿Cómo está don Felipe?

—Continúa en cama, pero está mejor. Ha preguntado por tu artículo.

Le entregué las cuartillas y las leyó con detenimiento. Cuando concluyó, me miró.

—Vas a hacerte un puñado de amigos.

—Estoy seguro. ¿Estás de acuerdo con titularlo «¿Rey con un puñado de votos?»

Anotó la frase y asintió.

Al salir miré hacia Carmona Roland que acariciaba su canosa perilla y se pasaba la mano por la cabeza, donde la calvicie había causado unos estragos que trataba de compensar con unas guedejas ruines colgando por el cogote. Lo saludé y me devolvió una mirada aviesa, sin despegar los labios. Una vez en la calle, volvieron las suspicacias. No dejé de mirar hacia atrás hasta que llegué a la fonda de la calle de los Caños. Allí pregunté por Ignés de Vilaplana.

—No sé si ha salido. —El posadero, que ajustaba una cuenta, apenas me prestó atención.

—¿Podría comprobarlo?

Me miró con cara de pocos amigos, pero gritó en dirección al patio:

—¡María, mira a ver si el catalán está en su habitación! ¡Preguntan por él!

Ignés apareció inmediatamente.

—¡Fernandito! —exclamó al verme—. ¿Qué te trae por aquí?

—Necesito que me haga un favor.

—Si está en mi mano, dalo por hecho. ¿Nos vamos al café de los Ángeles?

Al salir, identifiqué a los sujetos que me vigilaban en el café de Naranjeros. El sereno llevaba razón; aquellos tipos me seguían, pero no tenía la más remota idea de por qué lo hacían.

—¿Te pasa algo? —me preguntó el contrabandista al ver la palidez de mi rostro.

—Disimule y siga andando, como si no ocurriese nada.

Ignés se detuvo, no era hombre de componendas.

—¿Qué cojones te pasa? Te has puesto blanco como una pajuela.

—Siga andando, por favor. Se lo explicaré todo cuando lleguemos al café.

Me hizo caso, pero antes miró al otro lado de la calle y vio a los dos individuos.

—¿Ésos te siguen?

—Creo que sí.

—¿Eso es de lo que quieres hablarme?

—No.

En el café busqué con la mirada la mesa más apartada de la puerta, pero Ignés insistió en que nos acomodásemos en la que estaba junto a la ventana.

—Desde aquí los veremos mejor.

—¿Cree que es lo más conveniente?

—Por supuesto. Si ellos saben que estamos aquí, lo mejor es que nosotros sepamos dónde están ellos.

Pedimos dos copas de aguardiente. No me vendría mal, aunque mi estómago estaba encogido. Tal y como Ignés había pronosticado, al poco rato pudimos verlos calle arriba y abajo, haciendo ostentación de su presencia.

—¿Tienes algún lío de faldas con una mujer casada?

—Nada de eso.

—¿Algún otro lío?

Me encogí de hombros.

—Lo único que se me ocurre pensar es que…

No terminé la frase, ante la mirada extrañada de Ignés. ¡Cómo no me había dado cuenta antes! ¡La presencia de aquellos individuos estaba relacionada con mis artículos! Yo había dedicado a Montpensier uno muy duro y el domingo anterior, cuando señalé que la candidatura de Hohenzollern estaba liquidada, insistí en que, en modo alguno, era la persona adecuada para ocupar el trono. ¡Era una forma de intimidarme!

—¿Qué te pasa ahora?

Resoplé con fuerza.

—Me parece que acabo de descubrir por qué me siguen esos dos. En mis artículos el duque de Montpensier no sale muy bien parado.

—¿Desde cuándo los tienes colgados a la chepa?

—No lo sé, la primera vez que reparé en ello fue el lunes. Estaban pendientes de mí en un café de la plaza de la Cebada. Me advirtió un individuo que estaba conmigo.

—¿Desde entonces andan detrás de ti?

—No lo sé. Estos días casi no he salido de casa.

—¿Estás asustado?

—Preocupado, pero no he salido por asuntos de trabajo. No los había vuelto a ver hasta ahora.

—Supongo que querrás arreglarlo.

—Desde luego, pero no sé cómo.

—Déjalo de mi cuenta.

Me preocupó el tono de sus palabras. Ignés no solía andarse por las ramas.

—¿Qué va a hacer?

—Tú déjalo de mi cuenta. ¿Qué favor es ese que querías?

Di un trago al aguardiente.

—¿Se acuerda del sótano del que me habló el otro día?

—Claro. ¡Vaya un sitio extraño!

—¿Podríamos hacerle una visita? Me gustaría verlo y también el contenido del arca.

—Lo primero no es problema, pero para lo segundo habrá que comprar algunas herramientas. Necesitaré tres o cuatro días. Podríamos quedar el miércoles a esta hora.

—¿A plena luz del día?

—Es la mejor hora para no levantar sospechas. Por otro lado, la gente que ahí se reúne lo hace por la noche.

—¿Habrá con veinte duros para las herramientas?

—Quizá sobre, pero te advierto que no son baratas.

Guardó el dinero que le entregué y, sin decir palabra, se levantó.

—¿Adónde va?

—Aguarda un momento —respondió desde la puerta.

Por la ventana vi cómo se encaraba con los dos sujetos, que se marcharon a toda prisa. Regresó y pidió otra copa de aguardiente.

—Me parece que ésos sólo buscan intimidarte.

El 7 de junio, en el palacio de la Carrera de San Jerónimo, se vivía la efervescencia de los grandes momentos. Los invitados se acomodaban en la parte noble de la galería alta, ufanos de su privilegio, mientras en el gallinero nos apretujábamos plumíferos y dibujantes con nuestros lápices y cuadernos. Era la primera vez que yo cubría una noticia del Congreso de los Diputados estando presente en el hemiciclo. Varios colegas me hicieron algún comentario sobre «¿Rey con un puñado de votos?». Ninguno lo elogió y algunos se mostraron desdeñosos, y en más de una mirada adiviné envidia.

La importancia del debate era patente en los corrillos de diputados que se veían en los pasillos y en el propio salón de plenos, y la tensión se adivinaba en el semblante de los jefes de fila que iban a fajarse desde la tribuna. Faltaban diez minutos para el comienzo del debate y le guardaba el sitio a Rocafull, quien había prometido venir; como habitual de la cámara, me había advertido que eran frecuentes los retrasos y me había dado algunos consejos sobre el desarrollo de las sesiones. Menos mal porque Carmona Roland, que era quien cubría la información parlamentaria, se limitó a mirarme con displicencia cuando le pedí consejo. Estaba herido en su orgullo al ver cómo en la redacción su estrella declinaba al tiempo que ascendía la mía.

Yo no era culpable de esa situación, pero estaba claro que no perdonaba mi éxito. Su forma de enfocar los asuntos estaba anticuada y obsoleta; su alambicada redacción, que en otro tiempo atrajo a los lectores, ya no interesaba.

Por un momento, la tristeza se adueñó de mi ánimo, si bien resultaba más adecuado decir que se había convertido en mi compañera desde que hacía nueve días fui echado de casa de Paloma. Micaela seguía sin dar señales de vida. Ensimismado en mis cuitas, me sobresaltó el campanillazo con que el presidente de la cámara llamaba a los diputados para ocupar sus escaños. Eran las doce y diez. En los pasillos los ujieres anunciaban el comienzo de la sesión. Prim ocupó su asiento y a ello atribuí cierta agitación entre los plumíferos, pero la causa del revuelo era la presencia de un ujier en el gallinero. Portaba en su mano enguantada un sobre y preguntaba por don Fernando Besora. Le hice un gesto y con dificultad llegó hasta donde me encontraba.

—¿Es usted don Fernando Besora, el de *La Iberia*?

—Sí, soy yo.

—Esto de parte del señor Muñiz.

Me entregó el sobre y le di las gracias. En ese momento llegó Rocafull. Abrí el sobre con calculada parsimonia, sabiéndome el centro de atención de mis colegas. El texto era muy breve:

> Su Excelencia está encantado con su artículo del pasado domingo. Me ha encargado que le transmita su agradecimiento.

El presidente Ruiz Zorrilla agitó la campanilla por segunda vez. El reglamento señalaba que serían tres las llamadas. Llevábamos un cuarto de hora de retraso y aún hubo que esperar otros cinco minutos antes de que, con el tercer anuncio, declarara abierta la sesión. En el momento que concedía la palabra al diputado Ríos Rosas en su condición de presidente de la comisión redactora del proyecto de ley, Rocafull, me susurró:

—Está comprado por Montpensier.

Ríos Rosas hizo la exposición del proyecto de ley con una brillante intervención de más de una hora. Defendía algunos puntos que yo había combatido en mi artículo.

—Por lo tanto, señorías —acometía el final de su discurso que había levantado clamorosas ovaciones y estruendosas pitadas—, la elección del monarca debe hacerse en función del número de diputados presentes. Es el criterio recogido en nuestra Carta Magna y que se tiene en cuenta a la hora de aprobar las leyes. ¡Todas las leyes! —exclamó con vehemencia—. ¡Incluido el proyecto legislativo que hoy sometemos a la aprobación de la cámara!

—¡Pero si no hay candidatos! ¡Prim no los encuentra! ¡Viva la República! —El estentóreo grito fue aclamado con un coro de «vivas» desde las filas republicanas y con silbidos desde los escaños gubernamentales.

—¿Quién es ese diputado? —pregunté a Rocafull.

—Roque Barcia. Un republicano radical. Creo que es de Huelva.

Miguelito era un experto. Anoté su nombre, su filiación y su procedencia.

—¿Y aquel que se sienta a su lado?

—¿El pelirrojo de las lentes azuladas y las grandes patillas?

—Sí.

—Ése es Paúl y Angulo. Un jerezano que estuvo con Prim en los primeros momentos de la revolución, pero cada vez está más distanciado. Esperaba que Prim se decantase por la república.

Ríos Rosas terminó su intervención en medio de aplausos y silbidos. La jugada de los montpensieristas estaba clara. El número de diputados era de 342. Según el proyecto de ley, con que hubiera 172 diputados presentes en la cámara —la mitad más uno— a la hora de elegir al nuevo monarca, la votación sería válida. Como resultaría elegido quien obtuviese la mayoría simple, significaba que el rey podía salir con sólo 87 votos. Ésos habían sido los cálculos de Montpensier, habida cuenta del número de apoyos con que podía contar. Todo consistía en que el día de la votación el número de diputados presentes no fuera muy superior a esos 172 —era habitual que hubiera entre 250 y 300—. Según Muñiz, agentes de Montpensier estaban ofreciendo dádivas sustanciosas a numerosos diputados para que se ausentaran el día en que se celebrase la votación para elegir al rey. En mi artículo no había aludido a tales compras, pero había señalado y criticado con dureza la maniobra política de Ríos Rosas para hacer posible la elección de un rey, cuyos apoyos podían ser inferiores al centenar de votos.

El presidente concedió la palabra a otro diputado de la Unión Liberal que había presentado —con toda seguridad instigado por Prim— una enmienda al proyecto.

—Señor presidente, señorías. El señor Ríos Rosas ha tratado de convencernos de que el proyecto que hoy se discute en la cámara es equiparable a cualquier otro proyecto de ley. Pero sus señorías saben que no es así. Este proyecto tiene una dimensión mucho mayor. Se trata, nada más y nada menos, que de elegir al futuro rey de España. Sus señorías coincidirán conmigo en que es necesario un respaldo amplio, que dé solidez a dicha elección. La propuesta que se trae a la cámara, tal y como está redactada, permitiría la elección de un rey con un escaso número de votos...

El orador se extendió en largas consideraciones antes de hacer su propuesta, que formuló después de media hora de discurso:

—... en consecuencia, señorías, propongo que el número de votos que den el plácet parlamentario al monarca se contabilice no a partir del número de diputados presentes en el momento de la votación, sino del número de diputados que tienen aprobada su acta y que, según la minuta que se me ha facilitado, es de trescientos cuarenta y dos. Mi propuesta solicita que el *quorum* mínimo que ha de obtener el candidato sea de ciento setenta y dos votos, independientemente del número de diputados que asistan a la votación.

Sus últimas palabras levantaron gritos, aplausos y silbidos. Algunos gritos fueron directamente contra Prim, que permanecía impasible en su escaño. La presidencia tuvo que emplearse a fondo para restablecer el mínimo orden y proceder a la votación de la enmienda que resultó aprobada gracias al apoyo de los diputados republicanos, quienes consideraban que una cifra mayor de apoyos dificultaría la elección. Era una forma de complicar la elección del rey y que, por agotamiento, se llegase a la proclamación de la república. Con todo, la consecuencia más importante de aquella votación era que el duque de Montpensier veía complicarse su elección.

Salí del Congreso de los Diputados con notas más que suficientes para escribir el artículo del día siguiente y escuchando violentos comentarios contra Prim.

18

Don Felipe no acababa de reponerse de su molesto catarro, propio de la llegada del verano, por lo que Suardíaz continuaba en sus funciones de director. Cuando le entregué el texto de mi artículo le dije:

—Me gustaría hacerle una visita a don Felipe, ¿podrías decirme dónde vive?

Me respondió con una excusa:

—Ya conoces a don Felipe, es muy suyo.

—¿Quieres decir que no le gustan las visitas? Sólo deseo interesarme por su salud.

—Está algo mejor.

Decepcionado, decidí regresar a mi casa; estaba obsesionado con permanecer en mi domicilio, pensando que Micaela podía aparecer en cualquier momento. A pesar del incidente con doña Rosario, estaba dispuesto a viajar a Reus y liquidar mi participación en la empresa para hacerme con una suma que, además, evitaría una discusión anual con mi hermano a cuenta de los beneficios. Bajaba los últimos peldaños de la escalera cuando Manolito me gritó desde el hueco:

—¡Don Fernando, don Fernando, aguarde un momento!

Bajó, deslizándose por el pulido pasamanos.

—¿Quiere saber dónde vive don Felipe?

Me quedé mirando al botones. Estaba a la que saltaba. Ejercía de recadero, de recepcionista de visitas o de vigilante. Conocía los entresijos de la redacción mucho mejor que la mayoría de sus miembros.

—¿Cómo sabes tú que tengo interés en ello? —Me di cuenta demasiado tarde de lo estúpido de mi pregunta.

—Don Fernando… que uno tiene las orejas en su sitio.

—¿Dónde vive?

En lugar de responderme se metió las manos en los bolsillos, miró al techo y se puso a silbar. Busqué un real que lancé al aire y atrapó al vuelo.

—En el principal del número seis de la calle de las Huertas, casi en la esquina con Matute. Le advierto que no le gustan las visitas.

—Ya me lo ha dicho el señor Suardíaz.

Fui primero a mi casa, por si Micaela hubiera pasado por allí. Apreté el paso; la tarde declinaba y no era cosa de visitar a don Felipe a deshoras. Abrí la puerta y me extrañó ver un resplandor al final del pasillo. Virtudes no debía de estar allí. Avancé con cautela, sin hacer ruido. La encontré en la habitación del fondo dándole a la plancha; estaba de espaldas y se sobresaltó al escuchar mis palabras.

—¿Qué haces aquí a estas horas? ¡Son cerca de las ocho!

—¡Jesús! ¡Qué susto me ha dado, don Fernando! —exclamó, llevándose la mano al pecho—. No lo he sentido llegar.

—Son cerca de las ocho, Virtudes —insistí.

—La ropa está muy atrasada, don Fernando, y como se va de viaje, necesitará llevarse para una temporada.

—¿Llevas aquí todo el día?

—Sí, señor, menos el rato que bajé para comer.

—¿Ha venido alguien preguntando por mí?

—Nadie, don Fernando. ¿Espera visita?

—Más bien la deseo. Vamos, deja de planchar y márchate a casa.

—¿Le preparo la cena?

—Muchas gracias, pero no te molestes. Termina ya y vete a tu casa.

Media hora después estaba de nuevo en la calle, donde había cierta animación; miré por si rondaban los moscones, pero habían desaparecido desde que Ignés los ahuyentó, aunque no estaba seguro.

La gente aprovechaba las tardes de aquellos días de temperatura agradable para pasear por las calles o formar tertulias a la puerta de las viviendas. Estaba anocheciendo y los faroleros, con sus largas pértigas, encendían las farolas del gas. Apreté el paso para que mi presencia no fuera una visita intempestiva; a pesar de todo se me hizo casi de noche. Entre la Carrera de San Jerónimo y la plazuela del Ángel había mucha menos gente. Cuando enfilé la calle de las Huertas había anochecido y apenas se veía un alma. Resultaba curioso comprobar cómo los paseantes desaparecían en pocos minutos, una vez que la noche caía sobre Madrid. En Reus ocurría lo mismo. Al llegar a la esquina de Matute, unos bultos embozados surgieron de las sombras, se abalanzaron sobre mí y me inmovilizaron.

—¡Para que no te metas donde no te llaman! —escuché decir a uno de ellos.

Sorprendido, no pude pedir auxilio; antes de darme cuenta, estaba amordazado. Un golpe de porra me dejó aturdido, aunque no llegué a perder el conocimiento.

—¡Daos prisa! ¡Alguien puede vernos!

Como si fuera un borracho al que acompañan unos amigos, me arrastraron hasta los bajos de un edificio oscuro y maloliente donde me dieron una tunda. Uno de los matones repetía como un estribillo:

—¡Para que no te metas donde no te llaman!

Perdí el conocimiento y cuando recobré el sentido apenas podía moverme. Tenía un dolor tan insoportable en un brazo que las demás laceraciones me parecían cosa menor, y eso que mis riñones estaban severamente castigados y respirar me provocaba grandes punzadas. Me arrastré hasta la calle con mucha dificultad. El dolor de riñones me impedía ponerme en pie y veía con un solo ojo. Mi ángel guardián fue un sereno que, en una de sus rondas, me encontró encogido, junto a la puerta de una casa.

—¿Está usted borracho? —me preguntó desdeñoso.

—Lo que estoy es malherido. Ayúdeme, por favor.

Se agachó para comprobarlo y por la expresión de su rostro adiviné que mi aspecto era lastimoso, pese a mi indumentaria de caballero. Con el esfuerzo perdí de nuevo el conocimiento y lo último que escuché fue que discutía, con otras personas que se habían acercado, sobre la conveniencia de avisar a un médico que vivía cerca de allí.

Al recuperar el conocimiento lo primero que vi fueron las tocas de una monja, cuyas blancas y almidonadas alas parecían llevarla en volandas por el pasillo. Ni sabía dónde estaba, cómo había llegado ni cuánto tiempo llevaba allí. Tenía el cuerpo dolorido, la boca seca y tantos vendajes que debía parecer una momia.

—¡Vaya, el caballero vuelve en sí! —La hermana me dedicó una sonrisa que hinchó sus mofletes aprisionados por la toca.

—¿Dónde estoy?

—En el Hospital de Peregrinos.

—¿Cuánto tiempo llevo aquí? ¿Quién me ha traído?

—Lo trajeron unos guardias.

—¿Cuándo?

—Anteayer a media noche. ¡Vaya tunda que le han propinado! ¡A todos ha extrañado que no le robaran! —Se quedó mirándome fijamente—. ¡Por aquí dicen que ha sido un ajuste de cuentas! ¿Fueron los de la Partida de la Porra?

Recordé que uno de mis agresores repetía, como si fuera un mensaje que debía recibir: «Para que no te metas donde no te llaman».

—No, no fueron los de la Partida de la Porra. ¿Qué hora es?

Le molestó que no le hiciese una confidencia. Me miró adusta y me espetó:

—¡Hora de que se tome la medicina! —Se dio media vuelta y se alejó envuelta en un revuelo de hábitos.

Intenté moverme, pero el dolor me hizo desistir. Comprobé que un vendaje me inmovilizaba el brazo izquierdo a un costado, que tenía todo el pecho vendado y que el cuello era de lo poco que podía mover sin que me lo impidiese una punzada de dolor. Al respirar me dolía en un punto, por lo que supuse que tendría alguna costilla rota. Tenía movilidad en el brazo derecho y, aunque los dedos estaban vendados, tenía las yemas libres. Me palpé la cara con mucho cuidado y comprobé que mi ojo izquierdo estaba cubierto con una gasa y una venda. Podía mover las piernas, pero me resultaba doloroso. Mi olfato percibía sin problemas el olor a desinfectante, a alcohol, a enfermo y a medicinas. Tampoco el gusto parecía afectado, sentía la boca seca y amarga. La cabeza me dolía tanto que tenía la sensación de que iba a estallarme en cualquier momento. Cerré mi ojo bueno y traté de situarme, recopilando la escueta información que me había facilitado la monja. Sabía dónde estaba, quién me había llevado, que mi presencia en el hospital había dado lugar a algunos cotilleos y que llevaba allí casi dos días. ¡Dos días! Eso significaba que Ignés se había quedado esperándome para visitar al sótano. Tal vez Micaela había ido a mi casa y Virtudes me habría echado de menos. Mi cabeza también funcionaba: recordaba sin problema las cosas pendientes y los nombres de las personas. Traté de reconstruir el momento del ataque, pero sólo tenía la imagen de unos bultos que se abalanzaban sobre mí, me inmovilizaban, me arrastraban y me golpeaban con saña. No podría identificar a mis agresores, aunque posiblemente se trataba de los mismos que me habían seguido los días anteriores. Tampoco podía determinar si su propósito era matarme o simplemente apalearme. Si pretendían lo primero, habían fracasado; si era lo segundo, lo habían hecho a conciencia.

Un ruido de pasos y comentarios me sacó de mis reflexiones. La monja escoltaba a un médico, según deduje por su bata blanca, y a otros dos individuos.

—¿Cómo se encuentra? —me preguntó el médico.

—Molido.

—Que haya vuelto en sí es buen síntoma, aunque su vida no ha corrido peligro en ningún momento. Lo más grave son las fracturas, pero la pérdida de sangre no ha sido importante.

Recordé que el sereno y quienes me atendieron hablaban de avisar a un médico. Me tomó el pulso y comprobó mi temperatura, poniendo la palma de su mano en mi frente. Hizo unas anotaciones en un papel que llevaba sobre una tablilla e indicó a la monja que me pusiera el termómetro y me diese las medicinas; luego, dirigiéndose a los dos individuos que lo acompañaban, les ordenó con autoridad:

—Sólo un cuarto de hora. Aunque su estado no es grave, no debe fatigarse.

La monja cumplió las instrucciones del doctor, me dijo

que tenía unas décimas, me dio dos pastillas y me permitió beber un vaso de agua. Antes de retirarse dijo a los individuos:

—Ya han oído al doctor Lasarte, un cuarto de hora.

Se presentaron como agentes de policía. El que parecía el jefe lo hizo con su apellido, se llamaba Juárez, y el otro era un jovencito que no abrió la boca. No tuvieron la deferencia de interesarse por mi estado, fueron directamente al grano.

—Su nombre es don Fernando Besora, ¿verdad? —me preguntó Juárez—. Se trata de un simple formalismo, pero es necesario que usted lo corrobore.

—Sí.

—¿Es periodista de *La Iberia*?

—Sí.

—¿Su domicilio?

—Calle del Desengaño, seis, principal.

Tomada la filiación, me preguntaron si sospechaba de alguien. Les comenté que unos individuos me habían seguido los días previos, pero que no podía asegurar si fueron ellos quienes me apalearon. En Madrid se podían encontrar matones de tres al cuarto prometiéndoles una botella de vino. No les dije que quienes me atacaron dejaron claro que era por hurgar en algún asunto, a pesar de que eso podía ponerlos sobre la pista de algún secuaz del duque de Montpensier. Por lo que deduje de sus semblantes, con mucha dificultad por el estado de mi ojo, les decepcionó la poca información que les facilité.

—¿Qué hacía por la zona?

—Iba a ver a un amigo.

No se interesaron ni por el amigo, ni por la razón de mi visita. Tampoco yo tenía interés en revelarles mucho más.

—Tenemos entendido que no le han robado.

—Eso me han dicho.

—¿Acudió alguien que obligara a sus agresores a huir precipitadamente?

—Nadie, al menos mientras estuve consciente.

—¿Perdió el conocimiento?

—Sí.

—¿Podría decirnos cuánto tiempo estuvo inconsciente?

—Creo que no.

—A mí me parece que sí —afirmó Juárez con cierta impertinencia—. El sereno que dio aviso al médico dice que eran las doce cuando lo encontró en la acera de la calle de las Huertas. ¿Recuerda cuándo lo atacaron?

—Serían las nueve, aproximadamente.

—Eso quiere decir que estuvo inconsciente unas tres horas.

Me encogí de hombros y noté una punzada de dolor. En aquel momento apareció la monja.

—Se han pasado cinco minutos del tiempo que el doctor les había dado.

—Sólo unos minutos más, madre Concepción —solicitó Juárez.

—Punto final —cortó autoritaria—. Hay otras dos personas que desean visitarlo.

—¿Quién? —pregunté ansioso.

—Dos hombres. Dicen que son amigos suyos.

Los policías se retiraron. En realidad, poco más podía revelarles, más allá de sospechas con dudoso fundamento. Antes de marcharse me dijeron que volveríamos a vernos y Juárez, como hipótesis de trabajo, apuntó que siendo yo periodista podía tratarse de la Partida de la Porra. La violencia desatada por aquellos energúmenos tenía como objetivo principal las redacciones de los periódicos y los propios periodistas. Yo estaba seguro de que si sus pesquisas iban en esa dirección, perderían el tiempo porque esa gente la emprendía con los periodistas republicanos y carlistas.

La madre Concepción regresó un par de minutos después con Ignés y Suardíaz. Al parecer eran algunos más los que deseaban verme, pero sor Concepción se había mostrado rigurosa y limitado a dos el número de visitantes.

—Tienen ustedes un cuarto de hora, ni un minuto más —les advirtió, moviendo un dedo admonitorio, antes de retirarse.

—¡Vaya con la monja! —exclamó Suardíaz cuando ya no podía oírlo.

Después de que me preguntasen cómo me encontraba, cómo había ocurrido todo y darme algunas noticias, fue Ignés quien, con mucha discreción, comentó:

—Me extrañó que no acudieras a nuestra cita. Esperé hasta ayer por la mañana y, al ver que no aparecías, fui a tu casa. Me abrió la criada y cuando le pregunté por ti me respondió, muy nerviosa, que no habías pasado allí la noche y que no tenía noticias tuyas desde la víspera por la tarde. Muy preocupado, indagué dónde estaba la redacción de tu periódico y allí me encontré con este caballero, quien tampoco tenía noticias tuyas, desde esa misma tarde. Nos pusimos a buscarte y, como ves, hemos dado contigo.

Suardíaz me había traído un ejemplar de *La Iberia* donde aparecía mi artículo sobre la votación para la elección de rey y se ofreció a leérmelo, pero la llegada de sor Concepción no lo hizo posible.

—La visita ha terminado, don Fernando necesita descanso. ¡Es su mejor medicina!

19

Estuve doce días en el hospital antes de que el doctor Lasarte me diera el alta, bajo promesa de continuar la convalecencia en mi casa. Me habían levantado el apósito del ojo y no parecía que mi visión estuviera dañada, aunque me recomendaron que, cuando estuviera más recuperado, acudiera a un oculista. Los dedos de mi mano derecha estaban libres de vendajes, pero persistía el dolor en el tórax, tenía dos costillas rotas; por fortuna no habían afectado a los pulmones. La hinchazón del pie derecho estaba reducida a un hematoma color berenjena, que ya amarilleaba por los bordes y me permitía caminar con alguna molestia. Lo peor era mi brazo izquierdo, estaba fracturado y lo tendría escayolado un mes.

Me instalé en el piso el 20 de junio, sin saber cuánto duraría mi encierro. Fue una suerte que Virtudes se encargara de mis asuntos domésticos porque estuvo pendiente de todas mis necesidades. En lugar de tres mañanas, venía a diario; puso mi ropero al día. Las únicas prendas que yo utilicé durante mi convalecencia fueron los camisones de dormir y una bata de seda para estar en casa, regalo de tía Ernestina; la de lana del Pirineo quedó guardada en el armario hasta que los fríos del invierno hicieran aconsejable volver a usarla.

El obligado reposo me permitió poner cierto orden en mis

ideas. Desde que regresé de Reus mi vida había sido un torbellino. Mis ilusiones de establecer relaciones formales con Paloma se habían visto dramáticamente cercenadas, nuestro amor era clandestino y los encuentros en la pastelería de doña Rosa actos furtivos. Las sospechas de Micaela sobre Crisanto Mondéjar habían abierto otro frente de desasosiego. A mi complicada vida sentimental se añadían los trabajos encomendados por don Felipe que me habían procurado un inesperado éxito profesional, pero también mucho agobio. Por si todo eso no era suficiente, la aparición de Ignés de Vilaplana me condujo hasta donde ni en mis más exuberantes fantasías pude imaginar: ¡había compartido mesa y mantel con el general Prim y su esposa! La guinda a tanta tensión llegó de la mano de Pedro Gómez cuando me contó la tenebrosa historia de lo que realmente había ocurrido en el palacete de la calle Carretas: un asesinato ritual execrable. La puntilla fue verme vigilado, seguido y apaleado. Vivía con tantas prisas que, probablemente, ahí radicaba la causa de que mi intento de ofrecer ayuda a doña Rosario se hubiera saldado de forma tan desastrosa.

Las largas y tediosas horas que pasaba de la cama al sillón, interrumpidas por pequeños paseos en el corto pasillo de mi vivienda, tenían el consuelo de algunas visitas. Ignés venía todos los días a las seis de la tarde, puntual como un reloj bien ajustado. Su visita, impagable, duraba una hora. Me hablaba de viejas historias de contrabando y bandolerismo en Cataluña. Me decía que la imagen del bandolerismo andaluz, que tanto cautivaba a los extranjeros, tenía su contrapunto en Cataluña, donde no había sido menos importante que en Andalucía. Me dijo que en alguna parte del *Quijote* se decía —el viejo contrabandista no lo había leído— que el hidalgo manchego, al ver colgados de unos árboles a numerosos bandoleros, comentó a su escudero Sancho que aquella estampa era la prueba de que estaban cerca de Barcelona. Me contaba cómo metía de matute las mercaderías y qué trucos utilizaba para burlar a los carabineros y a los encargados del impuesto de consumos. Había practicado el contrabando a gran escala y también el menudeo.

Otra visita cotidiana —siempre fugaz y a media mañana— era la de Manolito. Me traía, de parte de don Felipe, ya restablecido, el ejemplar de *La Iberia.* Apenas se detenía y siempre entregaba el periódico a Virtudes; nunca pasaba a verme, escudándose en sus muchos recados. Me extrañaba la actitud del botones.

Pepe Suardíaz y Carlos Rubio venían con frecuencia, las visitas de este último enervaban a Virtudes porque mi colega persistía en su mala costumbre de no lavarse ni cambiarse de ropa. Apestaba a distancia. Utilizaba una cuerda de esparto en lugar de cinturón y su levita estaba hecha una pena. Por la casa desfiló buena parte de la redacción y me mantuvieron al día sobre las cosas que no se publicaban o por falta de espacio o porque don Felipe no lo consideraba oportuno. Carmona Roland fue de los pocos que no apareció. Suardíaz me dijo que, mientras estuve en el hospital y mi estado era más delicado, se interesó por mí a diario. Incluso escribió una gacetilla sobre el apaleamiento. Me molestó, porque no deseaba que se le dieran tres cuartos al pregonero. Lo más doloroso era que Micaela no aparecía.

No comuniqué lo ocurrido a mi familia. Mi correspondencia familiar era muy espaciada. Escribía una vez al mes y siempre contestaba tía Ernestina, que me ponía al tanto de los asuntos domésticos. Mi madre se limitaba a una posdata de un par de líneas manifestándome su cariño con palabras tan frías que dejaban helado mi corazón.

Mis dolencias mejoraban cada vez más deprisa. El doctor Lasarte, parco en palabras y eficiente en su trabajo, aseguraba que la evolución era favorable, pero se negaba a que abandonase el encierro. Virtudes iba mucho más allá de sus obligaciones. Venía todos los días y sus atenciones hacían que me remordiera la conciencia. Había sido cicatero al ofrecerle cinco pesetas de salario. Cuando le pagué su semana decidí darle las ocho pesetas que había pedido su madre.

—Se ha equivocado, don Fernando.

—No, Virtudes. Tu salario será a partir de esta semana de ocho pesetas.

Se le formó un nudo en la garganta y no pudo darme las gracias. Se marchó corriendo. Me recriminé haberla juzgado inadecuada para su cometido.

El 4 de julio, mientras escribía en mi novela, aunque no me concentraba porque no paraba de darle vueltas al asesinato de la calle Carretas y no podía quitarme a Paloma de la cabeza, recibí la inesperada visita de don Felipe Clavero. Virtudes me lo anunció como un «señor mayor de aspecto siniestro», antes de decirme su nombre. No pude evitar una sonrisa porque, ciertamente, la imagen de don Felipe —corpulento, sin ser obeso, una larga y canosa barba hasta el pecho, unas lentes anticuadas, un sombrero chambergo y su chalina— producía cierta inquietud. Salí a cumplimentarlo al recibidor.

—¡Don Felipe, qué grata sorpresa!

No se molestó en responder a mi bienvenida.

—¿Dispone de unos minutos?

—Tengo todo el tiempo del mundo. ¡Pase, pase!

Antes de acomodarnos en el salón, me preguntó por simple cortesía:

—¿Cómo se encuentra?

—Mucho mejor. Espero que el matasanos levante pronto la veda.

—Lo celebro.

Observé su rostro, que no estaba para celebraciones. Sacó un puro.

—¿Le molesta el humo?

—No, don Felipe, sabe que soy fumador, un par de cachimbas al día.

—Lo digo por sus pulmones.

—La rotura de las costillas no llegaron a lesionarlos.

—Me alegro.

Su semblante indicaba lo contrario.

—Acabo de saber que Prim se ha reunido con miembros del gobierno porque se han cerrado con éxito las negociaciones para que Hohenzollern acepte la corona.

No daba crédito a lo que acababa de decirme. Por bastante menos se ponía a un periodista de patitas en la calle. Don Felipe había levantado un artículo para meter el mío, en el que se aseguraba que Hohenzollern no aceptaría la corona de España. Tuve que hacer un esfuerzo para que las palabras salieran de mi boca.

—¿Cómo ha dicho?

—Hohenzollern ha aceptado la corona.

Mi rostro debía de estar tan blanco como las cuartillas de papel que había sobre la mesa. ¡Aquello no era posible! El propio secretario de Prim me había dicho que esa candidatura había fracasado.

—Supongo que cuando mañana se publique seré el blanco de las burlas de medio Madrid.

—¡Para impedir eso es por lo que estoy aquí!

—¿Acaso podemos hacer algo? —pregunté abatido.

Mi ánimo estaba por los suelos, mi carrera periodística destrozada y mis ilusiones literarias hechas trizas. Volvería a Reus con el rabo entre las piernas.

—Por lo que veo —miró las cuartillas esparcidas sobre la mesa—, está en condiciones de escribir.

—Desde luego. Eso no me lo ha prohibido el médico.

—Escriba una crónica sobre la aceptación de Hohenzollern.

La propuesta de mi director me pareció una locura.

—No puedo. Afirmé que rechazaba la corona, cómo voy a decir ahora lo contrario.

—El periodismo es así. Usted tiene que adelantarse y responderse a sí mismo.

—No puedo, don Felipe.

—Tiene que hacerlo. En esta profesión hay que dar el primero. No porque quien así lo hace da dos veces, sino porque no hacerlo significa morder el polvo. Si no lo hace, van a triturarlo. En el mejor de los casos volverá a las gacetillas y a los sueltos.

—Si ése es el precio por haber sido demasiado incauto…

—Puede atacar la fuente de esa información. ¡Me dijo que era de toda solvencia!

—Pero no puedo revelarla.

Don Felipe me miró a los ojos. No paraba de dar caladas a su habano.

—Supongo que es consciente de que quien lo hizo, estaba utilizándolo. ¿Hay algo que pueda hacerle cambiar de opinión?

—No, señor.

Se levantó pesadamente y dejó escapar un suspiro.

—¡Es una lástima! Cuando vuelva de Reus, si aún le quedan ganas de continuar en esto, venga a verme. Le encargaré algunos trabajos que aparecerán con iniciales. Tal vez el tiempo obre un milagro, aunque lo dudo. Su éxito había despertado demasiadas envidias y esta España nuestra sigue siendo la tierra de Caín. La paliza que le dieron esos malhechores va a ser un juego de niños con lo que van a hacerle con letras de molde.

20

Don Felipe no había exagerado un ápice, casi se había quedado corto. Los periódicos montpensieristas se abalanzaron sobre mí, como fieras sobre una presa indefensa. Me tildaron de fatuo a mentiroso, pasando por melifluo, advenedizo, incapaz y mamarracho. No sabía que en el diccionario hubiera tantos sustantivos y calificativos para desprestigiar a una persona. Me dedicaron columnas enteras donde la ironía de algunos, la maldad de muchos y la envidia de todos se puso de manifiesto. En nuestra propia redacción algunos brindaron por mi defunción periodística.

Las puertas del parnaso literario madrileño se cerraban mucho más deprisa de lo que tardaron en abrirse. Estaba tan abrumado que pensaba seriamente en que mi viaje a Reus sería sin retorno. Regresaría como un fracasado para dedicarme al negocio del aceite. Lo único que me retenía en Madrid era una ilusión casi tan vana como mi futuro periodístico: mi relación con Paloma, que empezaba a tener un regusto romántico de amores trágicos como los de Larra o Espronceda.

En aquellos infaustos días —encerrado en mi vivienda soportando un calor tórrido que colaboraba a hacerlos más penosos— mis únicos consuelos eran el recuerdo de Paloma y las visitas de Ignés, puntuales y metódicas. El viejo contrabandista se mostraba indignado: había sido testigo excepcional del origen de aquella situación. Estaba presente cuando Muñiz me facilitó una información falsa. Me repetía una y otra vez: «Tengo ganas de echármelo a la cara». Una de las cosas que más le fastidiaban era la falta de palabra; siempre la había cumplido, incluso cuando se dedicaba al contrabando. Distinguía entre burlar la ley y manchar el honor personal. Según sus particulares principios, lo primero tenía una justificación, lo segundo no. Un apretón de manos valía más que todo lo que un notario consignara en un papel, por mucha filigrana que gastase y muchos sellos que colocase.

También venía a diario Manolito que seguía mostrándose escurridizo. Me visitó varias veces Rocafull, buscando hueco entre sus múltiples ocupaciones.

El martes 12 de julio, el doctor Lasarte me visitó a la caída de la tarde —ahora venía un día sí y otro no— y me hizo un reconocimiento algo más detenido. Cuando terminó, me dijo con una amplia sonrisa:

—Amigo Besora, está usted curado. Para quitarle la escayola habrá que esperar todavía una semana.

—¿Quiere decir que puedo salir a la calle?

—A partir de mañana. Lo primero que debe hacer es visitar a un oculista.

—Veo perfectamente.

—Insisto en que un especialista debería verle el ojo.

—Seguiré su consejo.

Estaba liquidando la cuenta cuando en la puerta sonaron unos golpes insistentes. En esta ocasión Virtudes no tuvo tiempo de anunciar al señor mayor de aspecto siniestro. Don Felipe, empuñando el bastón y con el chambergo calado, apareció en el salón. Olvidándose de protocolos, sin decir palabra, se acercó hasta mí y me estrechó con la fuerza de un oso entre sus brazos. Mis huesos no crujieron, era la mejor prueba para certificar el diagnóstico del doctor Lasarte. Estaba confuso porque, hasta donde yo sabía, don Felipe era persona poco dada a manifestar sus sentimientos y su efusivo abrazo rompía todos los moldes.

—¿Ha ocurrido algo?

—¡Hohenzollern ha renunciado a la corona! —exclamó alborozado.

Tardé unos segundos en reaccionar, antes de preguntarle con un hilo de voz:

—¿Está usted seguro?

—Completamente. ¿Tendría inconveniente en recibir al señor Muñiz?

El doctor Lasarte, que ya había guardado el dinero en su billetero, interrumpió nuestra conversación:

—Disculpen, pero tengo un par visitas pendientes y, por lo que veo, ustedes tienen para rato. —Cogió su maletín y su sombrero, y se despidió estrechándome la mano—: Don Fernando, aunque ya no necesita de mis servicios, me tiene a su disposición. No es necesario que me acompañe, conozco el camino. Caballero, ha sido un placer. —Estaba ya en la puerta del salón cuando se volvió y con una amplia sonrisa me dijo—: ¡No deje usted títere con cabeza, es lo que se merece esa caterva que lo ha acribillado sin piedad!

—¡Que no le quepa la menor duda! —respondió don Felipe.

—¿Quiere explicarme eso de Muñiz? —le pregunté una vez solos.

—El secretario de Prim aguarda por si no tiene inconveniente en recibirlo. Manolito espera en el rellano de la escalera. Muñiz desea darle una explicación.

—¿Una explicación? ¿Sobre qué?

—Sobre la candidatura de Hohenzollern.

No me apetecía ver al responsable de la tormenta que había descargado sobre mi persona. Don Felipe, al percatarse de mis dudas, insistió:

—En mi opinión, debería escucharlo.

Yo no acababa de decidirme. Su engaño laceraba mi ánimo.

—¿Sube o se marcha? Usted decide.

—Que suba —decidí con cierta displicencia—. Pero necesito unos minutos para adecentarme.

El recibimiento que dediqué a Muñiz fue glacial. Me ofreció su mano y la estreché, pero haciéndole patente que era simple compromiso. Con sequedad lo invité a tomar asiento e iba a indicarle que sólo la insistencia de don Felipe me había llevado a recibirlo cuando se me adelantó.

—Señor Besora, gracias por recibirme. Los dos sabemos que le debo una disculpa y una explicación.

No respondí. No estaba dispuesto a dar facilidades a quien era culpable de una de las peores semanas de mi vida. Don Felipe, para rebajar la tensión, se levantó.

—Creo que estarán mejor solos. Hablarán con más tranquilidad.

—Me gustaría que se quedase, don Felipe.

Deseaba que supiera lo ocurrido, al fin y al cabo era mi director y asumió el riesgo de publicar el artículo de marras.

—Por mi parte no considero necesario que se ausente —señaló Muñiz.

—En ese caso... —Se encogió de hombros y volvió a sentarse.

—Verá, señor Besora... —Muñiz estaba pasando un mal trago y eso me producía cierto placer morboso—. Estoy aquí cumpliendo una orden de Su Excelencia.

—¿Qué quiere decir? —le pregunté por mortificarlo.

—Cuando el general Prim ha tenido conocimiento de que

su texto, afirmando que don Leopoldo de Hohenzollern rechazaba la corona, había salido de su pluma porque yo lo había inducido a ello, me ha ordenado que venga a pedirle disculpas.

—¿Prim no estaba al tanto de lo que usted me dijo?

—En absoluto.

—Entonces, ¿por qué lo hizo?

—Porque creí que era la mejor forma de ayudarle.

Don Felipe nos miraba incrédulo.

—¿Quiere usted explicarse?

—A eso he venido, señor Besora. Verá, Su Excelencia está convencido de que el fracaso de las candidaturas barajadas con anterioridad estaba relacionado con el acoso a que fueron sometidas. Los ataques en la cámara de republicanos y montpensieristas, los artículos en los periódicos, los debates en las tertulias... Su Excelencia consideraba que era eso lo que achicharraba a los candidatos. ¿Recuerdan lo ocurrido al destaparse las relaciones de don Fernando de Coburgo con la señora Hensler?

Don Felipe y yo asentimos sin abrir la boca.

—Lo mismo ocurrió con el duque de Génova —prosiguió Muñiz—. Por eso pensé que la mejor forma de proteger la candidatura de Leopoldo de Hohenzollern era descartarla. Nadie se molestaría en atacarla. De hecho, las negociaciones en Berlín se pudieron culminar gracias al clima de tranquilidad que su artículo había creado. Cuando Prim leyó su artículo dijo que había exagerado la información que él le había proporcionado. A pesar de todo me dijo que lo felicitara.

Don Felipe arrugó la frente y me preguntó:

—Besora, ¿Prim le dio algún tipo de información?

—Me dijo que la candidatura de Hohenzollern estaba verde, no que hubiera sido rechazada. Esa información me la facilitó el señor Muñiz.

—Aproveché la coyuntura —se excusó el secretario de Prim.

—¿Qué coyuntura? —preguntó don Felipe un tanto amoscado.

—Ese día el señor Besora almorzó con Su Excelencia en palacio.

—¿Estuvo usted almorzando con Prim?

—Sí, señor.

—¿Por qué no me lo dijo?

—Porque el general no deseaba que se supiese. Si se difundía que habíamos almorzado, habrían deducido que mi información sobre la candidatura de Hohenzollern venía de él. ¡Entiéndalo, don Felipe, era una fuente confidencial!

Mi director asintió con ligeros movimientos de cabeza y yo retomé la conversación. Para mí era importante que Prim quedara limpio de sospecha, después de haber abrigado dudas acerca de su integridad. Había pensado que él estaba implicado en una maniobra tan sucia.

—¿No informó usted a Prim de que fui víctima de su engaño?

—¡Qué dice! Su Excelencia no me lo habría perdonado. A pesar de los tortuosos caminos por los que discurre la política, es un hombre de honor.

Dejé escapar un suspiro, contento al saber que nada tenía que ver con las trapacerías de Muñiz.

—Ésta es la explicación que deseaba darle para que tenga puntual conocimiento de cómo fueron las cosas. Ahora debo pedirle disculpas, por haberlo utilizado. Pero quiero dejar claro que mi único objetivo fue ayudar a Su Excelencia.

Don Felipe dejó de acariciarse la barba y encendió uno de sus habanos. Sentí un vivo deseo de llenar mi cachimba, pero me contuve. Llevaba más de un mes sin fumar y, aunque no albergaba el propósito de dejarlo, debía vigilar el dolor del pecho.

—La carga que sostienen sus hombros es excesiva —prosiguió Muñiz—, incluso para un hombre de su fortaleza. Los republicanos no le perdonan su empeño en encontrar una nueva dinastía para España. Lo consideran un traidor a lo que ellos entienden como los principios que inspiraron la Gloriosa. Los montpensieristas, cuyo poder en la cámara es más que notable, usted mismo ha podido comprobarlo, y su influencia en la prensa enorme, gracias al dinero que Orleans derrama a manos llenas, también lo consideran un traidor. Sostienen que la misma revolución que los republicanos consideran sustentada en sus principios traería la subida al trono de Montpensier, quien la había subvencionado con cuantiosos recursos. El fatuo del general Serrano se pavonea en la dorada torre de la regencia y no hace ascos a los arribistas que susurran a su oído que él podría ser el futuro monarca; desde luego, no ayuda a encontrar una testa para ceñir la corona porque se quedaría sin sus doradas plumas. Su Excelencia está muy solo y tiene pocos apoyos. Menos mal que su voluntad es de hierro. Como le he dicho, estoy aquí porque él me lo ha ordenado. Después de saber que Hohenzollern ha rechazado la corona y que yo lo había inducido a escribir aquel artículo, me ha dicho que viniera a verlo y le diese una cumplida explicación. Ya puede imaginarse el aprecio que le tiene cuando en medio de este desastre, porque que Hohenzollern haya rechazado la corona es un desastre —apostilló—, una de las primeras disposiciones que ha tomado ha sido decirme que viniera a visitarlo. He de confesarle que antes me he reunido con el señor Clavero para que actuase de introductor.

—¿Cómo está Prim en este momento? —le pregunté.

—Abatido, pero no cejará en su empeño. Es como el ave

Fénix, resurgirá de sus propias cenizas. Quería explicarle a usted todo esto —añadió Muñiz variando su entonación— para que conociera las razones que me impulsaron a actuar así, lo que no es excusa para el perjuicio que le ocasioné.

—¿Por eso me envió aquel sobre al café de Naranjeros?

—Era una forma de compensarlo. Entonces usted no podía saber por qué lo hacía.

A sus palabras siguió un largo silencio. Muñiz parecía haberse quitado un enorme peso de encima. Don Felipe, envuelto en una nube de humo, no dejaba de chupar su habano con la mirada perdida, mientras yo trataba de asimilar todo aquello. En mi ánimo pugnaban sentimientos encontrados. Por un lado, la alegría de saber que Prim era ajeno a la tramoya montada por Muñiz. Por otro, cierta satisfacción ante las explicaciones de su secretario, si bien me costaba trabajo asumir la perversidad que suponía haberme utilizado de aquella forma.

—¿Cuento con la aceptación de mis disculpas? —me preguntó Muñiz, rompiendo el prolongado silencio que se había instalado en mi salón.

—¿Se arrepiente de lo que hizo?

El secretario de Prim meditó unos segundos la respuesta.

—Visto para lo que ha servido, sí. Pero si el desinterés que a partir de su texto mostraron la prensa y las tertulias hubiera servido para ayudar a resolver el grave problema en que se está convirtiendo la búsqueda de rey, puedo asegurarle que volvería a actuar de la misma forma.

Estaba claro que para el secretario de Prim, el fin justificaba los medios por muy detestables que fueran. Al menos se expresaba con sinceridad.

—¿Cuento con sus disculpas? —insistió.

Me costó trabajo asentir, pero lo hice.

—Está disculpado.

—Gracias. Ahora debo decirle algo que tal vez sea de su interés.

—¿No será otra primicia informativa? —le pregunté con ironía.

—Lo es —me respondió sin pestañear.

—No pensará usted que…

—Usted puede hacer lo que considere más oportuno, pero me siento en la obligación de decirle que el telegrama donde se ha comunicado a Su Excelencia el rechazo de Leopoldo de Hohenzollern es conocido en Madrid por muy pocas personas. *La Iberia* puede apuntarse el tanto de hacerlo público y usted, si don Felipe está de acuerdo, sería el encargado de redactar el artículo correspondiente.

—Comprenderá que desconfíe.

—Por supuesto. En su lugar yo albergaría las mismas dudas. Por eso… —Muñiz sacó una billetera, extrajo un papel azulado y me lo ofreció—. ¿Quiere leerlo, por favor?

—¿Es el telegrama original?

—Sí.

Lo leí con todo interés.

Sigmaringen, 12, 10.35 de la mañana
Madrid, 12, 6.55 de la tarde.

General Prim. Madrid. Certificado

Vistas las complicaciones que parece encontrar la candidatura de mi hijo Leopoldo al trono de España, la situación penosa que los últimos acontecimientos han producido al pueblo español, poniéndole en una alternativa en la que no sabría aconsejarse más que del sentimiento de su independencia, convencido de que en semejantes circunstancias su elección no tendrá la sinceridad ni la espontaneidad con que ha contado mi hijo al aceptar la candidatura, la retiro en su nombre.

Príncipe de Hohenzollern

—No comprendo qué quiere decir con eso de la situación penosa que los últimos acontecimientos han producido en el pueblo español.

—Es una forma diplomática de no inmiscuir a Francia. Han sido las presiones de Napoleón III sobre Guillermo de Prusia las que han conducido al rechazo.

Don Felipe se puso de pie y consultó su reloj.

—Son cerca de las diez, tiene hasta la media noche para entregarme el artículo con que mañana daremos la noticia del rechazo de Hohenzollern. A las doce en punto, Besora, quiero el texto encima de mi mesa. Ni un minuto después. Me da igual que se ponga a escribir aquí o que se venga a la redacción, aunque yo le aconsejo que no aparezca por allí hasta que vaya a entregármelo. ¿Alguna pregunta?

—No, señor.

Muñiz se quedó mirándome, yo sostenía todavía el telegrama en mis manos.

—Haga una alusión a lo de Francia, no se arrepentirá.

—¿Puedo reproducir el telegrama?

—Puede. Cópielo en un momento y devuélvamelo.

21

El escándalo que produjo mi artículo fue monumental. Me defendí de las insidias de todos los que me habían masacrado y la publicación del texto del telegrama levantó ampollas entre la profesión. Recuperé mi prestigio con la misma velocidad que lo había perdido. *La Iberia* alcanzó en los días siguientes cifras de ventas desconocidas.

La mañana del viernes 15 transcurrió tranquila, pero la tarde se preñó de novedades. A pesar de que continuaba sin noticias de Paloma, deseaba que mi viaje a Reus no se dilatase por más tiempo y para hablar de ello quedé con don Felipe en Lhardy a las dos y media. Me disponía a salir cuando Virtudes anunció una visita.

—¿Quién es?

—¡Esa vieja ordinaria que no ha aparecido por aquí durante su enfermedad!

Recordé la feroz discusión que su madre tuvo con Micaela. Al ver cómo se me iluminaban los ojos, murmuró entre dientes:

—¡Como los gatos, habrá venido al olor de las sardinas!

Corrí hacia el recibidor y me extrañó encontrarlo vacío. Iba a llamar a Virtudes cuando comprendí lo ocurrido. Había cerrado la puerta y la había dejado en el rellano. Al abrirla me encontré con Micaela. Tenía el gesto torcido.

—¡Micaela! ¡Qué alegría!

—¿Puedo pasar? ¡Esa desvergonzada me ha dado con la puerta en las narices!

—Le pido mil perdones. Le daré una buena reprimenda.

—¡Es lo menos que debe hacer!

—¿Cómo está Paloma? —pregunté ansioso. ¡Llevaba sin verla cuarenta y siete días!

—Mustia, como una flor cuando se corta.

—¿Qué le ocurre?

—¿Usted me lo pregunta? Por cierto, ¿qué le ha pasado en el brazo?

—Un incidente. He estado en el hospital y he tenido una larga convalecencia —lo dije como si necesitara excusarme.

—¿Qué le ha ocurrido?

—Unos individuos me asaltaron y me dieron una buena tunda.

—¡Menos mal que Paloma no se ha enterado! ¿Está ya recuperado?

—Hace unos días me dieron el alta y pronto me quitarán la escayola. Dígame, ¿cuál es el motivo de su visita?

—Paloma está mal. La casa es un infierno después de que usted hiciera la tontería de aparecer por allí y actuar de la forma que lo hizo.

—He de reconocer que me equivoqué, pero mis intenciones eran honorables. Fui a brindarle mi ayuda a doña Rosario. ¡No me mire usted como si fuera un delincuente!

—Metió usted la pata hasta el corvejón.

—Yo sólo deseaba ayudar —insistí.

—Parece mentira, con lo listo y estudiado que es usted, que no calara a doña Rosario en todo el tiempo que estuvo en la casa. La madre de Paloma es tan soberbia que jamás aceptará la ayuda de alguien a quien considera inferior.

—¡Le ha entregado Paloma a Crisanto Mondéjar! —grité malhumorado.

—Porque lo considera su igual, con tantas dehesas y tantas ovejas. Aparentemente ella no pide ayuda, simplemente quien va a ser su yerno le compra la casa.

—¡Pero si la familia de Crisanto tiene que acudir a hacer frente a la hipoteca!

—Sigue usted sin enterarse… Además, ¡ya veremos en qué queda todo esto! —Micaela dejó escapar un suspiro—. Mejor lo dejamos. Vayamos al grano. ¿Podría verse con Paloma el domingo a la hora de la misa mayor de San Ginés?

—Desde luego. ¿A qué hora es esa misa?

Me miró de soslayo.

—A la una. Sea puntual, no dispondrán más que de media hora.

—¿Tan poco? —protesté.

—La misa no dura más de una hora. Paloma tiene que ir y volver, mientras su madre está en misa. ¡Menos mal que la pastelería de doña Rosa está cerca!

—¿Paloma no acompañará a su madre a la misa?

—No, fingirá estar enferma. No va a costarle mucho trabajo.

—¿Por qué lo dice?

—Porque la niña está mustia… de mal de amores —añadió antes de despedirse.

Salí hasta el rellano y la vi bajar la escalera. Antes de que se perdiera por el portal, se volvió y me dijo:

—Sea puntual, o mejor, aguarde allí desde unos minutos antes. Si pasado un cuarto de hora la niña no ha aparecido, es que algo la ha impedido acudir.

Asentí pesaroso. A pesar de mis ansias por verla, me resultaba humillante valerme de subterfugios y engañifas para poder encontrarme, de forma clandestina, con la mujer que amaba. Tenía que buscar la manera de poner fin a aquella situación, aunque fuera pasando por encima de doña Rosario. Disponía de un piso y tenía recursos más que suficientes con los que sacar adelante una familia, como para tener que andarme con aquellos trapicheos.

Le eché una filípica a Virtudes, indicándole que Micaela era persona muy importante en mis relaciones y no podía darle con la puerta en las narices. Me dijo que había insultado a su madre y yo le respondí que no se metiera en los conflictos de su madre. Virtudes era muy distinta a Marcela, pero la fuerza de la sangre hacía acto de presencia. Salí a la calle con una sensación contradictoria, entre placentera y temerosa. Lo primero, porque la normalidad se asentaba en mi vida; lo segundo, porque quienes me apalearon estaban en disposición de volver a atacarme. Se encontraban en libertad, ya que las pesquisas de la policía no habían dado el menor resultado.

Apenas había caminado unos pasos cuando escuché mi nombre:

—¡Fernandito, Fernandito!

Era Ignés. Llevábamos tres días sin vernos, desde que el médico me dio el alta.

—¿Llevas mucha prisa? —me preguntó con la sonrisa campechana que se pintaba en su boca cuando estaba contento.

—He quedado a las dos y media para almorzar en Lhardy.

—¡Picas alto, muchacho!

—Estoy invitado.

—Te acompaño. Lo que tengo que decirte se despacha en poco rato.

Habló mientras caminábamos.

—Cuando quieras visitamos el sótano.

—¿Hubo dinero suficiente para las herramientas?

—Han sobrado cinco duros. El cerrajero cobró como si fuera platero.

—¿Una ganzúa especial?

—No. Ni ganzúas ni palancas. ¿Recuerdas que te dije que el arca tenía tres cerraduras?

—Claro que me acuerdo.

—Ese tipo de arcas eran las que se utilizaban antiguamente en los ayuntamientos para depositar los caudales. Tenían tres llaves que guardaban personas diferentes y sólo podía abrirse si los tres estaban presentes. El mecanismo es muy complejo.

—¿Cómo lo sabe? ¿Ha visto alguna? ¡Son una antigualla!

—En el palacio de Buenavista hay una de adorno, en la galería de arriba. He examinado el mecanismo con detenimiento. Con ganzúas es imposible abrirla.

—¿Entonces?

Sacó tres llaves del bolsillo de su chaleco de pana y me las mostró.

—Una para cada cerradura —proclamó orgulloso.

—¿Sabe si abrirán?

—He hecho un molde a las cerraduras. Tu convalecencia me ha procurado tiempo suficiente para hacer las cosas con tranquilidad.

—¿Cómo lo ha conseguido?

—Con paciencia y con cera.

—¡Pero cómo!

—¡Fernandito, confórmate con saber el milagro y deja al santo tranquilo!

—¿Está seguro de que abrirán?

—Segurísimo. Las he probado.

—¿Ha abierto el arca?

—¡Qué cosas dices! ¿No habíamos quedado en que la abriríamos juntos? ¡Soy un hombre de palabra!

Me quedé perplejo.

—Pero acaba de decirme que ha probado las llaves.

—Exactamente. He abierto las cerraduras, pero no el arca. La abriremos juntos.

Me quedé mirando a Ignés. El viejo contrabandista era de una pasta especial. Le pedí disculpas y se limitó a hacer un gesto con la mano como si espantase una mosca.

—¿Cuándo va a ser? —le pregunté deseoso de poner una fecha—. Quiero irme a Reus la semana que viene, ¿qué le parece el lunes?

—¿A las doce en el café de los Ángeles?

—¿Sigue pensando que es la mejor hora?

—Sin duda. Una cosa más.

—¿Qué?

—Debes saber que quienes se reúnen ahí son gente peligrosa. La angustia que me embargó la primera vez no era cosa de un mal día. Soy viejo y la vida me ha proporcionado alguna experiencia. En ese sótano está el mal.

Se metió la mano en el bolsillo y me dio los cinco duros que habían sobrado. Yo estaba tan ensimismado en lo que acababa de escuchar que casi no me di cuenta. Habíamos llegado a la Carrera de San Jerónimo y allí nos despedimos hasta el lunes con un apretón de manos.

La comida transcurría de forma placentera. Don Felipe aceptó mi propuesta de viajar a Reus la semana siguiente. Siguiendo su costumbre, no me preguntó por los motivos del viaje. Don Felipe era un liberal a la vieja usanza. Hablamos de la poca efectividad de la policía, después de que le explicara que estaban empeñados en relacionar mi apaleamiento con la Partida de la Porra. Comentamos el cambio radical de la familia Hohenzollern y que se había suspendido la convocatoria extraordinaria de las Cortes para la votación del monarca, por ser innecesaria. Una parte importante de la conversación se la llevaron las tensiones surgidas entre Francia y Prusia con motivo de la candidatura Hohenzollern. Muñiz tenía razón. Las noticias que llegaban de Francia resultaban alarmantes.

—¿Cree que habrá guerra? —le pregunté mientras acometíamos el tercer vuelco del cocido que estábamos despachando.

—Delo por seguro —respondió sin titubear—. Bismarck quiere la guerra para hacerse con Alsacia y Lorena, y Napoleón III es lo suficientemente tonto como para servírsela en bandeja.

—¿No cree que Bismarck declare la guerra a Francia por haberse inmiscuido en ese asunto de la candidatura y obligarlo a dar marcha atrás?

Me miró con un brillo de socarronería en sus penetrantes ojos negros.

—¿De verdad piensa usted que a Bismarck le importa algo que un Hohenzollern se siente en el trono de España?

—Es lo que dice todo el mundo.

—Todo el mundo se equivoca. Bismarck utiliza ese asunto para sus propósitos. Francia le declarará la guerra y él aparecerá como víctima del belicismo de Napoleón.

—En caso de que estalle la guerra…

—¿Lo pone en duda? —me preguntó con ironía.

—Yo no tengo la información que usted maneja, don Felipe.

—¿Que yo manejo información? ¡Aquí quien se sienta a la mesa de Prim es usted! —alzó la voz tanto que algunos comensales de las mesas próximas nos miraron.

Don Felipe masticó lentamente un buen trozo de carne y me dijo, bajando todo lo que pudo el grave tono de su voz:

—No se trata de información, sino de mirar con atención los acontecimientos.

—¿Quién cree usted que ganará la guerra? —pregunté, dando por sentado que el conflicto estallaría irremediablemente.

—Los prusianos —respondió sin dudar—. Sólo hay que fijarse en sus uniformes.

—¿Sus uniformes?

—Sí, sus uniformes. Son grises, del color de la tierra; les han quitado las plumas, los adornos y los dorados. Un soldado no necesita eso para combatir, lo que requiere es un buen armamento. Los soldados de Napoleón visten llamativos uniformes de vivos colores, botonaduras doradas, penachos en sus gorros. Son perfectos.

—¿Perfectos?

—¡Para desfilar por los *boulevards* de París! —exclamó con una risotada—. Los prusianos se los comerán por sopas. ¡Acuérdese de lo que le digo! Los mariscales de Francia son figuras decorativas para lucirse en los elegantes salones parisinos.

Estábamos en los postres cuando le planteé retomar el asunto de la calle Carretas. Su relajado rostro se ensombreció.

—¡Todavía sigue con esa historia que no le interesa a nadie! —exclamó molesto.

—Me parece que lo ocurrido en ese palacete puede despertar mucho interés.

—Escúcheme con atención. Usted puede consagrarse como un periodista político cuyas opiniones sean tenidas en cuenta. Puede convertirse en una persona influyente. Para conseguirlo ha de centrar sus esfuerzos en un campo concreto y no dispersarse con fuegos de artificio. En pocos casos alguien, a quien se ha dado por muerto periodísticamente hablando, ha resucitado de la forma que usted lo ha hecho. No desperdicie lo que ha logrado. No malgaste el tiempo con crónicas de sociedad y sucesos. ¡Eso déjeselo a otros!

—Tengo datos contrastados que revelan una historia tan macabra que levantará pasiones.

Don Felipe se quedó mirándome fijamente. En ese momento supe por qué Virtudes se refería a él como «el señor mayor de aspecto siniestro». Sentado, al otro lado de la mesa, lo percibí como una amenaza que aumentaba conforme se prolongaba el espeso silencio que se había establecido entre ambos. Sentí un alivio cuando, después de limpiarse la boca, me dijo muy serio:

—¿Quiere usted un consejo? Le aseguro que he dado pocos a lo largo de mi vida.

—Por supuesto, don Felipe.

—Márchese a Reus y olvídese de ese maldito asunto. Cuando vuelva, habrá estallado la guerra. No participaremos de esa lucha porque nuestro ejército no está en condiciones de hacerlo, pero sobre todo porque Prim está obsesionado con encontrar un nuevo candidato al que entronizar y acabar de una vez con la interinidad en que nos encontramos. No olvide que Serrano está jugando a dos barajas. ¡Ahí tiene un tema para un excelente artículo!

Así concluyó el almuerzo. Don Felipe se levantó con torpeza, como si durante el almuerzo hubiera envejecido varios años. Por primera vez vi una imagen muy diferente del director de *La Iberia*. Me pareció un anciano abatido por el paso de los años y al que le pesaba una vida llena de vivencias. En aquel momento no albergué dudas de que en su pasado había lances oscuros que lo atormentaban.

Nos despedimos en la puerta. Mientras caminaba por unas calles solitarias, castigadas por un sol implacable, tuve la sensación de que me estaba metiendo en camisa de once varas, como decía tía Ernestina. Ignés, que no era precisamente un tímido, ya me había advertido de que percibía la presencia del mal en el sótano del chaflán de la calle de los Ángeles. Don Felipe Clavero, cuya experiencia estaba por encima de cualquier consideración, trataba de que me olvidase del asunto de la calle Carretas, cuya sola mención le provocaba una irritación que yo no acertaba a comprender. Después de las semanas de calma que supuso el tiempo de la convalecencia, mi vida volvía a ser un torbellino, al que no eran ajenas las palabras de Micaela, afirmando que Paloma estaba mustia.

22

Quince minutos antes de la hora señalada aguardaba la llegada de Paloma en la salita de la pastelería de doña Rosa, quien me había recibido entusiasmada, después de la batalla librada en torno a mi persona. Mientras contaba los minutos, temeroso de que Paloma no acudiera, decidí plantearle una idea que empezaba a considerar seriamente para salir de la situación en que vivíamos. Me estremecí al escuchar la campanada que señalaba la una en el reloj del Ministerio de la Gobernación sin que Paloma hubiera llegado. Con el corazón en un puño comprobé cómo transcurrían los minutos, recordando que Micaela dijo que si pasado un cuarto de hora, no aparecía, algo le había impedido acudir a nuestra cita. Estaba a punto de llegar la hora fatídica cuando escuché ruido en el pasillo. Pensé que una dependienta venía a comunicarme lo que mi corazón ya sabía. Vi girar el pomo y abrirse la puerta, y cuando Paloma apareció en el umbral, corrí hacia ella y la estreché como pude entre mis brazos, a pesar de la escayola. Al mirarla, comprobé que Micaela no había exagerado al decirme que estaba mustia. Tenía los ojos hundidos, la mirada triste. Sus mejillas habían perdido tersura y estaban tan pálidas que ni los afeites, apenas usados en otras ocasiones, disimulaban lo ajado de su rostro. Noté que había adelgazado, a pesar de que no había mucho de donde perder. Me angustió pensar que estuviera enferma; verdaderamente no había tenido necesidad de disimular para no acompañar a su madre a misa con el achaque de encontrarse mal.

Me abrumó tener tantas cosas que decirle y apenas disponer de quince minutos. Antes de que le preguntara por el retraso, Paloma se adelantó al ver mi brazo escayolado. Le resumí lo ocurrido, a pesar de que me preguntaba una y otra vez si me encontraba bien. Cuando terminé, fui yo quien preguntó.

—¿Por qué te has retrasado?

—Mi madre; habrá llegado con la misa empezada. No he podido arreglarme antes.

—¿Crisanto no está en tu casa?

—No. Por eso he podido venir. Se marchó ayer a no sé qué asunto. No le presté atención. No me interesa lo que haga o deje de hacer. ¡Lo aborrezco!

—¿Tu madre no se da cuenta? ¡Cómo es posible que te sacrifique de este modo!

—Porque está obcecada, Fernando. Mi casa es un infierno.

—¿Por qué no te rebelas? ¡Ella no tiene derecho a disponer de tu vida!

—No puedo hacer otra cosa.

—¡Cómo que no!

Paloma me miró con infinita tristeza y las lágrimas asomando a sus ojos. Lamenté haber perdido unos minutos de nuestro precioso tiempo de aquella forma.

—Siéntate. Quiero proponerte algo.

Nos acomodamos en el sofá y besé de nuevo sus mejillas.

—¿Quieres que nos casemos?

—¡Fernando! —Dio un respingo como si una avispa le hubiera dado un aguijonazo.

—¡Casémonos, Paloma! Nos amamos. Tengo casa y recursos suficientes para sacar una familia adelante. Esta semana me marcho a Reus para liquidar mi participación en el negocio familiar. El dinero no será problema ni para nosotros ni para que tu madre pueda hacer frente a su deuda. ¡Lo tenemos todo a favor!

—Menos el consentimiento de mi madre.

La miré a los ojos; a pesar de lo desmejorada que estaba seguían siendo bellísimos.

—¿Tan importante es eso para ti?

—Jamás me casaría sin tener su bendición.

Sus palabras sonaron en mis oídos como una sentencia. No podía entender aquella dependencia. Me resultaba incomprensible, tal vez porque la relación que yo tenía con la mía era distante y fría. Estuve tentado de ponerla en la tesitura de decidir entre su madre y yo, pero la amaba demasiado para arriesgarme a perderla y acababa de decirme que no se casaría sin la bendición de su madre. Me limité a preguntarle:

—¿No deseas casarte conmigo?

Se abrazó a mi cuello y me susurró con la voz embargada por la emoción:

—Más que nada en el mundo.

Después, rompió a llorar. Supe que tenía que buscar la forma de ganarme a doña Rosario si no quería perder a Paloma. En aquel momento, conseguir su beneplácito me parecía una hazaña inalcanzable. Unos golpes en la puerta anunciaron que nuestro tiempo se acababa. Apareció la propia doña Rosa.

—¡Son ustedes la mejor pareja de Madrid! Don Fernando, el mejor periodista de España —agitó el ejemplar de *La Iberia* que llevaba plegado en la mano— y Paloma, la dama más hermosa de esta Villa y Corte. Aunque la verdad, la veo algo mustia.

Doña Rosa se acercó y comprobó que los ojos de Paloma estaban enrojecidos por el llanto. Se caló los lentes y me miró ofendida.

—¿No le habrá dado un disgusto?

—No, doña Rosa —respondió Paloma—. Fernando es el hombre más bueno del mundo y me adora.

—Ya me parecía a mí. ¡Aquí quien no está donde debe es su madre de usted!

Paloma dejó escapar un suspiro y se puso de pie. En el espejo que colgaba de una de las paredes, recompuso como pudo su maquillaje. Doña Rosa nos miró con amor maternal y también ella suspiró.

—Se me ha ido el santo al cielo y se ha hecho tarde. ¡Tienen que despedirse!

Discretamente salió de la salita y nosotros aprovechamos para abrazarnos y besarnos de nuevo.

—Yo saldré primero, tú aguarda aquí un par de minutos.

—¿Cuándos nos volveremos a ver?

—No lo sé, amor mío. ¿Cuándo regresarás de Reus?

—Tampoco yo lo sé.

—Micaela te llevará razón.

Cuando la vi salir y cerrar la puerta, el mundo se me vino encima. Me sentía mucho peor que cuando la envidia desató la animadversión de los plumíferos y a golpe de tinta me sacaron las entrañas.

Ignés de Vilaplana terminó su segunda copa de aguardiente, yo apenas había dado un par de sorbos a la mía. El contrabandista parecía relajado y si estaba preocupado lo disimulaba sin problemas. Por el contrario, yo era un manojo de nervios; nada más llegar al café de los Ángeles, donde ya aguardaba, me espetó:

—Te veo fatal. ¿Has dormido esta noche?

—Poco y mal, preocupado porque esta mañana me quitaban la escayola.

Era sólo una parte de la verdad. La tarde del domingo, después del encuentro con Paloma, fue un tormento y la noche todavía peor. Me sentía derrotado ante su negativa a casarnos sin las bendiciones de su madre. Doña Rosario jamás daría el consentimiento. Tenía grabados en mi mente sus ojos iracundos y sus gritos expulsándome de la casa.

—¿Cómo está el brazo?

—Bien. —Lo agité para mostrarle que los huesos habían soldado sin problemas.

—Pero a ti te preocupa algo más. Si quieres, lo dejamos.

No supe si me facilitaba una vía para olvidarnos de un asunto que no le entusiasmaba o me daba a elegir. Vacilé unos segundos y me lo planteó de otra forma:

—¿Estás decidido a que abramos el arca?

Hice un esfuerzo para responderle que sí.

—Entonces, apura el aguardiente.

Entramos en la casa como si fuéramos clientes del burdel de doña Patrocinio, nadie se fijó en nosotros. Avanzamos sumidos en la penumbra hasta la puerta del fondo que Ignés abrió sin esfuerzo con una ganzúa que apareció en su mano como por arte de magia. Cerró la puerta sin hacer ruido y la penumbra del portal se convirtió en una oscuridad agobiante.

—Oriéntate palpando la pared y tantea los escalones con el pie, son dieciocho.

Descendí lentamente, detrás de él, cada vez más desorientado en medio de la oscuridad. Me detuve al escuchar cómo hurgaba con su ganzúa en otra puerta. Aunque apenas hacía ruido, en medio del silencio me pareció que podía delatar nuestra presencia. Escuché con alivio cómo saltaba el pestillo de la cerradura.

—Ya podemos entrar, pero quédate donde estás hasta que consiga algo de luz.

El ruido de la puerta al abrirse me pareció siniestro. Hasta mi nariz llegó un tufo desagradable que no logré identificar. Me sentí desamparado, presa de un miedo irracional. Era la angustia de la que hablaba Ignés cuando me contaba las malas sensaciones que allí percibía. Traté de serenarme, pero la atmósfera me resultaba irrespirable y el miedo me había paralizado de tal manera que, aunque Ignés no me lo hubiera recomendado, no habría podido moverme de donde estaba. Jamás había sentido algo parecido. Nunca había sido miedoso, ni siquiera de niño, cuando escuchaba sentado junto a la chimenea grande de la cocina, en torno al día de los difuntos, contar a los mayores historias de muertos y aparecidos. No había vuelto la cara en las peleas callejeras entre chiquillos de las calles de Reus, cuando dirimíamos nuestras diferencias de adolescentes con apedreos detrás de las bardas del molino del tío Senén.

Un leve resplandor y la voz de Ignés me sacaron de un estado próximo a un ataque de pánico. Hice un esfuerzo para bajar los peldaños que quedaban y crucé la puerta del sótano. La tufarada acre se hizo más intensa y creí adivinar un olor que me recordaba vagamente al incienso de las iglesias. Mis pupilas se adaptaban poco a poco a la oscuridad, intensificada por la gruesa bayeta negra que cubría las paredes, aislando el local y dándole un aire siniestro. Sobre la mesa podían verse algunos cirios casi consumidos y a su alrededor una docena de sillas. En la cabecera se encontraba el sillón que había llamado la atención de Ignés. La propuse encender algunos cirios.

—No creo que con las bayetas nos vean desde la calle y tengo cerillas.

Saqué la bolsa con mis adminículos de fumar —había vuelto a mi cachimba después de la obligada abstinencia de la convalecencia— y tuve que rascar hasta cuatro veces para prender una de las largas cerillas porque las manos me temblaban. Poco a poco, la luz de las candelas disipó la penumbra. Comprobé que el color de los cirios era negro, como la tapicería de las sillas. Me acerqué al sillón. Era una especie de cátedra con el respaldo rematado en un pináculo. Tenía algo de diabólico. Me quedé paralizado al vislumbrar una pintura medio oculta por la bayeta que cubría el testero que quedaba por detrás del sillón.

—Ignés, ¿ha visto esta pintura?

Tiré con fuerza del paño y el desagradable chirrido de las arandelas al desplazarse por la barra de metal que lo sostenía rompió el silencio. Lo que apareció ante mis ojos era una representación de Satán en forma de macho cabrío, sentado en un trono. Me estremecí ante el rostro cabruno de aquel ser siniestro con barba de chivo y unos descomunales cuernos enroscados tras sus largas orejas, y que me sonreía de forma maléfica como si sus ojos tuvieran vida. Horrorizado, di unos pasos hacia atrás por simple instinto de conservación. Necesitaba alejarme de aquella imagen maligna.

—¡Aquí se reúne una secta de satanistas! ¡Esta gente son adoradores del diablo!

Ignés permanecía inmóvil, con la mirada clavada en el mural.

—No lo vi la otra vez. Ya te dije que aquí se percibía el mal.

Sentí el mismo miedo que me había paralizado en la escalera. Si quienes allí se congregaban para rendir culto a Satán aparecían, podíamos darnos por muertos.

—Creo que deberíamos abrir el arca y no entretenernos.

Ignés no necesitó que se lo repitiera.

—En mi vida había visto una cosa igual. ¡Y mira que he visto cosas raras! —exclamó, sacando las llaves e introduciéndolas con cuidado en las cerraduras.

—¿Tiene que seguir algún orden?

—Primero se abre la de la derecha, después la de la izquierda y por último la de en medio. —Un ruido en el complicado mecanismo de engranajes nos indicó que las cerraduras se abrían—. Ya podemos alzar la tapa, Fernandito.

Tiramos de las aldabas y a la vacilante luz de una vela contemplamos un revoltijo de objetos. Había al menos una docena de cirios sin estrenar, todos ellos negros. Dos libros encuadernados en cuero, muy ajados, indicando un uso frecuente. El más voluminoso tenía grabado a fuego en su cubierta una estrella de cinco puntas rodeada de signos y símbolos extraños. Abrí el más pequeño. Sus páginas eran negras y las letras estaban escritas con tinta blanca. Había dos frascos de cristal, cuyo contenido parecía sangre, aunque no podía asegurarlo. Un paño grande, también de color negro y con un fleco de borlas del mismo color, y dos dagas con las empuñaduras de plata labrada con motivos demoníacos y las hojas muy afiladas. Posiblemente se trataba de dagas rituales. También había un cáliz de plata, renegrido y sucio, repujado con motivos eróticos. Llamaron mi atención unos pequeños pentáculos de plata con su correspondiente cordón de seda negra, había por lo menos veinte. En el fondo encontramos un crucifijo del que habían arrancado la imagen de Cristo. Envueltas en papel había varias hostias atravesadas con alfileres. Miré a Ignés, que hizo un gesto de preocupación. Sabía que no le gustaban los curas, pero, como muchos reusenses, de vez en cuando se postraba para orar a los pies de la imagen de la Virgen de la Misericordia.

Todo aquello formaba parte de la parafernalia utilizada por los satanistas en los rituales de las llamadas misas negras, según había leído en un libro sobre el culto al diablo entre los cortesanos de la época de Luis XIV relacionados con una mujer llamada La Voisin. Circulaban por Madrid comentarios de que en ciertos ambientes se había puesto de moda el esoterismo y las llamadas ciencias ocultas, y que en algunos de esos círculos se había llegado más lejos y se rendía culto al diablo. Aquel sótano confirmaba lo que Pedro Gómez me había contado cuando afirmaba que quienes se reunían en la calle Carretas habían celebrado una misa negra y sacrificaron su sobrino a Satán.

—¡No me equivocaba cuando barruntaba el mal entre estas paredes, Fernandito!

—¡Esta gente está loca, Ignés!

—En cualquier caso, son locos muy peligrosos.

—Creo que algunas de las cosas que hay aquí son para celebrar una misa negra.

—¿Qué es eso?

—Un ritual en el que se ridiculiza al cristianismo y se ultrajan hostias a ser posible consagradas. Es una pantomima de la misa y quien oficia lo hace sobre el cuerpo de una mujer desnuda. Una parte del rito consiste en degollar un animal, por lo general un gallo, su sangre se derrama sobre el cuerpo de la mujer, pero... pero...

—¿Pero qué? —me apremió el viejo contrabandista.

—A veces en lugar de un gallo degüellan a un niño que muere desangrado.

—¡Santo Dios! ¡Lo que son es unos criminales!

—Tengo entendido que los asistentes, muy excitados al concluir la ceremonia, se desnudan y protagonizan una orgía.

—¡Entonces es cierto que vienen mujeres! Me pareció verlas.

—¡No sé cómo en la vecindad no se han dado cuenta de que este sótano es un lugar donde se rinde culto al diablo!

—Son muy discretos y en casa de doña Patrocinio, a partir de cierta hora, no para de entrar y salir gente. ¡Es uno de los burdeles más grandes de Madrid!

Estaba claro que aquellos individuos habían escogido bien el sitio. En medio del fárrago era como mejor pasaban inadvertidos.

—¡Pero alguien ha debido de notar algo! —insistí.

—No lo creas. Esto está muy aislado y la puerta del fondo del portal no llama la atención de la gente que viene aquí a echar su polvo y a otra cosa. Oye, ¿cómo sabes todo eso de las misas negras?

—Cosas que uno lee, no soy un experto. Tengo la impresión de que un asesinato cometido hace unos meses está relacionado con esto. Aquéllos sacrificaron un niño al diablo.

—¿Por eso seguiste a aquel individuo la noche que nos vimos por primera vez?

—No, Ignés, lo seguía por otra razón.

—Creo que lo mejor será irnos. ¿Has visto ya todo lo que querías?

—Aguarde un momento.

Saqué mi cuaderno de notas y pergeñé unas líneas con el contenido del arca.

23

La tarde del 19 de julio tomé el tren que me llevaba a Reus. Acomodado en el sillón de un compartimento de primera, recordé mi anterior viaje entre quesos, pavos, cestas de verduras, en medio de una mezcolanza de olores y de mucha conversación espontánea acompañada de discusiones y gritos. Ahora el lugar de los duros bancos de madera lo ocupaban cómodos sillones tapizados en cuero, y donde se amontonaba medio centenar de personas con sus correspondientes animales y equipajes había veinte asientos de los que, por el momento, sólo ocho estaban ocupados y, en medio de prolongados silencios, apenas se escuchaba algún murmullo, un leve comentario o el sonido de las páginas del periódico que leía un señor.

Con la vista perdida en el paisaje que se me ofrecía a través de la ventanilla, recordé que Ignés me había hecho dos encargos. Quería un par de barretinas, el inconfundible gorro con que señalaba su procedencia catalana, y que le pusiera dos libras de cera a la Virgen de la Misericordia. Esto último me llevaría hasta su santuario, en el camino de Cambrils. La tradición decía que, en el lugar donde se alzaba el templo, la Virgen se apareció a una pastora de nombre Isabel Besora —tía Ernestina afirmaba que era de nuestra familia, pero yo sospechaba que lo hacía sin fundamento—. Por su intercesión los reusenses se libraron de una terrible epidemia de peste que asoló comarcas enteras en la última década del siglo XVI.

El recuerdo de Ignés me llevó al sótano. Estaba obsesionado con encontrar encaje a las piezas de aquel rompecabezas del que poseía valiosos datos sueltos. Pedro Gómez aseguraba que en el palacete de la calle Carretas se había celebrado una misa negra donde se había perpetrado un crimen ritual, utilizado al hijo de su hermana. Eso explicaba el grito del niño que, según Segismundo Martínez, se había escuchado en el silencio de la noche. Allí surgía la primera duda. Según había visto en el sótano, los satanistas cuidaban mucho aislarse del exterior. ¿Cómo era posible que el grito del niño traspasara las paredes del palacete? Algo debió fallar y cundió el pánico entre los reunidos, que huyeron precipitadamente sin que la policía fuera capaz de detener a ninguno de ellos. Luego, extrañamente, sobre aquel hecho cayó el silencio, aunque yo ignoraba si la policía realizaba su trabajo con discreción.

Me parecía lógico pensar que quienes allí estaban reunidos el 7 de marzo buscaran otro lugar donde continuar sus reuniones. ¿Era ese lugar el sótano que Ignés había descubierto casualmente? Según lo que yo había podido averiguar a través de mis lecturas, allí había lo necesario para llevar a cabo una misa negra. Podía, sin embargo, ocurrir que en Madrid hubiera más de un grupo de satanistas y que los de aquel sótano nada tuvieran que ver con los del palacete de la calle Carretas. Por otro lado, había visto entrar a Crisanto en la casa donde estaba el sótano y encontrarme saliendo de ella a don Felipe Clavero. Podía ser que la presencia tanto de uno como de otro estuviera motivada por el burdel de doña Patrocinio. Eso fue lo que dijo mi director, lo que encajaba con el rumor que circulaba por la redacción acerca de que era asiduo a los burdeles. Pero... pero... aquí era donde me asaltaban las dudas:

don Felipe rechazaba la publicación de una crónica sobre lo ocurrido en la calle Carretas. No lo había prohibido, pero afirmaba que el asunto había perdido interés, me encomendaba otros trabajos o señalaba que mi futuro discurría por otros predios periodísticos. Su actitud me inquietaba. ¿Estaba en el burdel de doña Patrocinio o lo utilizó como coartada? ¿Por qué rechazaba publicar aquella crónica? ¿Era don Felipe Clavero miembro de aquella secta?

Algunos detalles menores me producían resquemor. Virtudes, con ese don especial que las mujeres tienen para captar la esencia de las cosas, se había referido a él como «el señor mayor de aspecto siniestro». ¿Por qué le parecía siniestro? Virtudes no podía estar bajo ninguna influencia. En Lhardy su rostro se ensombreció cuando le planteé el asunto y al insistir percibí su mirada como una amenaza. En ese momento tampoco yo sabía que el sótano era un lugar de reunión de devotos de Satán. Me resistía, sin embargo, a reconocer que mi director estuviera implicado en algo tan turbio.

El tren devoraba kilómetros envuelto en un traqueteo de ruidos, tan reiterados que acababan por no escucharse. Cerca de la media noche —habíamos dejado atrás Guadalajara y estábamos en tierras de Soria— saqué de mi equipaje una tartera donde Virtudes había puesto algunas viandas y cené. Pasé la noche dormitando hasta que con las primeras luces del amanecer llegamos a Zaragoza. Allí cambiaba de tren y de compañía. Tenía que esperar tres horas para reanudar el viaje. En la cantina del apeadero me enteré de la noticia del día: Francia había declarado la guerra a Prusia. Compré un ejemplar al muchacho que voceaba sus periódicos al grito de: «¡Guerra! ¡Francia declara la guerra a Prusia!».

El artículo señalaba que los franceses consideraban insultante el contenido de un telegrama que Guillermo de Prusia había enviado a Bismarck desde la estación termal de Ems, donde pasaba parte del verano. Recordé las palabras de don Felipe en Lhardy acerca de las ambiciones de Bismarck sobre Alsacia y Lorena y de sus planes para aparecer ante los ojos del mundo como un agredido que se veía obligado a defenderse.

El tren partió de Zaragoza dadas las once y me bajaba en Reus mediada la tarde. Iba a dar una sorpresa a mi familia, al no haberles anunciado mi visita. Si emprendí el viaje con el deseo de no permanecer muchos días, ahora, con la guerra declarada, ansiaba regresar a Madrid lo antes posible, aunque tratándose de negocios las prisas eran malas consejeras. El silencio de mi hermano a mi propuesta sobre la venta de mi participación jugaba en mi contra y el hecho de que yo insistiera de nuevo me dejaba en franca inferioridad. Estaba dispuesto a cederle mis derechos con tal de que me diera el dinero necesario para hacer frente a la hipoteca. No venía a Reus a hacer negocio, sino a buscar una solución para Paloma.

Tía Ernestina me acogió con los brazos abiertos y la tata Inés rompió a llorar cuando me vio. Mi madre me recibió, sin moverse del sillón donde se entronizaba cada día, con la misma frialdad con que nos habíamos despedido. Después de besarla —era un rito con el que ponía de manifiesto su dominio—, me preguntó:

—¿A qué has venido?

Me sentí tan mal que simplemente le respondí:

—A liquidar cuentas con mi hermano.

No mostró el menor interés y me subí directamente a mi dormitorio, donde la tata ya estaba colocando mi ropa en el armario.

—Deja eso, ya lo hago yo.

Me besó en la frente y en ese momento apareció tía Ernestina. Al ver el único resto visible que quedaba de mi apaleamiento me preguntó:

—¿Qué es esa cicatriz en la barbilla?

—Un accidente, nada de importancia.

—¿Cómo te lo hiciste?

—Un golpe —respondí, tratando de eludir la conversación.

—¿Te lo diste o te lo dieron?

Tuve que explicarles lo ocurrido, quitándole importancia y dramatismo.

—¡Eso te pasa por irte tan lejos! A ver, ¿puedes explicarme qué se te ha perdido a ti en Madrid, si en Reus tenemos de todo? —protestó la tata.

Mi tía y yo nos miramos y coreamos al mismo tiempo:

—¡Reus, París y Londres y el *carrer* de Monterols!

El grito atávico con el que los reusenses nos identificábamos al tiempo que poníamos de manifiesto nuestro orgullo local. Los tres rompimos a reír hasta que un autoritario grito de mi madre, molesta al escucharnos, acabó con las risas y los comentarios. Era demasiado rígida para participar de aquellas complicidades, pero se mostraba celosa. Llamaba a Inés, recordándole no sé qué obligación.

Tía Ernestina y yo nos sentamos en el borde de la cama y me echó en cara, con indulgencia, que no hubiera avisado de mi llegada, antes de preguntarme:

—¿Qué es eso de que vas a liquidar cuentas con tu hermano?

No me costó trabajo explicarle la razón de mi presencia en Reus y mis sentimientos hacia Paloma Azpeitia. Desde pequeño le había confiado mis temores infantiles y los sentimientos e inquietudes de mi adolescencia. Me escuchó sin interrumpirme y, cuando terminé, me dijo estrechando mis manos entre las suyas:

—Si estás tan enamorado como dices de esa joven, a la que me gustaría conocer, lucha con toda tu alma y recuerda que ninguna fortaleza que mereciera la pena se conquistó con facilidad.

Asentí, consciente de las dificultades que tenía por delante.

—¿Cómo crees que debo abordar el asunto con Carlos?

—Lo tienes complicado. —Mi tía había arrugado la frente—. Tu hermano únicamente ve por los ojos de su mujer y la Nuria es muy pesetera. No se lo critico, que mirar por la peseta es saludable, pero con la familia hay que mostrarse generoso. Además, si le hiciste una propuesta y no te ha respondido, planteárselo de nuevo rebaja tus opciones. Ignoro cómo marcha la fábrica, pero ha dado para comprar algunas fincas y el negocio no ha dejado de ampliarse. Tu padre era poco explícito con las cuentas, pero recuerdo que, poco antes de morir, me dijo que el último año los beneficios habían superado los treinta mil duros. ¡Eso son muchas pesetas! Si la cosa se repite, recibirás un buen pellizco.

Abracé a mi tía. Su información me permitía saber que los beneficios eran mucho mayores de lo que yo había imaginado.

—¿Cuándo piensas hablar con tu hermano?

—Mañana iré a verlo a la fábrica. No puedo quedarme demasiado tiempo. ¿Sabes que ha estallado la guerra entre Francia y Prusia?

—¡Jesús bendito! —exclamó, revelando que desconocía la noticia—. ¿Cuándo ha comenzado?

—Francia declaró la guerra ayer.

—¿Nos veremos involucrados?

—No lo creo.

—¡Gracias a Dios! —Dejó escapar un suspiro y se puso de pie—. Descansa antes de cenar. A las nueve, como siempre. Ya sabes lo puntillosa que es tu madre.

Antes de que se fuera, le pregunté:

—Tía, ¿adónde puedo comprar un par de buenas barretinas?

—¿Para qué quieres tú eso?

—Para Ignés de Vilaplana. ¿Lo recuerdas?

—¡Claro! Era contrabandista. ¿Sabes que es muy amigo de Prim?

—¡Y tanto! ¡Me llevó a comer con él!

—¡Eso no me lo has contado! —protestó con una sonrisa.

—No he tenido tiempo. No hemos hablado de mi vida profesional.

—¿Cómo te va? —me preguntó dubitativa.

—Mejor de lo que podía haber soñado.

—Sabes que me alegro mucho. En cuanto a lo de las barretinas, mañana vamos a la tienda del señor Bartel. ¡Son las mejores de Cataluña!

El encuentro con mi hermano fue tan frío que no lo justificaba nuestra diferencia de carácter. Carlos era un hombre de empresa: realista, con los pies pegados a la tierra, obsesionado por la marcha del negocio, la rentabilidad, el beneficio, el debe y el haber; por supuesto, un devoto de la peseta. Su literatura eran los libros de cuentas y del periódico le interesaban las noticias de negocios. Le pregunté por su esposa y por mis sobrinos y formulé mi deseo de verlos, pero no se mostró entusiasmado por concretar una visita a su casa. Era lamentable, pero teníamos muy poco que decirnos. Apenas se interesó por mi vida. Lo mejor era plantearle la razón de mi visita.

—¿Has pensado algo sobre la propuesta que te hice?

Se quedó mirándome, como si tratase de hacer memoria. Interpretaba un papel para mostrarme la poca atención que había prestado a mi propuesta.

—¿A qué te refieres?

—Al deseo de liquidar mi parte de los beneficios a cambio de una suma.

—¿Para eso has venido?

Le respondí con una ironía:

—He venido para hacerle unos encargos a Ignés de Vilaplana.

Su escaso sentido del humor hizo que me mirara ofendido.

—Me gustaría liquidar el asunto de la participación. ¿Estás interesado? —En ese momento utilicé la pólvora suministrada por tía Ernestina—: Sé que los beneficios del año pasado estuvieron por encima de los treinta mil duros.

Di en el blanco, porque se quedó mudo. Yo guardé silencio hasta que por fin me preguntó:

—¿Has pensado en alguna cifra? Veo que estás informado, aunque te advierto que este año las cosas no marchan tan favorables.

Mi hermano no soltó prenda y salí del despacho sin una oferta y sin un plazo para hacerla. La cosa iba a ser, incluso, más dura de lo que yo me había temido, a pesar de que la información de tía Ernestina me había abierto un horizonte esperanzador.

En casa del señor Bartel, asesorado por mi tía, compré las barretinas y el sábado adquirí dos libras de cera y las llevé al santuario de Nuestra Señora de la Misericordia; también me acompañó tía Ernestina. Después de cumplir el segundo encargo de Ignés, dimos un agradable paseo y hablamos sobre la actitud de mi hermano. Me recomendó paciencia.

—Fernandito, los negocios necesitan un tiempo para madurar.

—Pero yo tengo prisa, tía.

—La prisa suele ser mala consejera.

—La guerra entre Francia y Prusia es una realidad. Estoy lejos del sitio donde debería de estar.

—¿Tan importante eres tú para esa guerra? —me preguntó con picardía.

—Tía, no te burles, por favor.

—Vamos a ver, jovencito, ¿tú quieres conseguir el dinero que te hace falta para sacar a la familia de tu novia del atolladero y algo más para casarte como Dios manda?

—Es mi mayor deseo.

—Pues entonces olvídate de los franceses, de los prusianos y de su pelea. ¡Tetas y sopas no caben en la boca!

—No conoces el mundo del periodismo. Cuesta trabajo hacerse un hueco y hay una legión pendiente de que des un tropiezo para ocupar tu lugar.

—Ese mundo no me interesa. Volviendo a lo que estábamos, si quieres sacar tu carreta al llano, aguanta. Ganarás porque a tu hermano y sobre todo a la Nuria les sentó fatal la disposición del testamento de tu padre. Te da derecho a meter las narices en la empresa y esos dos son muy suyos.

Carlos no daba señales de vida y yo estaba cada vez más impaciente. Estaba manejando el tiempo, consciente de que corría a su favor. El domingo Carlos y su familia acudieron a comer a casa: mi madre mantenía la costumbre establecida por mi padre. Allí fue donde saludé a mi cuñada y a mis sobrinos, a los que regalé unos cartuchos de caramelos que no gustaron a su madre. Protestó diciendo que las golosinas quitaban las ganas de comer a los niños. Me dijo que en su casa estaban prohibidas y casi me vi en la obligación de pedir disculpas por haber hecho un regalo a los pequeños. Apenas hubo sobremesa. Mi hermano y su familia se marcharon rápidamente, y tía Ernestina y yo cruzamos una mirada cómplice y nos fuimos al jardín de la casa.

—No te ha dicho nada, ¿verdad?

—Nada.

—Se está pasando de castaño a oscuro.

—¡Qué puedo hacer! —me lamenté, encogiéndome de hombros.

—Contraatacar. Préstame atención.

Después de escucharla, pensé en lo injusta que era la vida. Si mi tía hubiera sido varón, habría sido una gran empresaria. Nacer mujer significaba tener gravemente limitados los horizontes. Después me pidió que le hablara de Paloma.

Empleé una semana en realizar las gestiones. El miércoles 10 de agosto, minutos antes de las ocho de la mañana, aguardaba a mi hermano ante su despacho. Era muy puntual. Al verme, no disimuló una sonrisa arrogante. Se sabía triunfador del silencioso pulso que habíamos mantenido.

—¿Quieres que hablemos?

—A eso he venido.

Ordenó que no nos molestaran.

—Bueno, ¿qué deseas decirme?

—Tengo varias ofertas por mi participación en el negocio.

Me miró sin perder la sonrisa.

—Como forma de presionarme no es muy original. ¿Quieres explicarte?

—No hay mucho que explicar. Ante tu silencio, he hecho algunas gestiones. Para tu satisfacción, te diré que la firma Aceites Luis Besora e Hijos goza de una excelente reputación entre las entidades de crédito.

Si hubiera explotado una bomba, su efecto en mi hermano

habría sido menos demoledor. Se había puesto pálido y su arrogancia había desaparecido.

—¿Qué quieres decir con eso?

—Que las tres principales entidades de crédito de nuestra ciudad están dispuestas a comprar mi participación.

Se puso de pie, muy nervioso. Su rostro era como un libro abierto.

—¿¡La has ofrecido en pública almoneda!?

—No. Simplemente, he buscado un comprador ante tu falta de interés.

—¿Cuánto te han ofrecido? —me preguntó con ansiedad.

—No voy a decírtelo hasta que hagas tu propia oferta, si es que estás interesado. También quiero que sepas que lamento mucho haber llegado a esto.

Se aflojó el nudo de la corbata, se sentó de nuevo y me dio la cifra que estaba dispuesto a pagar, desconcertado ante la estrategia concebida por tía Ernestina.

—Treinta mil duros.

Disimulé mi alegría. La mejor oferta era ciento cuarenta y cinco mil pesetas. Antes de darle mi conformidad, aseguré la forma de pago. Era imprescindible si quería resolver el problema de Paloma.

—El pago ha de ser al contado.

—Desde luego, aunque tendrás que esperar unos días.

—¿Cuántos? —No podía prolongar mi estancia en Reus.

—Dos. Serán los que el notario necesite para preparar la escritura.

Salí impresionado del despacho de mi hermano. No había pestañeado para hacer efectivas ciento cincuenta mil pesetas, que eran una fortuna. Muchos trabajadores ganaban un jornal de cuatro o cinco pesetas. Con tres mil pesetas al año se podía vivir bien, aunque midiendo los gastos. Con el doble, que era mi salario en *La Iberia*, podía uno permitirse ciertos lujos. Me fui directo a darle la noticia a tía Ernestina, pero estaba en misa con mi madre. Con mi alegría, tardé en percatarme de que la tata estaba muy seria.

—¿Qué te ocurre? ¡Alegra esa cara! ¡Soy rico!

Creo que no me escuchó. Sacó del bolsillo de su delantal un pequeño sobre azul.

—¿Un telegrama? ¿Cuándo lo han traído?

Rompió a llorar. Miré el telegrama: venía a mi nombre y estaba cerrado.

—¿Se puede saber qué te pasa?

—Es un telegrama —gimoteó, señalando el sobrecito azul.

—¿Y qué?

—¡Sólo anuncian muertes y entierros! —exclamó entre sollozos.

Abrí el sobre con cuidado y leí el texto.

> ESPERAMOS REGRESO URGENTE STOP CUBRIR NOTICIAS GUERRA FRANCOPRUSIANA NECESITA PERIODISTA EN PARÍS STOP VIAJARÁ USTED STOP SALUDOS STOP CLAVERO

¡Qué día! Don Felipe había decidido enviarme a París como reportero de guerra. El telegrama llegaba justo a tiempo, aunque necesitaba un par de días para dejarlo todo solucionado. La tata continuaba con su llantina. Decidí acabar con su sufrimiento.

—Nada de muertos, ni de entierros.

Me miró con el pañuelo en la mano.

—¡Sécate esas lágrimas! El director de mi periódico quiere que regrese cuanto antes a Madrid para un trabajo importante.

Algo parecido a un destello de orgullo brilló en sus ojos. Mis penas y mis éxitos eran los suyos. Que me avisaran con un telegrama significaba para ella que yo era una persona importante. Murmuró algo mientras se iba para la cocina. Sólo entendí:

—Al final se saldrá con la suya.

Fui a la oficina de telégrafos y respondí a don Felipe.

LLEGO A MADRID DOMINGO CATORCE STOP SALUDOS STOP BESORA

Cuando regresé, ya estaban en casa mi madre y mi tía. Les conté el acuerdo con mi hermano. Mi madre mostró su malestar diciendo que no respetaba la voluntad de mi padre, pero yo sabía que era por no haber estado en el ajo.

—Supongo que ya nada te retiene en Reus.

Sus palabras me dolieron tanto como el tono que empleó. Le mostré el telegrama y me lo devolvió sin hacer el menor comentario. Con tía Ernestina tuve una cálida conversación a media mañana.

—Que esto se haya resuelto, te lo debo a ti. No sé cómo podré pagártelo.

—Invítame a pasar una temporada en Madrid.

—Ya estás invitada. Si voy a París como corresponsal, te vienes cuando vuelva. Dicen que el otoño es la mejor época para conocer Madrid.

Me dio las gracias y se quedó un momento en suspenso.

—¡Conocer París! Eso te abrirá muchas puertas, ¿no?

—¡No tengo la menor idea!

Antes de abandonar Reus, precisaba otro favor de mi tía.

—Necesito que me acompañes a la joyería de Martorell.

Me dedicó una mirada cómplice.

—¿Un regalo para Paloma?

—Sí.

Me guié por sus consejos y compré una pulsera de oro con rubíes engastados.

—A Paloma le va a encantar. ¡Si supieras las ganas que tengo de conocerla!

A pesar de su resistencia, le regalé unos pendientes. Me sentí en la obligación de comprar algo a mi madre: un broche. Compré un alfiler para la tata y un par de detalles para Virtudes y Micaela.

24

El domingo a las seis de la tarde el tren me dejaba en la estación de Atocha. Llevaba conmigo el documento de ingreso de treinta mil duros en la cuenta abierta a mi nombre en el Banco de San Fernando. Era un hombre rico, que ahora tenía más de un cuarto de millón de pesetas. Mi padre habría dicho que tenía un millón de reales. Tomé un coche de punto y fui a la calle del Desengaño para dejar mi equipaje, antes de ir al periódico. Comprobé, satisfecho, que en mi vivienda todo estaba limpio, el ropero ordenado, la ropa de casa planchada y guardada en la cómoda, y perfumada con ramitas de romero, a las que Virtudes atribuía propiedades maravillosas. Salí satisfecho, pero conforme bajaba la escalera mi satisfacción se transformó en angustia ante mi encuentro con don Felipe, «el señor mayor de aspecto siniestro». Ahora, su larga barba, que en otro tiempo me pareció venerable, la asociaba a un nigromante; sus pobladas cejas, antes signo de fortaleza, me resultaban demoníacas y su mirada enérgica y directa tenía en mi imaginación una connotación diabólica.

La redacción estaba casi vacía, sólo un par de meritorios pendientes de labrarse un porvenir, siempre incierto en la selva del periodismo hispano. Los saludé y acababa de llamar en la Pecera cuando apareció Manolito. El botones me indicó con un gesto que tenía algo que decirme, pero la voz de don Felipe sonó rotunda:

—¡Adelante!

Desde el umbral lo vi, como siempre, recostado en el sillón y nimbado por el humo de su habano. Sobre la mesa, el revoltijo de papeles con el desorden habitual.

—¡Besora! —exclamó, como si se sorprendiera de verme. Se levantó para saludarme—. ¿Qué tal por su tierra?

—Todo en orden, don Felipe. Y por aquí, ¿qué tal marchan las cosas?

—Revueltas, como podrá imaginarse. ¡Tome asiento, tenemos mucho que hablar!

Nunca había prestado atención a los objetos desperdigados sobre la mesa. Ahora, con el recelo que había anidado en mi ánimo, estaba pendiente de cualquier detalle; por eso al ver, medio oculto por una cuartilla, un pentáculo que me pareció idéntico a los que había visto en el arca, tuve que esforzarme para que mis nervios no me delataran. ¿Cómo era posible que lo tuviera a la vista? ¿Tan seguro estaba de su impunidad?

—La guerra, como era de esperar, la están perdiendo los franceses. La semana pasada los prusianos les han dado dos duros golpes. Según se dice, los franceses se han replegado sobre Metz. Como no anden listos, van a meterse en una ratonera.

Sus palabras me llegaban como un eco lejano. No podía dejar de pensar en la evidencia que había sobre su mesa.

—En mi opinión —prosiguió—, la lucha durará poco. Será cuestión de semanas que los prusianos asesten el golpe definitivo. Es necesario que un miembro de nuestra redacción esté en París y usted es la persona indicada, al ser el único que habla francés. —Recordé que en mi carta de recomendación se decía que dominaba el francés, tanto oral como escrito—.

Además es joven, está soltero y —me miró fijamente— ha dado sobradas muestras de su capacidad.

—Muchas gracias.

—No me las dé. La juventud es una enfermedad que cura el tiempo, ya lo verá, y la soltería es un estado que la mayoría de los hombres abandonan por propia iniciativa. Por lo que respecta a sus méritos son suyos y no tiene que agradecérselos a nadie. Por otro lado, si bien París es una ciudad hermosísima, sobre todo desde que Haussmann la ha planificado con espacios abiertos, construyendo *boulevards* y dotándola de nuevos parques y jardines, va a convertirse en un lugar peligroso. Su trabajo allí será duro.

Aunque me hacía ilusión ir a París, me molestó que lo diera por hecho.

—¿Cree que los prusianos entrarán en París?

—No lo sé. Muchos franceses están deseosos de proclamar la república y los prusianos van a darles esa oportunidad. En París van a producirse grandes acontecimientos. ¿Cuándo puede ponerse en camino?

—Acabo de llegar, don Felipe. —Apenas había puesto los pies en Madrid y no estaba dispuesto a marcharme sin ver a Paloma o tener noticias de ella.

—La guerra vuela, Besora. No podemos perder tiempo.

—Mañana mismo me informaré de los horarios y saldré lo antes posible.

Sacó un sobre de un cajón de su bufete y fue extrayendo documentos.

—Éstos son los itinerarios y los horarios de los trenes que pueden llevarlo a París; esto, una credencial como corresponsal de *La Iberia* y esto, su pasaporte. También lleva las direcciones de dos buenos hoteles de la ciudad. —Luego sacó un sobre mucho más pequeño y, antes de entregármelo, me advirtió—:

Es una carta dirigida a don Salustiano de Olózaga, nuestro embajador. En ella se indica quién es usted y por qué está en París. Sólo debe utilizarla en caso de necesidad. ¿Lo ha entendido?

No fui capaz de rechistar y me limité a darlo todo por bueno.

—Muy bien, guárdela en el fondo de su equipaje y olvídese de ella.

Sacó otro sobre que no abrió.

—Aquí tiene dos mil francos para sus gastos. París es una ciudad cara y todavía lo será más en las actuales circunstancias.

—¿Cómo enviaré las crónicas? —pregunté, incapaz de ofrecer la menor resistencia.

—Por telégrafo.

—¡Cuesta un disparate!

—Por eso lleva dos mil francos. Envíe las noticias en membrete, limítese a lo fundamental. Nosotros redactaremos. Evidentemente, las crónicas aparecerán firmadas por usted, como enviado especial a París. Además de los asuntos estrictamente militares, nos interesa el ambiente que se respira en la ciudad y si hay movimientos políticos. Esté pendiente de los republicanos y de los socialistas.

—¿Le firmo un recibo?

—No es necesario, aunque a su regreso dará cuenta de los gastos.

Me guardé los papeles y el dinero.

—¿Hay prevista alguna fecha para volver?

—Recibirá instrucciones.

Estreché con reticencia su mano. Antes de marcharme, me dijo con voz grave:

—Tenga mucho cuidado. París es una ciudad en guerra y puede desatarse una violencia incontrolada.

Eché una última ojeada a la mesa, allí continuaba el pentáculo, medio tapado por la cuartilla.

Salí de la Pecera con la sensación de que me enviaban al matadero. Don Felipe lo había dicho de forma muy suave: «París es una ciudad en guerra» y por lo tanto peligrosa. Recordé un relato bíblico en que el rey David enviaba a un general al frente de batalla para que muriese y de esa forma gozar de los encantos de su esposa, la hermosa Betsabé. ¿Me enviaría a París para quitarme de en medio?

La redacción estaba solitaria y silenciosa, incluso los dos meritorios se habían marchado. De repente, Manolito se materializó.

—Don Fernando, tengo que hablar con usted.

Sacó del bolsillo de su raída chaqueta un sobre y me lo entregó.

—¿Quién te lo ha dado?

—La criada de la casa donde usted vivía antes, la de la calle Arenal.

Mi pulso y los latidos de mi corazón se aceleraron.

—¿Desde cuándo lo tienes?

Simuló hacer memoria, aunque estaba seguro de que se acordaba perfectamente.

—Si hoy es domingo, fue el martes.

—¡Hace cinco días! —Rasgué el sobre y leí la nota. Era la letra de Paloma.

> Mi querido Fernando:
>
> No sé cuándo regresarás de Reus. Pero necesito verte con urgencia. Cuando leas estas líneas trata de ponerte en contacto conmigo a través de Micaela. Estará todos los días en el mercado de San Miguel entre las nueve y las nueve y media.
>
> Te tiene siempre en el pensamiento, tu amantísima,
>
> PALOMA

Leí varias veces el texto. ¿Qué podía haber ocurrido? Hablaba de urgencia, aunque posiblemente esa expresión había perdido sentido después de cinco días. Busqué en mi bolsillo un real para agradecer a Manolito sus servicios, pero me encontré con que había desaparecido tan sigilosamente como había surgido unos minutos antes. Me resultó extraño. Al botones tenía que pasarle algo muy grave para renunciar a una propina.

Mucho antes de las nueve deambulaba por el mercado de San Miguel donde los regatones pregonaban sus frutas y sus verduras, y en las tablas de las carnicerías se veían algunas piezas sacadas a los cuartos de los animales que colgaban de los garfios y a cuyo alrededor volaban enjambres de moscas. Los pescaderos voceaban su mercancía, protegida por grandes hojas de helechos y trozos de hielo para retrasar los efectos de la podredumbre. Miraba las vísceras de una casquería cuando vi a Micaela.

—¡Menos mal! ¡Por fin aparece!

—Llegué ayer de Reus. —Casi me excusé.

—Paloma necesita hablar con usted.

—¿Qué ocurre?

Micaela echó a andar, como si buscara algo que comprar entre los puestos.

—Mejor que se lo diga ella. —Preguntó por el precio de unos garbanzos que le parecieron caros. La vendedora le aseguró que eran de Fuentesaúco.

—¿Usted no sabe nada? —insistí.

Me miró de arriba abajo y me dijo:

—Si quiere saberlo, corra a San Ginés. La misa ya ha empezado y no podrá entretenerse mucho. ¡Buenas están las cosas!

—¿Está sola?

—Sí. ¡La señora está en la cama, con una pata rota y un humor de perros!

Saqué del bolsillo una bolsita de piel y se la entregué.

—¿Esto qué es?

—Un regalito de Reus.

Comprobé que su gesto hosco se reblandecía.

Me di tanta prisa que, cuando entré en el templo, el sacerdote acababa de consagrar. Como no había mucha gente me resultó fácil encontrar a Paloma, que estaba en una capilla apartada, dedicada a Santa Ana. Era un buen sitio para el discreteo, la persona más cercana era una anciana que dormitaba, pasando las cuentas de su rosario. Me acerqué con paso mesurado para no llamar la atención y me arrodillé a su lado, como si fuera un devoto de la santa.

—Estás bellísima —le susurré.

—Chisss, Fernando, no digas esas cosas en la iglesia —protestó quedamente.

—Es la verdad.

Con el rabillo del ojo comprobé que sonreía.

—Gracias a Dios que has venido.

—Anoche recibí tu carta. Acabo de hablar con Micaela. ¿Qué ocurre?

—Crisanto es un perturbado —me soltó de sopetón.

Estuve a punto de decirle que ya lo sabía, pero me limité a preguntarle:

—¿Por qué lo dices?

Hurgó en su bolso hasta encontrar lo que buscaba y me lo entregó disimuladamente. Sentí el frío del metal en mi mano y supe lo que era sin mirarlo.

—¿Dónde lo has encontrado?

En lugar de responderme, me preguntó:

—¿Sabes lo que es?

Para no alarmarla, antes de satisfacer su curiosidad, quise enterarme de hasta dónde estaba informada del significado del objeto que acababa de entregarme.

—¿Lo sabes tú?

—Creo que es el emblema de Satanás, pero no estoy segura. Lo encontró Micaela al vaciar los bolsillos de una levita que Crisanto quería mandar a la tintorería.

Abrí la mano y observé la estrella de cinco puntas.

—¿Crisanto la ha echado de menos?

Insistió en su pregunta.

—¿Vas a decirme qué es?

Aunque no deseaba alarmarla más de lo que estaba, no podía mentirle.

—Se trata de un pentáculo y, efectivamente, es un objeto relacionado con el satanismo. ¿Crisanto no ha preguntado por él?

A pesar de que hablábamos en voz baja, la vieja rezadora rezongó una protesta.

—Ha preguntado por la levita. Mañana hay que recogerla. Estoy muy asustada. Si sospecha que hemos descubierto…

—¿Has comentado algo con tu madre? Por cierto, ¿cómo está?

—Hace unos días se partió una pierna.

—Me lo ha dicho Micaela. ¿Cómo ha sido?

—Se cayó rodando por la escalera.

La misa había llegado a la comunión, la salmodia del cura sonaba lejana o, al menos, a mí me lo parecía. Observé que la mayoría de los fieles se acercaron a comulgar y noté que las rodillas me dolían cada vez más, pagaba mi falta de costumbre. Volví a preguntarle si le había dicho algo a su madre.

—No. Está ofuscada con el vencimiento de la deuda. ¡Mi casa es un infierno!

Recordé las doscientas cincuenta mil pesetas largas que tenía depositadas en el Banco de San Fernando. A esa cifra se sumaban algunas pesetas más de mis ingresos en *La Iberia*, que mi éxito había aumentado sustancialmente; de hecho, ganaba mucho más que gastaba. Me concentré en el pentáculo, parecía idéntico a los que había visto en el arca. Si era así, tendría la prueba de que Crisanto era miembro de aquella secta y eso significaba que Paloma corría un grave riesgo si descubría que ella lo sabía.

—Si la levita vuelve de la tintorería con el pentáculo, Crisanto sospechará.

—¿Qué puedo hacer? —Su tono era angustiado.

Busqué una fórmula de emergencia. Era una chapuza.

—Colócalo debajo de su cama. Si lo encuentra, puede pensar que se le ha caído.

—Puede que lo haya hecho ya.

—Es posible, pero también podría creer que no lo vio antes. Lo importante es que Crisanto no sepa que Micaela y tú habéis visto esto.

En aquel momento el sacerdote concluía la misa. Le devolví el pentáculo a Paloma y le susurré:

—Ten cuidado. Sé algo de sectas satánicas y se trata de gente peligrosa.

Tenía que decirle lo de mi viaje y que ignoraba cuánto tiempo iba a estar fuera.

—Mañana salgo para París.

Alzó la cabeza y me miró incrédula antes de agacharla de nuevo. Podía leer su silencio. Había aguardado mi regreso de Reus con la ilusión de vernos con cierta frecuencia, al encontrarse su madre accidentada, y con la esperanza de que le ayudase a superar el trance en que se encontraba. Iba a decirle algo cuando vi dos lágrimas resbalar por sus mejillas. Estuve a punto de abrazarla, olvidándome de dónde estábamos, pero me contuve y le aclaré:

—El periódico quiere noticias frescas sobre la guerra franco-prusiana.

Paloma se puso de pie y yo la imité. No tuve reparo en frotarme las rodillas doloridas, mientras ella se santiguaba con la mirada fija en santa Ana. Recogí el cojín sobre el que había estado arrodilla, se lo entregué y echó a andar hacia la salida. Me sentía fatal, con la sensación de haberle fallado cuando más me necesitaba. Teníamos que hablar de muchas más cosas y el tiempo se nos acababa. Lo último que yo deseaba era tomar un tren para París, algo que sólo unos meses antes hubiese constituido un sueño casi inalcanzable.

La cogí por el brazo y la detuve con mucha delicadeza.

—Aguarda un momento, tenemos que hablar.

—¿De tu viaje a París? Si me retraso, mi madre se enfurecerá.

Comprendía su malhumor por marcharme cuando apenas había puesto los pies en Madrid.

—Será un minuto, mientras que la gente sale de la iglesia. ¿Ha resuelto tu madre el aplazamiento de la deuda?

—No. Por eso está tan insoportable. ¡Está ofuscada!

—En ese caso, debes saber que he liquidado mi participación en la empresa de mi familia y tengo dinero suficiente para rescatar la hipoteca.

Me miró con los ojos muy brillantes.

—¿Lo has hecho por mí?

—¿Por quién si no?

Noté cómo su mano apretaba la mía. La sentí cálida y amorosa.

—Perdona mi enfado, pero... pero estaba tan ilusionada con tu regreso...

—También para mí supone un sacrificio tener que marcharme y más ahora que las circunstancias nos permitirían vernos con frecuencia. Sin embargo... sin embargo...

—Sé que debes marcharte a París.

Contuve mi deseo de abrazarla. La rigidez de mi educación me lo impedía.

—Presta atención. Mientras estoy fuera, para cualquier cosa que necesites, incluido el dinero de la deuda, puedes acudir a un amigo mío. Se llama Ignés de Vilaplana y vive en la fonda que hay en la calle de los Caños. ¡Confía en él!

Estábamos cerca del cancel. La mayor parte de los feligreses ya habían salido. Quedaban algunas beatas que pasaban las cuentas de sus rosarios, bisbiseando letanías y jaculatorias. Un sacristán, con un largo apagavelas, acometía su función, dejando la iglesia sumida en una penumbra que en algunos lugares era oscuridad. No pude resistir. Tiré de Paloma hasta uno de esos rincones y la besé con pasión. Me inundó una indescriptible sensación al comprobar que respondía gozosa a mi beso. Permanecimos abrazados un instante, disfrutando la fugacidad del momento. Entonces saqué de mi bolsillo el estuche de terciopelo morado donde llevaba su pulsera. Con los nervios tuve dificultades para abrir el cierre.

—¿Qué es eso?

En lugar de responderle, saqué la pulsera, tomé su muñeca y logré ponérsela. Los rubíes brillaban en la oscuridad.

Me miró confusa. Iba a iniciar una protesta que detuve poniendo un dedo en su boca. Nos abrazamos de nuevo, sin importarnos el lugar donde estábamos.

25

Lo primero que hice, al salir de San Ginés, antes de sacar los billetes —el mejor trayecto, según los papeles de don Felipe, era tomar el tren a Zaragoza y luego llegar a la frontera con Francia por Irún—, fue buscar a Ignés. Lo encontré saliendo de la fonda. Nos fundimos en un abrazo.

—¡Fernandito, qué alegría! ¿Cuándo has regresado?

—Ayer, pero me marcho mañana.

—¿Adónde?

—A París.

Se quedó mirándome con aquellos ojos garzos que rompían la dureza de la mirada de un hombre que había vivido en el filo de la navaja y al margen de la ley.

—En estos momentos no es un sitio muy recomendable.

—Voy precisamente por eso. Mi periódico quiere información fresca de la guerra y cómo la están viviendo los parisinos. Mi director apuesta por que en París van a ocurrir cosas importantes.

—¿Te ha pedido que vayas para mandar información?

—Exacto.

—Pues no sé si te han puesto unos galones o te han dado una patada en el culo.

Ignés sólo sabía leer, escribir y las cuatro reglas, pero lo había forjado la universidad de la vida. Era listo, muy listo. Las cazaba al vuelo.

—¿Por qué dice eso?

—Está claro que te has convertido en una pieza clave en *La Iberia* y lo demuestra que a París no pueden enviar a cualquiera; eso significa que tienes galones en tu periódico. Pero no te olvides del peligro; a lo mejor alguien está interesado en que un obús prusiano te haga la puñeta.

Me quedé mudo. Ignés desconocía la vinculación de don Felipe con los satanistas. Me propuso tomar una copita en los Ángeles:

—Vamos a matar el gusanillo.

Nos acomodamos en una mesa y le entregué sus barretinas.

—¡Son excelentes! ¿Cuánto te debo?

—Regalo de su amigo Fernandito Besora. —Tuve que insistir porque decía que eran un encargo—. Las dos libras de cera también han ardido a los pies de la Misericordia.

—Pase lo de las barretinas, pero la cera tengo que pagarla. ¡Es una promesa!

El argumento era consistente. En mi casa decían que las promesas había de cumplirlas quien las hacía. Admití los seis reales para que quedara cumplida.

—Esa gente sigue reuniéndose —comentó después de dar el primer sorbo a su aguardiente.

—¡No me diga que los está vigilando!

—Por la noche no tengo otra cosa que hacer, salvo que me acuerde de las tetas de la Afrodisia.

—¡Tenga mucho cuidado! Si lo descubren...

Me miró burlón.

—¿Tú crees? ¿Después de una vida viviendo del contrabando?

—No se confíe. Ahora quiero que me escuche con mucha atención.

—Siempre lo hago. Pero antes eres tú quien va a hacerme un favor. Sé que soy mayor, pero ¿somos amigos o no?

—Somos amigos. ¿Qué desea?

—Que me tutees. ¿Qué ibas a decirme?

Le expliqué mi relación con Paloma y las dificultades que teníamos. Le conté el compromiso que su madre había cerrado con Crisanto Mondéjar y la razón del mismo, y le dije que había vendido mis derechos en la empresa familiar. Me escuchó en silencio, sin pestañear. Sólo salió de su boca una exclamación cuando le dije:

—Tengo depositados en el Banco de San Fernando más de cincuenta mil duros.

—¡Coño!

—Mañana sacaré veintiocho mil. Es la cifra que adeuda la madre de Paloma. Quiero que venga… que vengas conmigo al banco y te hagas cargo de esa suma.

—¿Yo? ¿Para qué?

—Me he tomado la libertad de decirle a Paloma dónde puede encontrarlo… bueno, encontrarte. La deuda vence el día treinta y uno y me temo que, pese a las promesas de ese Crisanto, su familia no va a hacer frente al pago de esa suma.

—¿Qué tengo que hacer?

—Nada. Esperar a que Paloma o la criada de su casa, que se llama Micaela, aparezcan por la fonda. Si te piden el dinero, dáselo.

—¿Así por las buenas? ¡Los veintiocho mil duros! ¡Tú estás loco, Fernandito!

—No, Ignés. Estoy enamorado.

—Qué viene a ser lo mismo —murmuró entre dientes.

—¿Tienes algún problema para hacerte cargo de esa suma?

—Ninguno. —Se acarició el mentón donde lucía una barba grisácea de tres o cuatro días—. Oye, ¿y si le damos un escarmiento a ese Crisanto?

—Cuando vuelva de París.

El martes 16 de agosto me despedí de Ignés en la estación. Aguardó hasta que el tren se puso en marcha en medio de una densa humareda y el chirriar de los hierros. Agité la mano desde la ventanilla y con dificultad escuché sus palabras de despedida.

—¡Cuídate, tienes que volver para que ajustemos las cuentas a ese Crisanto!

Llegué a Irún al día siguiente a media tarde, después de dar un largo rodeo y hacer varios transbordos. Pernocté en una casa de huéspedes y me informé de las comunicaciones con Bayona, que era la localidad francesa donde cogería un tren a Burdeos, según el programa preparado por don Felipe. Conseguí una plaza en la diligencia que salía al día siguiente a las nueve de la mañana. Con un poco de suerte, podría tomar el tren a Burdeos que salía a las dos y hacía el trayecto en cinco horas.

Me costó trabajo conciliar el sueño, a pesar de que durante el viaje apenas había pegado ojo. Mis pesquisas sobre la secta satánica cobraban una nueva dimensión al descubrir que Crisanto Mondéjar pertenecía a la misma cofradía de malhechores que don Felipe Clavero, quien, posiblemente, la noche que lo vi, no salía del burdel como me dijo. Rendido por la fatiga, mis últimos pensamientos, antes de cerrar los ojos, fueron para Paloma. Me recreé recordando el brillo de sus ojos, la suavidad de sus labios y el abrazo que nos dimos en aquel oscuro rincón de San Ginés.

Arribé a Bayona sin contratiempos y tomé el tren a Burdeos, adonde llegué con algún retraso. Su estación me impresionó. Una enorme estructura de hierro sostenía una cubierta abovedada que recibía la luz por unas grandes cristaleras. En España no había nada parecido. En la ciudad se percibía malestar, pero no por causa de la guerra. En el hotel me explicaron que la razón estaba en una enfermedad que destruía los viñedos, la principal riqueza de la zona. El mal, al que llamaban filoxera, secaba las cepas. Muchos viticultores se habían arruinado y la industria del vino, de la fabricación de toneles y de la elaboración de botellas de vidrio estaba casi paralizada. Anoté en mi cuaderno cuanta información pude recoger, pensando que algún día podría escribir un interesante artículo sobre la filoxera, aunque no tenía noticias de que los viñedos en España sufrieran tan temible enfermedad. El problema había surgido con unas cepas traídas de América.

También circulaba un rumor no confirmado. Los franceses habían sufrido una severa derrota y los restos de su ejército se habían encerrado en Metz, una de las ciudades más importantes de Lorena. Al día siguiente los rumores se confirmaron. Necesité dos días para conseguir un billete hasta París, al estar la mayoría de los trenes destinados al transporte de tropas y pertrechos para el ejército. El día 21 viajé por la ruta que en otro tiempo transitaron los peregrinos que iban a Santiago de Compostela, el recorrido estaba lleno de nombres con resonancias históricas: Poitiers, Tours, Orleans…

La distancia entre Burdeos y París debía cubrirse en unas quince horas, pero se convirtió en una pesadilla. Tardé tres veces más. El tren se detenía continuamente para dejar paso a los convoyes militares, que tenían preferencia. Lo peor de todo era que los viajeros no podíamos alejarnos del tren, detenido en pequeños apeaderos o incluso en medio del campo, porque podía reemprender la marcha en cualquier momento. Compré un ejemplar de *Le Moniteur Universel*, donde se hablaba de la batalla de Gravelotte y se presentaba como un movimiento táctico del general Bazaine para acogerse a las poderosas defensas de Metz. Comprobé que Alejandro Dumas publicaba por entregas una novela titulada: *Hector de Sainte-Hermine*.

Llegué a la estación d'Orsay a la caída de la tarde del 23 de agosto y enmudecí ante su grandiosidad; según me dijeron, había otras cinco en París. Tendría unos trescientos metros de largo y más de cincuenta de ancho. En comparación, Atocha era poco más que un apeadero. Había varios cafés, un *restaurant*, largas hileras de pequeños armarios que se alquilaban por días para dejar los equipajes, servicios higiénicos y amplias zonas de descanso. Los mozos vestían unos blusones azules, anudaban en su cuello un pañuelo rojo. Había soldados por todas partes, muchos en los andenes, acompañados de familiares o amigos. El mozo que se hizo cargo de mi equipaje me condujo hasta una explanada en la orilla del Sena donde se alineaban los coches de punto.

La vigilancia estaba en manos del ejército. Antes de salir de la estación tuve que enseñar mi pasaporte, la credencial de periodista y responder a algunas preguntas sobre mi presencia en la ciudad, así como si tenía previsto alojamiento y cuánto tiempo pensaba permanecer. Las respuestas fueron satisfactorias: el militar me devolvió mis papeles, al tiempo que me saludaba, llevándose la mano a la visera de su chacó. Di al cochero la dirección de un hotel en el *boulevard* de los Capuchinos donde encontré alojamiento y, después de una cena frugal, caí rendido en la cama.

Al día siguiente, desayuné temprano. Una rebanada de pan menos consistente que el de España, mantequilla, mermelada y un poco de queso, acompañado de *café au lait* —los franceses lo pronuncian «olé» y me recordó al nombre popular con que los madrileños bautizaron la fracasada candidatura de Hohenzollern—. Pregunté en recepción por una oficina de telégrafos y me indicaron que había una muy cercana, a la espalda de la iglesia de la Magdalena.

Salí al *boulevard* de los Capuchinos, una amplia avenida en la orilla derecha del Sena, cercana al palacio de las Tullerías. Grandes plátanos se alineaban en las aceras, proporcionando una agradable sombra a los viandantes. Eran las nueve y media y había una notable actividad: los comercios estaban abiertos y los vendedores ambulantes pregonaban sus mercancías. Allí no se percibía la menor tensión. Sólo la profusión de gallardetes y banderas por todas partes y la presencia de soldados patrullando las calles, indicaba el estado de guerra. Bordeé la iglesia de la Magdalena, alzada sobre una enorme plataforma; en uno de sus costados había una pancarta donde podía leerse: ¡VIVA EL EJÉRCITO IMPERIAL! Al enfilar la calle donde estaba la oficina de telégrafos se me acercaron dos individuos.

—*Monsieur*, su documentación, por favor.

—¿Quiénes son ustedes?

—*Sécurité, monsieur.* —Me mostró su placa acreditativa y yo le di mi pasaporte.

—¿Español? —me preguntó, mirándome fijamente, y asentí—. ¿Qué hace en París?

—Soy periodista.

—¿Tiene acreditación?

Menos mal que don Felipe había pensado en todo. Llevaba unas horas en París y ya me la habían pedido dos veces. La examinaron con detenimiento.

—¿Dónde se aloja, *monsieur*?

—En el hotel Lacroix. Aquí cerca, en el *boulevard* de los Capuchinos.

—Sé dónde está el hotel Lacroix, *monsieur.*

—Era por colaborar.

Me devolvieron los papeles y se marcharon sin despedirse.

En la oficina de telégrafos envié a don Felipe mi primer texto.

> LLEGUÉ ANOCHE A PARÍS STOP VIAJE PENOSO STOP ALOJADO HOTEL LACROIX STOP TODO TRANQUILO STOP MUCHOS CONTROLES STOP MAÑANA ENVÍO PRIMERA CRÓNICA STOP SALUDOS STOP BESORA

Después de poner el telegrama disponía de todo el tiempo del mundo. Podría visitar la ciudad a mi antojo. Mi primer texto sería sobre el ambiente que se respiraba en la ciudad, que me parecía muy alejada del conflicto que se desarrollaba a unos cientos de kilómetros. Bajé por la *rue* de la Paix hacia la *place* Vendôme. Me llamó la atención su armonía y la enorme columna que se alzaba en el centro, coronada por una escultura de abolengo clásico que supuse representaba al famoso general de Luis XIV a quien estaba dedicaba la plaza. Algunos edificios eran hoteles cuyo lujo se adivinaba en las fachadas y en casi todos los bajos había tiendas de perfumes, joyerías o establecimientos de ropa confeccionada. Allí tampoco había señales de que el país estuviera en guerra; ni siquiera se veían las banderolas y gallardetes que había visto en el *boulevard* de los Capuchinos. Caminé hasta el palacio de las Tullerías y lamenté no conocer mejor aquel lugar lleno de historia, que relacioné con Catalina de Médicis y con María Antonieta. Mi viaje había sido tan precipitado que no pude documentarme sobre la ciudad. Compraría algunos libros, para sacar provecho a mi estancia.

Continué hasta la orilla del Sena que bajaba majestuoso, bordeé su ribera hasta llegar a la altura de una isla que se alzaba en medio del cauce y pregunté a un caballero que salía de un portal:

—¿Cómo se llama ese islote?

—¿Islote? —Me miró con desdén—. ¿Llama islote a la Cité? Sepa, *monsieur*, que ese islote, como usted lo llama, es el corazón de París. Ahí encontrará Notre-Dame y la Saint Chapelle. ¡Islote... es imperdonable! —Dio media vuelta y se marchó protestando.

—Mil perdones, *monsieur* —me excusé sonrojado. No sé si escuchó mis disculpas.

Aprendí la lección. Los parisinos son unos enamorados de su ciudad y sus más fervientes defensores. Nada se le puede comparar en el mundo. Aunque el término islote no lleva implícito una connotación de desprecio y realmente aquella isla en medio del Sena podía definirse con esa palabra, jamás se me ocurriría repetirlo. Por supuesto deseché de mi vocabulario, al menos mientras estuviera en París, palacete, jardincillo, calleja o plazuela. Allí todo eran palacios, jardines, avenidas y plazas. Decidí aludir en alguna de mis crónicas a la idiosincrasia de los parisinos.

Entré en una librería. En el rótulo aparecía el nombre de su propietario: Hachette. Era la más grande que había visto en mi vida. Tenía dos plantas, a la de arriba se ascendía por una escalera de hierro que se bifurcaba ante el busto laureado de un escritor que no identifiqué. La planta baja tenía las paredes forradas de estanterías atestadas de libros y diseminadas por el local había varias mesas, algunas rodeadas de sillones para que los compradores pudiesen hojearlos cómodamente. Atendía el negocio una docena de empleados, la mitad eran mujeres. Si allí no estaba lo que buscaba, posiblemente no lo encontraría en ninguna otra librería de París.

—¿Puedo atenderle, *monsieur*? —me preguntó una señorita.

—Sí, *mademoseille.* ¿Tendrían una guía para forasteros?

—Desde luego, *monsieur.* ¿Tiene la bondad de acompañarme?

Me mostró una estantería llena de volúmenes.

—Escoja a su gusto, *monsieur.* —Se retiró discretamente, pendiente de mi elección.

—¿Busca una guía de París? —preguntó a mi espalda una voz masculina.

Me volví para encontrarme con el caballero que me había informado, a disgusto, de que la isla se llamaba la Cité. Tenía una cuidada barba y la mirada melancólica.

—Creo que no escuchó mis disculpas. En modo alguno pretendía rebajar...

—Quien debe disculparse soy yo —me interrumpió—. No debí...

—No tiene importancia.

—Por su acento compruebo que es extranjero.

—Español.

—No es el mejor momento para visitar la ciudad. La guerra...

—He venido a trabajar. Soy periodista de un diario de Madrid, *La Iberia.*

—Permítame presentarme. Mi nombre es Émile Zola, también yo escribo.

Estreché su mano al tiempo que me presentaba:

—Me llamo Fernando Besora.

—Encantado, *monsieur* Besora. Vengo con frecuencia por la librería, hasta hace poco he trabajado en ella. Llévese *Paris et ses environs*, es la mejor.

Compré el libro y nos despedimos, haciendo votos por

volver a vernos. Mientras pagaba, la chica que me había atendido me dijo en voz baja:

—Es Émile Zola. Ha publicado una novela, *Thérèse Raquin.* ¡Es magnífica!

—También me la llevo.

En mis primeras crónicas recogí el ambiente de París y las noticias que llegaban de los frentes de batalla. Observé que la tensión era mayor en el Barrio Latino, en la orilla izquierda, donde estaba la Sorbona, su prestigiosa universidad. Allí, los estudiantes protagonizaban continuas algaradas y en las estrechas calles del barrio podían verse pancartas de rechazo al conflicto que la policía, muy numerosa en las callejas y plazuelas de los alrededores de la universidad, retiraba rápidamente. El día 29, ante la fachada de Saint-Germain-des-Prés, fui testigo de un violento enfrentamiento entre estudiantes y policías. Los soldados acudieron en ayuda de estos últimos. Hubo algunos heridos y numerosas detenciones.

Pasaba parte de mi tiempo —cuando no estaba resumiendo al máximo las frases de mi crónica o enviando el telegrama correspondiente— visitando los lugares más emblemáticos de la ciudad, echando de menos a Paloma y preguntándome qué habría pasado con la deuda. Me tranquilizaba saber que Ignés tenía los veintiocho mil duros que podían evitar una catástrofe. Tampoco dejaba de darle vueltas a lo que había visto en el sótano, a la posible relación de sus miembros con el crimen de la calle Carretas y a la pertenencia a la secta de Crisanto Mondéjar y don Felipe.

El último día de agosto llegaron a París noticias que dejaron la ciudad en suspenso, por primera vez percibí ambiente de guerra en todas partes. El aire parecía más denso, los silencios de las gentes más intensos. Se había librado una nueva batalla y los rumores no eran halagüeños. Aquel día, sin embargo, mi cabeza se encontraba en otro sitio. Estaba ansioso por saber qué había podido ocurrir con la deuda de la madre de Paloma. Era tal mi angustia que decidí poner a Ignés un telegrama y que me respondiera, indicándome si había alguna noticia. Sabía que era un encargo penoso —las modernidades, como él llamaba a los adelantos, no eran su fuerte—, pero era hombre de recursos y hallaría la forma de enviarme una respuesta. Decidí no resumir el texto, aunque cada palabra valía su peso en oro.

> APRECIADO IGNÉS STOP EN PARÍS EL AMBIENTE ES DE GUERRA STOP ESTOY BIEN STOP ME GUSTARÍA SABER SI HAS TENIDO NOTICIAS DE PALOMA STOP SI HA SIDO NECESARIO EMPLEAR EL DINERO STOP ESPERO TUS NOTICIAS STOP MI DIRECCIÓN ES BOULEVARD DE LOS CAPUCHINOS NÚMERO 17 PARÍS STOP ABRAZOS STOP FERNANDITO

Después de enviarlo me acerqué a la sede de la Asamblea Nacional, el principal termómetro de la vida política parisina. Quizá confirmara alguno de los rumores que circulaban sobre la batalla. Dejé atrás la *place* de la Concordia, presidida por un enorme obelisco traído de Luxor unas décadas antes, y crucé el Sena hasta el palacio Borbón, sede de la Asamblea, emplazado en la orilla izquierda. No me equivoqué, allí había colegas de diferentes países, sobre todo británicos, pendientes de las noticias y de las reacciones de los diputados de la oposición, donde había un nutrido grupo de republicanos, enemigos jurados de Napoleón III. Confirmé que la batalla se había saldado con una grave derrota francesa y que los prusianos habían acorralado en Sedán al ejército que acudía en auxilio de los sitiados en Metz. Entre las tropas estaba el propio emperador.

Allí me encontré a Émile Zola.

—¡*Monsieur* Besora, me alegra verlo! ¿Le ha sido de utilidad la guía?

—¡Es magnífica, *monsieur*! Le estoy muy agradecido.

—Como ya sabrá, la situación está al rojo vivo. ¿Está enterado de que ahora en lugar de un ejército sitiado tenemos dos?

—Sí, parece que las cosas no marchan demasiado bien —apunté con discreción.

—Mi querido amigo, marchan muy mal. Nuestros generales parecen gallos que muestran sus plumas en los salones de la aristocracia imperial, pero son incompetentes en el campo de batalla. ¡Les importa un bledo la vida de los miles de jóvenes que están sacrificando inútilmente! —exclamó airado—. Hay demasiada miseria en nuestro ejército. Ahora no puedo publicarlo, me acusarían de derrotista y de traidor, pero algún día denunciaré a estos militares que están conduciéndonos a la debacle.

Nos despedimos con un apretón de manos. En pocos minutos había obtenido más información que en dos días. Émile Zola no podía escribir aquellas cosas, al fin y al cabo era francés. Pero yo podía referirme a ellas en mis crónicas. Redacté a toda prisa un texto para telegrafiarlo. Con suerte, podría publicarse al día siguiente.

—Por favor, *monsieur*, ¿una oficina de telégrafos?

—Siga la ribera en dirección a la Cité. ¿Sabe dónde está Saint-Germain-des-Prés?

—Sí, *monsieur.*

—Lo que busca está muy cerca.

Encontré la oficina y algo más. Los estudiantes habían cortado varias calles y en el Barrio Latino se había desatado una batalla campal. Envié el siguiente texto:

> NOTICIAS MUY GRAVES STOP BATALLA BEAUMONT DERROTA FRANCESA STOP EJÉRCITO FRANCÉS CERCADO EN SEDÁN STOP NAPOLEÓN III ATRAPADO EN CERCO STOP OTRO EJÉRCITO FRANCÉS SITIADO EN METZ STOP LUCHAS CALLEJERAS EN BARRIO LATINO STOP INQUIETUD EN MEDIOS POLÍTICOS STOP MUCHA TENSIÓN EN PARÍS STOP AGUARDAMOS ACONTECIMIENTOS STOP SALUDOS STOP BESORA

Al entregar el impreso, el funcionario arrugó la frente y me observó por encima de sus lentes. Luego miró los datos del remitente.

—¿Su nombre es Fernando Besora y se aloja en el hotel Lacroix?

—Así es. En el *boulevard* de los Capuchinos. Ahí lo dice.

—Veo que el destinatario está en Madrid. ¿Es usted periodista?

—Ha acertado.

—Muy bien. —Contó las palabras y ajustó la cuenta—. Son siete francos y catorce céntimos.

El primero de septiembre París vivía una tensa calma. El panorama había cambiado radicalmente desde mi llegada: ahora la guerra se palpaba en el ambiente y los parisinos parecían aguardar a que se desencadenara una tormenta. Decidí visitar Notre-Dame. Era la tercera vez que lo hacía. En mi guía se decía que se habían realizado obras de restauración para reparar los daños sufridos por la catedral durante la revolución de 1789. Veía las pinturas de la parte exterior del coro cuando alguien me preguntó:

—¿Le interesa una explicación de Notre-Dame y de la Cité, *monsieur*?

Era un anciano muy delgado, casi esquelético, que se sostenía gracias a un bastón. Tenía una larga melena blanca y una barba canosa no menos larga. Con la indumentaria adecuada no habría desentonado entre las figuras bíblicas representadas en el coro. Su mirada era muy viva. No sabía qué responderle, en el hotel me habían advertido que tuviera cuidado con los desconocidos y, si bien por su aspecto no representaba el menor peligro, podía llevarme a una trampa. Al verme vacilar, me dijo:

—Sólo le costará un franco.

Pensé que quizá le serviría para almorzar caliente.

—Está bien.

—Mi nombre es Michel, *monsieur*. ¿Usted cómo se llama?

—Fernando.

—Por su acento deduzco que no es francés.

—Soy español.

—Encantando.

Me ofreció su mano. Al estrecharla, comprobé su fragilidad. Me dio la sensación de que podía romperse con sólo apretarla un poco.

Fueron los mejores francos —al final doblé el pago— que había gastado en París. Michel era un pozo de sabiduría. Me contó la historia de la catedral, numerosas curiosidades y algunas leyendas, me explicó cómo era la Cité en la Edad Media y me mostró la Sainte-Chapelle. Me señaló un pequeño islote y me dijo:

—Allí quemaron al último de los maestres del Temple, a Jacques de Molay.

Llamó mi atención que con sus profundos conocimientos, muy alejados de una superficial charlatanería, buscara ganar un franco de aquella manera. No es que fuera deshonroso, pero me extrañaba. Antes de despedirnos, no me resistí a preguntarle:

—Siendo persona tan instruida, ¿cómo es que se gana la vida de esta forma?

Dejó escapar un suspiro.

—Era profesor en la Sorbona donde enseñaba historia de Francia, pero me expedientaron por difundir ciertas ideas, prohibidas por los biempensantes.

—¿Qué clase de ideas?

—Soy anarquista, ferviente seguidor de Proudhon. A veces trabajo en la librería Hachette gracias a un antiguo empleado de la casa que ahora es periodista.

—¿Se llama Émile Zola? —aventuré.

—¡No me diga que lo conoce!

—He tenido ese placer.

Quedamos en que Michel me recogería en el hotel a las cinco para realizar una visita al Louvre. Supondría un lujo hacerlo de su mano. Almorcé y me encerré en mi habitación, dispuesto a disfrutar de *Thérèse Raquin*, pero me quedé dormido en la primera página. Me despertaron unos golpes en la puerta y comprobé que pasaban unos minutos de las cinco. Me tiré de la cama en mangas de camisa y abrí la puerta, pero no me encontré con Michel. Dos individuos mal encarados me midieron con la mirada.

26

—¿*Monsieur* Besora?

—Soy yo. ¿Ocurre algo?

—¿Ha puesto usted este telegrama desde la oficina de Saint-Germain-des-Prés? —El individuo me mostró el texto escrito de mi mano.

—¿Quiénes son ustedes?

—Agentes de la *Sécurité*.

—¿Pueden demostrármelo?

Intercambiaron una mirada y uno de ellos me enseñó su credencial. Después de repetirme la pregunta, le respondí:

—Es el texto que envié esta mañana a Madrid, a mi periódico.

—¿Puede usted acreditar que es periodista?

—Un momento. —Busqué la credencial en los bolsillos de mi levita y se la mostré a uno de ellos; después de observarla detenidamente, la pasó a su compañero quien, en lugar de devolvérmela, me espetó:

—Tendrá que acompañarnos a la comisaría, *monsieur* Besora.

—¿Por qué? ¿Se me acusa de algo?

—Acompáñenos —insistió, sin más explicaciones.

—Soy periodista acreditado. No he violado ninguna ley

y ese telegrama —señalé el papel que sostenía en su mano— contiene información que es del dominio público.

—¡Acompáñenos! —me exigió gritando.

—¡Están ustedes violando la libertad de imprenta! —le grité yo.

—Estamos en guerra, *monsieur*; las garantías constitucionales están suspendidas. Además, usted no está detenido —y añadió con sorna—: al menos todavía.

—¡Me exigen que les acompañe, sin darme explicaciones!

—¡Si no viene por las buenas, tendrá que hacerlo por las malas!

Los gritos habían atraído la atención de algunas personas y del empleado de recepción. Vi a Michel entre ellos.

—¡Exijo una explicación! ¡Esto es un atropello!

—¡Llámelo como quiera!

Tuve que resignarme. Me encontraba solo en un país extranjero que estaba en guerra y con la policía amenazándome.

—Aguarden un momento, necesito unos minutos para vestirme.

—No se entretenga, no disponemos de toda la tarde.

Cerré la puerta, no tanto para procurarme un poco de intimidad cuanto para coger la carta que llevaba para don Salustiano de Olózaga. Don Felipe había sido muy explícito sobre su utilización, pero estaba claro que la situación era lo suficientemente comprometida como para hacer uso de ella. En una cuartilla pergeñé unas líneas indicando lo que me ocurría y en otro papelillo, unas breves instrucciones para Michel, confiando en que quisiera hacerme el favor de entregar mi llamada de auxilio en la embajada. Recogí las cosas que estaban por medio, me peiné, anudé mi corbata y me puse la levita. Al pasar por el vestíbulo mis esperanzas se desvanecieron: Michel había desaparecido y con él la posibilidad de hacer llegar al embajador mi situación. Supuse que, acusado de anarquista, estaría fichado por la policía y mi amistad no era recomendable. ¡Estaba metido en un lío!

Durante más de una hora compartí con otras personas uno de los incómodos bancos que había en la galería baja de una comisaría en la *rue* de Rivoli. No paraba de entrar y salir gente. Me fumé una cachimba, pero no aplaqué mis nervios. Un guardia, con aire de superioridad, se paseaba haciendo malabarismos con su porra. Don Felipe no me había advertido de que podía tener problemas con los textos de mis telegramas. Además, yo era un periodista acreditado y estaba cumpliendo con mi trabajo en un país con libertades garantizadas, pero si estaban suspendidas, al declararse el estado de guerra, podían acusarme de traición.

Después de las seis y media, un individuo vestido de paisano salió de una de las muchas puertas que daban a la galería y preguntó a gritos:

—¿*Monsieur* Besora?

—Soy yo —respondí poniéndome de pie.

—Pase —me ordenó.

Entré en una habitación atestada de expedientes y papeles, y con la atmósfera cargada de humo. Sentado tras una mesa, fumando un cigarrillo, había otro policía.

—¡Siéntese! —ordenó, señalando la única silla libre.

Me senté en el borde de la silla y vi cómo aplastaba, hasta destrozarla, la colilla de su cigarrillo. Rápidamente encendió otro y durante más de diez minutos estuvo hojeando papeles, sin levantar la cabeza. Por fin se dignó hablarme:

—Soy el comisario Ratenau y el motivo…

En aquel momento se escucharon gritos en la galería.

—¡Pierre, a ver qué ocurre ahí fuera! —gritó al individuo que me había llamado, que ocupaba una mesa pequeña en un rincón.

Antes de que Pierre abriera la puerta lo hicieron desde fuera.

—¡Están violando los derechos de ese ciudadano! —gritó un individuo.

—¿Quién es usted? —preguntó el comisario.

—¡El diputado Lefèvre! ¡Están ustedes violando la ley!

Impresionado, miré al hombre que me defendía y, detrás de él, vi aparecer a *monsieur* Zola y la cabeza bíblica de Michel. ¡El viejo profesor no había desaparecido del hotel por temor a la policía! ¡Había alertado sobre mi detención!

—¡Pierre, saque a *monsieur* Besora! ¡He de hablar a solas con el diputado!

En la galería había mucho revuelo. Por lo menos una docena de individuos acompañaban a Zola y a Michel; el profesor de historia me guiñó un ojo con complicidad. El displicente guardia que había vigilado mi espera me miraba ahora de otra forma. Permanecí en otra habitación, bajo la silenciosa mirada de Pierre, cerca de media hora, sin que cruzáramos una sola palabra. Me fumé otra cachimba y empezaba a impacientarme cuando apareció el comisario Ratenau. Tenía el gesto avinagrado.

—¡Puede usted marcharse!

Escuché una salva de aplausos, procedente de la galería.

—¿Dónde está mi credencial de periodista?

Ratenau miró a Pierre, que se encogió de hombros.

—¡Búsquela!

Un par de minutos después la tenía en mis manos. Salí a la calle en olor de multitud, rodeado por aquella comitiva que festejaba mi liberación, aunque en la mayoría de sus caras era patente la preocupación. En la *rue* de Rivoli la luz mortecina de las farolas apenas rompía la oscuridad que ya se había apoderado de París. Michel volvió a guiñarme un ojo cuando Zola me presentó a Lefèvre. El diputado tenía prisa. Le agradecí su gestión, a la que quitó importancia, al tiempo que se ponía a mi disposición mientras permaneciera en París y me entregó su tarjeta. Llamó mi atención la gravedad de su semblante, se marchó seguido por una corte de acompañantes. Cuando nos quedamos solos Michel, Zola y yo, el autor de *Thérèse Raquin* propuso ir al café Imperial que estaba cercano.

—Imagino que lo primero que querrá saber es todo lo relativo a nuestra presencia en la comisaría, aunque supongo que algo se barrunta.

—Desde luego.

—El culpable de todo es el profesor Michel que apareció por la redacción de *Le Moniteur Universel* diciendo que la policía acababa de detenerle y que usted le había dicho que nos conocíamos. Por esa razón acudía a mí. Le pregunté por qué lo habían detenido y me...

—Yo no lo tenía claro —intervino Michel—, pero escuché que los policías aludían a un telegrama. Vi cómo le mostraban el impreso.

—Debe saber que el periódico para el que escribo se honra con algunas colaboraciones del profesor Michel. Dedujimos que su detención la habría provocado alguna información enviada a su periódico. Buscábamos la forma de ayudarle cuando el destino vino en nuestra ayuda.

—¿Qué quiere decir?

—Apareció por la redacción el diputado Armand Lefèvre.

—Es un brioso defensor de las libertades ciudadanas —añadió Michel que estaba dando cuenta de la mayor parte de las pastas que nos habían servido con los cafés.

—Al enterarse de lo ocurrido —prosiguió Zola—, se lo tomó como algo personal y decidimos venir para protestar por la violación de sus derechos. Michel acertó al señalar que lo habrían traído a la comisaría de la *rue* de Rivoli por ser la más cercana. Se nos sumó un grupo de compañeros de la redacción. El resto ya lo conoce. Lefèvre irrumpió en el despacho del comisario y han mantenido una fuerte discusión.

—En su libertad han influido también las últimas noticias —señaló Michel.

—¿Qué noticias? —pregunté mirándolos alternativamente.

—Esta mañana el propio Napoleón ha ordenado un ataque para romper el cerco en Sedán. Ha sido un fracaso —comentó Zola muy afectado.

—Llegan noticias de que la derrota ha sido total —sentenció Michel—. Los muertos se cuentan por miles.

—¿Cuándo se ha sabido?

—A primera hora de la tarde. Pero todo es aún muy confuso.

—¿Tan grave ha sido?

—Al parecer, más de lo que podamos imaginarnos.

Me emocionó que en aquellas circunstancias Zola lo dejara todo por auxiliarme.

—¿Les importaría contarme lo que se sabe?

—Esta mañana —señaló Zola— Napoleón ordenó a sus generales romper el asedio, pero no ha sido posible y las bajas son enormes en nuestras filas. Se habla de cerca de veinte mil entre muertos y heridos y una cifra aún mayor de prisioneros.

—¿Quiere decir que el ejército imperial ha perdido cuarenta mil hombres?

—Es posible que esa cifra vaya en aumento cuando se concreten los rumores —respondió Michel—. ¿Se imagina cómo estarán miles de familias en estos momentos? Pasarán muchos días antes de saber quiénes han perdido la vida, están heridos o prisioneros de los prusianos. —Vi cómo se le saltaban las lágrimas—. El ejército de Bazaine está aislado en Metz, metido en una ratonera, y los que han acudido para sacarlo de allí han fracasado. Eran más de doscientos batallones de infantería, cerca de un centenar de escuadrones de caballería y más de medio millar de piezas de artillería.

—¡Dios mío! ¿Eso es lo que han destrozado los prusianos en Sedán?

Me bastó ver la mirada de aquellos dos hombres para conocer la respuesta. Si se confirmaban las noticias, aquello era un desastre sin paliativos. Los vi tan abatidos que me costó trabajo preguntarles su opinión acerca de lo que podía ocurrir a partir de aquel momento. Fue Zola quien me contestó:

—Si se confirman los rumores y me temo que así será, los prusianos avanzarán sobre París con medio millón de soldados de infantería y más de mil cañones.

—¿Podrá resistir?

Zola, con la cabeza gacha, meditó la respuesta.

—Los ejércitos imperiales han mostrado su ineptitud y las carencias de este imperio que sólo tiene fachada. ¡Pero Francia resistirá! —exclamó con orgullo—. ¡Le aseguro, *monsieur* Besora, que a los prusianos no les resultará fácil entrar en París!

—Pero si el emperador cae prisionero...

—¡No sería la primera vez que proclamásemos la República!

Las palabras de Émile Zola resultaron proféticas. A lo largo de la tarde del día siguiente se confirmaron los peores augurios. Napoleón III se había rendido en Sedán. En París la tensión contenida se desbordó. Aguardé hasta el último momento, por si se producía alguna novedad, antes de poner un nuevo telegrama.

GRAVE DERROTA FRANCESA EN SEDÁN STOP BAJAS MUY NUMEROSAS STOP NAPOLEÓN PRISIONERO STOP CIEN MIL SOLDADOS FRANCESES APRESADOS STOP GENERAL BAZAINE ASEDIADO EN METZ STOP NADA FRENA AVANCE PRUSIANO SOBRE PARÍS STOP CIUDAD CONMOCIONADA STOP PROTESTAS CALLEJERAS NO ESTUDIANTILES STOP REUNIÓN URGENTE GOBIERNO STOP REUNIÓN ASAMBLEA NACIONAL STOP SE ESPERAN GRANDES NOVEDADES STOP SALUDOS STOP BESORA

Aquella noche dormí mal. No tenía noticias de Ignés y me corroía la incertidumbre. Estaba más inquieto que antes de ponerle el telegrama porque ante la falta de respuesta barruntaba negros nubarrones. También me angustiaba pensar que la policía llamase de nuevo a mi puerta, aunque el texto de mi telegrama eran noticias del dominio público. Los fantasmas no dejaban de dar vueltas alrededor de mi lecho. Estaba convencido de que doña Rosario no había conseguido la prórroga de su deuda y dudaba, después de lo ocurrido, que Paloma le hubiera explicado la posibilidad de salvar la situación y que, tragándose su estúpido orgullo, acudiera en busca de Ignés. Otro de los fantasmas tenía relación con las aficiones satánicas de Crisanto Mondéjar y don Felipe Clavero. En medio de la noche mis temores se agigantaban y los perfiles de mis problemas se volvían más negros. Me arrepentía de haber aceptado con tanta docilidad venir a París.

Me levanté apenas la luz del amanecer entró por las rendijas de la persiana. Abrí la ventana y me golpeó un silencio espeso que lo envolvía todo. Ni los lecheros ni los panaderos gritaban su mercancía. París había enmudecido. El lejano ladrido de un perro, que no encontró respuesta, me llegó con extraña nitidez, como si fuera lo único que tenía vida en aquella ciudad que rozaba el millón de habitantes. Me lavé pensando que en París podía suceder cualquier cosa, incluso que las autoridades cerraran las oficinas de telégrafos para controlar las comunicaciones, con lo que mi presencia allí carecería de sentido. Desayuné y salí a la calle pasadas las nueve. Me fui directamente a la Asamblea Nacional caminando por unas calles poco concurridas, muchos comercios tenían sus puertas cerradas. Los parisinos rumiaban en la intimidad la grave derrota de su ejército. A llegar a la *place* de la Concordia vi que al otro lado del Sena había mucho movimiento. Aceleré el paso y me encontré con que en la levantisca orilla izquierda se habían iniciado las protestas. Escuché gritos contra el emperador y contra «la Española», como muchos franceses motejaban despectivamente a Eugenia de Montijo. Me la imaginé en la soledad del enorme palacio de las Tullerías, abrumada por la humillante derrota de su esposo, ahora prisionero del enemigo. Como en tiempos de Luis XVI con María Antonieta, los franceses buscaban un chivo expiatorio extranjero.

Crucé el puente comprobando, una vez más, que en París había dos ciudades separadas por el Sena. Su orilla derecha —al menos la zona de los grandes *boulevards*—, aristocrática y burguesa, ligada a los fastos del Segundo Imperio, estaba asustada y encerrada ante el curso de los acontecimientos. Su orilla izquierda, más popular, representaba a la Francia que había aportado la fuerza de choque destrozada por los cañones prusianos, rendida en Sedán o encerrada en Metz, acosada por el enemigo, y se mostraba inquieta y agitada. Me acerqué al diputado Lefèvre y me saludó con un afectuoso apretón de manos.

—Veo que algunos profesan poca simpatía por mi compatriota.

—¿Cómo dice?

—Escucho gritos contra la emperatriz.

—¡Ah! Eugenia de Montijo. Algunos siempre buscan culpables en el exterior y ella es lo que tienen más a mano.

Traté de aprovechar el momento.

—¿Cómo evolucionarán los acontecimientos en los próximos días?

—¡Querrá decir en las próximas horas! —exclamó enarcando las cejas—. Dé por seguro que el Segundo Imperio ha muerto. Era la obra personal de Luis Napoleón y ahora está prisionero de los prusianos. Vamos a solicitar a la Asamblea la creación de una Junta de Defensa Nacional. Si el enemigo cree que ha ganado la guerra, está equivocado.

—¿Quién presidirá esa Junta?

En sus labios se dibujó una sonrisa.

—*Mon ami!* ¡Todavía no la hemos aprobado! Si deseaba una noticia, ya la tiene. ¡Comuníquela a su periódico! ¿Le parece poco anunciar la caída del Segundo Imperio?

Tenía razón. Por aquella noticia muchos periodistas habrían matado. Corrí hasta la oficina de telégrafos de Saint-Germain-des-Prés y llegué justo a tiempo. Poco después de salir, una patrulla de soldados se hacía cargo del telégrafo y otras colocaban bandos anunciando el toque de queda desde las ocho de la tarde hasta las siete de la mañana.

El 4 de septiembre, tal y como me había anunciado Lefèvre, la Asamblea Nacional declaró abolido el Segundo Imperio y proclamó la III República. Miles de parisinos —hombres y mujeres— se echaron a la calle en una explosión de patriotismo popular. La gente enarbolaba banderas tricolores sin los distintivos imperiales. Era como si sólo con proclamar la República fuera a cambiar el curso de la guerra, cuando la realidad era que los batallones prusianos avanzaban sin resistencia hacia París. La Junta de Defensa Nacional sería presidida por Léon Gambetta. Se mantuvo el toque de queda, al sospecharse que había numerosos agentes enemigos infiltrados en la ciudad. El flamante gobierno permitió a los periodistas extranjeros, debidamente acreditados, utilizar una oficina de telégrafos para enviar sus textos, siempre que su contenido no revelase información que pudiera beneficiar al enemigo. En la calle imperaba un alegre desorden que no había provocado incidentes de consideración, salvo en la *place* Vendôme donde la columna sobre la que descansaba la efigie del mariscal de Luis XIV había sido derribada. Los comercios, en su mayor parte, estaban cerrados.

A pesar de ser consciente de vivir un momento histórico y de ser testigo de sucesos trascendentales, el seguir sin noticias de Ignés hacía que mi mayor deseo fuera hacer el equipaje y salir para Madrid a toda prisa.

Los días siguientes fueron pródigos en acontecimientos. Los prusianos avanzaban sobre París y el nuevo gobierno tenía dificultades para ser aceptado internacionalmente. Los periódicos recogieron con gran tipografía el reconocimiento de Estados Unidos, de Suiza y de Italia. Las dos primeras por tratarse de repúblicas, el gobierno italiano porque Napoleón III había sido el principal obstáculo para invadir los Estados Pontificios y completar la unificación de su territorio.

Después de casi veinte días en París mis francos se habían reducido considerablemente y observaba cómo los precios subían de un día para otro. La gente acaparaba alimentos y los comerciantes se aprovechaban. Si los prusianos cerraban el cerco sobre la ciudad, las cosas se pondrían muy feas. Compré alguna comida —medio queso, dos libras de carne seca y una de bacalao, dos tabletas de chocolate y dos botellas de vino— en previsión de una escasez anunciada. Pagué veintiocho francos cuando tres o cuatro días antes no me habría costado la mitad.

En mi telegrama del día 10 indiqué la conveniencia de salir de la ciudad antes de que los prusianos la cercaran. Pedí a don Felipe una respuesta a mi propuesta. Pasé casi todo el día con el profesor Michel, quien me ilustró sobre varias obras maestras del Louvre. Almorzamos juntos y comentamos algunos aspectos de la política francesa que analizó con lucidez. Regresé al hotel a media tarde y, al verme entrar, el recepcionista me hizo una seña.

—¡*Monsieur* Besora! Ha llegado esto para usted.

—Muchas gracias.

Me entregó un telegrama y sentí golpear en mi pecho los latidos de mi corazón. No sabía qué respuesta, de las dos que esperaba, deseaba más. Si tener noticias de Ignés o que don Felipe aceptara mi propuesta de abandonar París. Acelerado, miré el remite. El telegrama era del director de *La Iberia*.

> ACONTECIMIENTOS RECOMIENDAN PERMANEZCA EN PARÍS STOP SUS CRÓNICAS LEVANTAN GRANDES ELOGIOS STOP SÓLO REGRESE ANTE SITUACIÓN INSOSTENIBLE STOP ENHORABUENA MAGNÍFICO TRABAJO STOP SALUDOS STOP CLAVERO

Me quedé estupefacto. El muy zorro me pasaba la mano por el lomo, elogiando mi trabajo; rechazaba con elegancia mi petición, aludiendo a la importancia de los acontecimientos, y dejaba a mi responsabilidad decidir si abandonaba una ciudad cuya temperatura emocional subía varios grados cada día. Las noticias que llegaban eran pésimas: los prusianos ya se habían apoderado de Estrasburgo y sus avanzadillas estaban a pocas leguas de París, sin obstáculos para detener su avance. En cuestión de días, la ciudad quedaría aislada, los obuses de su artillería empezarían a caer sobre ella y abandonarla sería una peligrosa aventura. ¿Cuándo se convertiría en insostenible la situación? ¿Deseaba don Felipe, después de exprimirme periodísticamente, que una bomba prusiana silenciara a un molesto moscardón?

Decidí permanecer unos días más. Mis escuetos textos se referían a la situación en la ciudad, donde se levantaban barricadas y parapetos en el cinturón externo, utilizándose el adoquinado de las calles, sacos terreros, troncos de árboles y todo lo que podía taponar las entradas a París. Se alistó a todos los mayores de dieciocho años y menores de cincuenta, a quienes se daba instrucción militar en las grandes explanadas que había delante de los Inválidos y en el Campo de Marte. El fárrago de la gente que llegaba a París en busca de refugio, procedente de los alrededores, se mezclaba con quienes tenían posibilidades de alejarse de la capital hacia el oeste, hacia Bretaña y Normandía. A pesar de las severas disposiciones dictadas sobre los precios y el acaparamiento de víveres, conseguir comida se había convertido en una odisea, todo estaba por las nubes y las tiendas desabastecidas. Lo que funcionaba era el mercado negro. Ignés, cuyo silencio me resultaba sospechoso, se habría movido allí como pez en el agua. Reservé la comida que había adquirido y me alimentaba con el estoicismo propio de un tiempo en el que la carestía y la escasez extendían sus negras alas.

27

Cuando decidí abandonar París era demasiado tarde. Los prusianos ya habían cerrado su tenaza y nadie podía entrar ni salir sin grave riesgo de su vida. En las calles las proclamas de fervor patriótico se mezclaban con el miedo y las actitudes de derrotismo. Si las primeras eran soflamas gritadas a los cuatro vientos, las segundas quedaban en rumores sordos y apagados. La gente se horrorizó cuando los primeros obuses enemigos cayeron sobre la ciudad. Eran pocos los lugares que quedaban fuera del alcance de la poderosa artillería prusiana. Había sido un estúpido al permanecer en la ciudad más allá de lo recomendable y ahora corría el riesgo de perder la vida. Por si todo eso no fuera suficiente para desesperarse, mi presencia allí carecía ya de sentido. La víspera los prusianos habían cortado las líneas del telégrafo, por lo que no podía mandar noticias acerca de cómo se vivía el asedio. Si tenía una posibilidad de abandonar París, estaba en la carta para nuestro embajador. Tal vez podría gestionar mi salida sin grave peligro.

Llegué a nuestra legación escuchando el estruendo de un duelo artillero que llegaba desde la zona de Saint-Denis. Me abrió la puerta un conserje poco hospitalario.

—¿Qué desea?

—Necesito hablar con el señor embajador.

—¿Tiene cita?

—No, señor.

—Entonces, me temo...

—¿Quién llama? —preguntó un joven caballero que apareció en el vestíbulo.

—Una persona desea hablar con Su Excelencia.

El caballero se acercó. Gastaba bigote y perilla, tenía media melena de pelo negro y lacio, y la mirada muy viva.

—Me temo que no va a ser posible, señor.

—Puedo esperar, si el señor embajador está ocupado.

—Lo siento mucho. Pero no puede recibirlo.

—Debo entregar una carta a don Salustiano —exageré con solemnidad.

—¿Cuál es su nombre, caballero?

—Fernando Besora. Soy el corresponsal en París de *La Iberia.*

—¿Usted es Besora?

—Para servirle. —Le ofrecí mi mano, que estrechó con cordialidad.

—¡Sus crónicas son magníficas! Permítame presentarme, mi nombre es Francisco Javier Cortesse. Soy el secretario de la embajada.

—Es un placer.

Se hizo a un lado y me invitó a pasar.

—Acompáñeme al gabinete, por favor.

Entrábamos en un despacho lujosamente amueblado cuando la explosión de un obús cercano lo sacudió todo. La alfombra que tapizaba el suelo era tan mullida que los zapatos se hundían en ella. Los muebles eran de estilo rococó y había dos grandes retratos de cuerpo entero de Carlos I y Felipe II, pintados por Juan Pantoja de la Cruz, según se indicaba al pie del marco. Cortesse me invitó a sentarme y me ofreció un cigarro de una caja de taracea granadina.

—¿Fuma?

—Gracias, lo hago en pipa. —Saqué mi cachimba—. Si no le molesta...

—Por favor, siéntase como en su casa. Al fin y al cabo ésta es la de los españoles que estamos en París.

—Muy amable.

Nos acomodamos en unos sillones tapizados en cuero y encendí mi cachimba.

—Lamento comunicarle que don Salustiano está en Madrid.

Olózaga había sido mucho más listo que yo y había puesto tierra de por medio con la suficiente antelación. Le expliqué que el motivo de mi visita a don Salustiano, para quien tenía una carta de recomendación, estaba relacionado con mi deseo de salir de París, bajo protección diplomática.

—Lamento decirle que, en estas circunstancias, es casi imposible. En cualquier caso, si hubiera alguna posibilidad, se lo haría saber.

Sus palabras me sonaron a cortesía, pero dejé mi dirección. Apenas puse los pies en la calle una nueva explosión hizo que me estremeciera.

Las dos semanas siguientes fueron penosas. El asedio prusiano era como un puño de acero que apretaba cada día un poco más. Apenas se encontraba comida en las tiendas y el pan estaba racionado. En el mercado negro podían obtenerse algunos comestibles, pero a un precio escandaloso. Había más de ochocientas mil personas atrapadas en la ciudad, según se decía, aunque la cifra verdadera nadie la conocía con exactitud. El valor de algunos batallones de infantería y el arrojo de las milicias organizadas a toda prisa habían hecho fracasar los primeros intentos prusianos de romper las defensas en varios puntos. Los muertos y heridos se contaban por millares. El Estado Mayor prusiano decidió rendir París por hambre y agotamiento.

Entraban algunas provisiones y medicinas, en partidas muy pequeñas, que algunos intrépidos lograban introducir a través de las filas prusianas, incluso utilizaban las redes de alcantarillado y viejos pasadizos subterráneos. Los hospitales rebosaban de heridos, los médicos no daban abasto para atenderlos y empezaban a escasear los medicamentos. Mucha gente había perdido sus casas por los bombardeos de la artillería enemiga que batía zonas concretas durante horas y horas, hasta el punto de que el ruido de las explosiones era como una macabra sinfonía a la que resultaba imposible acostumbrarse.

La virulencia de los debates políticos se había trasladado de la Asamblea Nacional a los cafés y a los *restaurants.* Apenas servían comida y bebida, pero se discutía con pasión. Anarquistas y socialistas se enfrentaban dialécticamente y en ocasiones se organizaban verdaderas trifulcas. El profesor Michel, a quien ahora se tenía gran respeto y consideración, me introdujo en aquellos círculos de ideas avanzadas donde se hablaba de anular la propiedad privada, de la desaparición de los poderes del Estado y de la organización de la sociedad desde las propias masas populares. Si yo quería escribir una novela, a mi alrededor tenía material más que suficiente para hacerlo. A falta de otra actividad, anotaba en mis cuadernos ideas, conceptos, detalles e impresiones. Así pasaban los días, angustiosos e inciertos, que en mi caso no estaban dictados sólo por la grave situación que se vivía en París.

El 6 de octubre, apenas terminado mi frugal desayuno —un trozo de queso y un pequeño bollo de pan que me había costado medio franco—, sonaron unos golpes en la puerta de mi habitación que encogieron mi debilitado estómago. En los últimos días circulaban rumores de detenciones de sospechosos de colaboración con el enemigo. Por todas partes se querían ver espías de los boches. Mi nombre figuraba en las listas de la policía, aunque no tenía relación alguna con los prusianos. Recogí los restos de mis provisiones, tan escasas que apenas darían para un par de días más y pregunté, antes de abrir:

—¿Quién llama?

—*Monsieur* Basora, soy Étienne, de la recepción, ¿puede abrirme? Un señor pregunta por usted. Dice que es de la embajada de España.

—Un momento.

Cambié mi chaleco de lana —me lo ponía para estar más cómodo y combatir el frío que ya había hecho acto de presencia en París— por la levita y me encontré con el portero de la embajada. Me entregó una carta.

—El señor secretario me ha dicho que, si accede, lo acompañe a la legación.

—¿Si accedo a qué?

—No lo sé, señor. Es lo que me ha dicho el secretario.

Abrí la carta y leí un escueto texto:

> Si desea abandonar París, tenemos la posibilidad de facilitarle un medio. El precio es elevado, pero ofrece garantías. Si está interesado, acompañe a la persona que le ha entregado esta carta. La salida está prevista para mañana a primera hora.
>
> Atentamente,
>
> Francisco Javier Cortesse

No lo dudé. Me guardé la carta en el bolsillo y dije al portero que esperase un momento. Caminé hacia la embajada pensando en qué podía consistir la propuesta de Cortesse y decidí arriesgar con tal de salir de París y regresar a Madrid. Lo que más me preocupaba era su alusión a lo elevado del precio. Mi bolsa había menguado tanto que apenas disponía de setecientos francos. Era una suma elevada en condiciones normales, pero en las circunstancias que se vivían en París pocas cosas eran normales. Me imaginé arrastrándome por las alcantarillas, cruzando de noche las líneas del ejército sitiador, saliendo por un lugar oculto que los prusianos no controlaban o deslizándome por un pasadizo subterráneo con salida al otro lado de sus líneas.

El barón Haussmann había destruido buena parte del París medieval, pero en la guía que me recomendó Zola se indicaba que las modificaciones se habían producido en la superficie y que había una ciudad bajo tierra llena de recuerdos históricos. Cuando llegamos a la embajada, estaba convencido de que la salida era un pasadizo subterráneo, si tenía dinero para pagar a quienes habían organizado aquella vía de escape. El portero me condujo hasta el mismo gabinete de la vez anterior. El secretario estaba escribiendo.

—Encantado de volver a verlo, don Fernando. —Soltó la pluma, se levantó y me estrechó la mano—. Veo que está interesado en lo que le indico en la carta.

—Mi mayor deseo es salir de París. Aquí nada tengo que hacer con las líneas telegráficas cortadas y, la verdad sea dicha, nada se me ha perdido en esta guerra.

—Conociendo su interés por abandonar la ciudad, me he permitido molestarle.

—¡Por favor, don Javier, ha alumbrado un destello de esperanza!

—¡Póngase cómodo! ¿Ha oído hablar de los globos aerostáticos?

—Por supuesto.

—Aquí, en París, los llaman globos Montgolfier en recuerdo al apellido de los hermanos que volaron el primero hace casi un siglo. Ayer varias personas fueron evacuadas en un globo Montgolfier. Salió de un embarcadero del Sena y en pocos segundos alcanzó la altura suficiente para quedar fuera del alcance de las baterías prusianas. Superan fácilmente los quinientos metros de altura.

Jamás hubiera imaginado que ésa era la fórmula para salir de París.

—Supongo que hay cierta exposición al fuego de los prusianos.

—Un tiempo muy reducido. El globo gana altura verticalmente y se sitúa lejos del alcance de los disparos. Por otra parte, se trata de un objetivo relativamente pequeño que además está en movimiento, lo que dificulta el disparo de los artilleros, quienes ignoran el lugar y el momento en que parte. Como le he dicho en la carta, las probabilidades de éxito son muy elevadas. Mañana saldrán cuatro globos, será poco después del amanecer. ¿Está interesado? Lo organiza una empresa de Chartres. Siempre hay gente que saca provecho a las circunstancias más difíciles. ¿Qué me dice? ¿Está dispuesto? Hemos reservado una plaza en uno de esos globos, pero hemos de asegurarla antes de las seis de la tarde; de ahí las prisas.

—Estoy de acuerdo, pero... ¿cuánto es el precio... el precio del viaje?

—Como le he anticipado, la cifra es elevada. Un globo transporta pocas personas.

—¿Cuánto? Por favor. Tengo algún dinero, pero no sé si será suficiente.

—Nos piden quinientos francos. —Resoplé y Cortesse interpretó mi gesto como un problema para afrontar la suma por lo que añadió antes de que aceptase—: Podemos conseguir una rebaja del veinte por ciento, si abonamos el importe antes del mediodía.

Dudé, pensando si prestaba ayuda a un conciudadano o hacía negocio a su costa. En cualquier caso, estaba facilitándome la salida de París. El riesgo parecía escaso y podía pagar el precio. Si la rebaja era del veinte por ciento, después de pagar los dos días de hotel que tenía pendientes, me quedarían algo más de doscientos francos.

—Antes quiero saber dónde me dejará el globo.

—En Chartres. Hay unos cien kilómetros en línea recta.

—¿Cuánto puede durar el viaje?

—No sabría decirle, supongo que dependerá del viento.

—¿Existe la posibilidad de que nos arrastre a territorio ocupado por los prusianos?

—No lo sé.

Las garantías eran menores de las indicadas en la carta, lo que me ratificó que Cortesse tenía intereses en el asunto, pero no me importó.

—Acepto. ¿Le entrego a usted el dinero o lo llevo al lugar que me indique?

—¡No se moleste! Entréguenos el dinero y nosotros nos encargamos de todo. Usted prepare su equipaje. Sólo se admite una bolsa de mano o una mochila. Aguardará en su hotel a que le comunique la hora y el lugar exacto del que saldrá su globo.

—¿No salen los cuatro del mismo sitio?

—No, así se disminuyen los riesgos.

Le entregué cuatrocientos francos y me despedí con un apretón de manos.

Metí en una mochila, que compré en un bazar de la *rue* de la Paix, todo lo que pude. Mis papeles, la guía de París y *Thérèse Raquin*, cuya lectura había disfrutado por dos veces. La mitad de mi ropa interior, tres camisas, dos pares de pantalones, el par de botines que llevaba de repuesto y una levita que enrollé y aseguré con las correas en la parte superior de la mochila. En uno de los bolsillos laterales guardé las provisiones que me quedaban. Me dejaba atrás la maleta con otra levita, varias camisas, otros dos pares de pantalones y una de mis chisteras. Decidí ofrecerle la ropa al profesor Michel. Cargué con todo ello hasta la buhardilla donde malvivía, en un callejón del Barrio Latino. Aceptó encantado y se despidió de mí con lágrimas en los ojos.

La tarde se me hizo insoportable, esperando unas noticias que no llegaban. A las siete y media, muy nervioso, estaba convencido de haber perdido cuatrocientos francos que había entregado inocentemente. No tenía un miserable papel que acreditara la entrega de esa suma. Paseaba por el vestíbulo, pensando que, en unos minutos, entraría en vigor el toque de queda. Un cuarto de hora antes apareció el portero de la embajada. Respiré aliviado. Me entregó un sobre y me susurró al oído:

—Mañana a las siete en la explanada de los Inválidos. Buena suerte.

Veinte minutos antes de la hora fijada llegué al lugar. Efectivamente, había un globo aerostático al que insuflaban aire caliente con unos fuelles. Una empalizada provisional y varios matones impedían el acceso a los curiosos allí concentrados.

Mostré el papel que me había entregado el portero la víspera y me franquearon el paso. Era el último de los seis pasajeros que ocuparíamos el globo junto a los dos operarios que lo manejarían.

A las ocho y diez minutos, poco después de que el sol hubiera despuntado por el horizonte, soltaron las amarras y recogieron los sacos terreros. El globo se agitó y ganó unos metros, luego durante unos segundos quedó suspendido en el aire, vacilante. Temí que cayese al suelo, pero los operarios arrojaron varios sacos y, poco a poco, ganó altura. La ciudad crecía bajo mis pies conforme se agrandaba mi espacio de visión. Pude ver la Cité en medio del Sena, los barrios que se extendían a sus dos orillas y las líneas de defensa francesa frente a los campamentos de los prusianos. Al tiempo que abarcaba más espacio, todo se hacía más pequeño y perdía en detalles, pero se ampliaba la panorámica de una visión impresionante. Volar en globo era una experiencia que merecía la pena más allá de escapar de la ciudad asediada. Mientras los operarios no paraban de accionar unas manivelas, los pasajeros nos agarrábamos a unas maromas que no debíamos soltar hasta que se nos indicase. Éramos cuatro hombres y dos mujeres y entre nosotros se había impuesto un silencio que nadie nos había pedido.

Hubo un momento en que el globo dejó de ascender y se desplazó hacia el oeste impulsado por una corriente de aire. La temperatura había bajado varios grados.

—¡Si seguimos con viento favorable, en unas tres horas estaremos en Chartres!

París se difuminó hasta desaparecer detrás de una loma. Jamás olvidaría la visión de la ciudad desde aquella altura. Era un espectáculo difícil de describir, aunque yo trataría de hacerlo para los lectores de *La Iberia.* Ahora veíamos un paisaje donde se sucedían las tierras de cultivo —viñedos muy verdes y parcelas de tonalidades pardas—, con masas boscosas. La riqueza agrícola de Francia estaba a nuestra vista como muy pocos seres humanos habían podido contemplarla. Salpicaban el paisaje pequeñas poblaciones, donde destacaban los campanarios de sus iglesias. La belleza del panorama que se ofrecía ante nuestros ojos compensaba del frío que soportábamos. El viaje se ajustó a las previsiones y tres horas después de haber dejado París, apareció una mancha en el horizonte.

—¡Aquello es Chartres! —exclamó con júbilo uno de los operarios ante la magnífica visión que ofrecía la ciudad—. ¡En pocos minutos tomaremos tierra!

Nos aproximamos lentamente, Chartres era menor que muchos barrios de París. La población se articulaba en torno a su catedral. Una grandiosa edificación que coronaba una colina desde la que se abrían radialmente las calles.

Ateridos de frío, tomamos tierra en un descampado que había junto a un río. Allí me despedí de mis compañeros de viaje y encaminé mis pasos hacia la estación de ferrocarril. Nada me retenía en Francia y estaba ansioso por llegar a Madrid.

28

Conseguir un billete de tren para Burdeos era una quimera. Con muchas dificultades adquirí uno que me llevaría hasta Orleans, cuya salida estaba prevista para las siete de la tarde del día siguiente. En Chartres tampoco funcionaba el telégrafo, por lo que mi deseo de dar cuenta a don Felipe de mi salida de París fue imposible. En cierto modo no me preocupó, lo reducido de mis fondos no daba para muchas alegrías.

El viaje hasta Orleans se retrasó ocho horas, pero pude llegar y lo que era más importante: logré billete para las diez de la mañana del día siguiente con destino a Burdeos, aunque en la Société Nationale des Chemins de Fer no garantizaban ni horarios ni itinerarios. Todo se alteraba según las necesidades de la guerra y las autoridades, sin previo aviso, cambiaban los trenes por razones militares. Mi dinero había menguado a tal velocidad que, después de pagar un billete en segunda clase y abonar el alojamiento por una noche, todo mi capital se reducía a ochenta y siete francos. Con tan escaso capital decidí ahorrarme el dinero de un telegrama anunciando a don Felipe mi regreso.

Respiré tranquilo cuando el tren arrancó con apenas diez minutos de retraso y en dirección a Burdeos. En Tours, a dos horas de camino, hicimos la primera parada en una estación abarrotada de soldados con los característicos uniformes —azul y rojo— de la infantería francesa. Anunciaron que allí estaríamos una hora. Pero cuando habían pasado más de dos empecé a temerme lo peor. La gente, sin embargo, no parecía preocupada: charlaba, bostezaba, comía, hacía comentarios o bajaba al andén para subir al cabo de unos minutos. El único que, de vez en cuando, mascullaba una protesta era un anciano que culpaba a los prusianos de aquel desbarajuste.

—¡La culpa de todo esto la tienen los boches!

Algunas personas asentían.

Un señor que acababa de subir del andén hizo un anuncio extraordinario:

—Dicen que van a bajarnos. Este tren regresa a Orleans para traer al gobierno que va a instalarse aquí, en Tours.

—¡Eso son chismes! ¡El gobierno está en París y los boches no dejan salir ni a las ratas! —exclamó el anciano.

—No lo crea —intervino un individuo que no se separaba de su maletín—. Dicen que alguna gente sale en globo aerostático y que el gobierno va a abandonar París por ese procedimiento. En la capital la situación es insostenible.

—¡Bah! ¡Paparruchas! ¡Salir de París en globo!

—Disculpe, *monsieur*, no son paparruchas —tercié en la conversación

—¡Ah!, ¿no? —El viejo puso cara de incrédulo—. Y usted ¿cómo lo sabe?

—Salí de París hace dos días por ese procedimiento. A las tres horas estaba en Chartres.

En el vagón se hizo tal silencio que la voz del revisor anunciando que el tren reanudaba su marcha con destino a Burdeos se escuchó con toda claridad. Varias personas me pidieron información acerca de cómo estaba París y durante más de dos horas di toda clase de detalles sobre la situación de la capital y respondí a sus preguntas.

Llegué a Burdeos al filo de la medianoche y preferí quedarme en un banco de la estación en lugar de buscar un alojamiento —ahorraría algunos francos—; allí aguardé a que abrieran el despacho de billetes con la esperanza de conseguir pasaje en algún tren con destino a Bayona. Pude observar que los ecos de la guerra allí sonaban lejanos. Lo deduje del aspecto que ofrecía su enorme estación, prácticamente vacía, en contraste con las masas humanas que se apiñaban en las de Chartres, Orleans y Tours.

Sentado en el incómodo banco di numerosas cabezadas de las que me despertaba agitado para volver a caer muy pronto en la somnolencia. Entre cabezada y cabezada, los fantasmas se apoderaban de mi mente reproduciendo imágenes del sótano, retazos de las conversaciones con Pedro Gómez o sobre la pertenencia de don Felipe a aquella tenebrosa secta, luego el cansancio y el sueño la dejaban sumida en una nebulosa. En los momentos de mayor lucidez de aquella larga noche, no dejaba de preguntarme por el silencio de Ignés y qué podía haber ocurrido con la hipoteca.

Pasadas las siete de la mañana me desperté sobresaltado por un pitido que anunciaba la entrada en la estación del primer tren de la mañana. Fue como si un mecanismo lo pusiera todo en movimiento: surgieron los mozos con sus carrillos, aparecieron viajeros que bajaban del tren y otros dispuestos a tomarlo. Por fin se abrieron los despachos de billetes y pregunté por el primer tren hacia Bayona. Compré uno de segunda clase sin problemas y me sorprendió que el tren partiera con puntualidad: salió a las cuatro e hizo el trayecto en seis horas, un tiempo similar al empleado en mi viaje de ida. Llegué a mi destino ya de noche y busqué alojamiento. Lo encontré en una pequeña posada cercana a la catedral de Santa María. Cené bien por un precio módico y pude asearme como no había tenido ocasión de hacerlo en varios días. El posadero me explicó que por Bayona pululaban muchos exiliados políticos españoles y que algunos se alojaban en su establecimiento. Me extrañó porque desde la Gloriosa no había en España exiliados por razones políticas.

—Hace poco se ha marchado un grupo que ha estado varias semanas. Constituyeron una sociedad que bautizaron como La Internacional.

—Eso suena a socialista.

—No me pareció que lo fueran.

—¿Con qué objeto la fundaron? —pregunté por no parecer grosero, aquella historia de exiliados no me interesaba lo más mínimo.

—No sabría decirle. La voz cantante la llevaba un riojano llamado José López. Decía que el futuro estaba en el hijo de Louis-Philippe y que había que apostar por él. Estuvo unos días fuera, creo que viajó a Madrid y regresó con otra persona que no se alojó en mi casa, pero sé que era partidario del pretendiente carlista. ¡Los carlistas refugiados en Bayona fueron una legión en otro tiempo! —exclamó el posadero como si añorase aquella época—. Yo era un muchacho cuando en el año cuarenta llenaban la posada, recuerdo que entre ellos discutían con mucha violencia.

Me retiré temprano y dormí a pierna suelta en un lecho blando y limpio. Al día siguiente hice en diligencia el trayecto hasta Irún, adonde llegué a la una de la tarde con treinta y tres francos en el bolsillo. Los cambié en una casa de banca y me entregaron casi treinta duros, tendría lo justo para llegar a Madrid. Viajé en segunda a Zaragoza, adonde llegué con dos horas de retraso. Dormí en una mala posada, al no poder encontrar nada mejor. La ciudad estaba a rebosar con los festejos a la Virgen del Pilar. A las ocho de la mañana siguiente emprendí viaje a Madrid. Duró más de nueve horas.

29

Llegué a Atocha el jueves 13 de octubre a las siete y cuarto de la tarde, agotado y ansioso. Hacía cincuenta y ocho días que había salido de Madrid. La estación de Atocha me pareció un vulgar apeadero comparado con la d'Orsay. Con mis últimas pesetas tomé un coche de punto y fui directamente a la fonda donde paraba Ignés. En el trayecto observaba, a través de la ventanilla, pequeños detalles en los que en otras circunstancias no habría reparado. Apenas habían pasado dos meses, pero mi percepción del tiempo era muy distinta: tenía la sensación de una ausencia mucho más prolongada.

Al subir por la Carrera de San Jerónimo, me alegró ver algunos establecimientos como Lhardy, la pastelería del señor Mira, el banco de don Simón de la Riva o el edificio de la compañía de seguros: la Urbana; ya cerca de la Puerta del Sol vi el escaparate de la librería de Fernando Fe, donde trabajaba Rocafull y se reunían muchos escritores, sobre todo para criticar a aquellos colegas a cuyas obras el público dispensaba mejor acogida que a las suyas. La Puerta del Sol me pareció más pequeña, más pueblerina, pero dotada de un encanto que no había visto en ningún lugar del grandioso París. Mi pulso se aceleró al entrar en la calle Arenal. Recordé que don Felipe me había contado que allí estuvo el antiguo callejón de la Duda, que yo no llegué a conocer al desaparecer con las obras de reforma de la Puerta del Sol; estuvo instalado el primer mingitorio público de Madrid y tenía una sala de lectura. Apostillaba, con sorna y cierta dosis de realismo, que el retrete era el lugar preferido por los españoles para leer y el ayuntamiento decidió, con esta iniciativa, mantener la costumbre.

Indiqué al cochero que moderase el paso y al cruzar ante la casa de Paloma asomé la cabeza, para comprobar que las persianas estaban echadas, algo que me intranquilizó. Podía ser indicio de que el piso estuviera vacío por haberse ejecutado la hipoteca. Lamentablemente, la proverbial lentitud de la justicia se volvía diligencia en casos como éstos. El coche enfiló la calle de los Caños y se detuvo ante la fonda. Pagué el trayecto, entré y pregunté por Ignés.

—Me parece que no está… caballero. —A la moza le costó trabajo llamarme así, ante mi lamentable aspecto: sin afeitar, con la levita manchada y arrugada, la chistera deslustrada y una mochila colgada de mi hombro.

—¿Puede comprobarlo?

Lo corroboró de mala gana. Fui al café de los Ángeles y tampoco lo encontré. La verdad era que desconocía sus costumbres y aficiones, aparte de ser un devoto de las tetas de Afrodisia. La respuesta a mis inquietudes tendría que aguardar al día siguiente. Me marché a casa y, a pesar del cansancio, decidí dar un rodeo por la calle Arenal, la distancia no era excesiva. Comprobé lo que había visto fugazmente desde el coche: las persianas estaban echadas, cerradas a cal y canto. Llegué a casa angustiado y entonces reparé en que no tenía llaves. Tuve que llamar a Marcela para que me abriera.

—¿Quién llama? —preguntó con voz desagradable.

—Soy el señor Besora, Marcela. Acabo de llegar y necesito la llave, por favor.

La puerta se abrió al instante. Sostenía un quinqué y al verme se tapó la boca con la mano.

—¡Santo cielo, don Fernando! ¡Qué facha!

Debía de tener un aspecto infame y me expliqué las dudas de la moza en la fonda.

—El viaje ha sido complicado. ¿Puede darme la llave?

—¿La llave? —titubeó.

—Sí, la llave. ¿Ocurre algo?

—Nada, nada, don Fernando. ¡Es que me ha sorprendido tanto verlo así!

Me entregó la llave y, a modo de excusa, comentó:

—Si lo hubiera sabido, habría comprado algo para comer. La despensa está vacía.

—No se preocupe. Lo que ahora necesito es descansar.

—Mañana la Virtudes estará aquí a primera hora. ¡Qué contenta se va a poner! Está muy agradecida con su regalo; también yo.

—Que no sea muy temprano —supliqué.

Me di un largo baño, me acosté y traté de no pensar. Extrañé la cama y dormí mal. A las ocho estaba haciendo café. Vestirme con ropa limpia hizo que me sintiera mejor. Fui directamente a la fonda de Ignés. La moza —la misma de la víspera— al verme aparecer, trató de identificarme.

—Soy el mismo de anoche —le aclaré—. ¿Está el señor Vilaplana?

—Sí, señor. Ahora mismo le aviso.

Un minuto después apareció el viejo contrabandista, llevaba puesta una de las barretinas que le había traído de Reus. Nos fundimos en un prolongado abrazo y, antes de soltarme, me miró fijamente.

—Fernandito, te veo estropeado.

—En estos momentos, París es un sitio poco recomendable. Comer es complicado, lo mismo que salir de allí.

—¿Cómo lo has conseguido? Se dice que el cerco de los prusianos es un anillo de hierro.

—He salido volando.

—¡Déjate de tonterías!

—¡Volando, Ignés! —Me miró suspicaz—. ¡He salido en un globo aerostático!

—¡Eso me lo tienes que contar!

—Con todo detalle, pero antes quiero saber qué ha pasado por aquí.

—Muchas cosas, Fernandito. ¿Tomamos una copita?

Antes de que empezara a explicarme lo ocurrido, le pregunté por mi telegrama.

—¿Lo recibiste?

—¡Te contesté al otro día! —exclamó sorprendido.

—¿¡Cómo que me contestaste!? Nunca recibí tu respuesta.

Ignés se acarició el mentón. Lo tenía bien rasurado.

—Esto de mandar letras a golpecitos con una tecla no me convence. Te lo envié a la dirección que me diste: al convento de los padres capuchinos.

—¿Cómo has dicho?

—Que te lo envié adonde me dijiste: al convento de los capuchinos.

—No era el convento, sino el *boulevard* de los...

Me miró con los ojos entornados.

—¿No llaman los gabachos así a los conventos?

—¡Ignés, un *boulevard* es una avenida, una calle!

Soltamos una carcajada. Como no quería retrasar un minuto más su explicación y la cosa no tenía remedio, lo mejor era no darle vueltas.

—Cuéntame, ¿qué ha pasado?

Sacó del bolsillo de su chaleco un sobre de papel crema doblado por dos veces y me lo entregó. Lo abrí nervioso, contenía una carta escrita por Paloma:

> Estimado señor Vilaplana:
>
> Mi nombre es Paloma Azpeitia. Le dirijo estas líneas por indicación de don Fernando Besora, quien me dijo que, en caso de urgencia, acudiese a usted. Supongo que sabe a qué me refiero porque don Fernando se lo habrá explicado. Si es así, como espero y deseo, le ruego haga entrega a la portadora de ésta, Micaela Ramírez, del encargo de don Fernando. Si usted desea hacerme la entrega personalmente, acompañe a Micaela a mi domicilio, sito en la calle Arenal, adonde ella lo conducirá gustosa.
>
> Agradeciendo su atención, reciba mis más atentos saludos,
>
> PALOMA AZPEITIA

—¿Cuándo te dieron esta carta?

—El mismo treinta y uno de agosto. A eso de las diez, apareció por la fonda la tal Micaela, preguntando por mí.

—¿Qué hiciste?

—Como Micaela tenía los ojos enrojecidos por una llantina y en la carta se me ofrecía la posibilidad, cogí los veintiocho mil duros y decidí acompañarla. Por si las moscas oculté una faca en mi faja. Con aquel capital encima...

—¿La acompañaste a la casa?

—Hice algo más. —Ignés apuró su copa.

—¡Cuéntame!

—Cuando llegamos me encontré con un cuadro... La madre de tu Paloma, doña Rosario, estaba sentada en un sillón con la pata entablillada y... y...

—¿Y qué?

—Lela perdida.

—¿Lela?

—Sí, lela, por no decir otra cosa más fuerte. No podía sostener la cabeza, se le caía sobre el pecho, babeaba y tenía la mirada perdida. Paloma y un médico la estaban atendiendo. Le había dado un patatús aquella madrugada.

—¡Vaya por Dios!

—El cuadro lo completaban tres señores, todos muy elegantes. ¡Como si aquello no fuera con ellos! Dos de pie y otro sentado escribiendo en un papel.

—¡Los prestamistas!

—Los prestamistas y un notario que levantaba acta de que la deuda estaba cumplida y el pago no se había efectuado, con el propósito de incautarse de la casa.

—¡Gentuza! —Di un trago a mi aguardiente—. Dime, ¿qué hiciste?

—Saludar a Paloma. —Alzó su copa vacía para que el camarero se la llenase y añadió—: Tengo que decirte que es bellísima.

Me agradó el comentario, pero lo que yo quería era saber con detalle lo ocurrido.

—Continúa, por favor.

—Vistas las circunstancias, decidí no andarme con rodeos. Como si yo fuera alguien de la casa, pregunté quiénes eran aquellos sujetos y qué hacían allí. El notario dejó de escribir, se puso de pie y me respondió que aquellos dos señores eran sus clientes. Me dijo los nombres, pero no los recuerdo, uno se llamaba don Luis no sé qué y el otro don Gerardo no sé cuántos y que doña Rosario les debía veintiocho mil duros... Bueno —aclaró Ignés—, lo dijo en pesetas y resultó que faltaban casi cuarenta duros. Que esa cifra era la suma de los préstamos recibidos por doña Rosario, más el total de los réditos acumulados. Y remató, con mucha suficiencia, que estaba allí para levantar acta de que la suma que vencía aquel día no se había efectuado y que sus clientes podrían embargar la vivienda donde estábamos, como pago de la deuda, porque era la garantía del préstamo.

—¿Qué pasó?

—Saqué el sobre con el fajo de los billetes y le dije al notario que se pusiera a contar. ¡Tenías que haber visto qué cara se les puso! El notario miraba a los pajarracos y ellos se miraban entre sí. Uno farfulló unas palabras que no entendí y el otro exclamó que aquello no era posible. Le dije que me explicara qué no era posible, pero se limitó a murmurar algo entre dientes. Miré a Paloma, que no acababa de creerse lo que estaba ocurriendo. Fue entonces cuando el médico, que estaba pasando un mal trago, exigió al notario que contara el dinero.

—Supongo que se trataba del doctor Cortés.

—Me parece que se llama así.

—Es una excelente persona. Era muy amigo del padre de Paloma. ¿Qué más pasó?

—El notario abrió el sobre y se puso a contar billetes. Cuando terminó le dije que levantara testimonio de que el pago se había efectuado dentro de plazo. Me contestó que eso tenía unos honorarios. Le dije que como sobraban casi cuarenta duros, que se cobrara de ese pico. A los prestamistas les pedí los recibos y la cuenta de los réditos. ¡Si los hubieras visto! ¡Se fueron con el rabo entre las piernas!

Me levanté y abracé al viejo contrabandista.

—¡Todavía no he terminado!

—¿Ah, no?

—No. Cuando se marcharon, pregunté a Paloma por su madre y el médico me dijo que había sufrido una apoplejía, que era muy grave. Tanto que se murió al día siguiente y la enterraron el dos de septiembre.

Guardé silencio. ¡Cuántas cosas habían ocurrido en aquellos dos meses! Mi vida y sus circunstancias habían dado un giro de ciento ochenta grados.

—¿Estuviste en el entierro?

—Sí. Micaela vino a la fonda a avisarme. Había mucha gente en la iglesia, pero poca en el cementerio y decidí acompañar a Paloma al camposanto.

—¿Fue ella al cementerio? —pregunté extrañado, porque no era costumbre que las mujeres acompañaran a los difuntos en su último recorrido. Eso era cosa de hombres.

—Sí, y también Micaela. Paloma tiene coraje. ¡Si la hubieras visto en el funeral! Sólo cuando taparon el nicho rompió a llorar y se abrazó a Micaela. —Ignés se quedó mirándome a los ojos—. Ahora voy a decirte algo que no debes echar en saco roto.

—¿Qué?

—No se te ocurra dejar escapar a esa mujer por nada del mundo. —Ignés sacó del bolsillo de su chaqueta un sobre marrón—. Aquí tienes los recibos de la deuda, el acta del notario y los treinta y cuatro duros que sobraron.

Se me hizo un nudo en la garganta. En París, cuando no llegaba respuesta a mi telegrama, llegué a dudar de su integridad. Jamás me lo perdonaría. De un trago vacié mi copa de aguardiente.

—¿Y Crisanto Mondéjar?

—¡Ésa sí que es buena! Según me contó Micaela, fue a avisar al médico cuando a doña Rosario le dio el patatús; desde entonces no se le ha visto el pelo.

—¿Has vuelto por la casa?

—Varias veces. La última, hace tres días.

Dejé unas monedas sobre la mesa y le dije a Ignés:

—¿Me acompañas?

Remató su aguardiente y se puso de pie sin preguntar. Sabía adónde íbamos.

30

El terciopelo negro de su vestido resaltaba la palidez de su rostro. Estaba más delgada que cuando nos vimos la última vez en la penumbra de San Ginés; a pesar del luto, llevaba puesta la pulsera. No sé cuánto tiempo estuvimos abrazados, con Ignés y Micaela de testigos mudos. Nos sentamos en el sofá cogidos de las manos y Paloma, mirándome a los ojos, me dijo:

—Estás desmejorado.

—Han sido unas semanas difíciles, ya te contaré. Ignés me ha puesto al día, pero quiero oír de tus labios lo que ha ocurrido. ¡En París he estado sobre ascuas!

Micaela preparó café y Paloma me explicó con detalle lo que ya sabía. No me alegraba de lo ocurrido a doña Rosario, pero si manifesté mi pesar por su muerte fue por el dolor que para ella significaba. Su fallecimiento la había liberado de una férula que constreñía su vida. Paloma no pudo evitar una sonrisa al hablar de la cara que se les puso a los prestamistas cuando Ignés entregó al notario el sobre con el dinero.

—¡Eran unos cuervos! —exclamó Micaela.

—¿Sabes algo de Crisanto? Ignés me ha dicho que está desaparecido.

—Fue a avisar al médico y no hemos vuelto a saber de él.

Los días anteriores a su accidente, mi madre empezó a sospechar de la validez de su compromiso.

—¡Eso ha sido lo que se la ha llevado a la tumba! —terció Micaela—. ¡No soportaba que la hubiera engañado, pero a mí no me la dio con queso! ¡Desde el primer momento dije que había gato encerrado! ¿Lo dije o no lo dije?

—¿Qué pasó con el pentáculo? —pregunté a Paloma.

—Actué como me aconsejaste. Al día siguiente ya no estaba donde lo dejé, pero él no hizo ninguna alusión.

—¿Puede saberse qué es un pentáculo? —preguntó Ignés.

—¿Recuerdas las estrellas de plata que había en el arca?

—Sí, ¿por qué?

—Eso es un pentáculo y Crisanto tenía uno de ellos.

Pude leer en sus ojos lo que estaba pasando por su cabeza.

—¿Ese tío tiene algo que ver con los del sótano?

—Es probable. Por eso, cuando me marché a París, te dije que ya le ajustaríamos las cuentas cuando regresara.

Aproveché que Paloma fue a su dormitorio para preguntar a Micaela.

—Si Mondéjar se ha marchado, ¿qué ingresos hay en la casa?

—Ningunos —suspiró la vieja criada.

—Entonces, ¿cómo salen adelante?

—Con muchas fatiguitas. Por ahora, tiramos con mis ahorrillos, pero la cosa se pondrá pronto negra. Aquí no entra un duro desde hace tiempo.

Le entregué el dinero que me había devuelto Ignés.

—No se lo diga a ella. Ya hablaremos.

Me despedí, besando a Paloma en la mejilla, conteniendo mi deseo de hacerlo en la boca, pero no me pareció adecuado con Ignés y Micaela delante.

—Tengo que ir al periódico. Mi director no sabe que estoy en Madrid desde ayer. Volveré esta tarde. —Al decir aquello tuve una sensación extraña, me pareció mentira no tener que verla a hurtadillas.

Ignés me acompañó hasta la misma puerta de *La Iberia*.

—Lo ocurrido en Francia ha dado alas a los republicanos —me comentó—. Ha habido manifestaciones y Castelar exige al gobierno que apoye a los gabachos en su lucha contra los prusianos. ¡La política es cosa complicada, Fernandito!

—¿Por qué lo dices?

—Porque hace pocas semanas el propio Castelar clamaba contra los franceses, a los que tachaba de imperialistas. Ahora, como son de su cuerda, se han convertido, por arte de birlibirloque, en defensores de las libertades populares y de la soberanía nacional. El otro día dije al general que lo mandase todo a paseo.

—¿Cómo está?

—¡Hasta los mismísimos cojones, Fernandito! Como es muy cabezota no cejará hasta que traiga una nueva dinastía, pero está demasiado solo. ¡Hasta el cabrón de Serrano, que tiene pretensiones de coronarse, le hace la vida imposible! He sabido que este verano, en La Granja, le preparó una encerrona, pero el general, que no tiene un pelo de tonto, se olió la tostada y bastó que lo mirase para que se achantara y no dijera ni pío. El general me comentó que, si llega a plantear la cuestión, lo tira por la ventana.

—¿Qué cuestión?

—Tenía previsto cesarlo como presidente. ¡Serrano, como Montpensier, sabe que el principal obstáculo entre sus ambiciones y el trono es el general! La cosa está peor de lo que te imaginas. Le he dicho que debe protegerse. Sus ayudantes van desarmados y eso no me gusta un pelo.

—¿Los coroneles van sin armas?

—Dice que los españoles no somos asesinos y que todavía no se ha fundido la bala que haya de matarlo.

—¡Pero eso es una locura!

—Eso mismo le dije yo y se echó a reír. Afirma que tiene *baraka*.

—¿*Baraka*? ¿Qué es eso?

—Estrella, suerte. Es una expresión que utilizan los moros. La verdad es que sin *baraka* lo hubieran dejado frito en los Castillejos. ¡Dios, cómo silbaban las balas!

—¿Montpensier todavía mantiene esperanzas? —le pregunté cambiando de tercio.

—Más que antes. La caída de Napoleón le ha dado alas. Corren rumores de un pronunciamiento a su favor. Sólo el prestigio del general ha evitado que un sector del ejército lo proclame rey.

Antes de despedirnos con otro abrazo, le dije:

—Me gustaría hacer otra visita a ese sótano.

No le hizo gracia, pero asintió con un movimiento de cabeza. Las creencias de Ignés eran simples y primitivas. Su arrojo y serenidad no resistían ante el diablo, quizá por eso ponía cera a la Virgen de la Misericordia.

Mi entrada en la redacción fue triunfal. A Manolito casi se le saltaron las lágrimas, pero lo vi tan huidizo como antes de mi partida. Al botones le pasaba algo. Saludé a los meritorios, Suardíaz me abrazó y también Carlos Rubio, que apestaba, como siempre.

—Nos has tenido preocupados —me susurró al oído.

Con el rabillo del ojo vi cómo Carmona Roland aprovechaba el abrazo para escabullirse. La envidia es el peor de los roedores.

—¿Está don Felipe?

—En la Pecera.

Me recompuse, aunque mi indumentaria, planchada por Virtudes, caía perfecta. Golpeé suavemente en el cristal y al otro lado tronó su voz.

—¡Adelante!

Al verme aparecer, alzó las cejas y se quedó inmóvil con el puro entre los dedos.

—¡Besora!

Fui incapaz de interpretar si era una manifestación de alegría o desagrado; desde luego de sorpresa. Se levantó, estrechó mi mano y me invitó a sentarme. En la mesa no había rastro del pentáculo; podía estar tapado por algún papel o lo había guardado.

—¿Cuándo ha llegado?

—Ayer por la noche.

Consultó su reloj para decirme sin palabras que me había retrasado demasiado.

—Llegué agotado, don Felipe.

—¿Cómo ha logrado salir de París?

—En un globo aerostático.

—¿Cómo ha dicho? —preguntó incrédulo.

—He salido de París en un globo aerostático que me llevó hasta Chartres.

—Eso tiene que contármelo con todo detenimiento. ¿Por qué no ha telegrafiado?

—Venía con el dinero justo. Por el pasaje en globo pagué cuatrocientos francos.

—¡Qué barbaridad!

—Estoy de acuerdo, pero la situación en París aconsejaba

salir como fuera. Las cosas allí están muy mal y empeorarán en las próximas semanas. Los franceses…

—¿Le parece que almorcemos? Mientras comemos, me lo cuenta todo al detalle.

Fuimos otra vez a Lhardy. Estaba claro que le encantaba. Mi director susurró algo al oído del *maître* y nos condujeron hasta un pequeño reservado para que pudiéramos hablar con tranquilidad. Allí fue donde, entre plato y plato, le conté detenidamente mis vivencias parisinas. Quiso conocer, con todo detalle, mi experiencia en globo y se interesó, sobre todo, por la nueva situación política que se vivía en París. Por el contrario, apenas le importaron los aspectos militares. Daba por descontado que los prusianos tenían la guerra ganada.

—A estas alturas, de ese asunto importan los términos en que se negocie la paz. El germen de muchas guerras está en la paz con que se sellaron anteriores conflictos.

Aproveché para preguntarle por la situación en España.

—Los republicanos están crecidos y Prim tiene serias dificultades para encontrar un rey. No obstante, ayer llegó a mis oídos algo que puede ser de interés.

—¿Puede decirse?

—A usted desde luego. Va a dedicarse a indagar qué hay de cierto.

Acababa de poner los pies en Madrid y ya me estaba encargando un nuevo trabajo. ¡Aquello tenía que responder a un plan!

—¿A qué se refiere?

—A que Prim baraja una nueva opción italiana. Ha fijado sus ojos en el duque de Aosta. Por cierto, ¿sabe que las tropas de Víctor Manuel II han entrado en Roma?

No lo sabía, pero antes de responderle, se adelantó:

—Han aprovechado la retirada de la guarnición francesa

destacada en Roma. Tras la caída de Napoleón, el Papa ha perdido a quien garantizaba la independencia de los Estados Pontificios. Víctor Manuel está a un paso de declararse rey de toda Italia y, según tengo entendido, Prim está muy preocupado y aguarda impaciente noticias de nuestro embajador en Florencia.

Su opinión coincidía con la de Ignés sobre la grave situación que afrontaba Prim.

—¿Por qué ha dicho que Prim está preocupado?

—Porque dos años después de la Gloriosa todavía no ha encontrado un rey. Tras el fracaso de la candidatura Hohenzollern, Serrano maniobra según sus intereses y los republicanos están eufóricos con la proclamación de la República en Francia. Han organizado un par de manifestaciones muy concurridas y exigen al gobierno que movilice un ejército para ayudar a los franceses.

—¡Los franceses tienen perdida la guerra! —exclamé sin poder contenerme.

—Desde antes de empezarla. Pero Castelar, Orense y Pi i Margall no lo ven así.

—Es una locura involucrarnos en ese conflicto.

Don Felipe asintió y entró en otro terreno.

—Montpensier parece resucitado.

—Se rumorea sobre un pronunciamiento en su favor, ¿es cierto?

—Lo es. Hay psicosis de golpe de Estado. Si Prim no consigue en un par de semanas una respuesta de Víctor Manuel II aceptando el trono para el duque de Aosta, lo tiene complicado.

—Pues sí que está la cosa buena.

—Lo está —sentenció don Felipe—. Tómese unos días de descanso, lo veo muy desmejorado y, además, se los ha ganado. Pásese por administración y cobre los dos meses atrasados y unos extras. Sus crónicas desde París han sido todo un éxito. En una semana no quiero verlo aparecer por la redacción. Cuando haya descansado, póngase al tajo e investigue lo que le he dicho. Busque en la fuente que nos permitió informar sobre la negativa de Hohenzollern, supongo que aún no se habrá secado —me insinuó con un punto de malicia.

—Aquello fue una jugarreta, don Felipe. Usted lo sabe tan bien como yo. Salió bien por chiripa, ¿se le ha olvidado cómo me crucificaron?

—¡Cómo se me va a olvidar! Precisamente por eso, estoy convencido de que el secretario de Prim estará en la mejor disposición para suministrarle información. Sé que el trabajo es arduo y penoso, pero *La Iberia* y usted volverán a apuntarse un tanto.

Estaba claro que no deseaba que investigara en otras direcciones. No me importó demasiado: mi estrategia pasaba por una nueva visita al sótano para tratar de establecer conexiones entre aquel lugar y los asesinos del palacete de la calle Carretas. Si confirmaba mis sospechas, sería posible detenerlos, incluidos Crisanto y mi director. Además de haber empeñado mi palabra con Pedro Gómez, era una cuestión de principios.

31

Aquella noche no aparecí por la calle del Desengaño. Paloma y yo compartimos dormitorio en su casa. Fue algo tan maravilloso, que no tengo palabras para contarlo. Ambos dejamos claro el compromiso de respetar su virginidad. Pero besarla y acariciar su cuerpo, y tenerla abrazada toda la noche compartiendo el mismo lecho me pareció como estar en el paraíso. Bastaba el amor que nos profesábamos y que horas antes habíamos decidido hacer oficial ante Dios y ante los hombres pidiéndole matrimonio. Poseíamos una vivienda, la que ella heredaba de su madre y yo había liberado de cargas. Tenía casi veinticinco mil duros en el Banco de San Fernando y una profesión que por el momento me permitía sacar adelante una familia con holgura. Ni ella ni yo estábamos dispuestos a retrasar nuestro matrimonio, cuyo único obstáculo había sido el acuerdo de su madre con Crisanto Mondéjar. Ahora una estaba enterrada y el otro desaparecido.

Me desperté con la sensación de no saber dónde me encontraba. Al comprobar que Paloma estaba a mi lado, me estremecí de gozo. Ella debió percibir algo porque entreabrió los ojos y al verme, sonrió, me echó los brazos al cuello y nos abrazamos.

Cuando, mediada la mañana, entramos en el salón, Micaela había preparado un magnífico desayuno —chocolate, café, té, leche, tostadas, bollos, galletas, mermelada, mantequilla y unas tortillitas de masa que había esperado al último momento para freírlas—, era su forma de decirnos que no desaprobaba lo que habíamos hecho; sobre todo porque había sido testigo de que yo había dado a Paloma palabra de matrimonio. En su lugar, muchas otras habrían puesto el grito en el cielo; pero ella pareció comprender lo que había ocurrido entre nosotros y que no respondía a lo que cualquiera hubiera podido imaginar. Entre Paloma y yo había funcionado otra escala de valores: para ella, sus creencias y para mí, el respeto a sus sentimientos.

Mientras dábamos cuenta del desayuno, pusimos fecha a nuestro compromiso. Lo celebraríamos el 8 de diciembre de forma discreta, dado el poco tiempo transcurrido desde la muerte de doña Rosario. Aunque era miércoles, se trataba de una fiesta de guardar porque pocos años antes la Iglesia había proclamado el dogma de la Inmaculada Concepción de María y se celebraba en esa fecha.

Siguiendo el consejo de don Felipe, antes de dedicarme a escudriñar en las posibilidades de la candidatura de Amadeo de Saboya, que era el nombre del duque de Aosta, me tomé unos días de descanso. Pasé la mañana y buena parte de la tarde contando a Paloma y a Micaela, que de vez en cuando dejaba sus tareas, mis semanas en París. Les impresionó saber que la policía me había detenido y que un diputado de la Asamblea Nacional acudió a mi rescate. Paloma no se cansó de preguntarme cómo eran las tiendas, cómo vestían las mujeres, qué se consideraba de buen tono o qué comidas se servían en los *restaurants*.

Me costó trabajo despedirme, pero habíamos acordado que no debería instalarme en su casa. Estaría mal visto. Micaela se perdió discretamente y nosotros aprovechamos para abrazarnos y besarnos, sin ir más allá de los límites que nos habíamos impuesto. Mientras la besaba en el cuello, Paloma susurró:

—¡No sé lo que daría por ser ya tu esposa!

A ella le costaba tanto esfuerzo como a mí poner freno a sus deseos.

Al día siguiente, explicamos a don Gaspar, el párroco de San Ginés, nuestro deseo de contraer matrimonio y en la sobremesa pregunté por los detalles de la desaparición de Crisanto.

—Al marcharse, ¿dejó atrás sus pertenencias? ¿No ha venido a por ellas ni ha mandado alguien a recogerlas?

—No dejó gran cosa —comentó Micaela—. Debía tener prevista su marcha y, poco a poco, había sacado su equipaje, aunque la verdad es que su ropero era menguado. Ésa era una de las razones que levantaban mis sospechas.

—¿Dejó su cuenta saldada?

—Estaba al día. Usted ya sabe cómo era doña Rosario, que en paz descanse, para estas cosas. El cobro el primer día de la semana y por adelantado.

—¿Qué ha hecho con sus pertenencias?

—Las metí en un baúl. ¿Quiere que le echemos un vistazo? —me propuso con acento cómplice.

—No estaría de más. ¿Tú estás de acuerdo?

Paloma asintió.

Abrimos el baúl y sacamos lo que el manchego guardaba allí: una levita muy usada, un par de camisas que Micaela miró con detenimiento y comprobó que tenían los puños y el cuello vueltos.

—¡No es oro todo lo que reluce! —exclamó mostrando el deterioro del tejido.

Había unas zapatillas, una bata deslustrada y un corbatín de seda negra nuevo. Varios libros de derecho, pero ni un solo apunte de clase. Hojeé los libros. A veces entre sus páginas se guardaban papeles y objetos interesantes para conocer a sus propietarios. No me equivoqué: encontré una cartulina triangular con el borde más largo cortado en zigzag donde podían verse unas letras formando una palabra carente de significado:

NENCOA

—¿Qué es eso? —preguntó Paloma.

—No lo sé. Esta palabra no tiene significado.

Intenté buscar sentido a aquellas letras, pero fue inútil. Quizá podría componerse una palabra, pero no daba con ella. Me la guardé en un bolsillo.

Al día siguiente por la mañana fui a la fonda en busca de Ignés, pero lo encontré en el café de los Ángeles dando cuenta de su cotidiana copa de aguardiente.

—¡Hombre, Fernandito! ¡Dichosos los ojos!

Me sentía culpable por no habernos visto en varios días y no fui capaz de excusarme con los argumentos habituales: exceso de trabajo, agobios o falta de tiempo. Me senté, respondiendo a su invitación, y pedí otro aguardiente.

—Tengo que pedirte un favor.

—Tú dirás.

—¿Te importaría ser testigo de mi dicho? Nos casamos el ocho de diciembre.

—¡Enhorabuena, muchacho! —exclamó gozoso, dándome una palmada en la espalda.

Remató el aguardiente de su copa y pidió que se la llenasen.

—¡Esto hay que celebrarlo!

Pasada la euforia de la noticia de mi matrimonio, nos centramos en la visita al sótano. Insistí en mi convicción de que Crisanto Mondéjar pertenecía a aquella secta.

—¿Estás seguro?

—Ya te dije que tenía un pentáculo como los que encontramos en el arca y la primera vez que nos vimos yo lo seguía, aunque por otra razón, y se me perdió en la casa del burdel de doña Patrocinio. Pero ahora estoy seguro de que adonde acudía era al sótano. Por otro lado, hay algo más que debes saber relacionado con este asunto.

—¿Qué?

—Estoy convencido de que el director de mi periódico forma parte de la secta.

—¿Don Felipe Clavero? ¿Ése con el que almuerzas en Lhardy?

—Ése.

—¿Por qué lo piensas?

—Porque tengo evidencias irrefutables.

Enumeré las pruebas acumuladas, empezando por mi entrevista con Segismundo Martínez y el cambio de actitud del sereno.

—La única persona que podía saber que yo había hablado con él era don Felipe, después de haberle entregado para que lo leyera el artículo que te he comentado. No le dije a mi director que mi fuente era el sereno, pero pudo deducirlo. Tiene una inteligencia...

Le expliqué las reticencias de don Felipe a que se publicara aquel texto y añadí que cuando nos vimos por primera vez en el café de los Ángeles, cuando yo seguía a Crisanto, a quien me encontré saliendo de aquella casa fue a él. Luego le comenté cómo me atosigaba con encargos de relieve, incluido el envío a París, para apartarme de profundizar en lo ocurrido en el palacete de la calle Carretas.

—La prueba definitiva la tuve cuando vi un pentáculo como los del arca encima de la mesa de su despacho.

—¡No me digas! ¡Eso es una prueba definitiva! —exclamó golpeando la mesa con el puño.

Decidí poner a Ignés al corriente de lo que me había contado Pedro Gómez.

Ignés se quedó mirándome sin pestañear.

—¿Cómo lo has sabido?

—Por una información confidencial. La gente que se reunía en ese palacete lo hacía desde tiempo atrás. Después de lo ocurrido el siete de marzo no han vuelto a aparecer por allí, obligados a trasladarse.

—Y tú crees que se trasladaron a ese sótano.

Tardamos en bajar al sótano el tiempo que empleó Ignés en ir a por las llaves. De nuevo sentí la angustia de la vez anterior. Se respiraba un ambiente espeso: olía a incienso y a humo de velas. Abrimos el arca y me concentré en los pentáculos, el que me había mostrado Paloma era idéntico. Tenía despejada la primera duda: Crisanto Mondéjar estaba ligado a aquella secta. Cogí, con cierto repelús, uno de los cirios negros y alumbré el testero donde estaba el mural con Satán sentado en su trono y reviví el mismo horror de la primera vez. Aquel ser repulsivo parecía controlarlo todo desde su sillón. Aparté la vista de su rostro maléfico y me fijé en los cuerpos voluptuosos de tres mujeres que se retorcían desnudas alrededor de aquella cátedra infernal, concentrándome en una de ellas que le ofrecía un corazón sangrante. Al bajar la vista comprobé que a los pies del cabrón yacía el cuerpo sin vida del pequeño que habían sacrificado —no pude evitar acordarme de Clara Gómez y de su hijo—. En un ángulo del mural algo llamó mi atención, acerqué la luz y sentí un escalofrío.

—¡Santo Dios!

—¿Qué ocurre? —preguntó Ignés a mi espalda.

—¡Mira en esa esquina! Hay una fecha y coincide con la de la celebración de la misa negra. ¡Fue el siete de marzo!

—¡Por la santísima Virgen de la Misericordia!

—¡Son los mismos, Ignés! ¡Aquí está la prueba! ¡Los mismos canallas que se reunían en el palacete de la calle Carretas y sacrificaron al niño! ¡Vámonos, Ignés, vámonos de aquí!

Llegué al café de los Ángeles presa de una angustiosa excitación. El escalofrío del sótano había dado paso a una sudoración que empapaba mi camisa. Pedimos vino y me imaginé mi semblante al ver la palidez cadavérica del de Ignés.

—¿Te acuerdas de lo que me dijiste acerca de que don Felipe me enviara a París?

Ignés apretó los labios y negó con la cabeza.

—Me dijiste que era un asunto de galones o que alguien me quería mal.

—Ya recuerdo.

—Entonces me llamó la atención tu intuición, porque yo sospechaba algo. Ahora estoy convencido de que me mandaba al matadero. Cuando la situación se puso difícil en París, solicité regresar y don Felipe me respondió que debía permanecer allí. Estoy seguro de que lo hizo para que un obús prusiano me mandase al otro mundo.

—Tal vez pensaba que podías enviar noticias interesantes.

—No lo creas. Con su experiencia sabía de sobra que los prusianos, cerrado el cerco sobre París, cortarían el telégrafo.

¿Cómo iba a mandar noticias? ¡Si hubieras visto su cara cuando el otro día aparecí en su despacho!

—¿Se sorprendió de verte?

—Yo diría que de verme vivo.

—¿Has observado algo extraño estos días?

—No, ¿por qué?

—Si no pudo eliminarte mandándote a París, puede intentarlo ahora. Si, como sospechas, está metido en esto, no puede permitir que hagas público lo que sabes. ¡Ándate con cuidado! Ahora son dos, por lo menos, quienes quieren cobrarse tu pellejo.

—¿Quién es el otro?

—¡Fernandito, a veces pareces tonto! ¿Quién va a ser? ¡Ese Crisanto Mondéjar! ¡Acabas de birlarle la novia y también está metido en este asunto!

Me acordé de la cartulina que había encontrado en el libro y que guardaba entre las páginas de mi cuaderno de notas. Se la mostré a Ignés, que la observó en silencio. Al cabo de un rato, me dijo:

—Este papel me recuerda una historia de mi juventud. Aún no había cumplido los dieciséis. Trabajaba de mozo en una casa de mucho fuste de Barcelona. Era de un comerciante que pasaba largas temporadas fuera por asuntos de negocios y quien gobernaba la casa con mano de hierro era su suegra: una vieja malvada. Una noche me despertó y me ordenó llevar un capazo con una criatura a la casa cuna y dejarlo en el torno. Salí por la puerta falsa y caminé un par de calles hasta donde me aguardaba un carruaje. Con el capazo me entregó un bolsillo con dinero y una carta. Jamás olvidaré los ojos de aquella bruja cuando me dijo que respondía con mi vida del encargo y de mi silencio. A la criatura debían haberle suministrado alguna pócima porque ni lloraba ni se quejaba. En el trayecto, por curiosidad, conté el dinero que había en el bolsillo: veinte escudos de plata y abrí la carta que sólo estaba plegada. Me encontré un papel cuya forma era parecida a esta cartulina.

—¿Qué quieres decir?

—Que tenía forma de triángulo y uno de los bordes cortado formando ondas.

—¿Qué ponía?

—No lo recuerdo, pero en la carta se decía que aquella niña no estaba bautizada y que se le impusiera el nombre de Catalina. También que había veinte escudos de plata para pagar un ama de cría que la amamantase y un papel que debía guardarse porque, llegado el caso, serviría para identificar a la persona que fuera a recogerla. Esa persona llevaría otro papel que encajaría en aquél y aquellas letras deslavazadas cobrarían sentido al hacer coincidir las dos piezas. Me parece que esto es lo mismo. Cumplí el encargo y me quedé con un escudo.

—¿Por qué?

—Porque aquella arpía aseguraría mi silencio despachándome al otro mundo. Así que, una vez la criatura estuvo en el torno, cuando el cochero me dejó en el mismo sitio donde me había subido, me fui a la posta, tomé la primera diligencia a Reus y jamás volví a poner los pies en aquella casa.

Apenas prestaba atención a las últimas palabras de Ignés pensando en que NENCOA podían ser letras sueltas que, encajadas con las de otra cartulina, completarían una palabra. La forma triangular y dentada invitaba a pensarlo. ¿Cómo era posible que Mondéjar se la hubiera dejado atrás?

—¿Tienes prisa? —me preguntó Ignés.

—No, ¿por qué?

—Podíamos tratar de componer la palabra. Quizá eche luz sobre esa gentuza.

Después de dos horas no habíamos sacado nada en claro. El principal problema era que no sabíamos si la N de NENCOA era la primera letra o había otra anterior, tampoco si la A era final o había otra letra más. Antes de despedirnos pedí un segundo favor al viejo contrabandista.

—¿Sería posible un encuentro con Muñiz, el secretario del general?

—¿Te corre mucha prisa?

—Bastante. Quiero hablar con él sobre las posibilidades del duque de Aosta.

—Para dejarte recado, ¿dónde te localizo? —me preguntó burlón.

—Donde estás pensando.

Al estrecharme la mano, me dijo:

—Ten mucho cuidado, Fernandito. Esa gente va a por ti.

32

Entramos al Ministerio de la Guerra —Prim desempeñaba esta cartera ministerial, además de la presidencia del Gobierno— por la puerta de la calle Barquillo, la misma de mi anterior visita. Un ujier nos acompañó desde el cuerpo de guardia hasta el despacho del secretario. Muñiz dejó de leer el documento que sostenía en sus manos, se levantó y nos saludó con afecto. Aún se sentía en deuda conmigo. Traté de aprovechar la ventaja.

—¡Mi querido don Fernando, es un placer verlo! ¡He leído todas sus crónicas de París! ¿Cuándo ha regresado?

—Hace pocos días.

—El señor Vilaplana —miró a Ignés— me dijo que tenía interés en que nos viéramos. Le he hecho un hueco lo antes posible.

—Le estoy muy agradecido.

—Sentémonos y dígame en qué puedo serle de utilidad. —Nos invitó, señalando un tresillo tapizado en cuero.

—Yo me marcho, el señor Besora está en buenas manos.

—No puede. Su Excelencia desea hablar con usted.

—En ese caso… —Ignés vacilaba.

El secretario tiró de un cordón que había junto a las cortinas del ventanal y al punto apareció el mismo ujier que nos había conducido al despacho.

—Acompaña al señor Vilaplana al gabinete de Su Excelencia.

Ignés me dijo que quien acabara primero aguardaba al otro.

—Usted dirá, don Fernando.

Como era una estupidez andarse con rodeos, fui directo al grano.

—Mi director me ha encargado un artículo sobre la candidatura del duque de Aosta. Nos gustaría informar a nuestros lectores antes de que las Cortes inicien el período de sesiones. Tengo entendido que están convocadas para el último día del mes.

—Así es. Pero esa sesión es puro formalismo. La batalla se librará el tres de noviembre, ya que el uno y el dos son festivos. Algunos se frotan las manos. Como el día dos es la fiesta de los Fieles Difuntos, afirman que la muerte política de Su Excelencia llegará con un solo día de retraso.

—¿Hay problemas graves?

—No —respondió contundente—. La muerte política de Su Excelencia sólo sería posible si fracasara la candidatura de Amadeo de Saboya, pero la propuesta va viento en popa. Ninguna potencia se opone, lo que no es poca cosa.

—¿Significa eso que la aceptación se espera de un momento a otro?

—Queda pendiente un pequeño detalle. Víctor Manuel quiere garantías de que cuando la propuesta se vote en las Cortes obtendrá una mayoría holgada.

Estaba admirado de la fluidez de la conversación. Muñiz me proporcionaba una información extraordinaria sin cortapisas. Temí que estuviera utilizándome.

—¿Está Prim en condiciones de dar esa garantía?

—Anoche lo hizo por telegrama. Asegura una elección con un mínimo de ciento ochenta votos, aunque espera doscientos. Ha convencido a numerosos diputados unionistas, poniéndolos entre la espada y la pared.

—¿Cómo?

—Les ha hecho ver que Montpensier nunca logrará votos suficientes para ser coronado y ha añadido que, si el duque de Aosta aceptara la candidatura y saliera rechazada, él renunciaría a la presidencia y eso dejaría vía libre al republicanismo. Los ha convencido de que lo que está en juego es la propia monarquía.

—Supongo que Montpensier habrá jurado odio eterno a Prim.

—No le quepa la menor duda.

—¿Puedo utilizar toda esta información?

—Salvo la cifra de votos garantizados por Su Excelencia. Alardear de ello sería una imprudencia. Se lo he dicho porque confío plenamente en usted.

—¿Su Excelencia da por hecho una respuesta afirmativa de Víctor Manuel?

—Esperamos la confirmación del embajador Montemar desde Florencia. Algunos de los que se frotan las manos se van a quedar pasmados.

—Si Su Excelencia garantiza un mínimo de ciento ochenta votos al duque de Aosta, ¿tienen hecho algún cálculo de los que pueden obtener las demás opciones?

—El único voto significativo será el de los republicanos, unos sesenta. Montpensier se quedará entre veinticinco y treinta.

—¿Tan pocos?

—Ya se lo he dicho, Su Excelencia ha convencido a gran parte de sus adeptos.

—¿Y los demás candidatos?

—Serán testimoniales.

—¿Puedo elucubrar con estas cifras?

—Puede, pero como simple especulación.

En aquel momento aparecieron Prim e Ignés y nos pusimos de pie. Me impresionó el aspecto del general: había envejecido varios años.

—¡Besora, me alegro mucho de verte! Ten cuidado con las cosas de Muñiz, unas veces exagera y otras se guarda ases en la manga.

—¡Excelencia, por favor...! —protestó el secretario.

—Ignés me ha dicho que estás completamente recuperado de tu accidente.

—Así es, excelencia.

—¿La policía ha averiguado algo?

—Nada, excelencia.

—¡Qué tropa tenemos! —Negó varias veces con la cabeza—. ¿Qué tal por París?

—Los franceses lo tienen difícil, excelencia.

—Ya. ¿Saliste de la ciudad en un globo aerostático?

—Sí, excelencia. —Supuse que Ignés se lo había contado.

—Celebro saludarte. —Otra vez me ofreció la mano que estreché con devoción.

En aquel momento tenía la sensación, como mucha gente, de que Prim era una especie de dique ante el que se estrellaban las tormentas de la agitada vida política española. Frente a las intrigas de Montpensier, el radicalismo de la mayor parte de los republicanos, las mezquindades de Serrano —sólo preocupado por el brillo de sus oropeles—, aparecía como un hombre de Estado, dispuesto a conducir al país por la senda que había trazado desde que inició la insurrección en Cádiz: una monarquía constitucional salida de la voluntad de la soberanía nacional, expresada por las Cortes; alejada de las tendencias absolutistas de los Borbones, que se sentían reyes por derecho divino y aceptaban a regañadientes una Constitución. Con la misma decisión con que rechazaba a Isabel II y su familia, se oponía a la proclamación de una república que no tenía base social o como a él le gustaba decir: «No se puede proclamar una república donde no hay más que un puñado de republicanos». Viéndolo tan desmejorado, pero firme en sus convicciones, deseé que llegara sin demora la respuesta de Italia.

Se despidió de Ignés y le dijo a Muñiz que cuando acabara de atenderme se pasase por su gabinete. Estaba ya en la puerta cuando se volvió y me dijo:

—¡Enhorabuena, Besora! No olvides invitarme a tu boda.

Me quedé tan apabullado que no supe contestarle.

Pasé los dos días siguientes entre casa de Paloma —otra vez compartimos el lecho, sin cruzar el límite que nos habíamos impuesto, aunque cada vez nos resultaba más difícil— y la redacción de mi trabajo sobre la candidatura de Amadeo de Saboya. Tampoco me olvidaba del texto sobre la misa negra de la calle Carretas. Aunque albergaba temores, estaba dispuesto a enfrentarme a don Felipe y a desenmascararlo. Pensaba en las precauciones que debía tomar por si respondía de forma violenta al verse descubierto. También había valorado las consecuencias profesionales de mi decisión: podía ponerme de patitas en la calle. Era algo que me preocupaba, pero también era cierto que Fernando Besora ya no era un desconocido y podría encontrar acomodo en alguna cabecera de postín.

Dejé terminado el artículo sobre la candidatura del duque de Aosta y decidí llevárselo a don Felipe. Antes de salir de casa, comprobé el mecanismo del bastón que me había comprado la víspera. Bastaba apretar un botón, disimulado en su labrada empuñadura, para que quedara libre un afilado estoque que se ocultaba en su interior. Había tomado mis precauciones, aunque la verdad era que en mi vida había matado una mosca. Entré saludando al personal y crucé una fría mirada con Carmona Roland. Manolito se escabulló rápidamente, estaba pendiente una conversación y por mi parte no estaba dispuesto a retrasarla. Después de los saludos me fui a la Pecera con la firme decisión de plantearle a don Felipe la publicación del artículo del asesinato del niño y poner las cartas sobre la mesa. El golpe de mis nudillos en el cristal fue respondido de inmediato.

—¡Adelante!

La mesa ofrecía el desorden de siempre. Vi de reojo el pentáculo, que resaltaba sobre una resma de folios.

—¡Me alegro de saludarlo! ¡Siéntese!

—¿Qué tal todo?

—Muy agitado, Besora. A partir de mañana, los republicanos sacan un periódico nuevo. Lo han bautizado con un nombre guerrero. Se llamará *El Combate.*

—¿Quién va a dirigirlo?

—Paúl y Angulo.

—¿El diputado?

—Sí. Habla pestes de Prim, con quien estaba muy unido en los primeros tiempos de la revolución. Era uno de los que esperaba que la caída de los Borbones trajera la proclamación de la república.

Don Felipe expulsó un chorro de humo. Sus espesas cejas, su larga barba y su semblante adusto me impresionaban. En su presencia me empequeñecía. Tenía que sobreponerme si quería plantearle abiertamente lo que había ido a decirle.

—¿Cómo van sus pesquisas sobre la candidatura del duque de Aosta?

—Me parece que será coronado como Amadeo I. He hecho cuentas. En una votación sacaría como mínimo ciento ochenta votos. Por lo que he averiguado, Prim ha convencido a un grupo importante de diputados montpensieristas para que voten al duque de Aosta, en caso de que dé el «sí quiero». Los ha convencido con el argumento de que, ante la imposibilidad de mantener por más tiempo la interinidad, si la candidatura italiana llegara a la votación y saliera derrotada, tendría que dejar paso a la opción republicana. Aquí tiene el artículo. —Saqué los folios y los puse sobre la mesa.

—Por lo que veo, no me ha hecho mucho caso. —Cogió los papeles y, cuando terminó de leerlos, exclamó—: ¡Bien armado! Lo felicito. Lo publicaremos mañana.

Fue entonces cuando, superando mis temores, puse sobre la mesa el artículo de la calle Carretas. Don Felipe me miró, antes de cogerlo. Yo sostenía el bastón entre mis piernas, me daba confianza.

—¿Qué es esto?

—El artículo del asesinato de la calle Carretas.

Sin hacer el menor comentario, lo leyó con la misma atención que de un tiempo a esta parte dedicaba a mis textos y, cuando concluyó, me preguntó:

—¿Tiene comprobado todo lo que aquí cuenta?

—Sí, señor.

—¡Póngase cómodo! Va usted a escuchar una larga historia.

33

Don Felipe apagó el habano, se arrellanó en el sillón y entrelazó sus manos sobre el vientre. Me pareció una postura demasiado relajada para narrar la truculenta historia que esperaba escuchar de su boca. Permanecí atento por si se trataba de una añagaza.

—Llegué a Madrid hace casi veinticinco años, procedente de Almagro.

—¿Es usted de Almagro?

—No. Nací en Galicia, en una parroquia del concejo de Padrón, pero deje las preguntas para el final. Ahora limítese a escuchar. Como acabo de decirle, llegué a Madrid, procedente de Almagro, el diez de octubre del cuarenta y seis, el mismo día en que se celebraba la boda de Isabel II con su primo, Paquito Natillas, y la de su hermana, la infanta Luisa Fernanda, con el duque de Montpensier. Era ya un hombre maduro, acababa de cumplir treinta y cinco años, y venía huyendo de una historia que comenzó en el otoño de mil ochocientos treinta y tres, cuando el infante don Carlos rechazó la Pragmática Sanción que abría las puertas del trono a su sobrina Isabel, algo que le impedía la ley Sálica, traída por los Borbones. —Su tono era sosegado, pero yo no bajaba la guardia—. Si hace la cuenta, comprobará que por entonces yo tenía veintidós años. Había terminado los estudios de jurisprudencia y acababa de abrir mi bufete como joven e inexperto abogado en Almagro. Me establecí allí porque era una población de entidad, en donde mi familia se había instalado pocos años antes, al ser mi padre destinado a ella, en su condición de arrendador de rentas reales; para redondear sus ingresos, administraba fincas y gracias a eso, con muchos sacrificios y porque era su único hijo varón, sólo tengo una hermana, pude estudiar una carrera. El mayor orgullo de mi familia era que abriera bufete de abogado. Los primeros tiempos fueron difíciles, muy difíciles. No tenía experiencia, ni relaciones con el mundo de las leyes, ni lazos con las principales familias de la zona. Pero la llegada de la desamortización eclesiástica promovida por el ministro Mendizábal lo trastornó todo. Gran cantidad de fincas, tanto rurales como urbanas, cambiaron de dueño. Muchos compraron a crédito y vendieron al contado, otros se hicieron con fincas enormes que trocearon inmediatamente y, como consecuencia de todo aquello, se hicieron numerosos contratos de compraventa, nuevos arrendamientos, parcelaciones de fincas, contratos de préstamo... En los años siguientes el trabajo inundó mi bufete y no sólo eso, establecí relaciones con las familias más acomodadas de Almagro y sus alrededores. El dinero fluía ahora como un maná y se me abrieron puertas que hasta entonces habían permanecido cerradas a cal y canto al hijo de un arrendador de impuestos. Me invitaban a cacerías, a excursiones campestres y a toda clase de saraos y fiestas. En el año cuarenta y uno, en una de esas fiestas, conocí a una joven, se llamaba Blanca Mondéjar, hija de uno de los...

—Disculpe, don Felipe. ¿Cómo ha dicho que se llamaba esa dama?

—Blanca Mondéjar, hija de uno de los mayores hacendados del Campo de Calatrava, poseedores de grandes fincas en el valle de la Alcudia y de docenas de miles de cabezas de ganado lanar.

Sentí una especie de vértigo. Mi cabeza se agitaba como si una fuerza invisible la sacudiera con fuerza. Don Felipe Clavero estaba relacionado con Almagro lo mismo que Crisanto, quien llevaba el mismo apellido de la mujer que acababa de mencionar. ¿Habría alguna relación entre ellos? Don Felipe no podía ser su padre, el apellido no cuadraba.

—¿Cree usted en el amor a primera vista? —me preguntó de improviso—. ¿En eso que llaman el flechazo?

Me cogió tan de sorpresa que tuve dificultad para murmurar un sí.

—Eso fue lo que nos ocurrió a Blanca Mondéjar y a mí. Nos enamoramos. Yo iba a cumplir los veintiséis años y ella tenía diecinueve. Era una mujer elegante y bellísima. Nos comprometimos y acudí a su padre para pedir su mano. Erré de plano al creer que mi éxito profesional me había abierto las puertas de aquella cerrada aristocracia rural. Yo tenía una buena posición, pero ni poseía heredades, ni ovejas. Era un simple abogado que daba forma legal a las transacciones que ellos realizaban. Una cosa era que me invitasen a sus fiestas y otra muy diferente que formara parte de su cerrado círculo.

—¿Qué ocurrió? —pregunté, vivamente interesado y algo más relajado.

—Ni Blanca ni yo nos resignamos y seguimos viéndonos en secreto. Éramos jóvenes y pensábamos que nuestro amor doblegaría la voluntad de su familia.

Me hice cargo de su situación. Si para Paloma y para mí había resultado complicado vernos en un lugar tan grande como Madrid, hacerlo en un pueblo manchego habría supuesto una heroicidad. Me hubiera gustado conocer los procedimientos de que se valieron para encontrarse a escondidas, pero la prudencia hizo que me mordiera la lengua.

—Así transcurrieron cuatro años —prosiguió don Felipe—. Blanca rechazó todas las propuestas que su familia le hacía para matrimoniar con jóvenes que ellos consideraban de la buena sociedad de Almagro, es decir, terratenientes y ovejeros. El tiempo pasaba y su familia, en contra de lo que nosotros habíamos pensado, no cedía. Un día descubrieron que nos veíamos a escondidas. Los Mondéjar sometieron a Blanca a una estricta vigilancia y a mí me enviaron un mensaje aconsejándome que me olvidase de su hija. Pasamos dos años viéndonos de lejos, en lugares de concurrencia pública. El trabajo en mi bufete disminuyó tan rápido como había crecido, los Mondéjar se encargaron de privarme de buena parte de mi clientela. También dejaron de llegarme invitaciones a fiestas. Pero yo había amasado el dinero suficiente para resistir sin problemas durante un período de tiempo.

—¿Cómo soportaba esa situación?

—Por amor, Fernando, por amor a una mujer. —Me llamó por mi nombre, algo que hacía raras veces, quizá porque estaba desnudando su alma—. Le aseguro que no hay mayor dolor que vivir en esas circunstancias.

No le dije que lo sabía, aunque vivido con menor intensidad.

—La familia de Blanca pensó que todo había terminado entre nosotros, cuando ella aceptó estudiar las proposiciones matrimoniales que le hacían. Fue un ardid para relajar la vigilancia. Pudimos vernos a hurtadillas y amarnos apasionadamente. Ignoro cómo, pero su familia descubrió nuestros encuentros y enclaustraron a Blanca en un convento. Uno de sus hermanos me ofendió públicamente y me vi obligado a desafiarlo.

—¿Se batió usted?

—A pistola.

—¿Qué ocurrió?

—Maté al hermano de Blanca. Su familia, a pesar de que había sido un desafío entre caballeros, juró vengarse. Yo estaba dispuesto a enfrentarme a todos los Mondéjar. Pero entonces ocurrió algo que cambió nuestro futuro.

Observé cómo a don Felipe se le hinchaba una vena que palpitaba con fuerza en su sien. Cogió un puro y lo encendió con su parsimonia habitual. Yo no alcanzaba a establecer una relación entre la crónica de la calle Carretas y la historia que escuchaba. Aunque una historia donde aparecía Almagro y el apellido Mondéjar me tenía vivamente intrigado. También sabía que don Felipe se estaba liberando de un terrible peso. Ignoraba si había contado a alguien aquella historia, pero sospechaba que, en caso de haberlo hecho, llevaba mucho tiempo sin desnudar su alma. Ahora encontraba numerosas explicaciones a su actitud taciturna y a la distancia que mantenía con la gente.

—Sucedió que, desde la clausura del convento donde estaba recluida, Blanca anunció a su familia que estaba embarazada. ¡Imagínese la reacción de ellos!

—Terrible —apostillé.

—Peor. La presionaron de mil maneras para que abortara, pero las dificultades afrontadas a causa de nuestras relaciones habían forjado su temple. Se negó en redondo y tuvo arrestos para proponerles un acuerdo.

—¿Qué propuso?

—Dijo que estaba dispuesta a abandonar el convento y retirarse a donde su familia considerara oportuno. Ella propuso una apartada dehesa en una serranía de los Montes de Toledo donde permanecería hasta dar a luz. Luego, si alguno de los pretendientes que habían aspirado a su mano estaba dispuesto a casarse con ella, lo haría. Eso sí, exigió que su esposo debería conocer las circunstancias. Le daba igual quien fuera. Su familia aceptó con la condición de que el niño o niña se criaría lejos de ella. Sé que el forcejeo en ese punto fue muy fuerte y acabó por asumirlo si la criatura recibía el apellido Mondéjar y una educación esmerada. Ella podría verlo dos veces al año.

—¿Qué sucedió?

—Blanca se casó con uno de sus pretendientes. Un noble arruinado que buscaba un matrimonio ventajoso. Era un carlista furibundo, que abominaba de la Constitución y del liberalismo y se mostraba fervoroso partidario del poder absoluto del monarca. Sostenía que las personas no éramos iguales ante la ley. Aquel personaje ponía los blasones y los Mondéjar el dinero.

—¿Con quién se casó?

—Con el conde de Casalabrada.

Me quedé de una pieza al escuchar el título. ¡Era el mismo que vivía en el palacete de la calle Carretas! ¿La condesa de Casalabrada era Blanca Mondéjar? ¿Se refería a ella Segismundo Martínez cuando hablaba de doña Blanca?

—¿Me permite una pregunta?

—Desde luego, otra cosa es que yo le dé una respuesta.

—¿Por qué Blanca Mondéjar no se enfrentó a su familia y se casó con usted, en lugar de pactar un acuerdo? Acaba de decir que era una mujer de temple.

Vi entonces algo increíble: a don Felipe se le humedecieron los ojos y tuvo que esforzarse para evitar que las lágrimas resbalasen por sus mejillas. Miré mi bastón-estoque y sentí vergüenza.

—Aceptó para salvar la vida de nuestro hijo y también la mía. Negoció para evitar perder al hijo que llevaba en su vientre. Temía que le suministraran un abortivo con la comida o incluso que buscaran una comadrona que lo hiciera por las bravas. ¿Se imagina cómo debió sentirse en la soledad de aquel paraje, aislada del mundo? ¿Se la imagina en una finca perdida en las fragosidades de los Montes de Toledo, sin poder confiar en nadie, observada y vigilada por gente extraña?

—Me ha dicho que también salvó su vida. ¿Le importaría explicármelo?

—Sabía que los suyos habían jurado acabar conmigo para vengar la muerte de su hermano. En su acuerdo exigió que, para cumplir su parte, ellos desistirían de su empeño. Su familia puso como condición que me marchara de Almagro. Como mis padres y mi hermana habían muerto, víctimas de la epidemia de cólera del año treinta y cinco, acepté. Así llegué a Madrid en octubre de mil ochocientos cuarenta y seis.

—¿Tuvo Blanca Mondéjar un buen parto?

—Sí, nació un niño al que bautizaron como Crisanto para mortificarla. Ella quería que se llamara Felipe, pero su familia le puso el nombre del santo del día.

¡Crisanto Mondéjar era el hijo de don Felipe Clavero! ¡La condesa a la que Segismundo Martínez se refería con devoción era Blanca Mondéjar!

—Algunos años después de contraer matrimonio y tras la muerte de sus padres, Blanca, que ya era condesa de Casalabrada, heredó una fortuna. Ella y su marido se vinieron a vivir a Madrid y compraron un palacete en la calle Carretas. Allí ha vivido hasta que falleció el veinte de enero del año pasado. No tuvo descendencia con el conde.

Trataba de disimular lo mejor que podía. En aquella historia encajaban muchas piezas, aunque faltaba la mayor.

—Supongo… supongo… —Me costaba trabajo formular la pregunta.

—Supone bien. El palacete donde vivió hasta su muerte la única mujer que he amado es el mismo donde se produjeron estos hechos. —Golpeó varias veces con el dedo índice sobre las cuartillas de mi crónica.

Otra pieza que encajaba, en medio de mi desconcierto. Sólo quedaba que me explicase su reticencia a la publicación del artículo sobre lo ocurrido allí la noche del 7 de marzo. Esperaba que me confesase su vinculación al satanismo y el papel que desempeñaba en todo aquello el hijo de ambos. ¿Habría llegado don Felipe Clavero a convertirse en un adorador del diablo como reacción a su triste existencia? Desde que lo conocía, era la primera vez que se había desprendido de su máscara de dureza y frialdad. Ahora tenía claro que, debajo de ella, latía un corazón destrozado y que la vida había marcado su actitud de distanciamiento con todo y con todos.

—¿Se vio con Blanca Mondéjar después de que ella se viniera a vivir a Madrid?

—Sólo en contadas ocasiones. Su esposo era un malvado. Consciente de que Blanca no lo amaba, aunque jamás hizo nada que ofendiera su dignidad, la martirizó tratándola con desdén. Verla sufrir era para mí un tormento, pero me prohibió taxativamente inmiscuirme en su vida matrimonial. No me quedó otra opción que padecer desde la distancia. Para ella la muerte fue una liberación.

—Pero tenía un hijo por el que sacrificó su vida.

—Crisanto no es digno del sacrificio que su madre hizo por él.

Don Felipe humilló la cabeza y comprobé cómo las lágrimas, que ya no pudo contener, cayeron sobre las cuartillas que había sobre la mesa, emborronando la tinta de algunas palabras. Decidí permanecer en respetuoso silencio, no tenía derecho a hurgar en la herida de aquel hombre derrotado. Hasta que otra vez escuché su voz.

—Crisanto, a pesar del deseo de su madre, nunca quiso saber nada de mí. Desde pequeño, por influencia de su familia materna, me detestó. A ello se sumó que Casalabrada le inculcó un odio vesánico hacia mi persona y, aunque lo despreciaba, considerándolo un bastardo, le proporcionaba toda clase de caprichos que acabaron por corromperlo, incluso en el terreno de las convicciones.

—¿Qué quiere decir?

—Que, a pesar de la diferencia de edad y del dolor de Blanca, no sólo se convirtieron en compañeros de juergas y bacanales, sino que le inculcó sus ideas sobre la monarquía absoluta, el rechazo a las libertades y a los derechos ciudadanos. En teoría Crisanto era estudiante de Derecho porque estaba matriculado. Después de la muerte de su madre, las relaciones entre su padrastro y él se tensaron mucho. Por lo que he podido saber, con su vida disoluta, el conde había dilapidado la herencia de Blanca, obligándola a vender una propiedad tras otra. Cuando ella murió, estaban al borde de la ruina. Para sobrevivir, Crisanto y él decidieron alquilar el palacete, el único bien que Blanca había salvado de la ruina, poniéndolo a nombre de nuestro hijo, aunque en la escritura hubo de aceptar que se estableciera un usufructo vitalicio a favor de Casalabrada. Esa circunstancia los ha obligado a entenderse para alquilarla y procurarse una renta. Sé que quienes la han arrendado son compinches de Casalabrada, un grupo de ocultistas que ha celebrado allí sus sesiones, pero ignoro si Crisanto tiene algo que ver con esta gente.

Acababa de encajar otra pieza en aquel complicado rompecabezas, pero quedaban importantes asuntos por desvelar. Le pregunté con cautela:

—¿Sabe usted dónde ha estado Crisanto estos últimos meses?

—No, y estoy preocupado. Aunque, como ya le he dicho, reniega de mí, no dejo de ser su padre. Carezco de noticias desde que se marchó de la calle Carretas. Los datos que le he proporcionado acerca del arrendamiento del palacete, de la pertenencia de Casalabrada a un grupo de ocultistas y de las reuniones que allí se celebran me los facilitaba el sereno de la manzana, Segismundo Martínez. El mismo que, cegado por la codicia de diez miserables duros, le dio a usted cierta información sobre lo ocurrido en ese lugar el siete de marzo. Cuando me contó que un periodista de *La Iberia* lo buscó para que le proporcionara información, monté en cólera. En un primer momento, para excusarse, me aseguró que informó al periodista porque le dijo que iba en mi nombre.

—¡Eso es una patraña!

—Lo sé. Llegué a pensar que alguien de la competencia había utilizado mi nombre para sonsacarle información, afirmando que era de nuestro periódico. ¡Hay cada pájaro en esto del periodismo! Pero cuando usted me trajo la crónica de aquel suceso, supe lo que había ocurrido y descarté la versión del sereno.

—¿Por qué?

—Porque estaba seguro de que usted jamás utilizaría mi nombre de forma fraudulenta. Me bastó apretarle un poco las tuercas para que cantase. Había desembuchado por diez miserables duros.

Aquello explicaba su actitud en la Puerta del Sol. El muy bellaco pensaría que yo había ido con el cuento a don Felipe. Otra pieza que encajaba.

—¿Le interesaría saber dónde ha estado Crisanto Mondéjar estos meses?

Me miró muy serio.

—¿Acaso usted lo sabe?

—Sí, señor.

Desparecida la máscara con que ocultaba sus sentimientos, fue incapaz de disimular su sorpresa.

—¿Dónde?

—En el mismo sitio donde yo me alojé hasta la pasada primavera. En una casa que admitía huéspedes en la calle Arenal. Se presentó como estudiante de Derecho, natural de Almagro e hijo de una familia de hacendados.

—No mentía, al menos no lo hacía de forma descarada. Ha dicho que en esa casa admitían huéspedes. ¿Ya no?

—No, señor.

—Eso significa que ya no vive allí.

—Se marchó inesperadamente. Allí han quedado algunas de sus pertenencias.

Don Felipe se acarició la barba.

—¿Me oculta algo?

—Si me pregunta por su paradero, lamento decirle que no tengo la menor idea. Sin embargo, poseo indicios que apuntan a que está relacionado con las actividades de esos ocultistas que, en realidad, son una secta satánica, como indico en esa crónica.

—¿Le importaría explicarme eso con todo detenimiento?

—Entre las pertenencias de su hijo —no le revelé por qué lo sabía— había un pentáculo que, como usted sabe, se trata de un símbolo que utilizan los satanistas.

—¿Está seguro?

—Completamente.

—¿No será...? —Don Felipe, muy nervioso, se puso a rebuscar entre sus papeles hasta que encontró la estrella que habían ocultado mis cuartillas—. ¿No será una estrella como ésta?

—¿Acaso no es un pentáculo? —pregunté con suspicacia.

Don Felipe exclamó airado:

—¡No ve que esta estrella tiene seis puntas!

Me quedé perplejo y reparé que la palabra pentáculo aludía a las cinco puntas.

—¡La estrella de seis puntas es el símbolo de la casa real de Israel! —gritó malhumorado—. ¡Algunos la llaman estrella de David y otros de Salomón! ¿No sabe que hasta el siglo XVII era, tanto para cristianos como para judíos, un símbolo de sabiduría?

—Jamás lo había oído, don Felipe —me excusé abochornado.

—¿No se habrá equivocado también en el caso de Crisanto?

—No, señor, era un pentáculo. Idéntico a otros que encontré en un arca antigua, de las de tres llaves.

—¿A qué arca se refiere usted? —me preguntó alzando las cejas.

—A una que hay en un local que esa secta ha acondicionado al abandonar el palacete de la calle Carretas, tras descubrirse los conciliábulos que allí celebraban.

—¿Ha entrado usted en ese local?

—Sí, señor.

—¿Dónde está?

Me quedé mirándolo fijamente, buscando un indicio que diera consistencia o desterrase mis sospechas sobre su vinculación a los satanistas, muy debilitadas después de comprobar que su pentáculo era en realidad una estrella de seis puntas y que ahora conocía una historia que explicaba sus reticencias a publicar mi artículo.

—En el edificio que forma el chaflán entre las calles de los Caños y los Ángeles.

Comprobé cómo situaba el lugar. En ese momento sus ojos eran un libro abierto en el que podía leerse con facilidad.

—¡Eso no es posible! ¡Lo que está ahí es el burdel de doña Patrocinio!

—Se trata del sótano, don Felipe.

—No... no es posible. Yo... yo he entrado allí en numerosas ocasiones... —Pareció recordar algo—. Usted... usted es testigo. ¿Recuerda la noche que nos vimos en esa calle? ¡Yo salía del burdel!

En ese instante supe que don Felipe desconocía la existencia del sótano y se desmoronaba el último indicio que mi imaginación lo había vinculado a los satanistas.

—Le aseguro que hay un sótano con un mural que representa una escena diabólica.

—¿Cómo sabe que se trata de la misma gente?

—¿Recuerda usted la fecha del escándalo en el palacete de la calle Carretas?

—Claro, fue el siete de marzo.

—Esa misma fecha aparece en el mural.

Guardó un largo silencio antes de preguntarme:

—¿Está seguro de que el pentáculo de Crisanto es igual que los de esa arca?

—Idéntico. Aunque he de añadir que no tengo el menor indicio de que su hijo estuviese en la sesión donde asesinaron a ese chiquillo. —Señalé las cuartillas que había sobre la mesa—. La única pista sobre su posible vinculación con los satanistas, además del pentáculo, es que la misma noche que lo encontré a usted después de salir del prostíbulo, él había entrado en esa casa. Ignoro si fue al sótano o al burdel, aunque...

—Aunque ¿qué?

—Si tenía un pentáculo, me inclino por el sótano.

Otra vez se quedó callado un buen rato.

—¿Está seguro de que se celebró una misa negra y se sacrificó a un niño? Segismundo me dijo que se reunía gente aficionada al ocultismo y que esa noche se escuchó un grito de niño, pero que la policía no encontró huellas de ningún asesinato.

—Tengo otra fuente más solvente que Segismundo Martínez. He conocido a la madre del niño asesinado.

Don Felipe alzó las cejas.

—¿No le habrán dado gato por liebre?

Le conté, sin mencionar los nombres, mi visita a las Vistillas con Pedro Gómez y mi encuentro con su hermana Clara.

—Ignoraba que se había celebrado una misa negra y sacrificado a un niño.

—El asunto, como habrá podido comprobar, es extraordinariamente grave. Además, tengo la sensación de que la policía no ha actuado con la diligencia debida.

Otra vez don Felipe guardó un largo silencio antes de decirme:

—No sé si Crisanto está implicado en ese horrendo asesinato. Pero si ha participado en él, deberá pagar por ello. Publicaremos el artículo. Una cosa es reunirse y practicar ciertos rituales y otra muy diferente lo que usted cuenta en esas cuartillas.

Hice ademán de levantarme, pero don Felipe me detuvo.

—Aguarde un momento. —Cogió las cuartillas y me las devolvió—. Complete esa crónica con todo lo que ahora sabe. El nombre de Blanca Mondéjar no debe aparecer.

Ensimismado en la historia, llegué a casa de Paloma sin darme cuenta. Al no encontrar la llave, hice sonar la campana con más fuerza de lo habitual. Me abrió Micaela.

—¡Qué prisas! —protestó, perdiéndose en la cocina.

Paloma estaba en el salón. Al besar sus labios, se quedó mirándome con cara de sorpresa. Tenía un sexto sentido para percibir mis sentimientos.

—¿Qué ha ocurrido? —me preguntó inquieta.

—Don Felipe Clavero acaba de contarme la verdadera historia de Crisanto Mondéjar. No es exactamente quien dice ser.

—¿Qué quieres decir? —Paloma había palidecido.

Llamé a Micaela. Era justo que escuchara la historia. Cuando terminé, se quedaron mudas. La primera en reaccionar fue Micaela:

—¿Había o no gato encerrado? ¡El diablo sabe más por viejo que por diablo! ¡Nos tuvo engañadas con la historia de las dehesas y las manadas de ovejas!

—La verdad es que su madre pertenece a una familia de grandes hacendados de La Mancha —señalé para no dejar dudas—, pero sus circunstancias personales…

—¿Sabe don Felipe algo de él? —me preguntó Paloma.

—No tiene idea de por dónde pueda andar. Tampoco sabía que durante algunos meses estuvo alojado aquí.

34

El número de *La Iberia* correspondiente al primero de noviembre provocó una conmoción. Don Ricardo Muñiz tuvo la deferencia de comunicarme la víspera, con un propio, al que Ignés acompañó a casa de Paloma —no me localizaban en la redacción ni en la calle del Desengaño—, que acababa de recibirse el telegrama que esperaban de Florencia: Amadeo de Saboya aceptaba la candidatura. En nota aparte me indicaba que Prim estaba exultante. La noticia no la conocían los demás periódicos. Como en la ocasión de la noticia sobre Hohenzollern, don Felipe estaba en la Pecera y los originales en la imprenta, reconvertimos el artículo con los cajistas esperando para componer las planas. Lo titulamos «El duque de Aosta candidato al trono de España».

Tuvo el efecto de una bomba entre la prensa republicana y montpensierista —algunos recordaron que yo me había precipitado con la candidatura de Hohenzollern—, pero un artículo con mi firma estaba otra vez en el centro del debate. Pasé la festividad de Todos los Santos con Paloma y rechacé una invitación de Miguelito Rocafull para acudir a la representación del *Don Juan* de Zorrilla que, como cada año desde hacía unas décadas, se representaba por aquellas fechas. Paloma guardaba luto —las mujeres mucho más tiempo que los hombres y pasaba por distintas fases: luto riguroso, luto, alivio de luto y medio luto, antes de quedar liberadas del color negro en la indumentaria— y no podía acudir a fiestas y diversiones. Micaela había protestado al saber que nos casaríamos el 8 de diciembre, consideraba prematuro celebrar una boda. Paloma la aplacó diciéndole que tendría carácter íntimo, con un número reducido de invitados. El día de los Difuntos fuimos al cementerio, con Micaela como carabina, aunque ya nos había dicho que por la vecindad circulaban comentarios acerca de mi continuada presencia en la casa.

En la sesión de Cortes del 3 de noviembre, a la que asistí desde la tribuna de invitados, gracias al pase que me proporcionó don Ricardo Muñiz, Prim hizo oficial la candidatura del duque de Aosta. Parecía rejuvenecido. En su discurso se mostró brillante, a pesar de que la oratoria nunca había sido su fuerte.

La respuesta de los republicanos corrió a cargo de Paúl y Angulo, quien desde las páginas de *El Combate* había destapado la caja de los truenos con un artículo de fondo titulado «¿Por qué vamos al combate?», donde señalaba que la monarquía era una institución caduca que únicamente engendraba odios y señalaba textualmente que «en la esfera de los hechos sólo la fuerza material de la violencia, la lucha, en una palabra, el combate, puede destruirla». Su intervención fue una sarta de insultos e improperios contra Prim, que lo escuchó impávido, sin mover un solo músculo, con la mirada fija en Paúl y Angulo, que acabó perdiendo los papeles.

Al término de la sesión el presidente de la cámara señaló el 16 de noviembre como fecha para la votación de las diferentes candidaturas al trono vacante de España.

Faltaba poco más de un mes para mi boda. Aunque iba a celebrarse con mucha sencillez, había entregado a Paloma dos mil pesetas para afrontar los gastos del enlace. Acordamos que yo dejaría el piso de la calle del Desengaño y estableceríamos nuestro hogar en la calle Arenal; evidentemente, Micaela seguiría con nosotros. Me extrañaba no tener respuesta a las cartas que había enviado a Reus y a Palafrugell anunciando mi compromiso. Albergaba algunas dudas de que mi madre se desplazara a Madrid y tampoco tenía claro lo que haría mi hermano o, mejor dicho, qué decidiría su esposa. Por otro lado, mi tata Inés no podía moverse de Reus sin el consentimiento de mi madre. La única seguridad la tenía en tía Ernestina. Mis invitados de Madrid serían Ignés de Vilaplana, Miguelito Rocafull, Pepe Suardíaz y Carlos Rubio; y, después de las últimas conversaciones, daba vueltas a si debía invitar a don Felipe; también dudaba si comunicárselo al presidente del Gobierno, a pesar de que esperaba una invitación. Me parecía pretencioso. Aún no se lo había comentado a Paloma, cuya lista de invitados era tan corta como la mía. Nos casaríamos a las nueve y disfrutaríamos de un desayuno. Mi esposa y yo pasaríamos algunos días en Aranjuez y para fin de año iríamos a Reus para presentarla a mi madre si, como me temía, no aparecía por Madrid para la boda.

El lunes 7 de noviembre recibí carta de Palafrugell: mi tío Fernando vendría acompañado de sus dos hijas, mis primas María y Montserrat, pero desde Reus no daban señales de vida. En la sobremesa, Paloma y yo charlábamos plácidamente cuando sonó la campanilla. Era Ignés. Nada más verlo, supe que se trataba de algo importante. El viejo contrabandista no era aficionado al visiteo ni a las cortesías sociales.

—¡Qué sorpresa! —exclamé al verlo.

—¿Molesto?

—¿Cómo va usted a molestar en esta casa? —lo recriminó Paloma con dulzura.

Nos abrazamos y lo invité a compartir el café.

—¿A qué debemos el honor de tu visita?

Removió el azúcar con parsimonia y me escamó que no me respondiera.

—¿Pasa algo?

Al verlo titubear, Paloma supo que debía retirarse.

—Disculpadme, pero tengo que resolver unas cosas con Micaela.

—¿Qué ocurre?

—Perdona, Fernandito, pero ignoro si Paloma está al tanto de lo de la cartulina. Me parece que he descubierto la palabra que se esconde detrás de NENCOA.

—¡No me digas!

—Me dijiste que estaba entre las pertenencias de Mondéjar, ¿no?

—Así es y Paloma sabe que esa cartulina existe.

—Entonces, llámala.

—Primero dime qué palabra es.

—Creo que no comienza por N, sino por I. La primera sílaba es IN, de la segunda sílaba tenemos la vocal E, nos faltaría una consonante anterior y otra posterior.

—¡Ignés, por favor!

—La sílaba sería TER. Ya tendríamos las dos primeras sílabas: INTER. La tercera empieza por consonante N y la vocal que falta presumo que es la A. La unión de esas tres sílabas es INTERNA. La cuarta sílaba empezaría por C; esa letra la tenemos y al añadirle la vocal I, como tenemos a continuación la O, nos saldría INTERNACIO. Con la quinta sílaba estamos como con la segunda, poseemos la vocal, una A, y nos faltan la consonante delantera y trasera. La sílaba es NAL y la palabra, por tanto, INTERNACIONAL.

Me quedé mirándolo asombrado. Saqué la cartulina que guardaba en mi cuaderno de notas y, en efecto, la palabra podía ser Internacional y posiblemente no había otra que pudiera encajar con las letras que teníamos. Se bebió su café y exclamó:

—¡No tengo puñetera idea de lo que pueda significar! ¿A ti te suena?

—Nada. —Pero de pronto, me acordé de algo y grité—: ¡Un momento!

—Fernandito, que me has sobresaltado.

Un instante después apareció Paloma.

—¿Ocurre algo?

—Nada, nada. Pero no te vayas. Siéntate, por favor.

—No quiero entrometerme, pero ese grito…

—¿Recuerdas la cartulina que encontramos en un libro de Crisanto? Ignés ha descubierto la palabra que se completaría con el otro trozo.

—¿Cuál es? —preguntó mirando a mi amigo.

—Internacional —respondió Ignés— y parece que tu prometido sabe algo.

Tres pares de ojos —Micaela se había incorporado— me interrogaban en silencio.

—En Bayona, a mi regreso de París, me alojé en una hospedería adonde arribaban, según me dijo el dueño, numerosos exiliados españoles. Muchos eran carlistas y allí estaban a salvo de represalias y cerca de España por si se presentaba ocasión de volver a tomar las armas. Me dijo que los últimos alojados habían estado poco antes que yo.

—¿Habían estado poco antes? —se extrañó Ignés—. En España, desde que gobierna el general, la gente puede expresarse con entera libertad. Tanta que ese hijo de puta, director de *El Combate* —Paloma se sonrojó al escuchar el calificativo, pero Vilaplana no se disculpó—, dice hoy que hay que acabar con Prim como con un perro sarnoso.

—¿Qué tiene que ver eso con la palabra? —preguntó Paloma.

—No seas impaciente. El hospedero me dijo que esos españoles constituyeron una sociedad. La bautizaron como La Internacional y su objetivo era impulsar la candidatura de Montpensier. Me dijo incluso el nombre del que llevaba la voz cantante, pero no lo recuerdo, y que uno de aquellos sujetos era carlista.

Paloma se puso tensa. Sabía que Crisanto era carlista y las fechas encajaban. Después de desaparecer el 31 de agosto, podía haber estado en Bayona unas semanas antes de que yo pasara por allí.

—¿El de la voz cantante se llamaba José López? —preguntó Micaela.

—¡Ése fue el nombre que me dijo el posadero! ¿Cómo... cómo lo sabe?

—Ese sujeto vino un par de veces preguntando por Crisanto unos días antes de que desapareciera.

—¿Qué recuerda de ese José López?

—Era bajito, con el pelo corto, muy negro y canas en las sienes. Las cejas corridas y espesas. Los ojos también eran negros. Yo diría que anda por los cuarenta y pocos. Iba vestido con pantalones y chaqueta de pana color marrón. Un día los vi con un señorón alto, pelirrojo, con grandes patillas y unas gafas con los cristales ahumados.

No dije nada, pero Micaela estaba describiendo a Paúl y Angulo.

—Si esa gente se asoció para ayudar al duque de Montpensier, hay un detalle muy importante —comentó Ignés acariciándose el mentón—. El otro día, mientras tú hablabas con Muñiz, entró un coronel en el gabinete del general. Éste le dijo que yo era de confianza y entonces el coronel explicó que había recibido una confidencia sobre un atentado contra su vida.

—¿Qué tiene que ver eso con lo que estamos hablando?

—Ese coronel dijo que quienes lo tramaban habían constituido una sociedad en Bayona.

Micaela se santiguó y Paloma se puso pálida.

—¿Qué más escuchaste?

—Poco más. El general no se lo tomó en serio. Ya sabes, considera que los españoles no somos asesinos. Despidió al coronel con unas palmaditas en el hombro.

—¿Podríamos hablar con ese coronel?

—No lo conozco, pero quizá el coronel González Nandín pueda decírnoslo. Él introdujo a su compañero en el gabinete y luego los vi conversando en una galería.

35

Al día siguiente nos entrevistamos con González Nandín en un despacho del palacio de la Carrera de San Jerónimo. Prim había convocado una reunión con los diputados progresistas y parte de los unionistas. Era fundamental amarrar los votos para el duque de Aosta. Había visto al coronel la primera vez que visité el palacio de Buenavista. Rondaría los cuarenta años, tenía una poblada barba y mostachos, pelo negro, la frente despejada y siempre tenía el ceño fruncido. Nos saludamos con un apretón de manos.

—Usted es el periodista amigo de Su Excelencia, ¿no?

Sentí orgullo de que su ayudante me considerara amigo de Prim.

—Mi nombre es Fernando Besora.

Ignés ya le había anticipado que yo tenía información de una sociedad que se había constituido en Bayona.

—Su Excelencia se confía demasiado. Todos compartimos la preocupación del coronel Prats.

—¿Sabe usted dónde podríamos localizarlo?

—Sí, pero antes, cuénteme usted qué sabe de esa sociedad.

Después de una detallada explicación, nos dio la dirección y veinte minutos después estábamos reunidos con el coronel Prats. El inicio de la conversación fue tenso, estaba molesto porque Ignés hubiera contado lo que escuchó. Pero cuando le explicamos lo que yo sabía sobre una sociedad constituida en Bayona, la situación cambió. Fue definitivo que yo pronunciara un nombre.

—Creo que el cabecilla se llama José López.

—¿Cómo lo sabe? Cuando informé a Prim, no pronuncié ese nombre.

—Lo pronunció el hostelero de Bayona, aunque ignoraba que planeaban asesinar a Prim.

—Está bien. Escúchenme con atención. Ayer vino a verme un sujeto llamado Tomás García. No se trata de un confidente, ni desea dinero a cambio de su información, ni es partidario del general, ni tampoco está preocupado por su vida.

—Entonces, ¿a santo de qué acudió a usted? —preguntó Ignés.

—Está resentido y tiene miedo. Me confesó que se sentía engañado, al parecer le prometieron un dinero que luego no le han pagado en los plazos señalados.

—¿Me está diciendo que ese Tomás García forma parte de la trama que intenta asesinar a Prim? —pregunté cada vez más sorprendido con aquella historia.

—Exacto. Habla porque está asustado. No le advirtieron que la persona a la que habían de matar era Prim. Afirma que ese López es el responsable y que los implicados se alojan en una casa próxima a la plazuela del Gordo. Dice que son media docena y que les habían prometido cincuenta mil duros por el asesinato y...

—¿Cuánto? —preguntó sorprendido Ignés.

—Doscientas cincuenta mil pesetas.

—¿Quién va a poner esa suma? —pregunté incrédulo.

—Dice que no lo sabe, que esos asuntos los lleva el tal López.

Recordé lo que el hospedero de Bayona me contó sobre el objetivo de la sociedad. Para el duque de Montpensier cincuenta mil duros eran calderilla y no sería la primera vez que financiaba una operación escandalosa. Prim era además el mayor y probablemente el único obstáculo que se oponía a que ciñera la corona de España. Lo único que allí no encajaba era Paúl y Angulo. ¿Qué hacía un republicano radical en una confabulación monárquica? Nos despedimos del coronel con la promesa de estar en contacto. Ignés y yo decidimos seguirle la pista a Paúl y Angulo para comprobar si realmente era el diputado republicano quien se relacionaba con López, de paso podríamos ponerle cara al máximo responsable de La Internacional. Para ello vigilaríamos la redacción de *El Combate*; también localizaríamos la casa donde se alojaban los individuos que se disponían a perpetrar el atentado.

Pasamos más de dos horas en un café, frente a la redacción de *El Combate*. Aproveché para contar a Ignés que el director de *La Iberia* nada tenía que ver con los satanistas y que Crisanto Mondéjar era hijo de la dueña del palacete de la calle Carretas.

—¿Y el pentáculo que viste sobre su mesa?

—Tenía seis puntas.

—¿Seis puntas? ¿Qué quieres decir?

—Que no es el símbolo de Satanás, sino la estrella de David. Hoy identifica a los judíos, pero antes fue un símbolo cultural sin distingos religiosos.

—¡Pero tú lo viste salir de la casa! —insistió Ignés.

—Es otro devoto de las tetas de Afrodisia.

—Sin embargo, está en contra de que salga a la luz lo ocurrido en la calle Carretas. Habría alguna razón para no querer que esa historia se contara.

El viejo contrabandista me había cercado con sus preguntas hasta ponerme en un dilema. Yo había sembrado las dudas sobre la inocencia de don Felipe y sólo yo podía despejarlas. No había empeñado mi palabra de guardar secreto, pero me parecía poco honorable revelar lo que me había confesado. Al final me decidí a hacerlo porque Ignés era hombre de palabra y despejar sus dudas beneficiaba la imagen de mi director.

—Una muy poderosa. ¿Me prometes guardar silencio sobre ella?

—No —respondió con energía.

—¿Cómo dices?

—No necesito hacer promesas. Basta que me digas que no hable de ello.

Lamenté mi error. Su palabra valía más que mil promesas.

—Disculpa, pero…

—Estás disculpado. —No me dejó terminar.

—Don Felipe no deseaba airear ese asunto porque el palacete donde ocurrieron los hechos perteneció a una señora llamada Blanca Mondéjar, una dama de Almagro con la que mantuvo una relación sentimental. En realidad, fue la mujer de su vida y, aunque nunca se casaron, tuvieron un hijo.

—¡Crisanto!

—Así es. Blanca Mondéjar es su madre, por eso lleva su apellido. Su familia la obligó a casarse con el conde de Casalabrada. Fue un matrimonio desgraciado. A la muerte de Blanca Mondéjar la propiedad de esa casa pasó a su hijo, pero el usufructo vitalicio pertenecía al padrastro. El conde y Crisanto, cuya relación no era buena, se avinieron para alquilar el inmueble y lo hicieron a esa secta.

—¿Don Felipe no mantiene relaciones con su hijo?

—No. Crisanto, que se sabe un bastardo, odia a su padre; además, están en las antípodas ideológicas. Crisanto es un carlista de la línea de los apostólicos.

—¡Válgame el cielo!

—Don Felipe sabía que allí se reunía un grupo de ocultistas, pero no que habían llegado tan lejos. Cuando vio el último texto, donde yo revelaba la celebración de la misa negra y el asesinato ritual de ese niño, cambió de opinión.

En aquel momento la inconfundible figura de Paúl y Angulo apareció al final de la calle; lo acompañaban tres individuos, uno de ellos vestía de pana marrón. Ése era, según la descripción de Micaela, José López. Entraron en la redacción y, para nuestra suerte, López salió a los pocos minutos. Lo seguimos discretamente hasta una calleja que daba a la plazuela del Gordo. Entró en una casa destartalada de tres plantas. Era el lugar al que se había referido el coronel Prats. Nos marchamos y quedamos en vernos en los Ángeles al día siguiente a las ocho. Yo tenía algo muy importante que hacer.

Ignés se quedó mirándome sin dar crédito a lo que acababa de decirle.

—¡Cómo va a financiar el duque de Montpensier *El Combate*, si ese Paúl y Angulo es republicano!

—Pero es enemigo de Prim.

—¿Cómo te has enterado de que Montpensier pone los dineros?

—En el mundo del periodismo se saben esas cosas.

Interrumpió la conversación la llegada del camarero con los tazones de humeante chocolate y el plato rebosante de buñuelos que habíamos pedido. Ignés cogió una de aquellas delicias de masa frita y se quemó la boca; después de soltar una maldición, comentó:

—Si no tenemos pruebas irrefutables, el general no le prestará la menor atención.

Con mucho cuidado di un sorbo a mi chocolate. Ignés tenía razón, Prim había desafiado demasiadas veces a la muerte como para preocuparse por unos indicios de amenaza cuando tenía por delante culminar la tarea emprendida dos años atrás. Precisamente, el hecho de estar a punto de coronar su obra era lo que acentuaba el peligro. Con la votación prevista para el día 16, Montpensier sabía que sólo una conmoción podía evitarlo. Quizá si lográbamos demostrar que el duque estaba detrás de aquella partida de malhechores, había alguna posibilidad de que nos prestara atención. Necesitábamos pruebas palpables y la clave de todo parecía estar en el tal José López.

—Tenemos que conseguir los documentos que desvelen la existencia de la trama.

—Eso no va a ser posible.

—Ya veremos.

Tenía claro que íbamos a meternos en un terreno donde una persona perdía la vida en un suspiro. Hasta entonces habíamos tenido la suerte de cara, pero el verdadero peligro comenzaba ahora con la puesta en marcha del plan que habíamos trazado y que se había llevado dos días.

Eran las cinco de la tarde y empezaba a anochecer; aguardábamos en un soportal de la plazuela del Gordo la señal acordada con el dueño del inmueble donde paraban los asesinos. Se llamaba Celestino Rabanal y era guardia civil. El coronel Prats habló con su superior y el guardia se mostró dispuesto a colaborar, aunque no se le dijo hasta qué altura picaba el asunto.

Por fin apareció en la puerta y se rascó la cabeza. Cruzamos la calle y entramos en la casa, a un portal deslustrado del que arrancaba una escalera empinada. Olía a fritanga.

—No sé cuánto tardarán en volver. Mi hijo estará al tanto y avisará si aparecen. No suelen regresar hasta tarde.

—¿Cuántos son en total?

—Siete.

—¿En qué habitación duerme José López?

—Tiene una para él solo. Está al otro lado del patio.

—Ahí es donde queremos echar un vistazo.

El guardia civil nos condujo a un patio empedrado donde se alzaba un limonero medio seco. La puerta del fondo daba al aposento de López. Introdujo una llave en la cerradura, que se abrió con un chasquido. Entró y abrió un postigo que daba a un corral trasero por donde entraba la débil luz del crepúsculo.

—Creo que necesitan más luz. Ahora mismo traigo un candil.

Había una cama grande, metálica, con adornos dorados; era la pieza principal del mobiliario. Pegada a una pared, una cómoda y en la otra, un ropero, alto y estrecho. Abrí los cajones de la cómoda sin esperar a que el guardia civil volviera con el candil. En los dos primeros había ropa: varias camisas, calzones, tres fajas, calcetines… En el tercero unas polainas nuevas y lustradas, dentro de una encontré una faca. En ese momento llegó Rabanal y colgó el candil en un gancho que había en la pared.

—Aguardo fuera, por si tengo que avisarles. Como les he dicho, no suelen regresar pronto, pero nunca se sabe. —Antes de irse añadió—: En el último cajón, si no se lo ha llevado, hay un trabuquillo y una docena de tacos. También tiene una pistola, pero siempre se la lleva.

—¿La casa tiene puerta falsa? —preguntó Ignés antes de que se marchase.

—En el corral hay un postiguillo.

Una vez solos, Ignés me dijo:

—Por si las moscas... hay que tener una vía de escape. —Y con una seguridad que me sorprendió, afirmó—: Si los papeles están aquí, los guarda detrás de la cómoda.

—¿Cómo lo sabes?

Miró el suelo de yeso tintado. Delante de la cómoda podían verse unas raspaduras recientes, alguien la había separado de la pared. Era un mueble pesado y nos costó desplazarlo unos palmos. No encontramos nada. Ignés miraba la pared, mientras yo trasteaba en los dos cajones que quedaban: uno estaba vacío y en el otro estaba el trabuquillo al que se había referido el guardia civil. Me centré en el ropero donde había dos pares de pantalones y una chaqueta de pana, una boina y una gorra. Palpé las tablas del fondo, por si había algún compartimento oculto, pero no encontré nada. Ignés permanecía inmóvil junto a la cama, sin dejar de mirar a la pared.

—¿Estarán debajo del colchón?

Negó con un gesto, pero yo busqué por si acaso. Al incorporarme, uno de los adornos dorados del cabecero giró en mi mano. Comprobé que el armazón eran tubos huecos, pero no podía ver si había algo en su interior. Trasteé con uno de mis lápices y logré sacar un rollo de papel. ¡Eran billetes de quinientas pesetas! Hurgué en el otro tubo y saqué más billetes. ¡Allí había una fortuna en papel moneda! Ignés seguía mirando a la pared donde estaba arrimada la cómoda.

—¿Has visto esto?

Ignés, utilizando una silla, se había encaramado a la cómoda y descolgaba una estampa con una Virgen enmarcada. Se volvió con aire triunfal y me mostró una ajada bolsa de terciopelo morado, sujeta a la parte posterior del marco.

—¡Apuesto todo ese dinero a que los papeles están aquí!

Pese a las apariencias, había estado pendiente de todos mis movimientos. Desatamos los atadijos y encontramos varias cartas y un cuadernillo. Rabanal no daba señales de que hubiera moros en la costa. A la pobre luz del candil leí aquellos papeles: el cuaderno eran los estatutos de La Internacional. La formaban cinco socios y su presidente era López, pero no aparecía Crisanto Mondéjar; se había constituido con una aportación de cien pesetas de cada miembro y tenía como finalidad «colaborar, con todos los medios a su alcance, a que don Antonio de Orleans, duque de Montpensier, esposo de la infanta Luisa Fernanda de Borbón, ciñese la corona de España por ser el candidato más apropiado a las necesidades presentes». Era una extraña sociedad.

Un párrafo se grabó en mi memoria: estaban dispuestos a alcanzar su objetivo con «todos los medios a su alcance». ¿Incluía eso el asesinato? Como pude, copié en mi cuaderno los nombres de los socios y dedicamos nuestra atención a las cartas. Al leer la primera un temblor se apoderó de mis manos. Era la copia de una carta que un tal Jáuregui dirigía a Topete —el almirante de la flota sublevada en Cádiz cuando se inició la Gloriosa y uno de los principales partidarios de Montpensier— con el ruego de que se la hiciera llegar al duque. La respuesta la esperaba una tal «Madame Luz». El susodicho Jáuregui pedía ser recibido por Montpensier para ponerse a su servicio. Ignoraba quién era Jáuregui y quién se ocultaba tras Madame Luz, pero vislumbraba que se trataba de la misma persona y que detrás de ambos nombres estaba José López.

La segunda carta despejó alguna duda. Estaba fechada en

Sevilla y era la respuesta de Montpensier a Madame Luz. No tenía desperdicio. Sin pudor, el duque se «resignaba» —utilizaba esa palabra— a ser rey, compadecido de las desgracias que aquejaban a «este pobre país». Mostraba su disposición a escuchar a todos quienes tuvieran la misma idea y señalaba que proyectaba viajar a Madrid en una fecha próxima. Se despedía diciendo: «Cuando las damas piden, nunca se las hace esperar. Madame Luz podrá venir y será recibida».

—Ignés, esta carta revela que López se entrevistó hace algunas semanas con Montpensier. ¡Esto confirma que está en el ajo de todo! Además, todo este dinero…

El grito de Rabanal desde el otro lado del patio nos sobresaltó:

—¡Rápido, tienen que marcharse!

Mientras yo guardaba el dinero y enroscaba los adornos, Ignés metía los papeles en la bolsa y colocaba la estampa en su sitio.

—¡No se entretengan! ¡Van a llegar! —insistía Rabanal, muy nervioso.

Nos llevamos el candil, que el guardia civil cogió enfadado. Ganábamos el zaguán cuando entraban unos sujetos, dos de ellos parecían bandoleros sacados de una estampa: sombrero calañés, manta al hombro, faja y faca. Tres vestían blusones de huertanos, también con mantas al hombro, y uno se embozaba en una capa oscura. Olían a vino peleón. Nos miraron desafiantes.

—¡Lo lamento, todo está ocupado! —nos decía un compungido Rabanal.

El embozado sospechó y se quedó mirándome. El guardia civil se dio cuenta.

—Si sólo fuera uno, podría buscarle acomodo por una noche pero tres…

—Yo sólo veo dos —gruñó el de la capa.

—¡Oh, no! —Rabanal alzó el candil—. ¡El señor busca acomodo para sus criados!

El embozado sospechaba de que gente con levita y chistera, como era mi caso, anduviera buscando alojamiento por aquellos pagos. Me midió con la mirada y supe que, si volvíamos a encontrarnos, no tendría problemas para identificarme. Entró en la casa, sin molestarse en saludar. Apenas habíamos cruzado la gradilla cuando un sonoro portazo a nuestras espaldas reveló hasta dónde llegaba el enfado de Rabanal. La noche de Madrid, fría y oscura, nos envolvió.

36

A pesar de la hora, nos encaminamos al palacio de Buenavista con la esperanza de ser recibidos por Prim o al menos por Muñiz. Bastaba que la policía detuviera a José López y sus compinches y se hiciera con los papeles y el dinero.

Nuestro intento fue inútil. El general, amarrados los votos para sacar adelante la candidatura del duque de Aosta, se había marchado un par de días a una finca que poseía en los Montes de Toledo. Deseaba preparar su discurso del día 16 lejos de la presión que había en Madrid y dedicar algunas horas a una de sus pasiones: la caza del jabalí. Muñiz no estaba en palacio.

Subíamos por Alcalá hacia la Puerta del Sol cuando fuimos testigos de un incidente: en la puerta de un salón de baile —habían proliferado mucho en los últimos años, al popularizarse los bailes como diversión—, un caballero de porte distinguido discutía con los conserjes del establecimiento. La disputa había concentrado algunos transeúntes.

—¿Has visto quién discute con los porteros? Es Paúl y Angulo. Su aspecto es inconfundible.

Nos acercamos al corrillo y, efectivamente, se trataba del diputado republicano.

—Lo siento muchísimo, don José —se excusaba uno de los conserjes.

—¿Insistes en prohibirme la entrada?

El director de *El Combate* llevaba alguna copa de más. Había oído decir que era dado a la bebida y que frecuentaba, acompañado por una cuadrilla de bebedores, las tabernas más castizas de Madrid. En alguna ocasión, más bebido de la cuenta, había dado rienda suelta a su encono contra Prim y, más de una vez, partidarios del general, muy querido en los ambientes populares, se le habían enfrentado y resuelto el lance a palos. Aquellas trifulcas le habían granjeado fama de deslenguado y violento.

—A usted no, don José. Pero... —el portero vacilaba— pero no puede pasar acompañado por esas señoritas.

Reparé en dos jóvenes muy emperifolladas. El atuendo delataba su oficio.

—¿Qué pasa con estas señoritas? —preguntó Paúl y Angulo con desagrado.

—¡Don José, son de dudosa reputación!

A Paúl y Angulo le costaba trabajo mantener la verticalidad. Miró hacia la cancela de forja que daba acceso al salón de baile y, soltando una carcajada, exclamó:

—¡De dudosa reputación son todas esas! —Mirando a las dos jóvenes sentenció—: ¡Éstas son putas, putas, putas!

Hubo una explosión de carcajadas y hasta algún aplauso ante la ocurrencia del diputado jerezano. Los comentarios que circulaban hacían justicia al personaje. Era lenguaraz y en las páginas de *El Combate* dejaba muestras de su temperamento violento. Ignés y yo intercambiamos una mirada y nos alejamos sin saber cómo acabó la porfía.

Quedamos en vernos al día siguiente en Casa Damián, frente a la redacción de *La Iberia*. Yo estaba citado una hora antes con don Felipe para entregarle el texto definitivo que íbamos a publicar sobre los satanistas de la calle Carretas. Estuve tentado de ir a casa de Paloma, pero era demasiado tarde y Micaela seguía insistiendo en los maliciosos comentarios que circulaban entre el vecindario. Me traían sin cuidado, pero se trataba del buen nombre de Paloma.

En casa me encontré con una carta de Reus. Mi madre se excusaba: sus dolencias le impedían viajar a Madrid. No me extrañó, lo que me dolió fue su frialdad. Hablaba de ella y de sus males, sólo mencionaba mi boda para decir que no asistiría. Ni una pregunta sobre Paloma, nuestra relación o nuestros planes. Su picuda letra me pareció más dura que nunca, como si con sus trazos enérgicos, casi varoniles, me recriminara la decisión de casarme. En la carta venía otro pliego, era de tía Ernestina. Sus cálidas líneas pusieron bálsamo a mi tristeza. Llegaría el 4 de diciembre a las seis de la tarde. Tenía mucha ilusión por conocer a Paloma, viajar en tren y pasar unos días en Madrid. Me decía que contaba los días que faltaban, que estaba ansiosa por vernos y que la tata andaba desconsolada: si mi madre no venía, ella tampoco. Quien no daba señales de vida era mi hermano. Me acosté con un sabor agridulce. Ante la ausencia de mi madre, pediría a tía Ernestina que fuera mi madrina.

Don Felipe leyó en silencio las cuartillas. Había utilizado algún detalle relacionado con la historia de Blanca Mondéjar, pero sin mencionarla; tampoco aludía a Crisanto. Era una deferencia con su padre, aunque él no la mereciera. La primera plana de *La Iberia* del día siguiente estaría dedicada a la misa negra celebrada el 7 de marzo en aquel palacete. Después, le expliqué las pesquisas que realizábamos sobre la trama orquestada para asesinar a Prim. Me escuchó muy serio, sin preguntar, rumiando la información. Antes de abandonar la Pecera me ordenó:

—Dedíquese en cuerpo y alma a investigar sobre esa trama.

Salí de la redacción embargado por sensaciones contradictorias. Contento porque al fin *La Iberia* denunciaba públicamente a aquellos asesinos y preocupado por las graves amenazas que pesaban sobre Prim. Lo apreciaba por el simple hecho de ser su paisano, pero después de conocerlo personalmente, mi aprecio se había transformado en admiración. Se necesitaba una fortaleza de espíritu poco común para enfrentarse a la montaña de dificultades acumuladas a lo largo de los dos últimos años, algo que me parecía más importante que haber protagonizado la Gloriosa. También lo admiraba por mantenerse firme en la defensa de sus convicciones frente a enemigos muy poderosos. Sentía sobre mis espaldas la amenaza que se cernía sobre aquel hombre, tan sencillo en sus relaciones personales, que incluso me había pedido que lo invitara a mi boda.

Dejé la redacción y salí a la calle donde hacía un frío de perros y soplaba un molesto ventarrón que me levantó la esclavina de la capa, pegándomela al cogote. Faltaban diez minutos para la una. Si Ignés no se adelantaba, tendría que esperar un poco. Fue entonces cuando Manolito me alcanzó.

—Don Fernando, ¿tiene usted mucha prisa?

Lo miré y, olvidando su descaro habitual, agachó la cabeza. ¿Qué mosca le habría picado para que, después de tanto escurrir el bulto, estuviera delante de mí?

—¿Qué quieres?

—Necesito hablar con usted, pero no en la redacción. No quiero que nos vean juntos.

Aquello era muy raro. Estaba muy nervioso, asustado; casi a punto de llorar.

—Te invito a algo caliente en Casa Damián. ¡Hace un frío que pela!

—No necesita invitarme, don Fernando. Sólo quiero hablar con usted.

—Mejor a resguardo, Manolito.

Entramos en la taberna. Ignés no había llegado, y pedí para mí una copa de aguardiente y una palomita para el botones.

—Bueno, ¿qué tienes que contarme? ¡Estás más escurridizo que una anguila! ¿Has estado dándome esquinazo?

—Verá, don Fernando. —Dio un sorbo a su copa, le costaba desembuchar lo que tenía dentro—. ¿Se acuerda cuando le di la dirección de don Felipe?

—Claro.

—Lo hice porque me lo encargaron.

—¿Que te lo encargaron? ¿Qué quieres decir con eso?

—Lo hice porque me lo dijo Carmona Roland. Me extrañó mucho. Todos sabemos la tirria que le tiene.

—¿Puedes explicarte un poco mejor?

Acabó el contenido de su copa y pedí que se la llenaran de nuevo: si tenía edad para trabajar, por qué no para tomarse dos palomitas. Al muchacho le hacía falta.

—Cuando me enteré de que quienes le atacaron, lo hicieron cuando iba a casa de don Felipe, no he parado de darle vueltas a lo ocurrido. —Se zampó casi todo el contenido de la segunda copa, antes de continuar—: ¿Puedo hacerle una pregunta?

—Por supuesto.

—¿Sabía alguien más que iba a visitar a don Felipe?

Antes de responder me quedé en suspenso. No se me había ocurrido pensar en ello y allí había una posibilidad de indagar sobre lo sucedido.

—Nadie más.

—Quienes le atacaron lo esperaban en la esquina de la calle Huertas, ¿no?

—Así fue, pero…

Manolito apuró su palomita.

—¡Aguardaban a que usted pasara por allí y alguien tuvo que decírselo!

Miré al botones, que agachó la cabeza.

Vacié mi copa y pedí que me la llenaran. Manolito estaba pasando un mal trago, pero también liberándose de remordimientos. Ya sabía por qué había estado evitándome. Para tratar de tranquilizarlo le dije:

—Lo que tú no sabes es que, antes de que me atacaran, unos individuos me seguían los pasos. Pudieron establecer algún plan para hacerlo allí.

El botones era demasiado listo para dejarse engañar.

—No cuela, don Fernando. Los únicos que pudimos avisarles éramos Carmona Roland o yo. Y le juro por ésta —juntó el pulgar y el índice y besó la cruz— que yo no fui.

En aquel momento apareció Ignés y Manolito se puso de pie.

—Me estarán echando de menos en la redacción. —Se fue tan rápido que, antes de darme cuenta, había desaparecido por la puerta.

—¿Quién es ese rapaz?

—Manolito, el botones de *La Iberia.*

—Ni que hubiera visto al diablo.

—Siéntate y toma algo.

—No. Muñiz nos recibirá, pero tenemos que darnos prisa.

Mientras caminábamos hacia Buenavista, conté a Ignés lo que Manolito acababa de confesarme.

—¿No te extraña que haya tardado tanto en contártelo?

—Tengo que echar otra parrafada con él, en cuanto tenga ocasión.

—¿Estaría dispuesto a contar a la policía lo que te ha dicho?

—No lo sé, tu llegada lo ha espantado.

—¡Vaya por Dios!

Un soldado de la guardia nos acompañó hasta el despacho de Muñiz, quien se mostró afable y escuchó atentamente la explicación sobre lo encontrado en casa de Rabanal. Para evitar malos entendidos, antes de concluir, señalé:

—Con esas pruebas, no hay duda de que se prepara un atentado contra Su Excelencia. Como la votación en las Cortes es dentro de pocos días, me temo que esos forajidos pueden actuar en cualquier momento.

Ignés, poco dado a la palabrería cortesana, afirmó con contundencia:

—Hay que registrar la habitación y detener a esa caterva. Luego, buscar a quienes están detrás, aunque yo no tengo dudas sobre quién maneja los hilos.

—¿Paúl y Angulo o Montpensier? —preguntó Muñiz.

—Montpensier —respondí de inmediato.

—¿Por qué está tan seguro?

—Porque *El Combate* se financia con su dinero.

Muñiz se quedó mirándome. Me dio la impresión de que no sabía que detrás de *El Combate* estaba el duque. Entrecerró los ojos y murmuró:

—Está claro que la política hace extraños compañeros de cama. El odio de ambos hacia Prim es tan fuerte que se ha antepuesto a sus diferencias ideológicas. No es la primera vez que ocurre en los últimos tiempos. Pondré a Su Excelencia al corriente.

Ignés alzó las cejas y arrugó la frente.

—Si todo lo que va a hacer es informar al general, hemos perdido el tiempo. Usted sabe lo que piensa de estas cosas. Se cree inmune. Su exceso de confianza va a perderlo.

—No sé qué otra cosa puedo hacer. —Muñiz parecía nervioso.

—Ponerlo en conocimiento del gobernador civil. Con los datos que le hemos proporcionado sobran motivos para intervenir.

Muñiz asintió, como si las palabras de Ignés le hubieran permitido ver la luz.

—Déjenlo en mis manos.

37

El domingo 11 me levanté tarde. La víspera había asistido a la tertulia de las Columnas, más que nada por comprobar si se comentaba algo sobre un posible atentado contra Prim. Allí encontré a Miguelito Rocafull y aproveché para invitarlo a mi boda, cuya fecha se acercaba, aunque con más lentitud de lo que deseaba. Ansiaba convertir a Paloma en mi esposa y llegar con ella a la plenitud del amor. La tertulia estuvo muy concurrida y animada. Asistió Pérez Galdós, que acababa de publicar *La Fontana de Oro.* Galdós, que rondaba mi edad, poseía un talento poco común y tenía un habla de acento suave y delicioso, llena de eses. Charlamos un rato y me congratulé de que se mostrase ferviente defensor de Prim, a quien consideraba muy por encima de las veleidades y turbulencias políticas del momento. Le pregunté cómo había conseguido la publicación de *La Fontana de Oro.* Para un autor novel, como era su caso, suponía una proeza. Casi la única vía para los principiantes era lograr que un periódico se interesase por el texto y lo publicara por entregas. Me dijo que una tía suya había financiado la edición y me explicó que el título —tenía el nombre de uno de los primeros cafés que se abrieron en Madrid, situado en la Carrera de San Jerónimo— se refería a una importante tertulia de las muchas que celebraban los liberales durante el Trienio Constitucional, época en que transcurría la acción.

Apenas puse los pies en la calle recibí una bofetada de frío helador procedente del Guadarrama y me percaté de que alguien se me acercaba sigilosamente por la espalda. Sentí miedo, pensando que se trataba de quienes me apalearon en primavera. Sin embargo, al volverme, comprobé que sólo era una persona y me llamaba por mi nombre. Lo identifiqué, a pesar de la bufanda con que se embozaba en un intento inútil de combatir el frío. Al darse cuenta de mi sobresalto, me pidió excusas:

—Lamento mucho haberlo molestado, don Fernando.

—Me alegro de verlo, Pedro.

—Y yo a usted. Esperaba a que saliera de su casa para darle las gracias.

Por un momento no supe a qué se refería, pero al ver que llevaba un ejemplar de *La Iberia* comprendí por qué me aguardaba. Llevaría esperando mucho rato porque estaba encogido de frío.

—¿Le apetece un chocolate caliente?

—Desde luego.

Nos fuimos hacia la Puerta del Sol formando una desigual pareja. Yo embozado en mi capa, calada la chistera y las manos enfundadas en unos guantes de piel, Pedro Gómez envuelto el rostro en su bufanda, con las manos metidas en los bolsillos, el periódico bajo el brazo y los hombros encogidos. Entramos en el Gran Hotel de París, donde me recibieron como a un viejo conocido y, aunque sus miradas delataban lo que pensaban del sereno, no hicieron el menor comentario. Pedí dos tazones de chocolate con sus correspondientes churros.

—Quiero darle las gracias. Ha sido usted valiente. —Miró

el periódico que había dejado sobre la mesa—. La verdad es que ya empezaba a dudar que fuera a hacerlo.

Dejé escapar un suspiro y le expliqué, sin detalles, que no había sido fácil.

—Supongo que entre los implicados habrá gente influyente —comentó.

—Algún indicio apunta en esa dirección.

El camarero dejó los chocolates y un plato que era casi una fuente rebosante de crujientes churros recién fritos. Pedro Gómez no necesitó que lo invitase para que tomase el tazón entre sus manos y le diera el primer sorbo. Me produjo cierto pesar saber que había esperado con aquel frío sólo para darme las gracias. Soltó la taza, chasqueó la lengua y cogió un churro.

—¿Cree que la policía hará algo ahora? —La tristeza velaba su mirada.

—Supongo que sí… —No terminé lo que iba a decir porque un individuo se acercó a nuestra mesa. Llevaba en una mano el sombrero y en otra un ejemplar de *La Iberia.* Era el comisario Juárez.

—Disculpe, señor Besora. ¿Podría atenderme unos minutos?

Me pregunté cómo sabía que estaba allí. Yo no era un habitual del hotel, apenas había vuelto a pisarlo después de alojarme en él. Decidí no quedarme con la duda.

—¿Cómo me ha encontrado?

—En realidad, iba a buscarle a su domicilio, pero lo he visto entrar y he decidido abordarlo. —Miró a Pedro con desdén, no me gustó.

—Pues ha interrumpido mi conversación con este señor.

—El asunto es grave —respondió altanero.

—Ya me marcho —murmuró el sereno con resignación.

Como no estaba dispuesto a que después del frío soportado se quedara sin desayunar, miré al policía y no me corté para decirle:

—¿Sería tan amable de aguardar a que termine con este caballero?

Juárez se retiró sin disimular su enojo y en los ojos de Pedro Gómez brilló un destello de gratitud que iba mucho más allá de poder degustar el chocolate y los churros. Pedro y yo apenas hablamos. Cada segundo que pasaba el sereno estaba más nervioso, pero demoré algunos minutos su marcha. Antes de irse deshaciéndose en palabras de agradecimiento, le dije que lo mantendría al tanto de lo que ocurriera. Lo acompañé hasta la puerta, antes de acercarme a la mesa donde estaba el comisario. Me sentía molesto con su actitud displicente hacia el sereno, pero me interesaba hablar con él.

—Dígame, ¿en qué puedo ayudarle?

—Señor Besora, en su artículo —desdobló su ejemplar— vierte graves acusaciones.

Disimulé mi sorpresa. ¡Juárez no estaba allí para hablar sobre la investigación de mi paliza! Me molestó su tono, pero me produjo cierto morbo comprobar que mi deseo de reabrir el interés por lo sucedido en la calle Carretas hubiera surtido efecto tan rápidamente.

—Puedo responder de cada una de las afirmaciones que aparecen en ese texto.

Juárez se quedó mirándome como si mis palabras lo hubieran ofendido.

—Me alegro por usted. Algunas podrían ser constitutivas de delito —sentenció con arrogancia.

Aquello era mucho más de lo que estaba dispuesto a soportar de un individuo cuya incompetencia me era sobradamente conocida.

—¿Es delito expresar opiniones?

—Puede serlo verter veladas acusaciones.

—No he dado nombres en mi artículo.

—A pesar de ello, hace insinuaciones muy graves sobre el señor conde de Casalabrada.

—Sólo digo que goza del usufructo de ese inmueble.

—Quien inculpa sin pruebas se convierte en delincuente —insistió Juárez—. ¡No se puede acusar sin fundamento y perjudicar la reputación de personas decentes!

—La repito que no acuso a nadie, pero no sabe cuánto me alegra oírselo decir. ¿Significa eso que tampoco puede agredirse impunemente a ciudadanos honorables?

—¿Lo dice por alguien en concreto?

—¡Por supuesto!

Juárez torció el gesto. Pensó que aludía a su fracaso con mi paliza, pero no iba por ahí mi intención. Por eso, se sorprendió mucho cuando le pregunté:

—¿Ha advertido al señor Paúl y Angulo de lo mismo que a mí? ¡Ha amenazado y acusado sin fundamento al general Prim tantas veces como ejemplares han visto la luz de ese panfleto titulado *El Combate*!

Juárez carraspeó, visiblemente nervioso.

—¡No he venido a hablar de política, señor Besora!

—No estoy hablando de política sino de calumnias y amenazas contra el primer ciudadano de la nación.

Si lo que Juárez pretendía era amedrentarme, había fracasado. Toda la arrogancia con que se presentó había desaparecido. Con otro tono me preguntó:

—¿Cómo ha llegado a conocimiento de lo que afirma en el artículo?

Antes de responderle encendí mi cachimba con mucha parsimonia. Lo hice por mantener el desafío. No me gustaban ni sus ínfulas, ni su actitud.

—Lamento no poder satisfacer su curiosidad.

Le molestó mi respuesta, pero sabía que en ese terreno nada tenía que hacer. Recogió su periódico y su sombrero, se levantó y se dio media vuelta sin despedirse. Entonces aproveché para preguntarle:

—¿Logró averiguar algo de los individuos que me apalearon?

Se giró, me dedicó una mirada aviesa y desapareció por la puerta del hotel.

38

Los días siguientes transcurrieron en medio del revuelo provocado por haber sacado a la luz la existencia de una secta de satanistas en Madrid que celebraban misas negras y practicaban asesinatos rituales. Todo ello se mezclaba con los preparativos de mi boda que suponían visitas al hotel Cuatro Naciones para contratar un desayuno, a don Gaspar para la ceremonia religiosa, enviar las invitaciones que, aunque eran pocas, llevaba su tiempo y otras fruslerías menores. Así llegó el día 16 sin que los asesinos hubieran logrado su propósito, pero la falta de noticias de Muñiz y lo relevante de la fecha me tenían inquieto.

Llegué a la Carrera de San Jerónimo y pude palpar la tensión: había soldados patrullando la zona y muchas tiendas tenían las persianas echadas, al temer sus propietarios posibles altercados. La afluencia de curiosos llenaba los alrededores del Congreso de los Diputados, componiendo un gentío parlanchín donde se daban cita gentes de todas las clases sociales. Podían verse numerosos carruajes, muchos más de los que habitualmente había cuando se celebraba sesión. Estaba claro que aquélla era la más importante de la legislatura. Iba a elegirse rey. Al nombre de don Amadeo de Saboya se sumaba otra media docena de candidatos. Prim estaba convencido de tener amarrados los votos necesarios para la proclamación, pero las jugarretas en la vida política española eran moneda tan corriente que nadie podía dar nada por seguro. Muñiz me había confesado que los ciento ochenta votos que Prim había garantizado al rey de Italia eran algunos más y que la cifra que el general barajaba, superaba en algo los doscientos. Quería presentar la votación como un éxito clamoroso.

Por otro lado, había circulado un rumor muy insistente que apuntaba a un golpe de Estado a favor de Montpensier; era del dominio público que entre los generales se veía con buenos ojos su proclamación como rey. También se había dicho que el duque había sobornado a una treintena de diputados con los que contaba Prim para la proclamación del candidato italiano y que la votación se convertiría en tal fiasco que el presidente del Gobierno se vería obligado a dimitir.

Serrano, por su parte, se frotaba las manos ante la posibilidad de una derrota de Prim. No abandonaba sus aspiraciones al trono y por Madrid circulaban chistes sobre la dinastía de los «Serranitos». Me disponía a entrar al Congreso cuando vi a Ignés, que me hacía señas. Me buscaba para comunicarme el arresto de varios de los hospedados en casa de Rabanal, aunque López había escapado con el dinero y los papeles.

—Hechas las votaciones, el peligro estará conjurado —afirmó eufórico.

—No estés tan seguro.

—¡Vamos, Fernandito, ya no tendría sentido acabar con la vida del general!

No insistí para no desilusionarlo. Las detenciones eran un golpe a la trama y, si el resultado de la votación era favorable a los deseos de Prim, las posibilidades de un atentado disminuían, pero con López suelto yo no era tan optimista. Podíamos entrar en otra fase: el deseo de venganza de algún candidato que se considerara damnificado.

En la puerta de la calle de Floridablanca se produjo un pequeño revuelo al llegar el carruaje de Prim. El cochero detuvo el vehículo junto al bordillo y antes de que el postillón bajara del pescante para abrir la portezuela, ya había descendido el coronel Moya y después lo hizo el general; por la otra puerta, apareció González Nandín. Al vernos, Prim se acercó a nosotros. Vestía de paisano, tenía el semblante pálido y los ojos hundidos, como si hubiera pasado mala noche.

—¿Qué hacéis vosotros aquí? —preguntó mirando a Ignés.

—Acompaño a Fernandito, mi general. Él viene a tomar nota de la votación.

Prim se quedó mirándome y comentó:

—Esperemos que no haya sorpresas. Sería una catástrofe.

Sus palabras parecían confirmar el rumor del soborno de varios diputados.

—¿Teme Su Excelencia alguna asonada militar? —me atreví a preguntarle.

—No. Eso está controlado. Pero no me fío de Montpensier, es tan intrigante como rico. Y tan ambicioso que puede esperarse cualquier cosa de él.

Observé que la gente nos miraba. Prim se despidió, pero apenas había dado unos pasos, se volvió y me dejó confundido.

—Besora, aún no me has invitado a tu boda. ¡No irás a hacerme un feo!

—Perdone Su Excelencia. Mañana tendrá la invitación sobre su mesa.

—¿Cuándo es?

—El ocho de diciembre, excelencia.

El gallinero de la prensa estaba a rebosar. Entre comentarios y cotilleos —muchos diputados charlaban formando corrillos— llegó la hora fijada para la sesión. Algunos minutos después el presidente de la cámara agitó la campanilla las tres veces señaladas en el reglamento, pero tuvo que emplearse a fondo para lograr un silencio aceptable. Declaró abierta la sesión e inmediatamente don Estanislao Figueras, republicano federal, pidió la palabra.

—¿A título de qué solicita su señoría la palabra? —le preguntó Ruiz Zorrilla, casi reprendiéndole.

—Se trata de una cuestión de orden, señor presidente.

—Expóngala su señoría con brevedad —concedió de mala gana.

—¿Cuál es la razón, señor presidente, por la que el Congreso de los Diputados está rodeado de tropas? ¿A qué viene ese despliegue? ¿Se pretende amedrentarnos? ¡Este diputado, señor presidente, se siente menoscabado en sus derechos y coartado en su libertad, en un momento de gran importancia política para nuestra nación! La trascendencia del acto que va a tener lugar en esta cámara...

—Señor Figueras —lo interrumpió el presidente—, su señoría no se ciñe a una cuestión de orden. Ha utilizado ese subterfugio para abrir un debate. Le retiro el uso de la palabra.

La decisión del presidente provocó una oleada de protestas y silbidos desde las bancadas republicanas. Miré a Prim. Permanecía inmóvil en su asiento del banco azul. Vi que don Emilio Castelar se ponía en pie.

—¿Pretende la presidencia silenciar la voz de un diputado interesado por la presencia de tropas a las puertas de este templo de las libertades?

—Su señoría no está en el uso de la palabra —replicó Ruiz Zorrilla—. Para su conocimiento, le diré que esta presidencia pretende que nadie desvirtúe el contenido del orden del día con debates estériles. Sus señorías están convocadas para votar las diferentes candidaturas al trono de España. Añadiré que la presencia de tropas, que tanto preocupa a alguna de sus señorías, no es más numerosa que en otras ocasiones.

Estalló un coro de pateos y silbidos. El presidente agitó la campanilla con tanta energía que se desprendió el badajo. El hemiciclo era lo más parecido a un gallinero alborotado. Uno de los ujieres trajo una campanilla de respeto al presidente, quien no dejó de agitarla hasta imponer un precario silencio. Castelar solicitó la palabra. Se disculpó por haber intervenido sin autorización y lanzó una pregunta envenenada:

—¿Ha insinuado la presidencia que la presencia de tropas en los alrededores de las Cortes es la usual?

—No lo insinúo, señoría, lo afirmo rotundamente.

Otro coro de silbidos y abucheos brotó desde las filas republicanas, a lo que respondieron los diputados del partido progresista, al que pertenecía Ruiz Zorrilla, con una cerrada ovación. La bronca fue monumental.

La votación, que fue nominal, comenzó con más de una hora de retraso. El secretario de la cámara fue desgranando los nombres de los diputados que acudían a depositar su voto en una urna instalada ante la presidencia. Unos lo hacían con presteza, otros desganados. Terminada la votación, se hizo el recuento. Las 311 boletas depositadas en la urna correspondían al número de diputados presentes. El escrutinio se hizo en medio de murmullos y comentarios hasta que el pliego con el resultado fue entregado al presidente. Ahora podía escucharse el vuelo de una mosca. Yo tenía el oído puesto en las palabras del presidente, pero mis ojos estaban clavados en Prim que permanecía imperturbable.

El presidente fue desgranando el resultado.

—Hay diecinueve papeletas en blanco.

Prim hizo una mueca apenas perceptible. Era una mala noticia. Los acérrimos de Montpensier habían votado por el duque y los republicanos defendían su opción. Aquellas papeletas en blanco restaban apoyos a su candidato y su deseo era que la elección de don Amadeo se produjera con holgura.

—La duquesa de Montpensier —Ruiz Zorrilla se refirió a la infanta Luisa Fernanda utilizando el título de su esposo— ha obtenido un voto.

Escuché que a mi espalda alguien decía:

—¿Quién será el imbécil que ha votado por la hermana de la Isabelona?

—Don Alfonso de Borbón ha obtenido dos votos.

En la cámara se escuchó un suave murmullo. Ésa no era una mala noticia para Prim. Las semanas anteriores también habían circulado rumores acerca de que algunos veían en el hijo de Isabel II la salida al callejón en que estaba metida la política española. Que obtuviera dos sufragios significaba apuntalar los deseos de Prim.

—El duque de la Victoria —Ruiz Zorrilla alzó la mirada del pliego y añadió—: don Baldomero Espartero: ocho votos.

Prim no pudo evitar un gesto de contrariedad. Había pedido a Espartero —el santón de los progresistas españoles— que hiciera público su rechazo a ser proclamado rey y don Baldomero publicó una carta en la prensa, pero estaba claro que contaba con partidarios irreductibles. Lo peor era que se trataba de diputados progresistas, miembros del partido de Prim. Aquellos ocho votos eran una puñalada trapera para el general.

—El excelentísimo señor don Antonio de Orleans... —El presidente dejó que transcurriesen unos instantes, consciente de la importancia del momento—... ha obtenido veintisiete votos.

El morbo que despertaba todo lo relacionado con Montpensier, dada su proyección pública en la prensa que subvencionaba, levantó un coro de comentarios. El duque francés había perdido una parte sustancial de sus apoyos y eso significaba que no pocos habían ido a parar a Amadeo de Saboya. Para Prim era una magnífica noticia. A mi espalda escuché comentarios de decepción entre algunos de mis colegas. Aquella votación ya tenía perdedor: Antonio de Orleans. Era quien mayor empeño había puesto en ser coronado, pero la oposición de Prim había resultado funesta para sus pretensiones. En el hemiciclo se escucharon algunas voces estentóreas con comentarios que provocaban las iras o la hilaridad. Restablecido el silencio, el presidente continuó:

—La opción de proclamar la república ha obtenido sesenta y tres votos.

Los republicanos acogieron el resultado con una cerrada ovación que levantó abucheos desde los escaños monárquicos. En pocos segundos el ambiente se había caldeado. Otra vez los gritos llenaron el hemiciclo. Hubiera dado un buen puñado de duros por saber qué pasaba por la cabeza de Prim en aquellos momentos. Posiblemente hacía cuentas, porque los únicos votos pendientes de anuncio eran los del duque de Aosta. La presidencia agitaba la campanilla sin éxito. Ruiz Zorrilla puso tanto empeño que acabó rompiéndola. Un ujier le trajo una tercera y le susurró algo al oído. Luego supe que no había más repuestos. Después de más de veinte minutos de un penoso espectáculo de gritos, denuestos, insultos, silbidos y pateos, la presidencia consiguió un momentáneo silencio y anunció los votos de Amadeo de Saboya. Yo tenía ajustada la cuenta en mi cuaderno. Eran 191. Casi veinte más del mínimo establecido, pero el resultado no satisfacía los deseos de Prim que habría deseado mayor apoyo para su candidato. Abandonó su escaño, en medio de la ovación de sus incondicionales y de los silbidos de sus enemigos políticos. El ambiente indicaba que la batalla política no había terminado. El comentario de un redactor de *La Correspondencia de España* —el diario oficial de los montpensieristas— resumió la situación: «Si el italiano se decide a venir, lo tiene crudo». Tuve claro que, tras la votación, no se daban por vencidos.

Ya en la calle, me acerqué a un grupo de individuos con aire tabernario que escuchaban a alguien que no podía ver. Descubrí en el centro la inconfundible figura —pelo rojo, grandes patillas y gafas de cristales azulados— de Paúl y Angulo: mascullaba improperios contra Prim. Me quedé paralizado al ver a su lado a José López, más pendiente de lo que ocurría a su alrededor que de las palabras del diputado republicano. Me escabullí rápidamente, para evitar que me viera y me identificase.

39

Durante las semanas siguientes las palabras pronunciadas por el redactor de *La Correspondencia de España* resultaron proféticas. La tensión política en lugar de descender fue en aumento; cada día que pasaba, el ambiente estaba más exacerbado. Los periódicos desde los que se combatía a Prim aumentaron la dureza de sus ataques.

La alegría al recibir carta de mi hermano, anunciando que mi cuñada y él vendrían a mi boda —pensé que Nuria estaría vivamente interesada en viajar a Madrid—, quedó empañada con la crónica aparecida en *El Combate*. Miguelito Rocafull la leía con voz temblorosa: «Republicanos, ha llegado el momento solemne de la prueba. Tenéis un juramento hecho en el fondo de vuestras conciencias, no lo olvidéis: «REPÚBLICA O MUERTE». Cerró el periódico, lo dobló y lo dejó sobre el blanco mármol del velador.

—¿Esto es la libertad de imprenta? —me preguntó, enrojecido por la ira.

No le respondí porque estaba extrañado por la falta de gente en la tertulia, que a aquella hora siempre estaba muy concurrida. Miguelito y yo nos encontrábamos solos en las Columnas. Iba a preguntarle a uno de los camareros cuando apareció Galdós. Se quedó mirándonos y con su meloso acento canario nos preguntó, mientras buscaba entre los sillones:

—¿No se han enterado de lo ocurrido?

Miguelito y yo nos miramos.

—¿Qué ha pasado? —preguntó Rocafull.

Tuve un mal presentimiento.

—¡En el Calderón se ha organizado la de Dios es Cristo!

Galdós no dejaba de escudriñar entre las sillas y los veladores, buscando algo.

—¿Qué ha ocurrido? —le pregunté aliviado.

—Los de la Partida de la Porra han irrumpido en el teatro y la han emprendido a palos con los actores. ¿Han visto ustedes mi sombrero por alguna parte?

A su espalda apareció el camarero con un hongo de fieltro negro.

—¿Busca esto, don Benito?

—¡Hombre, menos mal! —Agradeció al camarero el gesto con una propina y nos preguntó—: ¿Se vienen al Calderón o se quedan?

—¡Nos vamos! —respondimos al unísono.

Por el camino Galdós nos puso al tanto. Se estrenaba una obra titulada *Macarroni I* en que se hacía befa y mofa de don Amadeo.

—La representación apenas llevaba diez minutos cuando esos energúmenos se encaramaron al escenario y se ha librado una batalla campal. Algunos espectadores se han sumado a la pelea, unos defendían a los actores y otros a los de la Porra.

—¿Usted ha estado allí?

—Sí. Poco antes de las ocho apareció alguien por la tertulia anunciando que en el Calderón iba a organizarse una buena. Se lo había dicho un acólito de Ducazcal, sin darle muchos detalles. Teniendo en cuenta lo que se estrenaba, dimos por buena la noticia y salimos en manada hacia el teatro; al llegar a la calle de los Panaderos coincidimos con esa banda de gaznápiros.

—¿Todavía se pelea?

—La verdad es que no sabría decirle. Cuando me he venido para recuperar el sombrero, que olvidé con las prisas, el teatro se estaba desalojando.

—¿Ha llegado la policía?

—¡Qué va! Ésos no aparecen hasta un par de horas después de los altercados.

Lo que Galdós acababa de decir era práctica habitual y sobradamente conocida.

—¿No le resulta raro que algunos espectadores la emprendieran con los actores?

—Estaban conchabados con los de la Partida de la Porra. He quedado con algunos de la tertulia en el café de la Luna.

Lamenté no haberme enterado del evento. La culpa la tenían los preparativos de la boda que ocupaban buena parte de mi tiempo, aunque yo lo daba por bien empleado. Como Galdós había dicho, en las calles próximas al Calderón había jaleo: voces y gente que se insultaba. Entramos en la Luna, pero antes de sentarnos un sujeto se asomó a la puerta y gritó:

—¡En *El Combate* están a tiro limpio!

Salimos en estampida. Había oído decir que los de la Partida de la Porra ya habían atacado la redacción del diario de Paúl y Angulo, y también que el diputado republicano había ordenado a sus redactores que estuvieran prevenidos para el próximo ataque. Al parecer, trabajaban con pistolas cargadas encima de la mesa. Conociéndolo, no me extrañaban tales disposiciones ni que anduvieran a tiros; tampoco Felipe Ducazcal se andaba con chiquitas.

Corrimos hasta *El Combate* donde, efectivamente, los de

la Partida de la Porra trataban de asaltar la redacción, desde cuyas ventanas respondían con fuego. Galdós, Miguelito Rocafull y yo nos parapetamos en un portal cercano, donde habían tomado posiciones otros dos individuos. Cuando se escuchaba un disparo tenía su respuesta inmediata y rápidamente otros tiradores se sumaban al fuego. Entonces la calle se iluminaba fugazmente con las detonaciones y se llenaba de estampidos con los disparos.

—Perdone —preguntó Galdós a uno de los desconocidos—, ¿sabe cómo se ha liado esto?

El sujeto expulsó el humo sobre la punta de su cigarro y un punto incandescente brilló en la oscuridad.

—El que representaba a Macarroni se ha refugiado en el periódico y los de la Partida de la Porra exigen que se lo entreguen, pero los de dentro dicen que nones. Ha habido un primer disparo y ya no han parado de tirarse.

Durante un par de minutos imperó el silencio. En la calle reinaba la oscuridad porque las tres farolas del alumbrado público habían pasado a mejor vida.

—Parece que se han calmado —comentó Miguelito en voz baja.

—No creo que ésos den el asunto por resuelto —masculló uno de los individuos—. Unos y otros son gente empecinada.

—¿Estaba alguno de ustedes en el teatro cuando empezó la trifulca? —pregunté por si podía enterarme de algo más.

—Sí, señor. Mi compadre y yo estábamos en el patio de butacas. No somos lo que se dice unos aficionados, pero con lo que se anunciaba...

En aquel momento un vozarrón rompió el silencio de la noche.

—¡A por ellos!

Los de la Partida de la Porra se lanzaron hacia la puerta de *El Combate*. Apenas recuerdo lo que ocurrió, porque a uno de los sujetos le llegó un taco de trabuco al brazo, soltó un alarido y se desplomó. En medio de la oscuridad tratamos de atenderlo entre Galdós, Miguelito Rocafull y yo porque su compadre había desaparecido antes de que nos diéramos cuenta. Le quitamos la chaqueta y comprobamos que la herida no era grave. El taco había roto la manga y se había incrustado en el brazo, pero no había profundizado, podía verse con la luz de una de las largas cerillas que utilizaba para encender mi cachimba. Galdós le propuso sacárselo, pero el individuo se negó con una energía impropia de sus lamentos. El canario me miró y yo asentí. En medio de los gimoteos de aquel valentón de pacotilla, tiró con fuerza y se lo arrancó; el herido se desmayó. Aprovechamos el desvanecimiento para hacerle un torniquete con mi pañuelo y cortar la salida de sangre, que no era mucha. Acabábamos de terminar el vendaje cuando recuperó el sentido, nos miró, se llevó la mano al brazo y preguntó por su chaqueta. Miguelito se la mostró. El individuo se la arrebató de un tirón y salió corriendo como un loco. Poco a poco, el tiroteo perdió intensidad, aunque todavía se escuchó algún disparo suelto. Vislumbramos algunos bultos moverse entre las sombras, escuchamos carreras y poco más. Todo apuntaba a que los de *El Combate* habían rechazado el asalto. Abandonamos el lugar en dirección a la Luna.

—Esto pinta mal —comentó Galdós.

—¿Por qué lo dice? —preguntó Miguelito.

—Porque la elección de don Amadeo no pone fin a las tensiones. Ya ve usted.

—¿Cree que Prim se ha equivocado?

Galdós no respondió hasta haber encendido un puro con la soltura de quien tiene mucho oficio.

—Prim me parece el mejor político de este país, aunque no comprendo su obsesión por la monarquía.

—¡Porque la república es el desorden! —exclamó Miguelito con vehemencia—. ¡Además, la revolución se hizo para echar a los Borbones, no para traer una república, como sostiene esa fiera de Paúl y Angulo! ¿Ha leído lo que dice? —Sin esperar respuesta, gritó—: ¡República o muerte!

—Eso es una idiotez y tengo demasiado que hacer para andar leyendo basura.

Sabía que Galdós había hecho profesión de fe republicana, por eso lo provoqué:

—Tenía entendido que usted es correligionario de Paúl y Angulo.

Galdós me miró como si lo hubiera insultado. Iba a llevarse el cigarro a la boca, pero no lo hizo.

—¡Yo, correligionario de ese bocazas! ¡En modo alguno! Sepa usted que detesto la violencia en cualquiera de sus formas. Una cosa es la pasión en la defensa de las propias ideas y otra lo que se propugna desde las páginas de ese panfleto. ¡Le está haciendo un flaco favor a la república! —Galdós estaba irritado, se llevó el puro a la boca como si necesitara el humo para calmarse—. Ya ha escuchado a su amigo, son muchos los que equiparan república a desorden y ese sujeto colabora a que así sea.

Llegamos a la Luna, pero el establecimiento estaba cerrado y nos dirigimos hacia la Puerta del Sol. Miguelito aprovechó para preguntarle a Galdós:

—Ha dicho antes que la elección del rey no pone fin a las tensiones. ¿Cómo puede impedirse su coronación una vez elegido?

Galdós se quedó mirando a mi paisano con una media sonrisa indulgente.

—Usted no escucha los rumores que apuntan a que Montpensier está dispuesto a revolver Roma con Santiago con tal de que Amadeo no desembarque en España.

—Eso no pasa de ser un simple comentario malicioso.

Galdós expulsó el humo de su cigarro y dudó antes de hablar.

—Es más que eso. Además, Montpensier no es el único interesado en que eso ocurra.

—¿No? —pregunté con intención.

—No. Hay quien trata de convencer al rey de Italia para que su hijo no venga a España con apoyos tan escuálidos, y está dispuesto a llegar muy lejos en su empeño.

—¿Qué quiere decir?

Galdós me miró.

—Se dice que las detenciones de unos sujetos acusados de preparar el asesinato de Prim sólo han revelado una parte de la trama. Parece que hay más gente dispuesta a actuar antes de que el nuevo rey desembarque en España.

Me sorprendió que hablara tan claro. Los periodistas éramos muy reservados con nuestra información, ya que todos los periódicos buscaban ofrecer primicias sobre cualquier asunto de interés.

—¿Por qué afirma que las detenciones sólo han revelado parte de la trama?

—Porque no han encontrado pruebas para inculparlos. Al parecer, el pájaro principal ha volado. ¿No está enterado de esa historia? —me preguntó extrañado.

—¿Le importaría contármela?

Se percató del exceso de sus comentarios y apareció el periodista. Se mostró cauto y contó mucho menos de lo que sabía. Al final dijo algo que me dejó perplejo.

—Detrás de todo esto está la mano de Serrano.

Era noche de sorpresas.

Le pedí una prueba, pero no soltó prenda. Eran las doce cuando nos despedimos en la Puerta del Sol. Mientras caminaba hacia la calle del Desengaño, no dejé de darle vueltas a lo que acababa de escuchar. Si Galdós afirmaba que el general Serrano estaba detrás de aquella siniestra operación, seguro que tenía razones para ello. Si el regente era la mano que movía los hilos de la trama, todo resultaba mucho más complicado y el peligro que acechaba a Prim, mucho mayor. Embebido en mis pensamientos, no me di cuenta de que al enfilar mi calle unas sombras se agitaron, como si hubieran aguardado mi llegada para ponerse en movimiento.

40

Iba a entrar al portal de mi casa cuando unos desconocidos me rodearon. Me giré y pegué la espalda contra la pared. Eran tres individuos que, con los sombreros calados y embozados con sus capas, resultaban irreconocibles. Me disponía a gritar para pedir auxilio, cuando uno de ellos se llevó un dedo al embozo, indicándome silencio. Sin saber muy bien por qué le hice caso.

—¿Es usted don Fernando Besora?

Asentí con la cabeza.

—Disculpe que lo abordemos de esta manera. Sólo queremos hablar con usted.

Sus palabras me desconcertaron. No se piden disculpas antes de molerte a palos, que era lo que esperaba de quien te aborda a una hora como aquélla. A pesar de todo, mis recelos no se disiparon. En mi caso había más de uno deseoso de ponerme la mano encima: desde los implicados en la misa negra, pasando por los amigos de Montpensier, hasta quienes preparaban el atentado contra Prim, si bien en este caso no tenía claro que estuvieran al tanto de la información que poseía.

—¿¡A estas horas!? —Exageré el tono para mostrar lo extraño de su propósito.

—Le reitero nuestras disculpas, pero el caso aprieta, señor Besora.

Que mantuvieran los rostros embozados me daba mala espina. El que hablaba se percató de mis dudas y se descubrió. Tenía una barba cuidada y una expresión amable.

—¿De qué quieren hablar?

—Estos caballeros desean facilitarle cierta información de interés para usted. ¿Le parece que busquemos un lugar más a propósito para una conversación reposada?

El miedo y la sorpresa del primer momento dieron paso a la cautela. No las tenía todas conmigo.

—¿Un lugar más a propósito a estas horas? —Pensé que trataban de llevarme a un lugar más apartado para apiolarme a placer.

—Hay un café en la calle de la Montera que no cierra en toda la noche.

Era un lugar céntrico y yo lo conocía bien.

—¿Con quién tengo el gusto de hablar y quiénes son estos caballeros?

—Disculpe, mi nombre es Román del Corral, soy cónsul del Piamonte en Madrid y estos caballeros son enviados de su majestad el rey Víctor Manuel II.

Ambos se quitaron el embozo y se destocaron. Se presentaron con un castellano aceptable, aunque con marcado acento extranjero.

—Soy Luigi Cornaro.

—Yo, Pietro Bardi.

—¿Tan importante es lo que quieren decirme?

—Por eso aguardamos desde hace rato. No se arrepentirá de acompañarnos.

El café Real era un enorme salón cuyo enlosado recordaba un inmenso tablero de ajedrez. El techo estaba sostenido por columnas de hierro que servían de soporte a unas lámparas de petróleo, cuyo penetrante olor te recibía a la entrada. El color del techo estaba tomado por el humo y las pinturas del friso que decoraba la parte alta de las paredes habían perdido el colorido. A pesar de la hora, el local estaba concurrido. Un camarero nos acompañó hasta un rincón donde se podía hablar con cierta intimidad. El cónsul y yo pedimos un chocolate caliente y los italianos agua de seltz. Esperamos a que nos sirvieran hablando de banalidades. Una vez retirado el camarero fue Cornaro quien tomó la palabra:

—Quiero agradecerle que haya accedido a acompañarnos a estas horas y reiterarle nuestras excusas por haberlo abordado de una forma tan brusca.

Hice un gesto con la mano quitando importancia al hecho.

—El *signore* Bardi y yo —prosiguió Cornaro— tenemos entendido que le unen fuertes lazos de amistad con el *signore* presidente del consejo de ministros.

Hablar de fuertes lazos de amistad era un exceso.

—Eso es una exageración.

—Disculpe, señor Besora —intervino Del Corral—, usted ha invitado a Prim a su boda con la señorita Paloma Azpeitia.

Me puse en guardia. Estaba claro que tenían algún soplón en el palacio de Buenavista, adonde la invitación había llegado hacía un par de días.

—Es su amistad con el *signore* presidente del consejo de ministros —prosiguió Cornaro— lo que nos ha llevado a ponernos en contacto con usted. Verá, *signore* Besora, tenemos constancia documental de que el regente no desea que el resultado de la votación del pasado día dieciséis llegue a buen término y trata de evitar que su majestad el rey Víctor Manuel acepte, en nombre de su excelencia el duque de Aosta, la corona de España.

—¡Eso no es posible!

—Lo es, *signore*. El general Serrano no desea abandonar

los privilegios que supone ser regente de una monarquía sin rey; por eso, intenta convencer a nuestro soberano de que los ciento noventa y un votos logrados por don Amadeo sólo auguran dificultades para gobernar y debería sopesar la posibilidad de rechazar el trono.

—¿Ha dicho que tiene constancia documental de la actitud de Serrano?

—Así es, *signore*. El regente ha confiado al barón de Benifayó una carta dirigida a nuestro rey donde deja clara su posición.

Me quedé atónito. A pesar de que Serrano no había mostrado empacho en promover su propia candidatura al trono y luego verse obligado a retirarla, ante la falta de apoyos, representaba la más alta magistratura del Estado, si bien carecía de funciones ejecutivas. Ahora, según afirmaba aquel italiano, trataba de hacer fracasar la llegada del nuevo rey. ¡Eso era traición! Su actitud sólo podía calificarse como rastrera. No quería pensar que su comportamiento estaba dictado porque la llegada del nuevo rey significaba el final de unos oropeles con los que aquel fatuo se sentía feliz.

—No tengo motivos para dudar de su palabra, pero lo que ha dicho es tan increíble que…

El italiano sacó un papel que dejó sobre la mesa.

—¿Qué es eso? —pregunté antes de cogerlo.

—Una copia de la carta que el regente ha entregado al barón de Benifayó.

Cogí el pliego y lo leí en silencio hasta tres veces. Algunos datos despejaban cualquier duda acerca de que se trataba de una copia auténtica.

—¿Cómo ha llegado a su poder la carta original?

—El señor barón habló de la carta con el embajador extraordinario que nuestro rey ha enviado a Madrid para tratar lo relacionado con la proclamación del duque de Aosta.

Le devolví la copia y recordé que Galdós me había dicho hacía una hora que detrás de la trama para asesinar a Prim estaba Serrano.

—Exactamente, ¿qué quieren de mí?

—Que advierta al *signore* presidente del consejo de ministros.

—¿Por qué habría de hacerlo?

—Porque usted es su amigo y porque estamos dispuestos a ofrecerle otra información muy valiosa.

—Comprenderá usted que tenga muchas dudas. Todo esto es muy extraño.

—Tiene razón. Para nosotros es inconcebible que el regente actúe de esa forma.

Di un sorbo a mi chocolate, que se había quedado frío y medio cuajado.

—Está bien. No puedo prometerle nada. Sólo que haré lo que esté en mi mano.

—Eso es, *caro amici*, lo que deseábamos oír. Ahora escúcheme con atención. —Cornaro se aseguró de que nadie más lo escuchaba—. El regente ha dado instrucciones a don José María Pastor para que tome medidas drásticas contra el general Prim si nuestro rey acepta, en nombre de su hijo, el trono de España.

Lo miré fijamente a los ojos y le pregunté:

—¿Quiere decirme qué significan medidas drásticas?

—Está dispuesto a acabar con el *signore* presidente del consejo de ministros.

Contuve la respiración. La detención de los alojados en la casa de Rabanal estaba muy lejos de poner punto final a la trama orquestada para asesinar a Prim. A las aspiraciones del duque de Montpensier se añadían las de quien en los maledicentes círculos políticos era conocido como el «General Bonito» por su afición al lujo y por el tiempo que dedicaba al cuidado de su persona.

—Me gustaría saber si vuestro soberano aceptará el trono para don Amadeo.

El italiano miró a su compatriota, quien no había abierto la boca a lo largo de la conversación. El intercambio de miradas me hizo ver que el silencioso personaje era, en realidad, quien llevaba la voz cantante. Cornaro interpretó su mirada.

—Si don Amadeo cuenta con el apoyo del general Prim, aceptará.

Era lo que quería escuchar.

—Haré lo que esté en mi mano, aunque no puedo prometerles nada.

—Le quedamos muy agradecidos. Los rumores que circulan son inquietantes.

Antes de despedirme, pregunté a Cornaro:

—¿Quién es don José María Pastor?

—El responsable de la escolta del regente. El *signore* presidente del consejo de ministros debe guardarse de él. —Cornaro sacó una libreta, escribió un nombre, arrancó la página y me la dio.

—¿Quién es este individuo?

—Un guarda del paseo del Prado. Mantiene estrechas relaciones con don José María Pastor.

Pietro Bardi se puso de pie, dando por terminada la reunión.

—*Signore* Besora, le hemos dado una información muy valiosa, espero que comprenda que es confidencial. Buenas noches.

Estupefacto, los vi marcharse. Antes de guardar el papel que Cornaro me había dado, leí el nombre que había escrito: Ángel González Guerrero.

Salí del café Real abrumado. Por Madrid pululaban agentes italianos para desbaratar los intentos de dar al traste con la entronización de la dinastía de Saboya en España. Estaba claro que la batalla en torno al trono no había concluido con la votación de las Cortes, más bien la lucha arreciaba. Montpensier no daba por perdida la partida y Serrano, un conspirador nato, intrigaba para no abandonar las prebendas que le otorgaba la regencia. Por su parte, los republicanos no aceptaban que España fuera una monarquía y entre sus filas no pocos consideraban a Prim el único obstáculo que se interponía a sus deseos de proclamar la república. Con aquellos ingredientes no resultaba extraño que por Madrid, capital de un reino sin rey, circularan rumores sobre conspiraciones para acabar con su vida.

41

Somnoliento —apenas había dormido cuatro horas—, me encaminé a la fonda de Ignés. Había caído una fuerte helada y, aterido, me arrebujaba bajo mi capa, enguantado y con la chistera encasquetada. Como ya me conocían, me permitieron ir hasta su aposento. Golpeé la puerta con los nudillos y la voz de Ignés sonó aguardentosa.

—¿Quién llama?

—Soy yo, Fernando.

Me abrió al instante. Estaba en ropa interior y con la barretina puesta. Bostezó, y con un gesto me indicó que pasara. Atrancó la puerta y bostezó de nuevo.

—¡Estoy para el arrastre! —se quejó, llevándose las manos a los riñones—. ¡Los años pesan como el plomo, Fernandito!

—¿Por qué lo dices?

—Porque un polvo con Afrodisia me deja ya para el arrastre. ¡Estoy molido! —Puso agua en una jofaina y se lavó, frotándose con energía la cara. Después de las abluciones y de secarse con una toalla, me preguntó—: ¿Qué te trae tan de mañana?

—¡Tenemos que ver a Prim!

—Lo dices como si se tratara del tendero de la esquina.

—Tenemos que verlo lo antes posible.

—Fernandito... que no son horas para decir tonterías.

—Serrano quiere cargarse la elección de Amadeo de Saboya.

—¡Pero si las Cortes ya lo han votado! —protestó abotonándose la camisa.

—Serrano actúa a espaldas de Prim y presiona para que no venga.

—Eso son paparruchas, Fernandito. ¡Tienes demasiada imaginación!

—No son paparruchas. Además, también anda buscando perder al general.

Como con Ignés no podía andar con tapujos, le expliqué lo ocurrido la víspera y tras un largo silencio, que aprovechó para ajustarse la faja, después de haberse puesto los pantalones, explotó:

—¡Ese tío es un cabrón!

A las nueve y media ya estábamos en palacio. Muñiz nos recibió inmediatamente y, tras explicarle por qué nos encontrábamos allí, pasamos a un gabinete donde aguardamos hasta que Prim nos recibió. Vestía de uniforme, porque iba a reunirse con varios generales.

—Hay que tenerlos bajo control —comentó con humor—. ¿Habéis desayunado?

—No, mi general —respondió Ignés.

—Tienes mala cara —comentó, al tiempo que agitaba una campanilla.

—Me acosté tarde y he dormido poco, mi general.

—¿De picos pardos?

Ignés no respondió, el secretario ya acudía a la llamada de Prim.

—Ricardo, que nos sirvan el desayuno.

—¿Aquí, excelencia?

—Claro. Con Ignés y Besora no hace falta protocolo.

Muñiz se retiró y Prim me dio las gracias por la invitación de boda.

—Es en San Ginés, ¿no?

—Sí, excelencia.

—A propósito, ¿qué me cuentas de esa secta sobre la que has escrito?

No sabía si pretendía ganar unos minutos hasta que trajeran el desayuno o verdaderamente estaba interesado por la negra historia de la calle Carretas. En cualquier caso, me sorprendió que estuviera al tanto de esas cuestiones.

—Se trata de un grupo de satanistas, excelencia. El pasado marzo celebraron allí una misa negra.

—¿Qué es una misa negra?

Le expliqué brevemente en qué consistía el ritual.

—¿Hacen un sacrificio sobre el cuerpo de una mujer desnuda?

—Por lo general suelen sacrificar un gallo, pero en esta ocasión utilizaron un niño.

—¿Sabes si la policía ha tomado cartas en el asunto?

—Sí, excelencia, pero me temo que la investigación no prosperará demasiado.

—Pues no parece demasiado complicado detener a esa canalla —afirmó Ignés.

—¿Por qué lo dices? —le preguntó Prim.

—Porque Fernandito y yo conocemos el local donde ahora se reúnen.

—Déjate de bromas.

—No es broma, mi general. Hemos descubierto el local donde ahora se reúnen.

—¿Lo sabe la policía?

—No —respondí tajante.

—¿Por qué has dicho antes que la investigación no prospera?

—No me fío del policía que lleva el caso.

—¿Tienes algún motivo para pensar así?

—Se encargó de mi apaleamiento y la investigación no ha avanzado.

—¿Cómo se llama?

—Juárez, excelencia.

Muñiz apareció con dos camareros vestidos con impolutas chaquetas blancas y pantalón negro, portando unas bandejas. Una rebosaba de bollos y panecillos, mermelada y mantequilla; en la otra traían la vajilla con café, chocolate y leche, y una tetera de plata repujada con motivos morunos y un vaso de cristal labrado con unas hojas de hierbabuena. Ignés me había dicho en una ocasión que, desde su paso por Marruecos, el general era muy aficionado al té dulce, aromatizado con aquella planta. Lo colocaron todo sobre una mesa y aguardaban instrucciones, pero Prim les ordenó retirarse; después, indicó a Muñiz:

—Quiero que el gobernador civil me proporcione información completa sobre el asunto de esa secta a que se refería Besora en su artículo.

—¿Alguna otra cosa, excelencia?

—Sí, la quiero hoy mismo.

Una vez solos nos invitó a servirnos a nuestro gusto y por fin, nos preguntó con el tono campechano que utilizaba cuando estaba con el viejo contrabandista:

—¿Qué mosca os ha picado para venir por aquí?

—Que se lo explique Fernandito, mi general.

No omití detalle: la discreción solicitada por los italianos no incluía a Prim. A pesar de la gravedad que significaba la actitud de Serrano, el general no se inmutó. Me puso una mano en el hombro y me llamó como lo hacía Ignés:

—Besora, acabas de prestarme un gran servicio. Sé que Serrano no es de fiar, pero no creí que fuera a llegar tan lejos. Esta batalla no puede darse por concluida hasta que el rey esté en España y haya jurado el cargo.

Me produjo cierta zozobra el poco caso que había hecho a todo lo que le conté referente a la trama para acabar con su vida, si bien reconoció que Pastor tampoco era de fiar. Antes de marcharnos, Ignés, que estaba muy preocupado, le preguntó:

—Mi general, ¿qué piensa hacer con las amenazas?

Prim soltó una carcajada y le palmeó la espalda.

Almorcé en casa de Paloma y a regañadientes, por guardar las apariencias, me marché a media tarde a la calle del Desengaño, dispuesto a trabajar en mi novela, que estaba casi concluida. No había comentado con don Felipe la posibilidad de publicarla por entregas en *La Iberia* porque mi mayor deseo era darla a la estampa en forma de libro, como había hecho Galdós con *La Fontana de Oro.* En el portal me encontré a Marcela. Tuve la sensación de que me estaba aguardando.

—Tiene usted visita, don Fernando.

Al no ver a nadie, le pregunté:

—¿Dónde está?

—En su casa —respondió con naturalidad y, al ver mi sorpresa, añadió—: Con todo el equipaje que traía y lo cansada que estaba…

—Pero… pero ¿quién ha venido?

—¡Su tía, don Fernando!

Faltaban tres días para la fecha que me había anunciado para su llegada.

—¿Está seguro de que es ella?

Una sombra de duda asomó a sus ojos.

—Ha dicho que se llama Ernestina. Usted tiene una tía que se llama así, ¿verdad? ¿Es alta, delgada y tiene los ojos grandes y azules?

—Sí.

—Entonces es su tía.

Supe que había ocurrido algo grave para que se presentara de improviso. Subí los peldaños de dos en dos con Marcela haciendo un esfuerzo por pisarme los talones. La mano me temblaba tanto que me costó trabajo encajar la llave en la cerradura y cuando al fin logré abrir la puerta me encontré con el recibidor lleno de bultos. Se había traído media casa a cuestas. Tía Ernestina salió a mi encuentro. Vi su silueta, esbelta y elegante, avanzar por la penumbra del pasillo. Su amplia sonrisa no podía ocultar la tristeza de su mirada. Nos fundimos en un abrazo y sentí la fragilidad de su cuerpo. Al besar su mejilla comprobé que estaba llorando. No supe si por la emoción del encuentro o ya sollozaba cuando llegué. Se apretaba a mí como si fuera una tabla de salvación. Marcela se marchó sin hacer ruido. Dejé que ella deshiciera el abrazo, saqué mi pañuelo, le sequé las lágrimas y aguardé pacientemente a que se recompusiera, aunque estaba ansioso por conocer la causa de su inesperada presencia y de su voluminoso equipaje, y tener una explicación para su llanto. No le pregunté hasta que haciendo un esfuerzo comenzó a hablar, después de acomodarnos en la salita de estar.

—Me he marchado de casa de tu madre. La bronca ha sido monumental.

Las disputas entre Ernestina y mi madre eran frecuentes. Nunca se habían llevado bien. A pesar de que el carácter dulce de mi tía se sometía al autoritarismo de mi madre, a veces su actitud la obligaba a reaccionar. Entonces era mi padre quien ponía bálsamo tras la trifulca. Supuse que sin su presencia el arreglo era más complicado.

—Eso no es nuevo —le respondí, quitando importancia a sus palabras.

—Esta vez hemos cruzado la raya. ¿Tienes inconveniente en acogerme?

—Ésta es tu casa.

Como rompió a llorar de nuevo, fui a la cocina y le traje un vaso de agua. Cuando se serenó, me explicó con detalle lo ocurrido.

—A tu madre no le gustó el anuncio de tu matrimonio. Desde el primer momento se negó a venir a la boda y cuando le dije que yo pensaba hacerlo, tuvimos una riña. Desde entonces hemos tropezado a diario y hace tres días estalló la tormenta cuando me echó en cara que estuviera viviendo y comiendo bajo su techo.

—¡No puedo creerlo!

—Le respondí altanera que comía mi pan, el derivado de las obligaciones que mi hermano tenía sobre mi persona. Me respondió que estaba varias cuartas bajo tierra y entonces perdí los papeles. Dije alguna cosa que debí haberme callado y también ella se despachó a gusto. —Mi tía se llevó las manos a la cara y exclamó antes de romper a llorar de nuevo—: ¡Qué vergüenza, Fernandito, parecíamos lavanderas insultándonos!

Se desahogó con otra llantina antes de terminar su explicación.

—La riña fue después del desayuno. Me encerré en mi alcoba y allí permanecí casi todo el día. Bajé poco antes de la cena, dispuesta a disculparme, pero tu madre, nada más verme aparecer, me espetó: «Vete de aquí lo antes posible. No consiento que nadie me insulte en mi propia casa». A pesar de todo le pedí perdón, pero sirvió para que me mortificase más. Me dijo que estaba muy equivocada si pensaba que con unas palabritas iba a lavar mi afrenta.

—¿Qué hiciste?

—Volví a pedirle perdón, a pesar de que era consciente de no tener la culpa. No se dignó contestarme. Al día siguiente, recogí mis cosas, son las que están a la entrada de tu casa, y aquí me tienes, Fernandito, creándote un problema en vísperas de tu boda.

Recordé los cuentos que me contaba cuando era niño antes de dormirme y que jamás salieron de la boca de mi madre. Cómo me daba a escondidas algunas golosinas que estaban prohibidas en casa. Cómo discutió con su hermano el día que decidieron mi ingreso en un internado y que supuso para mí, entonces un niño de diez años, una dura experiencia. Fue mi ángel de la guarda en una casa donde no había ángel. Cuando me negué a seguir el plan trazado por mi familia, recibí de tía Ernestina el calor que necesitaba. Ahora, deshecha y abandonada, tenía la oportunidad de devolverle algo de la ternura que derramó sobre mí, a manos llenas, en mi infancia y adolescencia.

—No seré una carga para ti.

Acaricié su mejilla y le susurré:

—¿A qué viene esa tontería?

Rompió a llorar y cuando se recompuso, me explicó el sentido de sus palabras.

—Quiero que sepas que tu padre, que era hombre previsor, detraía ciertas cantidades de los beneficios de la empresa que colocaba en una casa de banca de Reus, con la expresa indicación de que, a su fallecimiento, si tenía lugar antes que el mío, yo sería la beneficiaria. Jamás me lo dijo, pero pocos días después de su muerte, el director del banco, un hombre discreto, me hizo llegar un mensaje: necesitaba hablar conmigo...

—En mi casa no necesitas dinero —la interrumpí.

—Te lo agradezco, pero has de saber que dispongo de más de veinte mil duros. Además tengo la renta del Almendral, que son mil doscientas pesetas anuales.

En aquel momento la campanilla anunció una visita. Acudí a abrir la puerta y me encontré con el avinagrado rostro del comisario Juárez que me miraba acusador. Pensé que su presencia estaría relacionada con lo que aquella mañana había contado a Prim.

—Veo que se mueve bien en las alturas —me soltó con mucha insolencia.

Me molestó tanto que decidí atenderlo en el recibidor entre los bultos de tía Ernestina. Se quedó mirando los baúles y las cajas, y con desfachatez, me preguntó:

—Veo que va a emprender un largo viaje.

—Supongo que eso no forma parte de su investigación. —No estaba dispuesto a consentirle impertinencias—. ¿Puedo saber a qué ha venido?

—Para hablar del asesinato de la calle Carretas —dijo con displicencia.

—Pues diga lo que tenga que decir.

Iba a abrir la boca, cuando llegó hasta nosotros la voz de Marcela.

—Le digo que don Fernando está atendiendo a una visita.

—Y yo a usted que he de verlo inmediatamente.

Juárez se puso pálido y, sin decir palabra, salió corriendo escalera abajo. El estrépito, los gritos y las maldiciones indicaban que alguien rodaba por los escalones.

—¿Qué ocurre? —preguntó mi tía, que había aparecido en el recibidor.

—No lo sé. La persona con quien estaba hablando ha salido corriendo. Creo que ha arrollado a alguien que subía.

Bajamos y nos encontramos con un revoltijo al pie de la escalera. Marcela profería gritos lastimeros y se llevaba una mano a la cadera. También había dos hombres, uno inmóvil en el suelo y el otro, enredado en los faldones de su abrigo, trataba de ponerse en pie, profiriendo maldiciones. En ese momento apareció Virtudes que venía de la calle. Iba a decir algo, pero al ver la escena y a su madre gritar, también se sumó al coro de los lamentos. Juárez se había esfumado y el portal se había convertido en un pandemonio. Virtudes sacó una manta que extendimos en el suelo y, con la ayuda de otros vecinos que habían acudido ante el escándalo, colocamos a su madre sobre ella. Según el dictamen de un médico que acudió avisado por alguien, no se apreciaban roturas; con todo, las magulladuras de sus orondas carnes anunciaban moretones. Le recetó un linimento y friegas, y cobró un duro que yo aboné. Uno de los caballeros que venían a verme había recibido un fuerte golpe en la cabeza y estuvo inconsciente varios minutos. Cuando llegó el médico que atendió a la portera, ya había recobrado el sentido y rechazó los cuidados del galeno, a pesar de estar aturdido. Cerciorados de que yo era Fernando Besora, los dos hombres se presentaron formalmente. Uno era el comisario Jovellanos y el otro —el que había perdido el conocimiento—, su ayudante, apellidado Pulgarín. Los invité a subir a mi piso.

—Verá, señor Besora, venimos a verlo por indicación del gobernador civil quien me ha encargado personalmente —puso mucho énfasis en esa palabra— el caso del asesinato de la calle Carretas. Nuestra presencia está relacionada con el artículo que usted publicó hace unos días.

—Un momento. ¿Usted... usted es el encargado del caso?

—Desde hace un par de horas. Ésta es mi primera actuación.

Me quedé desconcertado.

—Pero... pero... ¿No se encarga del caso el comisario Juárez?

—¿Juárez? ¿Qué tiene que ver Juárez con esto?

—Es quien les ha arrollado en la escalera.

—¡No me diga que era Juárez el que bajaba a trompicones! No lo he identificado.

—Vino a verme el mismo día que mi artículo vio la luz y me dio a entender que estaba a cargo de esa investigación, aunque... aunque... —traté de rememorar aquel desagradable encuentro— no recuerdo que me lo dijera.

—Nadie ha estado a cargo de la investigación hasta que esta mañana el mismísimo gobernador ha tomado cartas en el asunto.

Eso significaba que Juárez se había entrometido por alguna razón particular. Mis impresiones de que Juárez no era de fiar se veían confirmadas.

—Me gustaría que respondiera a algunas preguntas sobre el caso.

Jovellanos tendría unos cuarenta años y el pelo gris, del mismo color que sus ojos. Pensé que si el gobernador civil —con toda seguridad a instancias de Prim— había puesto el caso en sus manos era porque su competencia estaba acreditada.

—En lugar de responder a sus preguntas, será mejor que le cuente todo lo que sé. Cuando termine, usted pregunta, ¿de acuerdo?

—Me parece bien.

Sin revelar mis fuentes, le expliqué lo que me contó Segismundo Martínez; después le facilité algunos datos relativos al palacete, pero sin mencionar a Blanca Mondéjar ni a Crisanto. Por último, le relaté parte de la historia de Pedro Gómez.

—El asesinato de esa criatura me dio alas, más allá del valor periodístico que tenía desvelar la existencia en Madrid de una secta satánica que celebra misas negras.

Dejé para el final lo relativo al sótano. Jovellanos se mostró muy interesado sobre esa parte de la historia, de la que nada había aparecido en la prensa.

—¿Está seguro de que se trata de la misma gente?

—Completamente. En el mural del testero aparece la fecha de la misa negra en la que sacrificaron a ese niño.

—¿Sabe si se siguen reuniendo en ese local?

—Creo que sí, aunque los datos son de hace algunas semanas.

—¿Por qué no lo puso en conocimiento de las autoridades?

—Verá, comisario, mi primer interés fue periodístico; después, por una serie de circunstancias que no son del caso, la publicación de esa crónica se demoró. Luego, como ya le he dicho, el mismo día en que salió a la luz, apareció Juárez.

Jovellanos, después de agradecer la confianza que le había mostrado, me dijo que me mantendría al tanto de sus actuaciones.

—¿Qué piensa hacer? —le pregunté cuando ya estábamos de pie.

—Lo primero, poner bajo una discreta vigilancia ese sótano. Después trataremos de detener a toda esa gentuza. Me gustaría que no escapara ninguno.

42

Los días que precedieron a mi boda fueron un torbellino. Tía Ernestina conoció a Paloma y después la llevé a merendar a la pastelería de doña Rosa y fui feliz cuando, por el camino, me dijo que Paloma era un ángel que había llegado a mi vida.

—No hay más que mirarla a la cara. Transpira bondad por todos los poros de su piel. ¡Esa mujer te hará feliz! —exclamó, apretándose contra mi brazo.

Aproveché para preguntarle si quería ser madrina de mi boda y se volvió loca de contenta. Paloma nos había anunciado que el padrino, a falta de familiares, sería don Modesto Martín, el mejor amigo de su padre.

Instalada en el piso de la calle del Desengaño, me alegró comprobar que, desde el primer momento, hizo buenas migas con Virtudes, quien la aceptó como señora de la casa. Tía Ernestina se empeñó en que, aunque apenas había tiempo, tenía que hacerme un traje nuevo. Acudimos a la sastrería de Navarro, en la calle de Fuencarral, una de las más acreditadas de Madrid. El sastre puso inicialmente algunas pegas, excusándose en la precipitación del encargo, pero cuando mi tía se decidió por un tejido de la mejor calidad y un precio que me pareció exorbitante, se despejaron sus dudas. Ella escogió el modelo y se hizo cargo del pago, alegando que era su regalo de bodas y privilegio de la madrina, y me acompañó a las pruebas, antes de que la prenda quedara definitivamente confeccionada. También adquirí una chistera nueva, a juego con mi atuendo de novio, y tuve que visitar otras tiendas de bastones, guantes, polainas y zapatos. En todo lo referente a mi indumentaria para el día de la boda, tía Ernestina se mostraba inflexible.

—No puedes ir de trapillo, Fernandito. ¡Que Paloma esté de luto no quiere decir que dejes de llevarla al altar como ella se merece! —me repetía una y otra vez.

En cuanto al asunto de la trama para asesinar a Prim, Ignés y yo manteníamos vivo el plan trazado. Se pasaba horas en el paseo del Prado, pendiente de Ángel González Guerrero. Nos veíamos todos los días, a la caída de la tarde.

—Ese sujeto es de lo más normal, Fernandito. Deambula paseo arriba y paseo abajo, con su gancha en la mano. Charla con la gente, persigue a los chiquillos que hacen alguna trastada y fuma sin parar. Si tiene que ver con la trama, lo hace fuera de sus horas de servicio. Mañana, cuando termine su turno, voy a seguirlo.

—Ten mucho cuidado.

—Lo tendré, por la cuenta que me trae.

Ignés iba a pedir otras dos copitas de aguardiente, pero le dije que tenía prisa.

—Está claro que dos tetas tiran más que dos carretas —protestó.

—Te equivocas. Si el tren no se ha retrasado, mi hermano y su esposa estarán ya en su hotel. ¡No faltan más que dos días para mi boda!

El 8 de diciembre nos trajo un día gélido, pero despejado. La helada nocturna había sido tan grande que Madrid amaneció cubierto por una capa de escarcha. A las ocho y media tía Ernestina y yo nos subimos en el vehículo que nos llevó a San Ginés, adonde llegamos con cinco minutos de antelación. Allí me encontré a Ignés, vestido de limpio y con su barretina, a Miguelito Rocafull con su ropa de los días de fiesta, a mi hermano y su mujer vestidos de punta en blanco, mi cuñada con cara de circunstancias. A mi tío Fernando y sus dos hijas, muy elegantes, a quienes no había visto antes porque llegaron la víspera. Me sorprendió ver que ya estaban allí Marcela y Virtudes. No sé cómo se las habían ingeniado: ayudaron a mi tía a vestirse de madrina. Vi a Pepe Suardíaz y a Carlos Rubio, algo más aseado que de costumbre. De repente, un revuelo en la calle anunció la llegada de la novia. A pesar de que el trayecto era muy corto, venía en un vistoso carruaje; según parecía, don Modesto se había estirado y echado el resto. Muchos transeúntes se arremolinaron cuando aparcó y alguna gente se acercó. No me extrañó, las novias ejercían una atracción muy fuerte, sobre todo, entre las mujeres que acudían a verlas a la puerta de la iglesia para luego comentar detalles de su aspecto, de su vestido y de los adornos. Yo esperaba, cada vez más nervioso, al otro lado de la verja que separaba el pequeño atrio de la calle.

Me extrañó comprobar que la gente empezó a aplaudir. Aquello era menos habitual. Comprendí qué ocurría al ver descender del carruaje a dos militares con uniforme de gala: eran Moya y González Nandín; después bajó Prim, que vestía de paisano. Miré a Ignés, que se encogió de hombros, como si se sacudiera de encima una responsabilidad. Nunca pude imaginar que el presidente acudiera a mi boda.

—No me habías dicho que Prim iba a venir —me susurró mi tía al oído.

—¡No lo sabía! ¡Cómo iba a imaginarme que fuera a venir! ¡Imagínate lo que es su vida!

—Pero ¿lo habías invitado?

—Sí, me lo pidió cuando supo que me casaba. A mí jamás se me habría ocurrido.

Prim se acercó hasta donde yo estaba hecho un pasmarote y me llamó por mi nombre:

—Fernando, espero que la novia no nos dé plantón.

—Por allí viene, excelencia. —Fue un alivio que Paloma apareciera por la calle.

La gente, agolpada a la entrada de la iglesia, había abierto un pasillo para dejarle paso. Aplaudían a Paloma como si fuera una celebridad. Dada la cercanía de la iglesia hizo a pie el recorrido desde su casa, del brazo de don Modesto, escoltada por Micaela y el doctor Evaristo Cortés. Entre el gentío brotaron algunos vivas. Al verla me puse más nervioso de lo que estaba. Vestía un discreto traje gris perla —por guardar luto no se vistió de blanco—, muy ceñido a la cintura y ajustado al cuello; los puños estaban adornados con encajes; cubría su cabeza con un velo de blonda, que dejaba ver algunos mechones de su cabello. Estaba bellísima. Don Modesto, al comprobar la presencia de Prim, comenzó a temblar como un azogado, al tiempo que la cara de Paloma enrojecía y me pedía explicaciones con la mirada.

—Fernando, ¿no vas a presentarme a la novia?

Estaba tan nervioso que hice una presentación vulgar.

—Paloma, es el general Prim. Excelencia, ella es Paloma Azpeitia.

—¡Eres un hombre afortunado! —exclamó Prim quien, rompiendo las normas de protocolo, ofreció su mano a Paloma que permanecía inmóvil. Tímidamente, estiró la punta de sus dedos que el general se acercó a los labios. Tía Ernestina, me dio con el codo reclamando un poco de atención.

—Excelencia, permítame que le presente a mi tía Ernestina, la hermana de mi padre.

Prim se quedó mirándola, fijamente.

—¿Tú eres la que cazaba ranas en el estanque de Ramonet?

—Veo, excelencia, que aún se acuerda —rezongó satisfecha.

—Hay cosas que jamás se olvidan, Ernestina. ¡Y déjate de monsergas y excelencias!

El general la besó en la mejilla y ella se ruborizó.

—Es un placer volver a verte, después de tantos años.

Me sentía incómodo, sabiendo que éramos el centro de todas las miradas. Estaba pasando un mal trago cuando debía sentirme eufórico. ¡El presidente del Gobierno en mi boda! Vi con el rabillo del ojo la cara de satisfacción de mi tío Fernando y la de sorpresa de mis primas que cuchicheaban algo. Les hice un gesto para que se acercaran y se los presenté a Prim. Mis primas ya tenían una historia que contar a lo largo de toda su vida. El que disfrutaba con el momento, a unos pasos de distancia, era Ignés. Si estaba informado de la presencia del general, el muy bribón se había cuidado mucho de advertírmelo. No tuve que decirle que se acercara porque lo hizo Prim, abrazándolo con cariño. Mi hermano, con su esposa al brazo, se aproximó al cada vez más nutrido grupo. Se los presenté al general, que los saludó con cortesía. Los ojos de mi cuñada brillaban de forma especial, a medio camino entre la sorpresa y la envidia. También tendrían para contar en Reus. Doña Rosa, a quien Paloma y yo habíamos tenido especial interés en invitar, por poco se desmaya cuando Prim le besó la mano.

Hasta mis oídos llegaban, pero como si fuera algo muy lejano, los vivas de la gente. Se los daban a la novia y a Prim, revelando que el prestigio del general entre las clases populares estaba muy asentado desde que había vencido al moro en los Castillejos. Para la gente sencilla era un héroe que además había echado del trono a Isabel II. Era el icono de la Gloriosa. Los ayudantes de Prim permanecían en un discreto segundo plano, pendientes del gentío, mucho más preocupados que su jefe con los rumores de la trama para asesinarlo. Supuse que la posibilidad de un atentado era pequeña ya que muy pocos sabrían que el general tenía previsto a acudir a la iglesia de San Ginés. No era un acto público anunciado con antelación. Pero nunca se sabía dónde podía saltar la liebre.

El padre Gaspar, impaciente ante la tardanza, salió al atrio dispuesto a echarnos una resplandina. Al ver a Prim, también se puso nervioso y se olvidó de amonestarnos. Con veinte minutos de retraso entramos en el templo, que se llenó de desconocidos cuyo único deseo era ver al presidente del Gobierno. Durante la ceremonia el párroco estuvo nervioso y me miraba como si yo tuviera la culpa.

Salí de San Ginés, con Paloma convertida en mi esposa, por el estrecho pasillo que nos dejaba el gentío. Se había corrido la voz de que Prim asistía a la boda de un amigo y en la calle se había concentrado una muchedumbre. Menos mal que el coronel Moya, al ver la aglomeración, aprovechó la ceremonia para traer dos pelotones de soldados que formaron un cordón de seguridad. Prim se despidió con muestras de cariño y, en un aparte, nos dijo a Paloma y a mí:

—Cuando regreséis de vuestro viaje de novios, mi esposa y yo tendremos mucho gusto en invitaros a almorzar. Os mandaré recado.

—Será un honor inmerecido, excelencia.

Prim, guiñándome un ojo, me preguntó:

—¿Invitamos también a Ignés?

—Por supuesto, excelencia. ¿No le apetece acompañarnos al desayuno?

—¡Qué más quisiera yo! Tú sabes bien que algunos no cejan en su empeño de hacerle creer a don Amadeo que viene a un matadero. Son tenaces. Hoy se reúnen todos los periódicos que subvenciona el bolsillo de Montpensier en la redacción de *La República Ibérica.*

—¿Qué pretenden, excelencia?

—Olvídate de eso, Fernando. —Le dedicó una sonrisa a Paloma y a mí me dijo—: ¡Tienes cosas mucho más importantes que estar pendiente de cabildeos! ¡Es una orden!

Se despidió con un saludo colectivo y se montó en su coche, respondiendo con la mano a las aclamaciones de la muchedumbre. Sus ayudantes cerraron las portezuelas, en la que podían verse las armas del conde de Reus, el título otorgado por sus méritos militares, y el carruaje se puso en marcha.

—¿Por qué no me has dicho que Prim iba a venir? —protestó Paloma.

—No tenía la menor idea, cariño. Te comenté que insistió en ser invitado a la boda y pensé que nos mandaría un regalo, pero no se me ocurrió pensar que vendría. ¡Estoy tan sorprendido como tú!

La marcha de Prim disolvió la muchedumbre y nos encaminamos hacia el salón del hotel Cuatro Naciones que había reservado para invitar a un desayuno a los familiares y amigos. Durante un buen rato la comidilla entre los reunidos fue la presencia de presidente del Gobierno en la ceremonia. Se formaron varios corrillos en los que departimos relajadamente, antes de acomodarnos a una mesa alargada rebosante de bandejas de bollos, de dulces variados, de hojaldres —habían corrido por cuenta de doña Rosa— y de churros y algunos fiambres que habían dispuesto sobre unos manteles inmaculados. Ignés, con su barretina calada, no paraba de hablar con mi tío y mis primas, María y Montserrat, que estaban bellísimas; al grupo se habían incorporado el doctor Cortés y doña Rosa. Las tenía embobadas contándole historias de sus tiempos de contrabandista. Charlé un rato con don Felipe Clavero, que había aparecido al final, con Pepe Suardíaz y con Carlos Rubio, y les presenté a Paloma, a quien no conocían. Suardíaz, con quien tenía mayores confianzas, aprovechó un momento en que mi hermano y mi cuñada hablaban con Paloma, y don Felipe y Carlos Rubio discutían con don Modesto y el doctor Cortés acerca de la situación política, para decirme, con cierta complicidad:

—¡Qué bien guardada la tenías, ladrón!

Miré a Paloma, estaba radiante y derrochaba simpatía. Yo era el hombre más feliz de la tierra sabiendo que ya era mi esposa.

Miguelito Rocafull no paraba de hablar con Virtudes, mientras Marcela y Micaela, que habían hecho las paces, se erigieron en las guardianas de la celebración e indicaban a los camareros cómo debían hacer su trabajo. Rocafull aprovechó un momento en que tía Ernestina le pidió algo a Virtudes para comentarme socarrón:

—¡Qué calladito te lo tenías!

—¿Qué me tenía calladito?

—¡Qué va a ser! ¡La presencia de Prim!

Para defenderme, lo único que se me ocurrió fue decirle:

—Creí que te referías a Virtudes. Te veo muy entusiasmado.

Supe que era inútil explicar que yo era el primer sorprendido. El único que podía creerme era Ignés, que continuaba engatusando a mis primas con sus historias. Aproveché un momento para presentarle a don Felipe, antes de que mi director se marchara. Ignés tenía interés en conocerlo.

La celebración se prolongó hasta más allá del mediodía, aunque no estaba previsto. Don Modesto, en su condición de padrino, decidió invitar a la concurrencia a almorzar. Poco antes de las dos, Paloma y yo nos despedimos de los invitados —tía Ernestina se encargaría de atender a mis familiares hasta que regresaran a Cataluña—. Acompañados por Micaela, fuimos al que ya era oficialmente nuestro hogar para ponernos una ropa más cómoda y recoger nuestro equipaje. En la puerta ya nos aguardaba un coche de punto para llevarnos a Atocha, allí tomábamos el tren de Aranjuez adonde íbamos a pasar nuestros primeros días de vida matrimonial.

43

Si el día que me casé era un hombre feliz pero agobiado, cuatro días más tarde, cuando regresamos a Madrid, era un hombre feliz y sosegado. Paloma era el centro de mi vida y en Aranjuez habíamos dado rienda suelta a nuestra pasión, tantas veces contenida durante los meses anteriores. Fueron unos días inolvidables, paseando por sus parques, visitando sus monumentos cargados de historia, pasando muchas horas en el lecho y hablando sin parar de la vida que teníamos por delante.

Cuando el lunes por la tarde llegamos a Atocha, Madrid nos recibió con un frío inmisericorde. Un mozo se hizo cargo de nuestro equipaje, mucho mayor que el que llevábamos cuando partimos. Paloma había hecho compras y traíamos algunos regalos. Tomamos uno de los coches alineados ante la fachada del Hospital General y, entre el mozo y el cochero, colocaron maletas y paquetes bajo la atenta mirada de Paloma que no paraba de recomendarles cuidado. Recorrimos el paseo del Prado hasta la fuente de Neptuno con los faroleros haciendo su trabajo para paliar las sombras de la noche que se echaban encima. Consulté mi flamante reloj de bolsillo —una joya labrada en oro y esmaltes, regalo de boda de mi tío Fernando y que había pertenecido a mi abuelo— para comprobar que eran poco más de las cinco y media. Eran los días más cortos del año y unos negros nubarrones ocultaban la escasa luz que quedaba. Cuando subíamos por la Carrera de San Jerónimo comenzó a nevar.

Llegamos a nuestro domicilio y el cochero, después de recibir una generosa propina, dejó el equipaje en el rellano de la escalera, donde aparecieron tía Ernestina y Micaela, que aguardaban ansiosas nuestro regreso. Mi tía se había instalado provisionalmente en la calle Arenal. Yo le había ofrecido la posibilidad de hacerlo allí con carácter definitivo, pero ella barajaba otra opción: quedarse con mi arriendo y establecerse en la calle del Desengaño.

Aproveché que Paloma les entregaba sus regalos, les contaba lo bonito que era Aranjuez y lo bien que lo habíamos pasado, para echar un vistazo a los ejemplares de *El Combate* que había encargado comprar a tía Ernestina porque, como sospechaba, el periódico republicano tenía una difusión muy limitada fuera de Madrid y, desde luego, en el Real Sitio no se encontraba por ninguna parte. Seguía en su línea de rechazo a la política gubernamental y sobre todo lanzar los más duros dicterios contra Prim. En uno de los números se señalaba que habían tenido otra refriega con los de la Partida de la Porra en la propia redacción del periódico.

Nos acostamos tarde porque Paloma no paraba de contar y contar, como si Aranjuez fuera París o San Petersburgo. Una vez en nuestro dormitorio vivimos una apasionada noche de amor, después de los encuentros mantenidos en aquel lecho, reprimiendo nuestros más íntimos deseos. Despertamos tarde y nos quedamos en la cama otro par de horas; cuando nos levantamos era casi mediodía. Tía Ernestina y Micaela fueron muy discretas. Se referían a la felicidad de nuestros rostros, añadiendo, con cierta malicia: «a pesar de que se os ve cansinos». Mientras las tres preparaban el almuerzo y deshacían el equipaje que había quedado pendiente la víspera, me fui a ver a Ignés. Paloma me colocó la bufanda sobre las solapas del abrigo y me despidió con un suave beso en los labios.

La nevada de la noche anterior había dado paso a un cielo limpio, pero el frío era estepario. Me acerqué a la Puerta del Sol para comprar un ejemplar de *El Combate* a uno de los muchachos que voceaban periódicos. Me repugnaba contribuir con mi dinero, pero necesitaba saber por dónde iban los desvaríos impresos de Paúl y Angulo. Mis ojos se fueron directos al artículo de fondo, titulado pomposamente: «Declaración». Lo que leí me dejó más helado que la baja temperatura ambiental: «Queremos, pues, la revolución violenta para arrancar por la fuerza el poder de manos de los gobernantes». ¡Aquello era incitar sin tapujos a la sedición! Se refería a la violencia como procedimiento natural, en una expresión que delataba la brutalidad de sus planteamientos. Seguí leyendo y poco más abajo me encontré con otra perla: «Lo repetimos con insistencia, trataremos de escarmentar a los miserables que juegan con el bien público». ¿A qué clase de escarmiento se refería? Mi felicidad de hombre recién casado por amor se transformó en desasosiego. Más abajo, en la misma página, había un artículo dedicado a don Nicolás María Rivero, el anterior presidente de las Cortes. Se le insultaba tildándole de tirano y cobarde, y hasta de borracho y malandrín, al decirse textualmente que «vendió a la República española por un cuartillo de vino». Se le ofendía llamándolo gitano, regateador político, desvergonzado y cínico.

Arrojé el periódico a una papelera. Era el mejor lugar para la basura. Llegué a la fonda con un humor de perros y me dijeron que Ignés estaba en el café de los Ángeles. Allí lo encontré, sentado ante una jarrilla de arganda. Se sobresaltó al escuchar su nombre. Me sorprendió, porque era hombre templado por la vida y de muchas hechuras.

—¡Fernandito, coño, que me has asustado!

Se levantó para abrazarme y sentí en sus brazos, todavía recios, una especie de ternura infantil; como un niño que busca refugio en un momento de peligro.

—¿Ocurre algo?

En lugar de contestarme, me preguntó:

—¿Qué tal por Aranjuez?

No le respondí, sabía la respuesta. Era de las pocas personas que conocía lo que para mí significaba Paloma y cuáles eran mis sentimientos. Su pregunta trataba de evitar la mía, tenía que ocurrir algo muy grave. Insistí:

—¿Qué ha pasado?

—Todavía nada, pero me temo que ocurra de un momento a otro. Al general van a darle boleta, Fernandito.

—Eso no es una novedad. Hace semanas que estamos con la mosca detrás de la oreja. ¿Lo dices por algo concreto?

—¡Esos cabrones no lo dejan ni al sol ni a la sombra! Todos lo acosan como fieras, los republicanos, los carlistas, los que quieren que sea rey ese duque francés, ¡que menudo pájaro está hecho! ¿No has leído la prensa estos días? —Me di cuenta entonces de que en una silla había varios periódicos, el que estaba encima era el mismo panfleto que yo había arrojado a la papelera—. ¡Vaya tontería! Claro que no la has leído, tú y Paloma habéis estado haciendo lo que teníais que hacer. ¡Si yo fuera él...!

—¿Si tú fueras quién?

—¡El general, coño, Fernandito! ¡Si yo fuera el general, los mandaba a todos a la mierda! Me iba a Reus y santas pascuas. ¡Que se descuarticen entre ellos!

Me senté después de decirle al camarero que me trajera una copa de aguardiente.

—¡Doble, por favor! —Nada más retirarse, pedí a Ignés—: Cuéntame esos rumores que te inquietan.

—¡Si hubieras leído lo que ha escrito ese canalla! —Señaló *El Combate.*

—Ya lo he leído.

—¿Y los del duque? ¿Dónde te dejas a los del duque? No paran de difundir rumores sobre una asonada militar en favor de ese gabacho. ¡Lo que yo te digo, Fernandito! ¡Si fuera el general, me marchaba y que se las compongan como puedan!

Di un buen trago a mi aguardiente. Era lo mejor para combatir el frío y también para calentarme las entrañas. No recordaba haber visto a Ignés tan abatido.

—Tranquilízate y cuéntame. ¿Has averiguado algo de la trama?

—Que el guarda del paseo del Prado es un sujeto de cuidado. ¿Recuerdas lo que te dije en vísperas de tu boda?

—Sí, que ibas a seguirlo. Te recomendé que tuvieras mucho cuidado.

Alzó su jarrilla, indicando al camarero que se la llenara, y por primera vez lo vi sobreponerse a la desesperanza y el decaimiento.

—Visita con frecuencia la redacción de *El Combate*. Los italianos estaban bien informados.

—Entonces también serán ciertas sus advertencias sobre don José María Pastor.

—Sin duda.

—¿Por qué lo dices?

—Porque lo he visto reunirse con ese guarda. También tienes que saber que alguno de los tipos que he visto con Paúl y Angulo merodea por los alrededores del Congreso de los Diputados. Se trata de gente rara.

—¿Gente rara?

—Sí, perdularios que pasan el día empinando el codo y dándole al naipe.

En la puerta del café se recortó la silueta de Jovellanos. El comisario se acercó hasta nosotros. Tenía la respiración agitada y la frente perlada por el sudor.

—¡Menos mal que lo encuentro!

—¿Cómo ha sabido que estaba aquí? —le pregunté poniéndome de pie.

—He sido como un peregrino. He estado en su casa en la calle del Desengaño, la muchacha me ha dado una dirección en la calle Arenal. Allí me han dicho, después de identificarme, que había ido a buscar a un amigo que se aloja en la fonda de la calle de los Caños, donde me han informado de que, posiblemente, estuviera usted aquí.

—Siéntese, por favor. —Le ofrecí la silla de la que Ignés recogió los periódicos y aproveché para presentarlos—. ¿Quiere tomar algo?

—Un poco de agua, por favor. Estoy acalorado.

—¿Por qué me anda buscado de esa forma?

Miró a Ignés.

—Puede hablar tranquilamente, mi amigo está al tanto de todo. En realidad, fue él quien descubrió el sótano.

Pedí el agua al camarero, que se había acercado.

—Verá, Besora, no he venido a hablarle de los satanistas. Sino de un asunto... Cómo le diría... Un asunto más delicado.

—¿Más delicado?

—Algo relacionado con la seguridad de su amigo. Necesito que hablemos a solas.

—¿Mi amigo? ¿A quién se refiere usted?

—Al general Prim. No sabía que le uniera una amistad tan estrecha. Toda la prensa ha recogido que asistió a su boda. ¡Por eso llevo toda la mañana buscándolo!

Otra vez miró a Ignés con desconfianza.

—Hable sin miedo, comisario. Ignés es el mejor amigo de Prim.

—Si usted lo dice... Verá, se trata de un asunto que no es de mi incumbencia, pero de la mayor gravedad. Ha llegado a mis oídos que la trama para asesinarlo está preparada para mañana.

Ignés y yo intercambiamos una mirada.

—¿Para mañana?

—Sí. Al parecer, Prim tomará un tren que viene de Aranjuez a Madrid.

—Es cierto —señaló Ignés—. Anteayer se marchó a cazar a su finca de los Montes de Toledo. Me dijo que regresaría... —Dudó un momento—. ¿Mañana es miércoles?

—Sí —respondió Jovellanos.

—Regresa mañana para estar aquí cuando el jueves las Cortes reanuden sus sesiones.

Los datos que Ignés poseía despejaron las últimas dudas del comisario. Se bebió de un trago casi la mitad del agua y, bajando el tono de voz, dijo:

—En ese tren van a colocar una bomba.

El silencio en torno al velador se hizo tan espeso que podía cortarse.

—¿Cómo sabe usted eso? —preguntó Ignés.

—Me lo ha contado un colega de Zaragoza que ha traído a un detenido que allí ha confesado la trama del asesinato. —Jovellanos rebuscó en uno de los bolsillos de su abrigo y sacó un papel—: Se llama Felipe Calvo. Me he enterado por casualidad, al saludar a mi compañero en la comisaría. Me ha dicho que apenas le han prestado atención, a pesar de que el detenido ha dado toda clase de detalles sobre el plan previsto. Si es cierto que Prim va a tomar ese tren...

—¿En la policía alguien está conchabado con los asesinos? —preguntó Ignés.

—Tal vez sea sólo desidia —precisó el comisario—. Ya sabe cómo nos tomamos algunas cosas en este país. El asunto es tan gordo que todos piensan que está en otras manos y nadie se lo toma como propio. Luego, si pasa algo, todo el mundo a la carrera y escurriendo el bulto. Ese sujeto ha dicho algo más —puntualizó Jovellanos—. Si fracasan con lo de la bomba en el tren, hay prevista una alternativa. Mi colega de Zaragoza dice que en ese caso, una asonada militar el día veintisiete proclamaría rey al duque de Montpensier. La señal para el levantamiento sería el asesinato de Prim.

—¡Serán cabrones! —exclamó Ignés—. ¿Sabe algo de ese otro plan para matarlo?

—No. En fin, lo he localizado porque tal vez a usted, señor Besora, le hagan más caso que a mi compañero. Prim no debería tomar ese tren o al menos que se extreme la vigilancia.

Antes de que se marchara, le pregunté por las investigaciones del asesinato de la calle Carretas. Pero no se mostró muy explícito.

—Las redes están tendidas. ¡A ver qué peces nos encontramos! También hemos averiguado quién es la propietaria del sótano. Se llama Patrocinio Mínguez.

—¿A quién se lo ha arrendado? —pregunté.

—El contrato está a nombre de Crisanto Mondéjar, pero a ese Mondéjar no hay forma de encontrarlo. Es como si se lo hubiera tragado la tierra.

Por respeto a don Felipe Clavero no abrí la boca y desvié la conversación.

—¿Sabe algo de Juárez?

—También a él parece que se lo ha tragado la tierra.

Logramos que los trenes procedentes de Aranjuez que hacían el trayecto ese día fueran sometidos a una estricta vigilancia. Una pareja de la Guardia Civil custodiaba cada vagón y se efectuó un minucioso registro de todos los equipajes. Prim llegó a Madrid sin novedad. Nunca sabríamos si el despliegue disuadió a los asesinos o el detenido que habían traído de Zaragoza exageraba y simplemente trataba de llamar la atención.

Al día siguiente, como estaba previsto, se reanudaron las sesiones de las Cortes tras un corto paréntesis provocado por el viaje de Ruiz Zorrilla a Florencia para ofrecer la corona, en su condición de presidente de las Cortes, a Amadeo de Saboya. Tres días después se desató la tormenta parlamentaria, cuando el diputado gubernamental Romero Robledo tomó la palabra para defender una proposición por la que se autorizaba al gobierno a poner en marcha, mediante decretos, una serie de leyes que estaban en trámite, si llegado el 31 de diciembre no habían sido aprobadas. El objetivo era disolver las Cortes a fin de año, en la fecha prevista para la llegada a España de Amadeo de Saboya por el puerto de Cartagena.

—Señorías, las presentes circunstancias aconsejan que el gobierno pueda actuar con agilidad. Es por eso por lo que los diputados firmantes de la proposición que defiendo solicitamos de la cámara el voto afirmativo de sus señorías. Adquiero el solemne compromiso de que las leyes pendientes de tramitación parlamentaria y que entren en vigor serán debatidas en la próxima legislatura con arreglo a…

—¡Eso es un ataque a la soberanía nacional! —gritó alguien desde las filas republicanas y, al instante, respondiendo a una estrategia, se alzó un coro de voces.

—¡Fuera, fuera!

El presidente agitó la campanilla pidiendo silencio, pero

los gritos arreciaron. Los montpensieristas se sumaron a la protesta y desde las filas gubernamentales se respondió con la misma moneda. En pocos segundos la cámara se había convertido en un gallinero, sin que Ruiz Zorrilla, que no paraba de agitar la campanilla, lograra imponer silencio. Cerca de mí, en la tribuna de invitados, el embajador de Francia, *monsieur* Bartholdi, asistía con gesto de incredulidad y actitud displicente al guirigay organizado. Recordé, por mucha sorpresa que mostrara el diplomático, que en la Asamblea Nacional francesa también se vivían momentos de turbulencia como el que ahora estábamos presenciando.

La verdad era que el Congreso de los Diputados ofrecía un espectáculo bochornoso; de los silbidos y los gritos se había pasado a los gestos obscenos e incluso a los insultos y amenazas. Miré a Prim. Parecía ser el único ajeno a la bronca que se prolongó durante más de una hora. Al cabo de ese tiempo se retiraron del hemiciclo los republicanos y montpensieristas, cuyo propósito era prolongar la vida de aquellas Cortes para obstaculizar la llegada del nuevo rey.

Cuando salí a la Carrera de San Jerónimo era casi de noche y empezaba a caer aguanieve. Al pasar por delante de la librería de Fernando Fe vi en el escaparate *La Fontana de Oro.* Decidí comprar un ejemplar y conocer la historia que Galdós contaba al tiempo que recordaba que a mi novela, abandonada en las últimas semanas, apenas le faltaban unos retoques, después de encontrarle un final que consideré apropiado. Ahora mis dudas no eran literarias, sino editoriales. Suponía que don Felipe estaría encantado con que la sacáramos por entregas en un faldón del periódico, pero yo no paraba de darle vueltas a publicarla de una vez, en un volumen. En la librería había poca gente y me atendieron rápidamente. Al salir a la calle me topé con el comisario Jovellanos.

—¡Lo estaba buscando!

Pensé que otra vez me traía nuevas noticias sobre la trama para asesinar a Prim.

—¿Hay alguna novedad?

—Hemos encontrado al comisario Juárez.

Lo dijo de una forma que despertaba inquietud.

—¿Dónde está?

—En el depósito de cadáveres.

—¿¡Cómo ha dicho!?

—Juárez está muerto. Dos de mis hombres, que buscaban alguna pista en el palacete de la calle Carretas, encontraron su cadáver esta mañana. Con un corte en la garganta y colgado por las axilas en una viga del desván.

—¿Pudo suicidarse?

—Pudo, pero no lo hizo. No había ningún objeto cortante en el suelo.

—¡Santo Dios!

—Llevaba muerto varios días.

—¿Sabe cuántos? La última vez que lo vi fue el día que tía Ernestina había llegado a Madrid. Hace dos semanas.

—El forense nos lo dirá, pero el cadáver está muy descompuesto.

Conversando habíamos llegado a la Puerta del Sol. Jovellanos sacó un objeto de su bolsillo y me lo mostró en la palma de su mano; necesité unos segundos para darme cuenta de qué era.

—¿Dónde lo ha encontrado?

—En el suelo, junto al cadáver de Juárez. ¿Le resulta familiar?

Cogí el pentáculo y lo observé detenidamente debajo de una farola.

—Es idéntico a los que le dije que habíamos encontrado

en el arca del sótano. Supongo que no está en condiciones de decirme si pertenecía a Juárez.

—Desde luego que no.

—¿Alguna novedad en el sótano?

—Vigilamos el local, pendientes de que esa gente celebre una reunión. Pero de lo que quiero hablar con usted es de la conversación que mantuvo con Juárez sobre los satanistas. Lo invito a un vaso de vino. ¡Hace un frío que pela!

Fuimos hasta el café de la Vizcaína y nos sentamos en una mesa apartada. Allí le expliqué mis dos encuentros con Juárez, en los que apenas le facilité información.

—No tenía mucha fe en él desde que lo conocí con motivo de la paliza que me propinaron. La tarde que usted me visitó en mi casa, él acababa de llegar y huyó a toda prisa cuando se dio cuenta de que ustedes llegaban.

—Comprendo. He averiguado que el verdadero propietario de ese inmueble se llama Crisanto Mondéjar, el mismo que ha arrendado el sótano a Patrocinio Mínguez. ¿Sabe usted algo de ese Crisanto? Se lo pregunto porque, con todo lo que me contó y lo que he leído en su artículo, que me sé casi de memoria, usted tiene mucha información.

A diferencia de Juárez, Jovellanos estaba haciendo bien sus deberes y yo no podía negar que conocía a Crisanto. Hacerlo sería una estupidez; si el comisario no tenía ya información detallada de sus andanzas, acabaría consiguiéndola. Di un buen trago a mi vino y susurré un débil sí. El policía alzó las cejas y me taladró con la mirada.

—¿Por qué no me lo ha dicho antes?

No respondí. Al cabo de unos segundos me preguntó:

—¿Le importaría contármelo todo? Pero todo es todo, señor Besora.

Sin mencionar a don Felipe, le conté lo que él me reveló.

También que, sin saber nada de aquello, Crisanto y yo compartimos alojamiento durante unos meses, hasta que desapareció el verano pasado.

—¿Sabe dónde está ahora?

—No tengo la más remota idea.

Jovellanos no paraba de acariciarse el mentón. Sacó un cuaderno ajado y anotó algo antes de preguntarme:

—¿Podría darme más información sobre la familia del niño que sacrificaron?

Pensé que Pedro Gómez estaría encantado de colaborar con el comisario. Salimos de la Vizcaína y nos fuimos en busca del sereno, que ya habría empezado a hacer sus rondas.

44

La víspera de Nochebuena se vivió en el palacio de la Carrera de San Jerónimo una sesión tranquila al no asistir los diputados republicanos ni los montpensieristas, que se habían retraído, como se decía en el argot político, para mostrar su rechazo a lo que denominaban intolerancia gubernamental. Era una sesión matutina y acabó pronto, porque la oposición se hacía ahora desde los periódicos que motejaban a Prim con los calificativos más duros. Los redactores de *La Política*, uno de los periódicos más fieles a Montpensier, se habían puesto casi a la altura de *El Combate.* En un artículo se le denominaba repulsivo personaje y hombre funesto. Se me había quedado grabada una frase durísima en la que se decía: «Combatidle, derrotadle, acosadle, mostradlo en toda la absoluta desnudez de su desprestigio, y de su verdadera impotencia, al rey que ha de venir». Aquellas líneas destilaban tanto odio que no podía resultar extraño que quien pagaba para que se publicaran, pagara también a delincuentes dispuestos a segar su vida.

Sin embargo, yo había sido testigo de cómo la gente lo aclamaba en la calle y del prestigio de que gozaba entre el pueblo. La política discurría por unos vericuetos muy distintos a la senda por la que transitaba la gente que veía en Prim a un héroe que, además, era fiel a sus principios y honrado en sus actuaciones. Nadie podía decir que se había enriquecido en el ejercicio de sus funciones públicas.

Abandoné el Congreso con el ánimo contrito, no tanto por lo que allí había ocurrido como por lo que había escrito en los papeles. Tal vez influía en mi tristeza que el día era lluvioso y frío. Recordé que Paloma me había encargado comprar los turrones; ella, tía Ernestina y Micaela se afanaban en los preparativos para la cena de Nochebuena, en la que tomaríamos, aparte de las entradas, ensalada de lombarda y besugo. Entré en casa Mira y compré los turrones en dos paquetes porque quería llevarle unas golosinas a Virtudes y a su madre. Salí con la compra hecha y me protegí de la lluvia como mejor pude. Tenía que dar un rodeo para pasarme por la calle del Desengaño y también para ver a Ignés.

Al pasar ante el Hospital del Buen Suceso vi una larga cola de gente que aguardaba para recibir lotes de comida con los que celebrar la cena de Nochebuena. Damas de la buena sociedad hacían entrega de las viandas y en la puerta un coro de niños cantaba villancicos, dirigidos por un clérigo que vestía una sotana encarnada y un blanco roquete rematado con encajes; a lo largo de la fila varios agentes de la autoridad mantenían el orden. Una de las mujeres se quedó mirándome; estaba empapada, como todos los que aguardaban en la cola, salvo los pocos que se cobijaban bajo un paraguas.

Seguí andando calle arriba con el sonsonete del villancico a mi espalda. Ya en la Puerta del Sol me topé con un grupo de mochileros que entonaban cánticos acompañados de instrumentos confeccionados con cañas, vejigas de conejo y madera. Aludían a la festividad religiosa, pero sus letras tenían carácter burlesco y satírico. El que me pidió el aguinaldo con un platillo olía a aguardiente. Le di unas monedas, que me agradeció con una reverencia barroca. En ese momento identifiqué a la mujer que estaba en la cola del hospital: era Clara Gómez. Siguiendo un impulso, volví sobre mis pasos y la vi casi en el mismo sitio, la cola apenas había avanzado un par de metros. A aquel ritmo necesitaría mucho rato para llegar a su objetivo.

—¿Te acuerdas de mí?

Asintió con la cabeza.

—Usted me dio un duro de plata.

Tenía el pelo recogido en un moño del que habían escapado algunos mechones que la lluvia había pegado a su frente. No parecía importarle que su raído mantón de cabos estuviera tan empapado que en lugar de protegerla fuera un estorbo.

—¡Vente conmigo! —Fue casi una orden, pero ella no se movió—. Por favor —añadí con más suavidad.

—Llevo más de una hora esperando.

Miré la cola.

—Acompáñame, no te arrepentirás.

—No puedo, he venido a por comida. Esto no ocurre todos los días.

—Por favor, Clara.

Me di cuenta de que recordar su nombre la sorprendió.

—¿Adónde vamos?

—A por comida.

Trató de calibrar el valor de mi promesa.

—Mi hermano me ha dicho que escribió usted sobre la muerte de mi niño y que hace unos días fue usted con un policía a hablar con él.

—Estamos tratando de descubrir a los asesinos.

—¿No me miente?

—No, y tampoco cuando te digo que vamos a por comida.

La gente que estaba cerca nos miraba en silencio. Uno de los guardias, que se protegía de la lluvia con un capote cerrado al cuello, se acercó.

—¿Algún problema, señor?

—Ninguno.

—Voy con usted —dijo Clara.

Apenas nos habíamos separado de la cola cuando me preguntó:

—¿Adónde vamos?

—Tú, sígueme.

Los mochileros cantaban ahora en la puerta de la librería de Fernando Fe; el que me había pedido el aguinaldo me miró extrañado al verme en compañía de Clara. Se llevó la mano a la visera de su gorra a modo de saludo. Cruzamos la Puerta del Sol y enfilamos la calle Mayor hasta un establecimiento de alimentación, próximo a la pastelería de doña Rosa, cuyo escaparate era una tentación. Al entrar el dueño se quedó mirando a la hermana de Pedro Gómez y puso cara de pocos amigos. Clara no tenía aspecto de criada de una casa bien, no llevaba cofia, ni un delantal listado con mucha lacería. Estaba sucia, desgreñada y mojada.

—¿Tiene reparto a domicilio?

—Por supuesto, señor —respondió casi ofendido.

—En ese caso, descuelgue aquel cesto —señalé con el paraguas uno grande de mimbre pelada, de los de asa y tapas, colgado de un gancho en el techo.

A un gesto del dueño un dependiente lo bajó, ayudándose con una pértiga rematada en un pequeño garfio.

—Vamos a ver. Ponga ese jamón y también aquel queso.

El dependiente iba a cumplimentar mi encargo, pero otro gesto del tendero lo detuvo.

—Tú, sigue colocando las mermeladas, yo atiendo al señor.

Mientras las clientas cuchicheaban en voz baja, fui llenando el cesto —el tendero anotaba en un papel de estraza el precio de cada artículo— hasta que estuvo tan colmado que las tapas no podían cerrarse. Pagué treinta y nueve pesetas con cincuenta céntimos.

—¿Adónde hay que llevar la cesta, señor? —preguntó solícito el tendero.

—Adonde diga esta mujer.

Extrañado, se atusó las guías de su bigote e indicó a uno de los dependientes:

—Acompáñala.

Apunté con el paraguas al pecho del muchacho y le dije muy serio:

—La cesta la llevas tú y no quiero extravíos, ¿entendido?

—Sí, señor.

—Toma. Esto es para ti. —Le di los cincuenta céntimos del cambio.

—Muchas gracias, señor.

Miré a Clara.

—Andando.

La mujer no se movió. La clientela guardaba ahora un silencio casi solemne.

—¿Todo eso es para mí? —preguntó entre incrédula y temerosa—. ¿No me está engañando?

—No. Todo eso es tuyo y también esto.

Le entregué los turrones, que cogió con las manos temblando. Me miró a los ojos y sonrió, haciendo un esfuerzo para contener las lágrimas, pero no lloró. Clara era una mujer dura. Escoltada por el dependiente, se marchó sin decir nada. Tampoco hacía falta. Me quedé mirando cómo se perdía al otro lado de la puerta. Saludé al comerciante, llevándome la empuñadura del paraguas al ala de mi chistera, que acababa de colocarme. Antes de salir, escuché decir a una de las clientas.

—¡Lo que hay que ver hoy en día!

Desanduve el camino hasta casa Mira y compré otra vez los turrones. Había dejado de llover y en la puerta del Hospital del Buen Suceso los niños seguían cantando villancicos y la cola no disminuía. Di un rodeo por la calle de Alcalá y enfilé hacia Caballero de Gracia, donde me crucé con dos mujeres que aprovechaban la clara para llevar unos lebrillos rebosantes de masa de dulce y cocerlos en un horno cercano.

Marcela se alegró mucho de verme. Después de mi boda no había aparecido por allí, aunque mantenía el arrendamiento, pendiente de la decisión de tía Ernestina. Yo le insistía en que viviera con Paloma y conmigo y allí estaba instalada, pero decía que era provisional, no descartaba quedarse con el alquiler de mi piso de soltero. Le di su paquete de turrones y me zampó dos besos. De su dolor de cadera no quedaba ni el recuerdo. Me despedí deseándole feliz Navidad a ella y a Virtudes.

Callejeé hasta la fonda de Ignés y me lo encontré a punto de almorzarse unas sopas de ajo con un huevo estrellado que él bautizaba con un chorrito de vino tinto. Decía que el tinto —lo traían en barricas de roble en lugar de pellejos de un pueblecito de La Rioja llamado Cenicero— y las sopas eran lo mejor del establecimiento.

—¡Acompáñame, Fernandito! ¡Tómate unas sopas, resucitan a un muerto!

—Te lo agradezco, pero Paloma me espera para comer.

—¡Tómate, entonces, un vaso de vino!

Acepté por no rechazarle dos ofrecimientos seguidos.

—Paloma y yo queremos que mañana cenes con nosotros. Es Nochebuena.

—No quiero ser un incordio. Son días de familia.

—Por eso, precisamente. Vendréis don Modesto y tú que sois como de la familia.

Agachó la cabeza para ocultar las lágrimas que habían asomado a sus ojos y sorbió una cucharada de sopa. Yo sabía que no tenía familia en Reus y que en Madrid era un lobo solitario. Las dos veces que le había preguntado por qué estaba en la capital me respondió con evasivas.

—¿Han averiguado algo del asesinato de Juárez?

Le había contado lo del hallazgo de su cadáver y los detalles que Jovellanos me había dado. Era lo menos que podía hacer, estando tan implicado en todo lo relacionado con los satanistas.

—No he vuelto a ver al comisario.

—Esa muerte es muy extraña. —Sorbió una cucharada de sopa y añadió—: ¿Sabes que he confeccionado una lista?

—¿Una lista? ¿De sospechosos de la muerte de Juárez?

—No, hombre; de la gente que quiere matar al general.

—¿La tienes ahí?

Tomó otra cucharada antes de entregarme un papel doblado. Lo leí mientras él daba cuenta del contenido de la escudilla.

—¿Cómo te las has ingeniado para tener algunos de estos nombres?

Ignés se limpió la boca con el dorso de la mano y sonrió.

—Como mis negocios me dejan tiempo libre, he investigado por mi cuenta.

—¿Te importaría contármelo con detalle?

Su sonrisa se amplió.

—Paloma te espera para almorzar. La comida va a enfriarse si te retrasas.

Alzó la mano y un mozo retiró el cuenco y le trajo dos naranjas. Ignés sacó su navaja y con unos cortes precisos comenzó a pelar la primera con una parsimonia digna del mejor empeño.

—No me gusta que se rompa la piel, ¿sabes? Me fastidia que el zumo me llegue a los dedos.

—¿Te ha molestado que rechace tu invitación a las sopas?

—Lo que me ha molestado es que tus prisas hayan desaparecido.

El viejo contrabandista estaba sentimental. Tenía la sensibilidad a flor de piel.

—Vamos, Ignés. No te lo tomes así.

Soltó la navaja y la naranja, ya casi pelada, y dejó escapar un suspiro.

—Es la puñetera Navidad, Fernandito. Me trae recuerdos de otro tiempo, cuando era niño. Me estoy haciendo viejo. En casa, mi madre y yo montábamos un pesebre pequeñito en una mesa que subíamos de la cava, la misma que se utilizaba para la matanza. Era de castaño, muy recia. Cada año configurábamos un paisaje diferente. Las figuras eran de madera, mi padre las había tallado con su navaja. San José, la Virgen, la mula, el buey, varios pastores, los Reyes Magos... todas menos el Niño, que era de barro y lo había comprado en Olot. Herodes, sentado en su trono, era como un taco macizo. ¡Tenía una cara horrible! No sé si a mi padre le salió así o intentó darle aspecto de malvado. Era muy hábil con la navaja. Unos días antes de montarlo, íbamos al campo a coger musgo y ramitas de tomillo, y a por serrín a la carpintería del maestro Pericot, que tenía un genio del diablo. Formábamos el pesebre con cortezas de corcho. Mientras vivió mi madre, siempre pasé la Navidad en Reus y monté el pesebre hasta que ella murió. Los últimos años, como estaba inválida, me veía hacerlo desde su silla y me sonreía. No sé adónde habrá ido a parar el cajón con las figuras. De niño me parecía que cobraban vida cuando las colocábamos. —Otra vez las lágrimas aparecieron en sus ojos. Apuró el vaso de vino y terminó de pelar la naranja—. ¿Qué quieres saber de esos nombres? —me preguntó por fin.

—Todo lo que me puedas contar.

Lo hizo exhaustivamente. Cuando salí de la fonda, llovía de nuevo sobre Madrid. Si la temperatura bajaba un poco, nevaría. Iba angustiado. La lista y la información que Ignés me había dado no dejaban margen para la duda y lo que más me preocupaba era la pasividad de las autoridades.

45

Ignés apareció por casa una hora antes y Micaela lo recibió con cara de pocos amigos. Presentarse con tanta anticipación era de mal gusto, murmuró a tía Ernestina en la cocina. Yo estaba apoltronado leyendo *La Fontana de Oro* —Galdós había trazado con buen pulso el ambiente político de la España de Fernando VII durante los tres años de gobierno constitucional, sobre todo las diferencias que separaban a los liberales— y fumándome una cachimba.

Ignés traía un voluminoso paquete que despertó mi curiosidad. Dejé la lectura y protesté mirando el paquete.

—No tenías que haber traído nada.

—No es para ti. Es para Paloma.

—¡Ah!

Como estaba terminando de acicalarse, mi curiosidad tuvo que aguardar hasta que ella apareció, avisada por Micaela. Conocer lo que nos traía Ignés había despertado más de una curiosidad. Paloma entró en el salón como una diosa. Llevaba el pelo recogido con horquillas de plata, rematadas en perlas pequeñitas; un mechón, provocativo, ondulaba sobre su frente y se perdía detrás de una oreja. Vestía un traje de tafetán gris —antes de casarnos le pedí que fuera suavizando el luto— que realzaba su belleza. Sentí deseos de encerrarme con ella en nuestro dormitorio y rendir culto a Venus. Rotas las inhibiciones de nuestros escarceos prematrimoniales, se mostraba como una amante pasional y hasta fogosa.

—Feliz Nochebuena, Ignés —saludó a mi amigo, que se había levantado al verla entrar, ofreciéndole la mano.

—Feliz Nochebuena, Paloma. —Cogió el paquete y se lo entregó como si fuera la ofrenda de un devoto a la divinidad que rinde culto.

—¿Para mí?

Los delicados dedos de Paloma se enfrentaron a los nudos de yute en medio de una creciente expectación a la que se habían sumado tía Ernestina y Micaela. Paloma deshizo el último nudo y abrió el recio papel de la envoltura. Entre virutas de madera había pequeños envoltorios de papel de seda. Pensé en una cristalería, pero lo desdecían las formas de los paquetillos. Cuando abrió el primero a todos se nos escapó una expresión de admiración. ¡Eran figuritas para montar un pesebre!

—¡Un belén! —exclamó Paloma emocionada, mostrando un pastor de barro, primorosamente pintado—. ¡Desde niña he soñado con uno!

Echó los brazos al cuello de Ignés, olvidándose de tabúes sociales, y lo besó en las mejillas. El viejo contrabandista rebosaba felicidad.

Entre todos, con mucho cuidado, fuimos sacándolas una a una y colocándolas sobre una mesa. Eran más de treinta. Además del misterio, estaban los pastores con su ángel anunciador y algunas ovejas, los Reyes Magos en sus cabalgaduras —el negro montaba un camello— con sus pajes, Herodes y dos soldados romanos, un labriego con su yunta de bueyes, una mujer con su cántaro sacando agua de un pozo, un pescador, una lavandera... Estaban modeladas con primor y pintadas con mucho detalle.

—¿Dónde las has comprado? —le pregunté.

—En los soportales de la plaza Mayor. Por estas fechas, se instalan allí algunos vendedores que también comercian con zambombas, panderos y rabeles.

—¿Lo montamos encima de la cómoda? —propuso Paloma con la ilusión de un niño brillando en sus ojos.

—¡Vamos! —respondí de inmediato.

—¡En esta casa se ha perdido el juicio! —protestó Micaela, enemiga de alterar el orden hogareño. En esta ocasión, sin embargo, protestó con la boca chica.

Mientras sacaban unas piezas de lienzo llegó don Modesto. Traía dos botellas de vino para acompañar la cena. Se sumó a la instalación del belén y se dio no poca maña para improvisar un portal con unos libros, dos macetas pequeñas de helechos y las virutas del envoltorio. Compusimos un paisaje navideño en el que fuimos colocando las figuras. ¡Qué lejos se me quedaban en aquel momento los satanistas, las tensiones de la vida política y las amenazas que se cernían sobre nuestro ilustre paisano!

Mi esposa demostró ser una excelente anfitriona y la cena discurrió entre plácidas conversaciones y las delicias gastronómicas elaboradas por tía Ernestina, que se había encargado de las entradas, y de la habilidad de Micaela para limpiar el magnífico besugo que constituyó el plato principal. Ni una sola raspa, toda una proeza en un pescado tan espinoso. Paloma y yo rebosábamos satisfacción. Era nuestro hogar y nuestra primera Nochebuena. Los turrones de casa Mira fueron elogiados por todos y entre comentarios, unas copitas de licor y el humo de los habanos de don Modesto y de Ignés, y el de mi cachimba se acercó la hora de la misa del Gallo. Ignés y yo no tuvimos inconveniente en sumarnos a los demás e ir a San Ginés. Mucha gente acudía a aquella misa de medianoche con la que se celebraba el comienzo de la Navidad. En el atrio unos mochileros cantaban villancicos, buscando un aguinaldo.

La iglesia estaba abarrotada. Don Gaspar se puso pesado con el sermón y se extendió en largas consideraciones sobre la festividad. Ignés y yo, que estábamos cerca del cancel, nos salimos al atrio. Allí, los mochileros, que aliviaban el frío con mucha conversación, frotándose las manos y pasándose una botella de aguardiente, aguardaban para redondear los aguinaldos a la salida de misa. El frío era tan intenso que en un par de minutos estábamos congelados.

En la acera de enfrente, unas casas más arriba, estaba el Mesón de Pedro y el farol que alumbraba sobre su dintel indicaba que estaba abierto. No tuve que repetirle a Ignés que podíamos aprovechar para tomar una copita. Allí reinaba un ambiente festivo. El mostrador rebosaba de gente acodada y las mesas estaban todas ocupadas, salvo una que había junto al grupo más bullangero. Aquello era la antítesis de San Ginés. Era la España laica, la que había perseguido a los curas y los frailes, había aplaudido la desamortización y el cierre de los conventos; la que rechazaba la confesionalidad del Estado y pedía libertad de cultos, aunque ellos no practicasen ninguno. Nos acomodamos en la mesa, a la misa le quedaba para rato. Al pasar junto a los gritones vi que el centro de atención era un personaje con aire siniestro. Parecía el jefe de una partida de malhechores rodeado por los suyos.

Mientras aguardábamos a que nos atendieran, uno de los reunidos aludió a algo de *El Combate.* Sorprendidos, pusimos atención a lo que decía aquella gente. Era un grupo variopinto, unos tenían aire rústico y aspecto tabernario, casi patibulario, y otros ofrecían un perfil más urbano. Los restos de las escudillas sobre las mesas indicaban que habían cenado chuletas, costillas y otra carne de hueso. Hablaban con vehemencia de la situación política y soltaban algunos exabruptos. Como si fuera un oráculo, cuando el sujeto que había llamado mi atención hablaba todos los demás callaban y atendían a sus palabras. Lo observé con disimulo: tenía el pelo negro y unas cejas espesas que daban a su rostro un aspecto brutal.

El camarero, desbordado por la numerosa parroquia, tardó en atendernos, pero no nos importó, lo peor fue que cuando llegó, lo hizo en un momento inoportuno, justo cuando aquel individuo iniciaba una de sus peroratas.

—¿Qué va a ser, caballeros?

—Aguardiente, dos copas —pidió Ignés.

—Se acabaron las contemplaciones. —Su voz me resultaba familiar, pero no lograba ubicarla. Era ronca, con un acento característico—. Ha llegado la hora de pasar a la acción porque... —Perdí las siguientes palabras. En otra mesa proponían un brindis y el local se llenó de gritos y exclamaciones. El camarero trajo las copas e Ignés se adelantó a pagar—... Será el último día, pero eso no significa que nuestra tarea haya concluido. Nos dedicaremos en cuerpo y alma a nuestro objetivo.

No lograba identificar la voz. Resultaba llamativo que un individuo tan zafio hilvanase aquel discurso. Vestía una peluda zamarra de piel de jabalí.

—La misa estará terminando, es mejor que nos marchemos.

—Aguarda un momento.

Agucé el oído para intentar escuchar algo más, pero el ruido lo hacía muy difícil. Vi que el sujeto consultaba su reloj y cogí algunas palabras sueltas como «el día señalado es pasado mañana» y órdenes a los reunidos. Apuramos nuestras copas y abandonamos el mesón. Al salir nuestras miradas se cruzaron, observé que entrecerraba los ojos para ver mejor. En la calle nos recibió una bofetada de frío polar, pero apenas me percaté. En mi cabeza resonaba aquella voz que no identificaba.

Ignés no se había equivocado. En San Ginés los fieles salían ya de la parroquia y los mochileros iniciaron un villancico que hablaba de la huida a Egipto de la Sagrada Familia, perseguida por los esbirros de Herodes. La cadencia del canto me recordó al soniquete de los romances de ciego. Aparecieron Paloma y los demás, nos deseamos felices Navidades con algunos vecinos y mi esposa me pidió que diera un aguinaldo a los mochileros. Ya fuera del atrio nos despedimos de Ignés y de don Modesto. Regresé a mi hogar, acompañado por las tres mujeres que había en mi casa.

En la intimidad de nuestra alcoba, Paloma y yo dimos rienda suelta a nuestros sentimientos y gozamos de nuestro amor apasionadamente. Su piel, blanca y delicada, era un regalo para los sentidos; sus pechos, ni grandes ni pequeños, una delicia. Nos quedamos abrazados sumidos en el agradable duermevela que sigue al coito. Estaba en ese placentero estado en que el sueño no acaba de ganar la partida a la vigilia cuando, de repente, algo me sobresaltó. Paloma se removió inquieta, dio media vuelta y se acurrucó, vencida por el sueño. Estuve dando vueltas en la cama más de una hora con aquella voz metida en la cabeza y recordando algunas de las palabras y frases sueltas hasta quedarme dormido con la frustración de no ser capaz de identificarla.

La mañana de Navidad amaneció tranquila. Sentía los efectos de la opípara cena de Nochebuena y mi desayuno se limitó a un café. En la calle un sol luminoso resplandecía en el cielo de Madrid y mitigaba algo del frío imperante. Al llegar a la Puerta del Sol escuché las campanadas de las doce y a los vendedores de periódicos vocear su mercancía a la búsqueda de compradores, atraídos por el anuncio de noticias extraordinarias.

—¡*El Combate*, último día de *El Combate*!

Creí haber escuchado mal. Me acerqué al muchacho que, junto a un montón de periódicos, con su deteriorada gorra calada hasta las cejas y una mano metida en el bolsillo, agitaba con la otra un ejemplar del diario republicano.

—¿Has dicho último día?

—Sí, señor. *El Combate* deja de salir. Hoy es el último día. ¿Lo quiere, señor?

Pagué un real para comprobar la noticia. *El Combate* no tenía dos meses de vida. Leí los motivos de su corta vida. Afirmaban que, simplemente, cambiaban la pluma por el fusil. A mi mente acudieron unas palabras de la víspera: «… Mañana será el último día, pero eso no significa que nuestra tarea haya concluido. Nos dedicaremos en cuerpo y alma a nuestro objetivo». ¡Quien las pronunciaba se refería al periódico que yo sostenía en mis manos!

46

Ignés hablaba con el dueño de la fonda y al verme arrugó la frente.

—¿Ocurre algo?

—Tenemos que hablar.

Se despidió del posadero y nos fuimos al café de los Ángeles, que para nosotros era ya una especie de cuartel general. Pidió aguardiente y yo no quise nada.

—El aguardiente en ayunas hace buen estómago y después de anoche…

—Lo tengo un poco pesado.

—Razón de más, pero vayamos al grano: ¿qué tienes que decirme?

Le mostré el ejemplar de *El Combate* y le dije que dejaba de publicarse.

—¡Esto es una gran noticia! ¡Menos basura en la calle!

—Según se mire. Lee estos párrafos.

Lo hizo detenidamente.

—¿Te refieres a esto de cambiar la pluma por el fusil? ¡Bah! Palabrería. Algo tendrán que decir para despedirse. El gabacho se habrá hartado de darles dinero.

—Me temo que hay algo más que palabras. ¿Recuerdas lo que decía el sujeto de anoche?

—Más o menos. Vino a decir que su tarea no estaba concluida.

—Dijo exactamente: «... Será el último día, pero eso no significa que nuestra tarea haya concluido. Nos dedicaremos en cuerpo y alma a conseguir nuestro objetivo».

Ignés se quedó absorto, mirando al techo, ni se dio cuenta de que habían traído su aguardiente. Respeté su silencio y dejé que rumiara aquellas palabras.

—¿Tú crees que con eso de «mañana será el último día», se refería a esta mierda?

—Eso es lo que creo. Que hoy se termine *El Combate* me alegra tanto como a ti, lo que me preocupa es lo que aquel individuo dijo a continuación sobre que su tarea no había concluido y que se dedicarían en cuerpo y alma a conseguir su objetivo. ¡Para eso han decidido cambiar la pluma por el fusil! ¡Más claro, el agua, Ignés!

—¿Crees que hablaba de atentar contra el general?

—Sin duda, pero hay algo que no encaja. ¿Recuerdas que dijo: «... el día señalado es pasado mañana»?

—Sí, ¿qué pasa?

—Que se refería al día veintiséis y Jovellanos dijo que, según el malhechor que trajeron de Zaragoza, si fallaba la bomba en el tren de Aranjuez, el día veintisiete habría una asonada militar que proclamaría a Montpensier. El aviso sería el asesinato de Prim.

—¿Seguro que dijo el veintisiete?

—Tú estabas delante.

Ignés dejó escapar un suspiro.

—Mi memoria ya no es lo que era. Pero no nos andemos por las ramas. Si ese individuo habló del día veintisiete, mañana es veintiséis.

—Por eso te he dicho que algo no encaja.

Ignés se acarició el mentón antes de comentar:

—Anoche vi algo raro: en casa de doña Patrocinio había movimiento.

—¿Por qué te extrañas?

—Porque Afrodisia, con quien estuve el veintitrés, me dijo que la patrona había decidido que el veinticuatro no se trabajaba después de mediodía. Celebrarían juntas la Nochebuena. Eso significaba que anoche no hubo clientes, por eso me llamó la atención ver cierto movimiento. Me acerqué como si paseara los efectos de una borrachera y comprobé que había varios individuos. ¡Estaban llevándose las cosas del sótano!

—¿Y los hombres de Jovellanos? Tiene el sótano vigilado.

—Anoche no había vigilancia —aseguró Ignés.

—¿Cómo lo sabes?

—Ésos son los hombres de Jovellanos —señaló por la ventana a dos individuos que charlaban en la acera—. No dispone de mucho personal, ya los he visto varias veces.

—¿Piensas que esa gente está desalojándolo?

—No lo sé. Podría ser que alguien les haya dado un chivatazo. —De repente soltó una exclamación que me sobresaltó—: ¡Un momento! ¿Qué dijo el del mesón?

—¿A qué te refieres?

—A eso del veintiséis…

—Dijo, exactamente: «… el día señalado es pasado mañana».

—¡Fernandito, no se estaba refiriendo al veintiséis, sino al veintisiete! Las misas del Gallo comienzan a partir de la medianoche. En realidad, se celebran el día de Navidad. ¡Cuando nosotros estábamos en el mesón era ya veinticinco de diciembre!

—¡Por eso consultaba el reloj! ¡Ignés, eres un genio!

—Deja de decir tonterías y explícame qué es eso de que consultó el reloj.

—Cuando ese individuo dijo «el día señalado es pasado mañana» estaba consultando su reloj. Se aseguraba de que ya era veinticinco. Supongo que, como llevarían un buen rato comiendo y bebiendo, no sabía si había pasado la medianoche. Al comprobar la hora, dijo pasado mañana y, efectivamente, se refería al veintisiete. ¡Ahora todo cobra sentido!

—¡Esos tíos son los que intentarán asesinar al general pasado mañana!

Miré por la ventana y me quedé asombrado al ver que don Felipe Clavero venía derecho hacia el café. Vestía de forma desaliñada, como si, tras una noche agitada, no se hubiera mudado de ropa. Desde la puerta paseó la mirada hasta que me encontró.

—Besora, tenemos que hablar —me espetó, sin molestarse en dar los buenos días.

—Feliz Navidad, don Felipe. ¿Le apetece tomar algo?

—Gracias. —Pidió excusas a Ignés después de saludarlo—: ¿Nos disculpa? Serán sólo unos minutos.

—Faltaría más.

La expresión de don Felipe no anunciaba nada bueno. Las arrugas de su rostro eran más profundas, tenía los ojos enrojecidos y su cuerpo transpiraba cansancio por todos los poros. Sin duda, la Nochebuena había sido para él una mala noche.

—¿Le importa que demos un paseo? Hace frío, pero…

—Sin problemas, don Felipe.

Recogí mi chistera y mi bastón, y me puse los guantes.

—Ahora vuelvo.

—Le prometo que será un minuto —insistió mi director.

—Los que necesiten, yo no tengo gran cosa que hacer.

Era una cortesía de Ignés. En realidad, después de lo que acabábamos de descubrir, teníamos mucho que hacer y disponíamos de poco tiempo. Salí del café intrigado por la presencia de don Felipe. Que me buscara personalmente la mañana de Navidad significaba que había ocurrido algo muy grave. Con el bastón me indicó que caminásemos hacia la cuesta de Santo Domingo.

—Lo veo cansado y preocupado.

—Tiene razón en ambas cosas. Estoy cansado y, sobre todo, preocupado, muy preocupado. Ayer por la tarde recibí una inesperada visita. —Me soltó, sin más preámbulos—. Al principio pensé que su presencia estaba relacionada con estas fechas. Para muchas familias resultan entrañables, para mí hace mucho tiempo que no lo son. Quien apareció por mi casa era mi hijo. ¡Imagínese cómo estaría para acudir a mí!

—¿Crisanto? ¿Qué quería?

Mi pregunta era una impertinencia, pero no había podido controlarme.

—Que lo ayudase.

Caminamos un trecho en silencio. No estaba dispuesto a repetir mi error. Era don Felipe quien debía marcar los tiempos de la conversación. Encendió un cigarro, utilizando la lumbre del que tenía casi consumido. Jamás lo había visto hacer una cosa así; encenderlos para él era poco menos que un rito.

—Está asustado; más aún, aterrorizado. Se encuentra perdido y sin recursos, lo que en su caso es un serio problema. Mientras vivió su madre nada le faltó. Luego, con su herencia dilapidada, las dificultades lo llevaron a arrendar el palacete y, como usted me contó, a instalarse en una casa de huéspedes con unas credenciales que no eran del todo ciertas. —Era una forma suave de señalar que había mentido como un bellaco sobre sus estudios de Derecho y sobre la realidad de su familia—. Con la mitad de la renta del inmueble tiró algún tiempo, hasta que, después de lo ocurrido en marzo, los satanistas abandonaron el lugar y se acabaron los ingresos, aunque le dieron una dádiva por poner su nombre en un nuevo contrato de arrendamiento. Está con el agua al cuello. Ésa es la razón por la que, hace unos meses, desapareció de la casa donde se alojaba.

—¿Qué ha hecho desde entonces?

—Malvivir. Ha acudido a mí por su grave situación económica y porque el miedo lo atenaza.

—¿Por qué está tan asustado? —Si bien yo conocía las razones de su miedo, me pareció que ahora la pregunta era pertinente.

—Está amenazado por los satanistas. Según me ha contado, ignoraba el destino que los arrendadores iban a darle a la casa. Sin embargo, entró en contacto con ellos y poco a poco fue cayendo en sus redes. Participó en algunas de sus reuniones e incluso le entregaron un pentáculo, que es el distintivo de la secta, pero afirma que no pertenece formalmente a ella. Al parecer, hay una especie de bautismo iniciático que Crisanto no ha recibido. Me ha jurado que no estaba en la calle Carretas la noche del siete de marzo. Se horrorizó cuando salió a la luz, gracias a su artículo, que los satanistas habían celebrado una misa negra y asesinado a un niño.

Miré a don Felipe de reojo, estaba avejentado, como si de repente le hubiera caído un montón de años encima. Su imagen nada tenía que ver con la del director que, desde la Pecera, dirigía con mano de hierro *La Iberia*. Sentí lástima por aquel hombre que, en otros momentos, me había parecido una roca contra la que se estrellaban los duros embates de la vida. Lo que no acababa de comprender era por qué había acudido a mí. Quizá había influido el haberme hecho partícipe de su historia, que no debía conocer mucha gente. Sus palabras me sacaron de dudas.

—Me ha facilitado información sobre los satanistas.

—¿Qué le ha dicho? —Otra vez me había precipitado.

Don Felipe me miró con sus ojos bañados por la tristeza.

—Primero ha de prometer que mi hijo quedará al margen de lo que voy a contarle.

Me detuve un momento. Yo sentía un profundo respeto por aquel hombre que ahora me parecía vencido por la vida. Pero lo que me pedía me parecía fuera de lugar.

—¿Quiere que le haga una promesa sobre algo que desconozco?

Don Felipe dejó escapar un suspiro.

—Tiene usted razón, Besora. Pero si alguna vez tiene un hijo, comprenderá por qué se cometen ciertas estupideces.

Crisanto Mondéjar no era un modelo de hijo. Rechazaba a su padre, lo culpaba de lo que consideraba sus males y lo había ignorado, según la propia confesión de don Felipe. Ahora, el muy bellaco, no había tenido empacho en acudir a él cuando las dificultades estaban a punto de engullirlo. La figura de don Felipe se agigantó a mis ojos y la de Crisanto —en el mejor caso un pisaverde parlanchín— se empequeñecía. Si estaba dispuesto a asumir algún compromiso, después de escuchar lo que don Felipe tuviera que decirme, sería por el respeto que se merecía mi director, quien además había actuado como mi mentor para auparme a la posición que ocupaba en el periódico.

—Escúcheme con atención.

47

Don Felipe se había empleado a fondo para convencerme de que, a pesar de la participación de Crisanto en algunos de los rituales satánicos, aquel descarriado no había participado en la misa negra. Se alegró de saber que yo hacía tiempo que lo había exculpado porque, cotejando fechas, supe que esa noche estuvo en casa de doña Rosario. Aterido de frío, lo vi alejarse hacia la cuesta de Santo Domingo con paso cansino. Lo que acababa de revelarme era crucial para detener a los integrantes de la secta y también era urgente advertir a Jovellanos para que actuase en consecuencia. Regresé al café de los Ángeles para encontrarme que Ignés había desaparecido, los minutos de ausencia se habían prolongado más de una hora. Iba a marcharme cuando el camarero se me acercó.

—Su amigo ha dejado recado de que, cuando volviera, lo esperase.

—¿No ha dicho adónde iba?

—Sólo que esperase. ¿Va a tomar algo?

—Sí, una copa de aguardiente. —Necesitaba calentarme.

Me senté, preguntándome adónde demonios podía haber ido Ignés. Mientras aguardaba dando sorbitos a mi aguardiente —el camarero trajo con la copa mi ejemplar de *El Combate*—, vi por la ventana a los hombres de Jovellanos rondando la calle; ellos podían llevarnos hasta su jefe porque era urgente informarlo de lo que acababa de saber. La espera se prolongó y acabó por afectarme, cada minuto que pasaba estaba más nervioso. ¡Teníamos tanto que hacer que no podía permitirme estar allí sentado! Además de todo lo relacionado con la secta satánica, había que hacer lo posible para evitar el atentado del día veintisiete. Miré *El Combate* y saqué la lista de sospechosos confeccionada por Ignés. El primero era el diputado republicano, cuyos ataques a Prim eran, más que denuestos políticos, graves insultos y peligrosas amenazas. Yo era un decidido partidario de la libertad de imprenta, me negaba a considerar que las opiniones pudieran constituir un delito, porque el derecho a opinar era clave en un sistema de libertades. Sin embargo, ahora, algunos aprovechaban la libertad que proporcionaba el nuevo texto constitucional para insultar sin medida ni tasa. Dieron las dos y estaba a punto de marcharme cuando Ignés apareció. Venía con el rostro encendido, a pesar del frío que hacía.

—¿Se puede saber dónde te has metido? ¡Son más de las dos!

Ignés no contestó. Necesitaba recuperar el resuello. Se quitó la barretina y se pasó un pañuelo por la frente para empapar el sudor. Me arrepentí por haberle preguntado de aquel modo, afectado por mis nervios, y murmuré una disculpa.

—¿Quieres tomar algo?

Tardó en responderme, sus pulmones necesitaban aire.

—Agua, por favor.

Se la pedí al camarero y aguardé, conteniendo mi curiosidad.

—¡Vengo del Mesón de Pedro! —exclamó cuando recuperó el resuello.

—¿A qué has ido?

—A preguntar al dueño si conocía a los individuos que anoche estaban allí.

Ignés resoplaba y daba sorbos a la jarrilla del agua. Me sentí culpable. Había tenido una idea excelente.

—¿Cómo se lo has planteado?

—Como si hubiéramos perdido una bolsa con dinero, por si la habían encontrado. El muy granuja ha soltado una risotada y me ha dicho que, si esa gente la ha encontrado, ya se la habrían bebido. Le pregunté si los conocía y ¿sabes qué me ha respondido?

—¿Qué?

—¡Que son la pandilla de Paúl y Angulo! —Resopló y dio otro trago al agua—. Pero eso no ha sido lo mejor. Iba a marcharme cuando han entrado cuatro sujetos y el mesonero los ha llamado. ¡Dos de ellos estaban anoche allí!

—¿Has averiguado algo más?

—Poco, pero con sustancia.

—¡Cuenta!

Ya estaba más sosegado y en su boca se dibujó una sonrisilla.

—¿No tenías tanta prisa?

No respondí, pero Ignés se apiadó de mí.

—Esos tíos estaban como cubas, Fernandito. Todavía no se han acostado. Los he invitado y uno de ellos ha largado. Se llama Huertas y su amigo, que no se tenía en pie de la borrachera, Montesinos. Están en Madrid para hacer un trabajo sonado y entonces me mostró un trabuquillo; seguí preguntándole, pero se dio cuenta de que se había ido del pico y ya no pude sacarle más.

Consulté mi reloj. Iban a dar las dos y media. No podía entretenerme, era la hora de la comida de Navidad. Me despedí con cierta pena. Estaba seguro de que mi amigo comería solo.

Quedamos en vernos a las cinco y media allí mismo. Apenas puse un pie en la calle cuando volví. Ignés iba a pedir algo al camarero.

—¿Qué se te ha olvidado?

—¿Adónde vas a almorzar?

—¿Después del atracón de anoche? —Un destello de nostalgia brilló en sus ojos.

—Vámonos para casa.

Se quedó inmóvil y tuve que repetírselo. Casi se le saltaron las lágrimas.

Después del almuerzo, Ignés y yo nos encerramos en lo que fue mi alcoba y donde ahora había instalado un pequeño gabinete. Le expliqué lo que don Felipe Clavero me había contado. Mi amigo se interesó en conocer por qué estaba en poder de Crisanto la cartulina de contraseña de La Internacional.

—Cuando en primavera los satanistas abandonaron el palacete, dejaron de pagar la renta y se secó la única fuente de ingresos que tenía. Hasta ese momento, la mitad había ido a sus bolsillos y eso le había permitido seguir tirando. Según don Felipe, los satanistas lo engatusaron y recibió una dádiva por poner su nombre en el contrato de arrendamiento del sótano de doña Patrocinio, pero eso le duró poco. Asegura que no pertenece a la secta. Al quedarse sin los ingresos de la renta del palacete fue cuando entró en contacto con José López, a quien le pareció interesante contar con un tipo como Crisanto, que presumía del título de su padrastro y alardeaba de familia. López, que debe de ser un sujeto de cuidado, pensó que podía serle útil para relacionarse con el entorno de Montpensier. Con el señuelo de que había mucho dinero de por medio, lo convenció para que viajara a Bayona.

—¡No me digas!

—Crisanto es un engreído con ínfulas, cuya única pretensión en la vida es disponer de dinero para satisfacer sus caprichos. El carlista al que se refería el hospedero de Bayona era Crisanto. Por eso tenía la cartulina.

—Entonces, ¿está implicado en la trama?

—Don Felipe dice que no. Por lo visto, se asustó al saber que el objetivo de López era asesinar a Prim. Por eso desapareció a finales de agosto y ha estado oculto estos meses. Cuando ha descubierto lo de la misa negra y el asesinato del chiquillo, no ha podido aguantar más y ha acudido en busca de su padre.

Ignés encendió un puro y me preguntó por los satanistas.

—Explícame eso de que van a reunirse esta noche.

—Van a hacerlo, pero en otro sitio.

—Eso significa que han recibido un chivatazo.

—No. Según me ha dicho don Felipe, Juárez logró dar con el paradero del conde de Casalabrada, que sí está ligado a la secta, y empezó a extorsionarlo. Casalabrada lo atrajo al palacete de la calle Carretas y lo eliminaron. Que un policía anduviera tras ellos ha levantado sus suspicacias y han decidido largarse del sótano. Aprovecharon la Nochebuena para sacar sus trastos.

—¿Cuándo van a celebrar esa misa negra?

—Esta noche, en una casona al final de la calle Fuencarral. Por eso no podemos perder un instante. Tenemos que avisar a Jovellanos.

Me despedí de Paloma con un beso cálido y suave, y nos fuimos a ver a los que vigilaban el sótano, para tratar de localizar al comisario. Era probable que se negasen a facilitarnos información, pero había que intentarlo; si los satanistas iban a celebrar a su manera la Navidad, teníamos pocas horas de margen. En la calle de los Caños sólo había un agente, pero la suerte quiso que fuera Pulgarín, el policía que acompañaba al comisario cuando me visitaron. Estaba aterido de frío y con las manos en los bolsillos. Le deseé una feliz Navidad y le ofrecí mi mano que estrechó con fuerza. Tenía los dedos congelados.

—Necesito saber dónde está el comisario.

Pulgarín me miró dubitativo.

—Supongo que será muy importante.

—Tanto como para que en Navidad y con este frío estemos en la calle.

La alusión a la temperatura debió de ser determinante.

—Vive en la calle de Cuchilleros, su casa es la que está al lado de la taberna de Botín. Espero que esto no me cueste un disgusto.

—Guarde cuidado. Será un tanto en su carrera.

Enfilamos la calle de los Caños hasta la de la Fuente y tomamos por San Felipe para salir a Arenal. No había un alma en la calle. Por el callejón del Siete de Julio ganamos la plaza Mayor que estaba algo más concurrida. El frío cortaba la piel. Dejamos atrás el Arco de Cuchilleros y bajamos la escalinata que daba a la calle donde vivía Jovellanos. La casa tenía la fachada estrecha y la puerta era de una sola hoja. Golpeé tres veces con el llamador —una tosca mano de bronce renegrido que apretaba una bola— y aguardamos a que alguien respondiese. Hacía tanto frío que Ignés no paraba de patear el suelo. Estaba a punto de llamar de nuevo, cuando una vocecilla infantil preguntó desde el interior:

—¿Quién es?

—Soy Fernando Besora. ¿Vive aquí el comisario Jovellanos?

—Sí.

—¿Puedes avisarle?

Un minuto después, que nos pareció una eternidad, escuchamos cómo descorrían un cerrojo y apareció una mujer, vestida de forma sencilla, pero elegante.

—¿Qué desean ustedes?

Me quité la chistera e Ignés se despojó de su barretina. Lo mejor era empezar presentando mis excusas.

—Perdone, señora, que molestemos un día como éste, pero es una urgencia.

—Eso dicen todos.

—Le aseguro que lo es, señora. Mi nombre es Besora. Soy redactor de *La Iberia*.

Pude haberme ahorrado esto último. El gesto que hizo me indicó que los periodistas no gozábamos de sus simpatías.

—¿Quién llama? —preguntó una voz desde el interior.

Era Jovellanos. Vestía un batín de paño gris y calzaba pantuflas, trataba de ordenarse el cabello con las manos. Al identificarme, exclamó:

—¡Besora! ¿Qué lo trae por aquí?

—Disculpe, comisario, pero se trata de una urgencia.

Miró por encima de mi hombro para identificar a Ignés y nos invitó a entrar.

—Perdonen que los reciba de esta guisa. No esperaba visita.

Nos condujo hasta una salita sumida en la penumbra y nos ofreció rosoli. Su esposa trajo la bebida en un búcaro y lo dejó sobre la mesa para que nos sirviéramos. Conforme avanzaba en mi explicación, crecía el interés del comisario. Cuando terminé di un largo trago a mi rosoli.

—¿Cómo ha sabido todo eso?

—No puedo revelar la fuente. Ya sabe... el código de los periodistas.

Apuró su rosoli y llenó de nuevo las copas. El calorcillo del licor producía efectos beneficiosos.

—¿Quien se lo ha dicho merece su confianza?

—Esa persona goza de todo mi crédito.

—¿Dónde ha dicho que piensan celebrar la reunión?

—En una casona al final de Fuencarral, entre las calles Divino Pastor y Peninsular. Desconozco la zona.

—Yo la conozco: enfrente hay un descampado y algunas construcciones a medio levantar. ¿Está seguro de que la reunión se celebra hoy?

—Llegarán poco antes de las doce. Su rito debe iniciarse con la medianoche.

—Si queremos detener a esa gentuza, disponemos de poco tiempo. —Consultó su reloj—. Espero que esto no sea un fiasco. ¡En esta fecha y con este frío!

—No se arrepentirá. Una cosa más: a mi amigo y a mí nos gustaría estar allí.

Jovellanos se negó, yo insistí y otra vez se negó:

—El riesgo es muy alto. Se trata de fanáticos, gente muy peligrosa.

—Asumo la responsabilidad.

—Está bien, con la condición de que aguarden fuera a que todo se resuelva.

—De acuerdo.

—En ese caso a las diez en Gobernación.

48

A las diez y media cruzamos la Puerta del Sol hacia la calle del Carmen y enfilamos la de Tetuán. Acompañaban al comisario ocho hombres, además de Pulgarín, que disimulaban sus uniformes bajo unos tabardos. Me pareció poca gente para enfrentarnos a los satanistas y Jovellanos me dijo que eran una treintena, pero iban en grupos diferentes para no levantar sospechas. Llegamos a Jacometrezo por Tres Cruces y ganamos la calleja de los Leones, que desembocaba en la calle del Desengaño. Caminábamos en silencio, cada cual embebido en sus pensamientos y sus miedos; suponía que Jovellanos había informado a sus hombres acerca de a qué iban a enfrentarse. Apenas se veía gente por las calles y nuestros pasos, sin que nadie se lo propusiera, sonaban acompasados, como si alguien marcara un ritmo. Antes de doblar la esquina de Fuencarral, Jovellanos se detuvo y dio a sus hombres las últimas instrucciones.

—Que todo el mundo compruebe sus armas y la reserva de municiones.

En la oscuridad escuché el crujido de la recia tela de los tabardos. Los hombres comprobaron en silencio sus pistolas y cartucheras. Palpé la pistola que Ignés me había proporcionado para una emergencia; él se había armado con un revólver de seis balas.

—Recordad. No quiero héroes, sino eficacia. —Su voz sonaba baja, pero enérgica. Era una voz de mando—. Que nadie se adelante a mis órdenes, perderíamos la ventaja de la sorpresa. Por último, recordad que se abrirá fuego sólo en caso de necesidad. Nuestra misión no es acabar con ellos, sino entregarlos a la justicia. ¿Alguna pregunta?

Uno de los hombres levantó la mano.

—¿Qué tripa se te ha roto?

—Si nosotros somos el grupo de asalto, ¿qué papel tienen los demás?

—Explícaselo, Pulgarín.

—Ellos ya están en sus puestos. Cuando lleguemos, nos informarán de la situación y nos cubrirán el asalto; también se encargarán de detener a los que traten de huir.

—O sea que nos toca bailar con la más fea.

—Porque sois los mejores —cortó el comisario—. ¿Alguna otra pregunta? —Sus hombres permanecieron en silencio—. Entonces, en marcha y atentos a mis órdenes. La primera es que piséis con cuidado. ¡Parecemos una manada de potros desbocados!

Conforme subíamos la calle de Fuencarral aumentó la tensión: rostros sombríos, mandíbulas apretadas y mirada fija, pendiente de cualquier incidencia. Llegamos a la esquina del Divino Pastor. Nada hacía sospechar que a pocos metros estaban apostados una veintena de hombres, protegidos por la oscuridad, hasta que un bulto se materializó entre las sombras. Se acercó al comisario y hablaron en voz tan baja que, estando cerca, apenas escuché algunas palabras sueltas: «docena», «armados», «embozados» y «vehículos». Conforme pasaban los segundos mi pulso se aceleraba. Hacía más de nueve meses que había iniciado mi relación con aquella historia tenebrosa, cuando acudí en busca de Segismundo Martínez, quien, curiosamente, vivía un poco más abajo de donde nos encontrábamos. Entonces nada sabía de crímenes rituales, de adoradores del diablo, ni de prácticas satánicas. Tampoco tenía la menor idea de que Crisanto Mondéjar estaba involucrado en los manejos de aquella gente, ni de la relación familiar que lo ligaba a don Felipe Clavero. Sí sabía ya que estaba enamorado de la mujer que era mi esposa y que ahora estaría rezando, después de haberle dicho adonde iba. En aquellos nueve meses habían muerto mi padre y la madre de Paloma, había encontrado a Ignés de Vilaplana y me había convertido en un renombrado periodista que, junto al viejo contrabandista, andaba tras la pista de un grupo de malhechores que pretendía asesinar a Prim, quien nos sorprendió a todos asistiendo a mi boda.

Escuché las últimas órdenes de Jovellanos, breves y concisas. Varios hombres tomaron posiciones junto a la puerta del inmueble.

—Son una docena y han traído varios bultos —indicó a los hombres que iban a entrar, agrupados a su alrededor.

—¿Se sabe qué son esos bultos? —preguntó uno de ellos.

—No, y tampoco sabemos si están armados.

—¿Cuándo ha llegado el último? —preguntó otro.

—Hace más de media hora. Son las doce y veinticinco, si la información es cierta ya estarán en plena faena. Así que no debemos perder un minuto. Pulgarín, que todo el mundo esté preparado.

—Sí, señor.

—Usted y su amigo aguarden allí. —Me señaló un lugar al otro lado de la calle—. No se moverán hasta que todo haya pasado. ¿Tengo su palabra?

Asentí con desgana. Me hubiera gustado entrar y ver lo que ocurría en el interior de aquella casa de aspecto abandonado.

El comisario sacó su revolver y ordenó entrar. Nunca pensé que los agentes fueran tan disciplinados. Sus hombres arremetieron contra la puerta, que cedió al primer empellón, y se perdieron en el interior. Vi entonces cómo otros agentes se movían y tomaban posiciones. Conforme se alejaba el eco de sus pisadas se hizo el silencio y cuando se oyeron gritos lejanos y apagados aumentó la tensión. Luego se escuchó un disparo seco, seguido de un tiroteo tan intenso que indicaba que dentro estaba produciéndose una escabechina. Finalmente, sonaron varios tiros sueltos y después un silencio angustioso, preocupante.

—¿Entramos? —preguntó una voz a mi derecha.

—¡Ni hablar! ¡Que nadie se mueva!

A la tensión había dado paso el nerviosismo.

—Los de dentro pueden necesitar ayuda —insistió la voz.

—Las órdenes son las órdenes. Si nadie ha aparecido, significa que todo marcha bien —replicó quien mandaba a los agentes que no habían entrado.

Aguardamos, atenazados por la incertidumbre, sin tener la menor idea de lo que ocurría en el interior. Al cabo de varios minutos una sombra envuelta en el débil resplandor de un cirio apareció en la puerta. Era Pulgarín.

—¡Vázquez, entra con los tuyos y ayuda a los que están dentro!

—¿Todo bien?

—Todo bien, aunque con más problemas de los previstos.

Me acerqué a Pulgarín con Ignés pegado a mis talones.

—¿Podemos entrar?

Alzó la vela para vernos mejor.

—Si quieren, pueden hacerlo, pero no se lo recomiendo. Hay una carnicería.

Avanzamos, casi a tientas, por un pasillo largo y lóbrego que olía a humedad, orientándonos por una tenue luz que provenía del fondo. Conforme nos acercábamos se escuchaba un revoltijo de órdenes, gritos y lamentos. El resplandor salía por un portón que se abría a la derecha. Al entrar me recibió una tufarada donde se mezclaba el aroma del incienso con un intenso olor a pólvora y muerte, acompañado de un coro de lamentos e imprecaciones. Era un salón donde reinaba el mayor desorden y en el ambiente flotaba el humo de las velas y de los disparos. La atmósfera era densa, casi irrespirable. Noté cómo el humo se agarraba a mi garganta y me escocían los ojos. En medio de la confusión, los agentes atendían a los heridos o comprobaban si los muertos lo estaban realmente. Me impresionó un cadáver retorcido sobre un sillón.

Las paredes estaban cubiertas con grandes paños negros que bajaban del techo al suelo, como los que habíamos visto en el sótano. Las numerosas velas, todas negras y colocadas en diferentes sitios, proporcionaban una iluminación tétrica y creaban un ambiente fantasmal. En el centro, sobre una larga mesa cubierta por un tapete negro, ardían dos enormes candelabros y en el suelo había varios charcos de sangre. Miré a Ignés, tenía los ojos muy abiertos y la boca apretada. En un rincón, controlados por dos policías que les apuntaban con sus armas, había un grupo de satanistas vestidos con unos amplios ropones negros; todos se agitaban rítmicamente como si los controlara una fuerza invisible, y varios tenían el rostro velado por las capuchas que cubrían sus cabezas. Había una mujer con la mirada perdida y el ropón entreabierto, mostrando uno de sus senos. Unos gemidos llamaron mi atención y vi a un agente que atendía a un joven encogido y semidesnudo.

—¡Manolito!

—¿Conoces al muchacho? —me preguntó Ignés.

—Es el botones del periódico. ¿No lo recuerdas?

Me espantó ver la sangre que cubría su torso desnudo. El agente me susurró:

—No tiene ninguna herida, pero está como ido.

—¿Y esa sangre?

—No es suya.

Suspiré aliviado.

—¿Me deja con él?

—Desde luego. No para de repetir una y otra vez: «La culpa de todo la tiene él».

No podía imaginar la razón de su presencia en aquel lugar.

—¿Te encuentras bien?

Me respondió con la muletilla:

—La culpa de todo la tiene él.

—¿Estás herido?

Negó con la cabeza, pero no supe si era una respuesta o una convulsión.

—¿Tienes frío?

—La culpa de todo la tiene él.

Se abrazaba con fuerza a sus piernas flexionadas, hecho un ovillo. Vi que tenía rozaduras en las muñecas, significaba que lo tenían atado y que no estaba allí por propia voluntad. Con delicadeza tomé su barbilla y alcé su rostro. Me miró y vi en sus ojos una expresión de ausencia. Ignés murmuró a mi oído:

—Está drogado.

Me acerqué a Jovellanos, que no paraba de dar órdenes. Sostenía su pistola en la mano y mascaba tabaco como si fuera un rumiante.

—Su información era correcta, Besora. Pero ha sido más duro de lo que esperábamos. Hemos tenido que reducirlos a tiro limpio. Son unos fanáticos.

—Debería ordenar que saquen al muchacho de este antro.

—¡Vestidlo y sacadlo! —ordenó el comisario.

—¿Cómo lo encontraron cuando irrumpieron?

—Desnudo sobre la mesa y uno de esos individuos derramando sangre de una copa sobre su cuerpo. También había tendida una mujer completamente desnuda. Creo que al muchacho iban a sacrificarlo.

Sentí un escalofrío. ¿Cómo era posible que Manolito hubiera ido a parar allí?

—¿Hay muchos muertos? —pregunté.

—Varios de ellos, también uno de mis hombres está malherido.

En aquel momento una voz sonó a mi espalda y vi que Jovellanos arrugaba el entrecejo. Me volví y me quedé tan sorprendido como el comisario.

—¡Don Felipe! —exclamé incrédulo al verlo allí como si fuera una aparición.

—¿Se puede saber qué demonios hace aquí este señor? —Jovellanos no se molestó en disimular su malhumor, ni dejó de mascar el tabaco.

—Lo lamento —se excusó el policía—. Este caballero ha insistido en hablar con usted y con el señor Besora. Dice que se trata de un asunto de la máxima gravedad.

—¡Máxima gravedad es esto! —gritó el comisario, irritado—. ¿Cómo ha sabido dónde estábamos?

La voz de don Felipe sonó rotunda:

—Si usted está aquí es gracias a la información que facilité al señor Besora.

Jovellanos me interrogó con la mirada. Miré a don Felipe y percibí un destello de asentimiento en las pupilas.

—Este caballero fue quien me dio la información que le he proporcionado.

El comisario soltó un bufido.

—¡Se hará cargo de que no pueda atenderlo en este momento!

—Lo que vengo a comunicarle es prioritario.

—¡Es que no se da cuenta! —exclamó Jovellanos malhumorado—. ¡Ni siquiera sé cuántos de estos canallas están muertos o heridos! ¡Tenemos que tomarles la filiación y proceder a su detención, registrar el local y preparar un informe! ¿Sabe quién me ha encomendado el caso? ¿Lo sabe? —Me miró de nuevo y exclamó—: ¡Besora, dígale a este señor por dónde vienen los tiros en este asunto!

Cualquiera que fuese la razón por la que estaba allí mi director, que lanzaba furtivas miradas hacia el rincón donde estaban los satanistas, no había aparecido en el mejor momento. Ante mi silencio el comisario insistió:

—¡Besora, hágame el favor de decírselo!

—Fue el general Prim quien dio instrucciones para esclarecer esto, después de que publicáramos la crónica sobre lo ocurrido en la calle Carretas.

—¿Ha oído usted? ¡El mismísimo Prim! —insistió Jovellanos apuntando al techo con el índice extendido—. ¡Comprenderá que no pueda atenderlo!

Don Felipe no se alteró.

—Precisamente, lo que me ha traído hasta aquí es la vida de Prim. Tengo en mi poder pruebas fehacientes de que van a atentar contra él.

Jovellanos negó con la cabeza.

—Eso no es una novedad. Hace días se rumoreó que trataban de asesinarlo, colocando una bomba en el tren que lo traía de Aranjuez, y sé que puede haber una asonada militar un día… —Jovellanos enmudeció, quizá recordó que su colega de Zaragoza se había referido al 27 como la fecha prevista para asesinar a Prim, pero lo que tenía por delante era muy gordo—. Además, ese asunto es de tanta envergadura que queda fuera de mis atribuciones. ¡Márchense y déjenme en paz! ¡Bastante tengo ya como para meterme en libros de caballerías! ¡Acudan al gobernador civil o al sursuncorda!

—¿No le gustaría tener la lista de los implicados en la trama?

Ignés me miró pensando que yo se la había facilitado a mi director. Pero don Felipe se refería a otra lista, tal vez se la había proporcionado Crisanto, si bien por la mañana no había aludido a ella. Me pregunté si coincidiría mucho con la de Ignés.

—¿Cómo la ha conseguido? —preguntó incrédulo Jovellanos.

—Eso no puedo decírselo, pero le aseguro que es de toda garantía.

—¿Le importaría enseñármela?

Don Felipe entregó al comisario un papel pulcramente doblado. Habría dado cualquier cosa por ver los nombres que allí estaban escritos.

—¿Está usted seguro del primer nombre?

—Seguro, y si está el primero es porque se trata del máximo responsable.

Jovellanos me miraba, miraba el papel y miraba a su alrededor. Calibraba la situación. Le había oído decir que la trama para asesinar a Prim era algo tan gordo que nadie se lo tomaba como propio y todos pensaban que estaba en otras manos, él mismo había dicho que no era asunto de su incumbencia. Vi que se guardaba el papel y gritaba:

—Vázquez, ¿está por ahí?

—Aquí, comisario.

—¿Sabemos ya cuántos son los muertos?

—Siete, señor.

—¿Siete?

—Sí, señor. Ferrero es uno de ellos.

Jovellanos cerró los ojos.

—¡Maldita sea! —gritó al tiempo que golpeaba en la mesa con la culata de la pistola y escupía el bolo de tabaco—. ¿Estaba casado?

—No, señor.

—Algo es algo.

—También hay un herido entre los nuestros, pero de poca consideración, y otros dos entre los satanistas.

—Que los atiendan. ¡Aunque a ésos podían darle por el culo! ¡Menuda canalla!

Se llevó a la boca otro trozo de tabaco de mascar, antes de ordenarle:

—Hágase cargo de todo. Yo me marcho con estos señores. Lo antes posible, quiero encima de mi mesa un informe detallado y la filiación de todos esos.

—Sí, señor.

Antes de marcharnos vi cómo esposaban a los satanistas y les quitaban la capucha. Al identificar a uno de ellos contuve la respiración.

—Don Felipe, ¿ha visto usted quién está ahí?

—¡Carmona Roland! —exclamó mi director y, señalando al que estaba a su lado, me dijo—: Aquél es el conde de Casalabrada.

Salir al exterior fue un alivio y el frío de la noche, un bálsamo. Se habían concentrado algunos curiosos que la policía mantenía a raya. Jovellanos impartió varias instrucciones y habló algo con Pulgarín, antes de subirnos en el vehículo que había traído a don Felipe. Fue entonces cuando dije al comisario que don Felipe era el director de *La Iberia*. Fuimos directamente a su comisaría.

Arrebujado en el asiento, recordé el día que Manolito me

confesó haberme dado la dirección de don Felipe por indicación de Carmona Roland; sospeché que la causa eran la envidia y los celos profesionales, pero no encontraba encaje para la frase que dejaron caer en mi oído, mientras me golpeaban. Ahora, descubierta su vinculación a la secta satánica, cobraban sentido aquellas palabras. Carmona Roland se había enterado de que investigaba sobre lo ocurrido en la calle Carretas; probablemente había robado el primer borrador que entregué a don Felipe y que ya no volví a ver. Con la paliza me daba un escarmiento y me mandaba una advertencia para que dejase de husmear. También tenía una explicación para la presencia de Manolito en aquella casona.

49

Eran cerca de las tres de la madrugada cuando entramos en el despacho del comisario. Era poco más que un cuchitril. Los dos quinqués que encendió mostraron un panorama de desorden. Un testero lo ocupaba un armario rebosante de legajos desordenados y un par de sillas servían de soporte a unos inestables rimeros de papeles, que también invadían un sofá raído. Jovellanos farfulló una excusa y nos acomodamos como pudimos: Ignés y yo apartamos los papeles del desvencijado sofá y don Felipe hizo lo propio con una de las sillas, mientras el comisario ocupaba su sillón al otro lado de la mesa. No nos quitamos las capas ni Jovellanos su tabardo.

—Vayamos al grano. —El comisario sacó el papel que tanto me había intrigado—. Me ha dicho usted que la fuente es de toda garantía, pero necesito una explicación.

—Para eso estoy aquí. Para dársela.

Don Felipe desgranó con detalle elementos de la trama que Ignés y yo conocíamos y respondió a todas las preguntas del comisario quien, conforme conocía los entresijos de aquel tinglado, parecía más nervioso. Cuando don Felipe terminó eran casi las cinco. Jovellanos dejó escapar un suspiro. No necesité más para comprender que no intervendría sin una orden de arriba. Había acudido a mí cuando tuvo información sobre la trama del atentado porque como mucha gente, después de mi boda, estaba convencido de que Prim y yo éramos amigos. Él no tomó ninguna iniciativa.

—¿Se imagina la que puede formarse si actuamos contra Paúl y Angulo?

Ignés me miró porque era el mismo nombre que él había colocado en el primer lugar. ¿Cómo habría conseguido don Felipe aquella lista? ¿Qué otros nombres habría?

—¿Y si asesinaran al presidente del Gobierno? —replicó don Felipe, echando por la boca el humo del puro que acababa de encender.

—Necesito un aval. Comprenderán que no puedo ir al gobernador con un papel y decirle, sin más: estos individuos traman asesinar al presidente del Gobierno.

Sus palabras me sonaron a excusa.

—Tienen pensado hacerlo mañana —indicó don Felipe.

—Eso coincide con lo que me dijo el comisario que vino de Zaragoza.

Don Felipe arqueó las cejas.

—¿A qué se refiere?

Jovellanos le explicó con desgana lo que le había revelado un colega sobre el tren de Aranjuez y la asonada militar prevista para el día 27.

—¿El ejército proclamaría a Montpensier? ¡Eso no es posible, Prim lo tiene controlado!

Con un gesto, el comisario dio a entender que estaba de acuerdo. Pero yo sabía ya que Jovellanos no se sentía a gusto en aquel terreno donde se mezclaba el ejército y la política. No podía reprochárselo. El asunto despertaba inquietud no sólo por el objetivo de los asesinos, sino por la calidad de los sospechosos. Comprendía que evitase actuar sin instrucciones de la superioridad.

—Mire, señor... señor...

—Clavero.

—Mire, señor Clavero. Lo que usted está haciendo es digno de alabanza. Pero tiene que comprender mi situación. A pesar de que no he cerrado el caso que me ha sido asignado, estoy dispuesto a intervenir en este asunto, pero no lo haré si no tengo órdenes precisas y concretas. En estas circunstancias, ¿qué quieren que haga?

—Que proceda a la detención de las personas que están en esa lista. —Don Felipe lo dijo como si dictase una sentencia inapelable.

—¡No puedo hacerlo sin instrucciones de mis superiores!

—Puede explicar sin problemas una detención preventiva.

—¿Detener preventivamente a un diputado a Cortes? ¡Usted ha perdido el juicio! —exclamó, poniéndose de pie—. Lo siento. El general Prim goza de mis simpatías, pero...

—No se trata de simpatías, comisario —lo interrumpió don Felipe—. Lo que está en juego es mucho más importante. ¡Estamos ante una trama para asesinar al presidente del Gobierno!

—Si no recibo una orden expresa, no tomaré ninguna iniciativa. No tengo atribuciones para emprender una investigación por mi cuenta y menos en un asunto de tanta trascendencia. Además, ustedes son testigos excepcionales de la situación en que me encuentro. Siete muertos, entre ellos uno de mis hombres. Dos crímenes por resolver y media docena de detenidos. No sé cómo me he dejado convencer para venir con ustedes.

Don Felipe se puso de pie e Ignés y yo también nos levantamos. A través de la ventana sólo se veía oscuridad. Las explicaciones y la presión ejercida en aquel encierro no habían servido para gran cosa. Jovellanos era un buen policía, pero acababa de dejar claro que no actuaría sin recibir órdenes de la superioridad. No había vacilado en abandonar su hogar la tarde de Navidad, había mostrado competencia y capacidad para detener a los satanistas, pero intervenía porque tenía instrucciones para hacerlo.

Faltaban un par de horas para que amaneciera cuando abandonamos el despacho. A la salida nos encontramos a Vázquez con un cartapacio bajo el brazo. Sería el informe que el comisario quería sobre su mesa. Había sido diligente.

—¿Sabe adónde han llevado al muchacho?

—Al Hospital del Niño Jesús. Ahora descansa, pero me temo que el mal trago no va a olvidarlo fácilmente.

En la calle no hacía mucho más frío que en el despacho del comisario. Tenía el cuerpo entumecido y lastrado por el cansancio y la tensión, pero no podía dejar de hacer algo muy importante y tenía que ser antes de que amaneciera. A pesar de ello acepté la propuesta de don Felipe de ir al café del Carmen a tomar un chocolate con churros. Mientras desayunábamos le pregunté por qué se había presentado en la calle Fuencarral.

—Podría haber entregado usted la lista de implicados en otras instancias.

—Desde luego, pero entonces no habría tenido el placer de ver detenidos a esa caterva de asesinos.

Di un sorbo a mi chocolate y le hice otra pregunta:

—¿Qué nombres hay en la lista que le ha dado al comisario?

Sacó del bolsillo de su chaleco un papel y me lo entregó. Leí los nombres con ansiedad. Allí estaban, además de Paúl y Angulo, José López, Huertas, Ángel Guerrero... Me quedé impresionado. ¿Cómo era posible que tuviera todos aquellos nombres? Le conté lo que Ignés y yo habíamos averiguado en el mesón de la calle Arenal y lo inquietos que estábamos.

Fue entonces cuando mi amigo propuso ir a ver a don Ricardo Muñiz y don Felipe dijo que nos acompañaría. Era demasiado temprano y había que esperar hasta una hora prudencial. Nos despedimos y quedamos en vernos a las diez en la puerta del palacio de Buenavista. En lugar de marcharme para casa, enfilé a toda prisa la Carrera de San Jerónimo. Cuando llegué al paseo del Prado las piernas me pesaban como si fueran de plomo; deambulé por la zona hasta que encontré a Pedro Gómez.

—¡Don Fernando, vaya sorpresa!

—He venido a decirle que los asesinos de su sobrino están detenidos.

Se quedó mirándome fijamente.

—¿Es verdad?

—Bueno, no del todo. La mitad está muerta y la otra mitad detenida.

—¿He venido a estas horas sólo para decírmelo?

—¿Le parece poco?

El hombre se abrazó a mí. Le expliqué cómo habían ocurrido las cosas y se deshizo en manifestaciones de gratitud. Había amanecido cuando volví a desandar el camino hacia la Puerta del Sol. El cansancio había desaparecido de mi cuerpo y cuando llegué a mi casa para contar a las mujeres la larga noche de aquel 26 de diciembre, era un hombre reconfortado, pero no podía sacudirme la angustia de la amenaza que pesaba sobre la vida de Prim.

La presencia de don Felipe había alterado a Muñiz. No había más que ver cómo se agitaba en sus manos una copia de la lista facilitada al comisario. Consciente de que las fuentes se silenciaban, quiso saber, lo mismo que Jovellanos, si la información era fiable. Don Felipe respondió afirmativamente y añadió:

—En mi opinión se debería proceder a la detención de esos sujetos.

—La detención de Paúl y Angulo crearía numerosas complicaciones.

—¿Después de haber escrito que deja la pluma por el fusil? —preguntó Ignés.

—Hay libertad de imprenta y se ampara en ella.

—¿Incluso cuando hace un llamamiento al asesinato?

—Incluso en ese caso. Para detener a un diputado, salvo que sea sorprendido in fraganti, se necesita la autorización de las Cortes. Es un trámite muy complicado.

—Podría detenerse a los demás y a él someterlo a una estrecha vigilancia —propuso don Felipe—. Sé que se aloja en un hotel de la Puerta del Sol.

—Está bien. Hablaré con Rojo Arias.

Ignés, antes de abandonar el despacho, le dijo a Muñiz:

—El asunto aprieta. No lo deje para más tarde, que es mucho lo que hay en juego.

—No se preocupe. Antes de mediodía la lista estará en la mesa del gobernador.

50

La mañana del 27 transcurrió sin incidentes y por la tarde decidí asistir a la que sería la última sesión de aquellas Cortes. Entré en el Congreso de los Diputados por la puerta de la calle de Floridablanca y no necesité mostrar mi acreditación. Me sacudía los copos de nieve que adornaban mi capa cuando vi a don Felipe en un corrillo del vestíbulo.

—¿Ocurre algo? —le pregunté.

—¿Sabe si el señor Muñiz acompaña al presidente cuando viene al Congreso?

—Habitualmente sí. ¿Ha ocurrido algo?

—Han detenido sólo a uno de los individuos. ¡Los demás campan a sus anchas!

—¿Cómo lo sabe? —Me arrepentí de mi torpeza.

—No sea indiscreto.

Un ruido en la puerta anunció movimiento. Prim descendía de su coche acompañado por Muñiz y sus dos ayudantes. Los dos coroneles, a pesar de las advertencias, iban desarmados. Varios diputados se aproximaron a Prim y el general avanzó rodeado por un enjambre. Nos acercamos a Muñiz al tiempo que el presidente se iba hacia el hemiciclo.

—¡Menos mal que está usted aquí! —exclamó don Felipe.

—¿Por qué lo dice?

—Porque todos los de la lista, salvo uno, andan sueltos.

El semblante de Muñiz se ensombreció.

—¡No es posible!

—Lo es, don Ricardo. ¡Tiene que advertir al presidente!

—¡Aguarden un momento!

Lo alcanzó en la misma puerta del salón de sesiones. Hizo un aparte con él y después de cruzar unas frases vimos cómo el general soltaba una carcajada. Muñiz regresó con cara de circunstancias.

—¡Su Excelencia es incorregible! Dice que todo eso son paparruchas y bobadas. Sólo piensa en el viaje de mañana a Cartagena para recibir al nuevo rey. Me ha ordenado que me vaya a palacio para ultimar los detalles.

Don Felipe se marchó cariacontecido y yo me dirigí a la tribuna de la prensa. Me acomodé y observé a Prim, estaba sonriente y relajado; consciente de que culminaba su gran proyecto de traer a España una nueva dinastía y que los Borbones y sus turbios manejos eran historia. Alzó la mirada y me saludó con un movimiento de cabeza, luego llamó a un ujier y le dijo algo antes de que el presidente de la cámara anunciara el comienzo de la sesión. El único asunto en el orden del día era el presupuesto de la Casa Real. Había ya comenzado el debate cuando el ujier se acercó hasta mí.

—Su Excelencia me ha dicho que quiere verlo cuando acabe la sesión.

—Muchas gracias.

Muchos escaños estaban vacíos. Posiblemente la fecha, dos días después de la Navidad, y el carácter de la sesión, considerada un trámite, influían en las ausencias porque los republicanos y montpensieristas habían vuelto al Congreso. Paúl y Angulo era uno de los ausentes. El debate fue más duro de lo esperado y el diputado republicano Pi i Margall cargó la mano, poniendo de manifiesto, una vez más, que los debates se habían convertido en un espectáculo bochornoso donde apenas se confrontaban ideas y abundaban las descalificaciones y los insultos. Poco antes de las seis, el presidente anunció que se iba a proceder a la votación. No hubo sorpresas y la asignación para los gastos de la Casa Real quedó aprobada por una amplísima mayoría.

Abandoné rápidamente el salón de plenos para esperar en la puerta de Floridablanca la salida de Prim, preguntándome qué podía querer. Otra vez el vestíbulo estaba muy concurrido: diputados que se despedían, algunos se deseaban ventura para el año que se aproximaba y otros aguardaban a causa de la nevada que caía sobre la Villa y Corte. Entre mis colegas había escuchado comentarios de que los republicanos preparaban una asonada para el momento en que Amadeo I pisase suelo español. Por lo pronto, los augurios que anunciaban un pronunciamiento en algunos de los cuarteles madrileños a favor del duque de Montpensier se habían desvanecido. Prim controlaba las salas de banderas y en los cuartos de oficiales había calma.

Al aparecer en el vestíbulo se le acercó don Miguel Morayta y hablaron un momento. El general negó con la cabeza, pero el diputado republicano insistió y Prim, poniéndole la mano en el hombro, le hizo algún comentario. Apenas se separaron lo abordó otro diputado, cuyo nombre no conocía, pero que también se sentaba en la bancada republicana. Aproveché para acercarme a saludar al catedrático.

—Don Miguel, ¿se acuerda de mí?

—¡Por supuesto, Besora, es usted una celebridad! Además, ignoraba que su amistad con Prim fuera tan estrecha.

La presencia del general en la boda me había adjudicado una intimidad que no respondía a la realidad.

—No es para tanto, don Miguel.

—¿Espera a alguien?

—Al presidente. Desea hablar conmigo.

Morayta se acarició las guías de sus largos mostachos.

—¿Por qué no lo convence para que me acompañe a una cena? Dígale que se venga conmigo al restaurante del Cuatro Naciones. Los masones celebramos la festividad de San Juan de Invierno.

Tuve la sensación de que don Miguel me estaba mandando un mensaje que iba mucho más allá de la asistencia de Prim a una comida de confraternización masónica.

—¿Me lo dice por alguna razón?

—Porque van a meterle un balazo entre ceja y ceja.

Sentí un escalofrío y miré al presidente que, del brazo del diputado que lo había abordado después de Morayta, se acercó hasta un corrillo que estaba a dos metros de nosotros y exclamó:

—¡Si supieran lo que este republicano acaba de decirme!

—¿Algún chiste? —preguntó uno de los presentes.

—¡Exactamente! ¡Un chiste!

Al diputado no le hizo gracia el comentario.

—Más bien una advertencia —puntualizó muy serio.

Prim me vio y me hizo un gesto para que lo siguiera. Al llegar al zaguanete que daba a la calle, donde la nevada arreciaba, lo detuvo otro diputado. Fuera la noche había caído y apenas se veía gente. En la portería dos ujieres charlaban animadamente con un oficial de carabineros y otro individuo que, al ver a Prim, se marchó rápidamente. Me asomé a la portería y pregunté:

—¿Quién es ese que acaba de irse?

—Se llama Montesinos.

Aquel nombre me resultaba familiar, pero no sabía ubicarlo. ¡Habían ocurrido tantas cosas en las últimas cuarenta y ocho horas!

—¿Qué hacía?

—Nada, charlaba.

Salí de la portería, tratando de recordar dónde había escuchado aquel nombre y vi que Prim continuaba charlando junto a la puerta. El general gesticulaba y reía; estrechó la mano del diputado y subió al carruaje, que ya estaba aparcado a la entrada. Parecía haberse olvidado de mi presencia y consideré una imprudencia recordarle que estaba allí. Después de acomodarse en el asiento, tenía por costumbre hacerlo en el de la derecha, alzó la vista y me vio. Me hizo una señal para que me acercase, pero en ese momento apareció Sagasta. El ministro cruzó por delante de mí a toda prisa y Prim, al verlo, lo invitó a subir al carruaje, desplazándose hacia la izquierda y cediéndole el asiento. El ujier que había respondido a mis preguntas me invitó a entrar a la portería y calentarme en el braserillo de picón que tenían bajo la mesa. Se lo agradecí, pero rechacé su ofrecimiento: en cualquier momento Sagasta podía bajar del vehículo.

El ministro no descendió del carruaje hasta pasados diez minutos; entonces traté de hacerme visible y Prim me invitó a subir. González Nandín había ocupado el asiento dejado por Sagasta, mientras que Moya y yo nos sentábamos enfrente, junto a las portezuelas. El cochero arreó los caballos y enfilamos la calle de Floridablanca en dirección a la del Sordo. Era un recorrido habitual que Prim raramente alteraba. Parecía relajado y contento. Había luchado contra viento y marea, después de destronar a Isabel II, para que ni se proclamara la república ni se hiciera con el trono nadie relacionado con la familia destronada.

—¿Cómo está Paloma?

—Feliz, excelencia.

—¿Todo marcha bien?

—Todo bien, excelencia, muchas gracias.

Me sentí empequeñecido ante aquel hombre que, por encima de los graves asuntos de Estado que pesaban sobre sus hombros, mantenía una humanidad que quedaba muy lejos del engolamiento que se apoderaba de quienes alcanzaban la cumbre del poder.

—Vamos a ponerle fecha a la comida. Se lo dije a Paquita y ya me ha preguntado varias veces. También tenemos que decírselo a Ignés.

No podía creérmelo. Estaba a dos palmos del artífice del cambio de dinastía, en la intimidad del pequeño receptáculo del carruaje, siendo invitado a un almuerzo en palacio. Me parecía asombroso que recordara la invitación. En ese momento comprendí por qué en la guerra de África sus hombres lo habían seguido ciegamente en los Castillejos. Prim no era un héroe para sus soldados porque los condujera a la victoria, sino porque los trataba como a personas.

—Para nosotros es un honor inmerecido, excelencia.

—Deja de decir bobadas. Mi esposa está deseando conocer a la tuya. Vamos a ver, mañana salgo para Cartagena, el rey llega con el nuevo año. Estaremos de regreso el día dos. ¿Podríamos almorzar el tres?

—Mi general, ese día hay recepción en palacio —señaló Moya—. Y el cuatro está ocupado.

—El seis es la fiesta de los Reyes Magos. ¿Podría ser la víspera?

—Creo que sí, mi general.

—En ese caso, confírmalo. ¿A Paloma y a ti os viene bien?

—Por supuesto, excelencia.

De repente el carruaje hizo un extraño. Chirriaron las ruedas y crujió la madera. El frenazo que vino a continuación hizo que Moya y yo casi nos echáramos encima de Prim y su otro ayudante; luego la sacudida fue a la inversa.

—¡Qué coño pasa! —exclamó el general.

González Nandín, que al abalanzarse hacia delante se había quedado frente a la ventanilla, gritó:

—Mi general, ¡cuidado!

Por la derecha, protegido por las sombras, se acercaba un sujeto achaparrado que sacaba con dificultad un trabuco oculto bajo su capa. No pude verle el rostro al encarar su arma. El estrépito del trabucazo hizo añicos el cristal de la ventanilla. Me sobrecogió el silencio que siguió. Miré a Prim, parecía ileso, quien tenía la mano ensangrentada era González Nandín. Pensé que la *baraka* de que presumía había vuelto a salvarle la vida. La presencia de Sagasta en el carruaje había hecho que no ocupara su asiento habitual. Escuché cómo restallaba el látigo del cochero que gritaba a los caballos, soltando maldiciones, pero por alguna razón el vehículo no se movía. Transcurrieron unos segundos interminables hasta que oí, otra vez por la derecha, una voz bronca y desagradable. ¡La misma que escuché en Nochebuena!

—¡Fuego, puñeta, fuego!

Sus palabras llegaron a mis oídos como un eco lejano, a pesar de que sonaban a poco más de dos metros en medio del espeso silencio que siguió al estampido del disparo. Vi a través de la ventanilla destrozada y de los copos de nieve que caían mansamente a varios individuos que emergían entre las sombras y descargaban media docena de bocas de fuego sobre el interior del carruaje.

—¡Ahora vosotros! —ordenó la voz.

Desde la izquierda cayó otra granizada de disparos sobre Prim y González Nandín, Moya y yo quedábamos más a resguardo. Vi que Su Excelencia se llevaba una mano al hombro y tenía la pechera de su camisa empapada de sangre. Sus ayudantes, desarmados como estaban, no podían repeler el ataque. Un fuerte tirón indicó que el cochero lograba por fin poner el vehículo en marcha. Al movernos, identifiqué un edificio, estábamos en la calle del Turco, muy cerca del cruce con Alcalá; también comprendí lo que nos había detenido: dos coches estratégicamente situados habían impedido el paso durante unos segundos cruciales. Los asesinos lo tenían todo previsto: el paso cortado y dos nutridos grupos de hombres armados a ambos lados de una calle solitaria. La nevada se había convertido para ellos en un aliado ocasional y valioso.

El cochero fustigaba con energía a los caballos. Al cruzar Alcalá vi estacionada una carretela, con dos hombres en el pescante, que dificultaba el paso, pero el cochero la esquivó con agilidad montándose en la acera. En la esquina una castañera horrorizada miró cómo el carruaje pasaba a toda velocidad. González Nandín, desentendiéndose de su herida, había sacado su pañuelo y trataba de contener la hemorragia de Prim, y Moya, con medio cuerpo fuera del vehículo, gritaba al cochero que fuera más deprisa. Yo estaba paralizado y miraba a Prim: tenía el semblante muy pálido y la mirada serena.

51

El cochero cruzó el portón ante un incrédulo centinela y llegó al patio sin detenerse. Varios soldados salieron del cuerpo de guardia, con los fusiles en la mano, alertados por los disparos. Prim bajó del vehículo por su propio pie, ayudado por los dos coroneles, y yo, muy nervioso, los seguí a pocos pasos. Entramos en el lujoso vestíbulo del palacio, donde en pocos segundos se formó un gran revuelo. Vi fugazmente a doña Francisca que corría hacia su marido, tapándose la boca con las manos. El general subió la escalinata, apoyándose en la balaustrada. Dudé si seguirlo y decidí que podía ser más útil cerca del herido. La alcoba era enorme, mayor que el piso de la calle del Desengaño. Habían acudido su ayuda de cámara y varios criados y sirvientas. Se pedía agua, que se avisara al doctor Losada, que se trajeran vendas y un desinfectante. En un instante el palacio era un hervidero donde doña Francisca, que se había recobrado del sobresalto inicial, trató de poner orden en el torbellino desatado. Vi a dos doncellas correr a cumplir algún cometido con los ojos arrasados por las lágrimas.

Para quitarle al general la levita fue necesario cortarle las mangas. Tenía la camisa ensangrentada y se apretaba el hombro izquierdo con la mano herida. Ahora su semblante era cerúleo, pero se mantenía sereno, con un ánimo que había convertido su valor en algo legendario. Preguntó a González Nandín:

—¿Tienes la mano herida?

—Nada de importancia, mi general, un taco de trabuco incrustado.

Entonces me vio.

—Fernando, ¿qué haces ahí? —Me emocionó escuchar mi nombre de pila en sus labios. Siempre me había llamado por el apellido, salvo cuando en la puerta de San Ginés esperábamos la llegada de Paloma el día de mi boda.

—Excelencia… —balbuceé turbado.

—Me temo que tendremos que posponer el almuerzo. —Miró a su mujer y le dijo—: Lo siento, querida, pero…

Doña Francisca cortó la camisa con unas tijeras y antes de que terminara, unas doncellas habían traído una jofaina con agua hervida y una bandeja con vendas. La sangre que empapaba el pecho del general procedía de la herida del hombro. A simple vista no parecía tener dañado ningún órgano vital, aunque había perdido mucha sangre. Poco después llegó el doctor Losada, acompañado por otro médico. Observaron las heridas detenidamente e intercambiaron opiniones en voz baja, utilizando el enrevesado lenguaje que les es propio. Siempre he pensado que lo hacen para darse tono con los pacientes y sus familias, y situarse en un plano de superioridad. Conozco algunos papanatas, entre ellos varios de la tertulia de las Columnas, que sostienen que el uso de palabras poco comunes y expresiones complejas dan valor erudito a sus disertaciones.

Me sorprendió que decidieran no extraer las balas y se limitaran a limpiar las heridas y colocarles unos apósitos. Eran cinco: tres en el hombro izquierdo, una en el codo y otra en la mano derecha. Las primeras eran las de mayor consideración, y, si bien los médicos se mostraron reservados, descartaron que la vida de Su Excelencia corriera peligro. Prim permaneció consciente y hasta bromeó con los médicos antes de sumirse en un sopor producido por el láudano que le suministraron. El destino quiso que fuera mudo testigo de aquel excepcional acontecimiento.

—¿Cómo lo encuentra, doctor? —preguntó doña Francisca a Losada.

—Señora, no hay motivos para alarmarse. Lo peor ha sido la pérdida de sangre. Deberá permanecer en el lecho y no moverse. La tranquilidad y el reposo son nuestras mejores armas. Las heridas son importantes y no hay orificio de salida. Tiene dos fracturas, pero no está afectado ningún órgano vital.

Las palabras del médico fueron un alivio. Los asesinos no habían logrado su objetivo y, aunque el general no podría acudir a Cartagena a recibir al nuevo soberano, tendría la satisfacción de hacerlo en Madrid. El doctor ordenó despejar el dormitorio en el momento oportuno: empezaba a llegar a palacio un rosario de personalidades para interesarse por lo ocurrido. Uno de los primeros fue el almirante Juan Bautista Topete, ministro de su gobierno y compañero de primera hora en la sublevación de Cádiz. Su amistad con el general se mantenía por encima de sus diferencias políticas, ya que el marino era partidario de coronar a Montpensier. Sus muestras de dolor y preocupación eran sinceras. Topete era un caballero. Poco después apareció el regente; Serrano iba muy compuesto, como si acudiera a un baile de gala. Su rostro era una máscara y percibí la distancia con que lo trataba la esposa del general. Su visita fue muy rápida. Al poco, llegó el gobernador civil; lo vi muy nervioso y tenía motivos para estarlo. Su incompetencia había permitido a los asesinos actuar con la mayor impunidad. Ni había procedido a la detención de los sospechosos, cuando tenía todos los ases en sus manos, ni se había molestado en poner una mínima protección en el itinerario. Con unos cuantos agentes habría evitado el ataque.

Eran cerca de las diez cuando abandoné el palacio de Buenavista. Continuaba nevando sobre Madrid. La ciudad me pareció triste, pero quien estaba triste era yo. Triste por la violencia que presidía la política española. Triste porque unos desalmados pudieran atentar tan fácilmente contra la vida del presidente del Gobierno. Triste por la incompetencia de quienes tenían como misión evitar acciones como la que acababa de perpetrarse. Triste porque se había puesto en evidencia que los enemigos de Prim, que lo eran también de don Amadeo, no iban a cejar en el empeño de acabar con su obra. La única alegría en medio de la desesperanza que abrumaba mi ánimo era que sus heridas no parecían graves, a pesar de la granizada de disparos que había caído sobre él. Era cierto lo que decía Ignés: Prim tenía *baraka.*

Subí por Alcalá hasta la Puerta del Sol. Los cafés estaban casi vacíos, pero supuse que la noticia había empezado a difundirse, que ya circularían los primeros rumores y que habría comentarios para todos los gustos. Algunos parlanchines afirmarían que Prim era cadáver y otros darían numerosos detalles acerca del ataque, a pesar de no haber testigos, salvo la horrorizada castañera de la esquina. En la calle del Turco no había un alma, al margen de quienes nos habíamos visto implicados en el intento de magnicidio. ¡Magnicidio! La palabra había llegado a mi mente como suelen llegar estas cosas, sin que te lo propongas. Ése era el título del artículo: «Intento de magnicidio en Madrid». Tenía por delante una larga noche. La redacción estaría hirviendo y cuando don Felipe supiera que había sido testigo presencial de lo ocurrido... Maldita la gana que tenía de ponerme a escribir, pero lo que tenía en mis manos era oro molido. A pesar de que estaba obligado a marchar directamente a *La Iberia*, lo primero era buscar a Ignés. Probablemente lo encontraría en la fonda. La noche no estaba para muchos escarceos.

Aceleré el paso, como si temiera que las palabras se escapasen de mi cabeza. Poco a poco, el impacto emocional de lo vivido dejaba un resquicio al periodista que llevaba dentro. Enfilé la calle Arenal, quería poner a las mujeres de mi casa al corriente de lo ocurrido. Allí mi presencia se prolongó más de lo esperado al tener que explicárselo, aunque sin entrar en detalles. Tía Ernestina lloró desconsoladamente y también las lágrimas resbalaron por las mejillas de Paloma, que escuchó angustiada que yo iba en el carruaje. No sé cuántas veces me preguntó si me había ocurrido algo, a pesar de que estaba ante ella. La menos afectada era Micaela, aunque era devota del general, sobre todo desde que asistió a nuestra boda. Antes de marcharme, mi tía, con los ojos enrojecidos, me preguntó:

—¿Qué va a ocurrir?

—Nada extraordinario. Esos canallas no se han salido con la suya.

En la fonda me dijeron que Ignés no estaba.

—Tal vez, si se acerca al burdel de doña Patrocinio…

Miré en el café de los Ángeles antes de subir al prostíbulo. Avanzar por el largo y oscuro pasillo que también conducía al sótano me hizo revivir algunas imágenes de la calle Fuencarral. En la primera planta, según me había explicado Ignés, prestaban servicio las prostitutas de más tronío. Afrodisia, naturalmente, era una de ellas. Tras llamar, aguardé unos segundos hasta que por la mirilla un ojo ribeteado de negro escrutó mi rostro.

—¿Qué desea?

—Busco a un amigo. Es urgente.

—¿Es usted policía?

—No. Busco a Ignés de Vilaplana.

—¿El catalán?

—Sí, sí, señora.

Al abrirse la puerta me encontré con un pequeño recibidor entelado en rojo, alumbrado por dos quinqués y decorado con unas láminas eróticas, enmarcadas con lujo. Supuse que ante mí estaba doña Patrocinio. Era una cuarentona de formas orondas, bien conservada. Vestía una bata de seda con motivos chinescos, anudada de tal forma que dejaba ver una porción generosa de sus voluminosos y caídos pechos. Me dedicó una sonrisa ladina, calibrando a un potencial cliente. Quizá pensó que mi interés por Ignés era una forma elegante de abordar el deseo de contratar los servicios de alguna de sus pupilas.

—Su amigo ya se ha marchado.

—¿Hace mucho?

—Unos veinte minutos.

—Supongo que no sabe adónde ha ido.

—Tal vez pueda ayudarle. ¿Me acompaña?

Temí que fuera una argucia y que la situación se complicara. Al verme dudar, doña Patrocinio, cuya experiencia en aquellas situaciones no necesitaba de mayores explicaciones, se dio cuenta enseguida.

—Pase, caballero. No va a ocurrirle nada malo.

Me sentí ridículo. La dueña del burdel me condujo hasta una salita amueblada con dudoso gusto. Era pequeña y estaba alumbrada por una lamparilla con una pantalla roja que daba esa tonalidad al ambiente. Había dos sillones y el mueble principal era una *chaise longue.*

—Póngase cómodo, vuelvo enseguida.

Decidí aguardar de pie. Estaba claro que por allí desfilaban las mujeres para que los clientes eligieran con cierta intimidad.

Supuse que era una de las razones por las que tenía fama de ser uno de los burdeles más selectos de Madrid. Mi espera se prolongaba ya más de lo razonable y empecé a escamarme, pensando que era víctima de las artes de la *madame.* Iba a protestar cuando doña Patrocinio apareció con una mujer en el esplendor de la madurez.

—Caballero, ésta es Afrodisia.

Incliné la cabeza con galantería. No tenía por qué prescindir de cortesías, aunque aquello fuera un burdel. Vestía una bata ceñida al cuerpo que dejaba percibir unos pechos voluminosos y turgentes. Comprendí la pasión con que Ignés se refería a ellos.

—Lo siento, pero no es mi intención...

—Caballero, Afrodisia no ha venido para lo que usted está pensando.

Mi torpeza me había hecho cometer un error imperdonable.

—Disculpe, pero es que...

—Está disculpado. Su amigo el catalán...

—Ignés —matizó Afrodisia.

—Su amigo Ignés ha estado con ella, antes de marcharse.

—Tengo necesidad urgente de verle, señorita. —Extrañada por el tratamiento, me dedicó una sonrisa—. ¿Sabría decirme adónde ha ido?

—Lamento no serle de utilidad.

No deseaba perder un instante. Aquella noche el tiempo era oro, más allá de metáforas. Don Felipe ya habría preguntado varias veces por mí y se lo estarían llevando los demonios.

—Les agradezco que me hayan atendido, pero tengo que marcharme.

—¿Sabe usted que han asesinado a Prim? —me preguntó Afrodisia.

—¿Cómo dice?

—Ignés se puso muy nervioso al enterarse de que lo habían asesinado.

—¿Quién le ha dicho eso?

—Se lo dije yo.

—¿Le importaría explicármelo? Ustedes... ustedes estaban...

—Follando —puntualizó doña Patrocinio.

Noté cómo me ruborizaba.

—Estábamos en la habitación y tuve necesidad de salir a por unas toallas, doña Patrocinio me dijo que un cliente había traído la noticia. Se lo dije a Ignés porque sé que está muy unido a Prim. Su amigo es un ser solitario, cuando viene busca algo más que disfrutar de mis encantos, necesita conversación y compañía.

Sentí simpatía por Afrodisia. Me pareció una mujer comedida para dedicarse a aquel oficio. Normalmente, el ambiente de los burdeles era descarnado y desvergonzado, y el lenguaje soez. Quizá ahí estaba la diferencia en la calidad del establecimiento, si bien la dueña me pareció más desahogada.

—¿Ese cliente dijo que Prim había muerto?

—Que lo habían acribillado a balazos cuando iba a subirse en su coche.

—Comprendo. Muchas gracias por todo. No quiero entretenerlas más.

Doña Patrocinio me acompañó hasta la puerta y me invitó a visitar su casa.

—Un caballero como usted será atendido como se merece.

En la redacción reinaba la confusión. Allí estaba Manolito; al verme, agachó la cabeza. Me acerqué y, tomándole la barbilla, alcé su cara y rebusqué en el bolsillo un duro de plata que lancé al aire; lo atrapó al vuelo y me miró emocionado. No fueron necesarias las palabras.

Suardíaz se acercó y me susurró al oído:

—He perdido la cuenta de las veces que ha preguntado por ti.

—¿La imprenta está disponible?

—Dicen que aguardan hasta la una.

—¿Qué hora es?

—Las doce menos diez.

—Tenemos el tiempo justo —resoplé.

—Hay bastante escrito, todo sobre rumores.

—Veremos si sirve.

—¿Por qué lo dices?

—Porque ya he oído rumores que nada tienen que ver con lo ocurrido.

—¿Cómo lo sabes?

—Porque iba en el carruaje con Prim.

Dejé a Suardíaz boquiabierto y me dirigí a la Pecera. Mi amigo reaccionó y me alcanzó cuando estaba en la puerta.

—¿No estarás de broma?

—Estaba en el Congreso y Prim me dijo que lo acompañara.

Mi amigo soltó un silbido.

—¡Ah! Se me olvidaba. Ha estado aquí tu amigo; el de la barretina.

—¿Ignés?

—Sí. Me ha dicho que te espera en Casa Damián.

—¿Hace mucho?

—Serían las once y media.

Mi llamada en el cristal encontró respuesta inmediata.

—¡Adelante!

Apenas había asomado la cabeza, don Felipe exclamó:

—¡Por fin, Besora! ¿Puede saberse dónde demonios se ha metido?

—He estado con Prim.

El habano crujió entre sus dientes antes de que lo apartase de su boca.

—¿Ha sido testigo de lo ocurrido? —me preguntó temeroso de que le respondiera con una negativa.

—Estaba en su coche, sentado frente a él, cuando han intentado asesinarlo.

—¿Ha dicho intentado?

—Eso he dicho.

—¿Quiere decir...? ¿Quiere decir que no está muerto?

—Tiene varias heridas, ninguna de gravedad. La suerte le ha acompañado. En estos momentos descansa en su cama.

Don Felipe se llevó el cigarro a la boca, le dio una calada y expulsó un chorro de humo. Se levantó, se asomó a la puerta del despacho y gritó:

—¡Suardíaz, venga inmediatamente!

Mi colega se plantó en la Pecera en un santiamén.

—¡Que vayan a la imprenta y digan que tienen que aguantar una hora más y que se preparen para una tirada tres veces mayor!

—¿Dejo el texto que estoy trabajando?

—Por supuesto.

Suardíaz salió pitando. Don Felipe se volvió hacia mí y me dijo:

—Tiene tres cuartos de hora para contar, sin entrar en detalles, lo ocurrido.

—¿Tres cuartos de hora, don Felipe?

—Ni un minuto más.

—Haré lo que esté en mi mano.

—Aguarde un momento, Besora. Dígame, ¿dónde ha sido el ataque?

—En la calle del Turco.

—¿A qué hora?

—Poco después de las siete.

—¿Quién más acompañaba a Prim?

—Sus dos ayudantes.

—Entonces, ¿sólo está malherido?

—Tiene cinco heridas.

—¿Dónde?

—Don Felipe… que me ha dado tres cuartos de hora.

—Tiene razón, ¡póngase al tajo!

Antes de sentarme, hice una seña a Manolito para que se acercara.

—Necesito que me hagas un recado.

Se le iluminó el semblante.

—Lo que usted diga, don Fernando.

—Ve a Casa Damián. ¿Te acuerdas de mi amigo, cuando estábamos…?

No me dejó terminar.

—¿El que ha venido preguntando por usted?

—Ése.

—¿Qué le digo?

—Que se venga contigo.

Salió como un cohete y yo me puse a escribir como un poseso. En la redacción todo el mundo sabía ya que yo iba con Prim en el momento del atentado. Ignés apareció a los pocos minutos. Cuando le dije que el general no había muerto, que estaba herido, se le saltaron las lágrimas. Mientras redactaba el texto, le hacía algunos comentarios.

52

Hora y media después los originales estaban en la imprenta. Había escrito plana y media, bajo el rótulo: «Intento de magnicidio en Madrid». Ignés, algo más tranquilo después de saber que el general no estaba muerto, había aguardado impaciente junto a mi mesa. Salimos a la calle cerca de las dos, una espesa capa de nieve lo cubría todo. En el silencio flotaba algo especial.

—Conozco un café que no cierra hasta las seis. Allí podemos charlar.

El Real estaba concurrido. La gente daba por sentado el asesinato de Prim. Escuché algún comentario sobre la incertidumbre que suponía su muerte y la crisis política que se abría. Había frívolos que apostaban a que Amadeo de Saboya no llegaría a desembarcar. Conseguimos una mesa apartada y allí, delante de dos tazones de chocolate y dos copas de aguardiente, expliqué a Ignés lo ocurrido.

—¿Crees entonces que su vida no corre peligro? La primera noticia que me dieron fue que lo habían matado al subirse al coche.

—Sé que estabas con Afrodisia. Pero lo que decía ese viajante es un bulo. Los médicos son optimistas.

—¿Cómo sabes que estaba con Afrodisia?

—Porque antes de venir a la redacción he estado buscándote.

Satisfecha su curiosidad y serenado su ánimo, le comenté:

—Ignés, la voz que ordenó disparar era la misma que escuchamos la otra noche en el Mesón de Pedro.

—¿Estás seguro?

Asentí dando un sorbo a mi aguardiente.

—Todo encaja con lo que me dijo Huertas de que el trabajo iba a ser sonado y me mostró el trabuco.

—¡Coño, Montesinos! —Ahora recordé dónde había escuchado aquel nombre—. ¡Ignés, ése es uno de los que han atentado contra el general!

—¿Cómo lo sabes?

—El día de Navidad me dijiste que quien estaba con ese Huertas se llamaba Montesinos. —Ignés asintió—. Ese individuo estaba ayer tarde en el Congreso de los Diputados. ¡Se marchó de la portería cuando Prim iba a subirse en el coche! ¡Fue a avisar a los demás para que estuvieran preparados! Y... y... ¡Santa madre de Dios!

—¿Qué ocurre?

—La voz, Ignés, la voz.

—¿Qué voz?

—¡Es la voz de Paúl y Angulo! ¿Cómo es posible que no me haya dado cuenta antes? ¡Esta tarde no ha ido al Congreso! ¡Estaba con esa pandilla de asesinos! ¡Además, el mesonero de la calle Arenal te dijo que aquella gente eran la pandilla de Paúl y Angulo!

—Te estás confundiendo, Fernandito. El tipo que estaba en el mesón no era Paúl y Angulo. Ese republicano, que el diablo confunda, es pelirrojo y aquel sujeto tenía el pelo negro. No se parecían en nada. Estás equivocado.

Tenía razón. No había el menor parecido físico entre aquel

sujeto y Paúl y Angulo. Me había dejado llevar por la emoción al descubrir quién era Montesinos.

Pedí que llenasen las copas y nos quedamos un largo rato en silencio. Hasta nosotros llegaban los comentarios de las mesas de alrededor. La gente sólo hablaba del asesinato de Prim.

—A mediodía me encontré con el comisario —comentó Ignés—. ¿Adivinas quién era el máximo responsable de la secta?

—No.

—Tu compañero de redacción, ese Carmona Roland, el que indicó a Manolito que te diera la dirección de don Felipe Clavero. Había decidido sacrificarlo porque temía que descubrieras que él estaba detrás de la paliza que recibiste.

—¡Menudo pájaro! Cuando Manolito me dijo que me había dado la dirección de don Felipe por indicación suya, pensé que la paliza había estado motivada por celos profesionales. Ahora entiendo por qué uno de los sujetos que me pegaban repetía, una y otra vez, que era por meter las narices donde no me importaba.

—También me ha contado que el asesinato de Juárez ha quedado esclarecido. Al parecer, supo muy pronto que Carmona Roland estaba detrás de tu agresión.

—¿Juárez lo sabía?

—Sí.

—¿Por qué no procedió a su detención?

—Porque encontró una jugosa fuente de ingresos. Se dedicó a extorsionarlo, sobre todo, al descubrir que pertenecía a la secta de satanistas. Juárez tenía problemas con el juego, algo que le exigía sumas cada vez mayores. Cuando apareció tu artículo sobre la misa negra, lo utilizó para exigirle más dinero.

—Eso explica que me buscara ese mismo día, fingiendo estar a cargo del caso. Lo que trataba era de controlar el negocio y fue a mi casa cuando supo que desde el Gobierno Civil se habían dado instrucciones para que se abriera una investigación. Trataba de adelantarse a Jovellanos.

—Vete a saber a qué iba dispuesto cuando fue a tu casa. —Ignés dejó escapar un suspiro—. Al final pagó un precio muy alto por sus fechorías.

—Lo que resulta extraño es que lo dejaran colgado en el desván y que hubiera un pentáculo en el suelo —comenté.

—Un exceso de confianza. El palacete llevaba cerrado muchos meses y no creyeron que, después de tanto tiempo, alguien fuera a husmear. Ignoraban que se había abierto una investigación y pensaban que eliminando a Juárez... Lo han confesado en sus declaraciones.

—¿Y el pentáculo que había en el suelo?

—Debió caérsele a alguno de ellos. ¿Cómo se llamaba el sereno que te dio los primeros datos sobre lo ocurrido en la calle Carretas?

—Segismundo Martínez. ¿Por qué me lo preguntas?

—Porque ese Carmona Roland lo amenazó por haberte dado información.

No me extrañó. Carmona Roland era perro viejo y, por el contenido de un artículo, podía adivinar las fuentes. Ahora tenía una explicación de la actitud agresiva del sereno; debió pensar que yo había revelado su nombre. Hubo un tiempo en que pensé que era don Felipe quien lo había amenazado, cuando consideraba que mi director estaba implicado con la secta satánica.

Al día siguiente todos los periódicos hablaban de lo ocurrido en la calle del Turco, pero la mejor información estaba en *La Iberia*. Aguardé a que Ignés apareciera por la redacción, habíamos quedado en que me traería noticias de Prim. Él tenía acceso a palacio incluso en circunstancias tan extraordinarias. En la redacción vivíamos una jornada agitada, no sólo por el atentado, sobre el que yo preparaba otro texto, sino por el impacto de la detención de Carmona Roland. Ignés llegó cerca de las dos.

—¿Cómo está el general?

—Los médicos dicen que no hay peligro, pero a mí no me gusta su aspecto.

—¿Lo has visto?

—Sí. Todavía no le han extraído las balas y las heridas tienen mala pinta.

—¿Está consciente?

—Sí. Hemos cruzado algunas palabras.

—¿Qué te ha dicho?

—No te lo vas a creer. El general afirma que la voz de quien mandaba a los asesinos es la de Paúl y Angulo.

Era añadir leña al fuego de mi desconcierto. A veces pensaba que mi imaginación me estaba jugando una mala pasada. La imagen del sujeto que arengaba a aquella partida de facinerosos en nada se parecía a la de Paúl y Angulo. El republicano era más espigado, su cabello pelirrojo, como las amplias patillas que cubrían sus mejillas casi por completo, sus facciones eran diferentes, usaba unas gafas con lentes azules y siempre vestía con elegancia. Aquel sujeto llevaba una vulgar zamarra de piel de jabalí. No podían ser la misma persona, pero su voz sonaba igual que la suya y, por lo que decía Ignés, Prim también la había identificado como la del jefe de los asesinos.

—El general también me dicho algo muy extraño: «Ignés, no me matan los republicanos».

—¿Ha dicho exactamente eso?

—Ésas han sido sus palabras.

Aquello carecía de sentido. ¿Cómo podía identificar la voz

de Paúl y Angulo y afirmar que los republicanos no atentaban contra él? Recordé que Morayta intentó llevárselo para evitar su recorrido habitual desde el Congreso de los Diputados hasta su residencia. A decir verdad, la actitud de los republicanos hacia el general era muy variada: Morayta o Castelar no pasaban del rechazo político, eran sus adversarios, pero no sus enemigos. Pi i Margall era muy agresivo de palabra, pero incapaz de un acto de violencia. Por el contrario, Paúl y Angulo era un pendenciero, un matón. Las palabras de Prim podían aludir a eso o a que una mano oculta había movido los hilos de la trama. Si Montpensier había financiado *El Combate* y había mantenido contactos con La Internacional de José López, el general bien podía aludir a eso.

—Me ha entristecido que diga «me matan», Fernandito. Eso significa que ve la muerte de cerca.

—No seas pesimista. Como tú me has dicho alguna vez, el general tiene *baraka*. Otro cualquiera, con la lluvia de disparos que cayó sobre él, estaría enterrado. ¿Ha prestado declaración?

—Los médicos lo desaconsejan. Dicen que no debe alterarse, pero me malicio que hay otros intereses. Alguien en las alturas está interesado en que no lo haga.

Lo que decía podía tener sentido tanto respecto a las conexiones entre Montpensier y Paúl y Angulo, como por los indicios que apuntaban a la implicación de José María Pastor, según señalaban los italianos y el propio Ignés había verificado, lo que apuntaba directamente a Serrano, cuyas diferencias con Prim habían dado lugar a tensiones muy fuertes. Lo que resultaba evidente era que si Prim desaparecía de la escena política, eran muchos los beneficiarios.

—¿Crees que los médicos podrían estar conchabados con alguien?

—Después de lo ocurrido, no me fío ni de mi propia sombra.

53

Estábamos en la sobremesa de la cena cuando llamaron a la puerta con una insistencia insolente. Sin ocultar su malhumor, Micaela repetía por el pasillo:

—¡Ya va! ¡Ya va! ¡Qué formas!

Escuché la voz de Ignés. En el reloj de pared estaban a punto de dar las nueve y media. Salí a recibirlo y me encontré con que Micaela se había tragado la regañina y lo miraba en silencio. Al verme se abrazó a mi cuello y no pudo contener las lágrimas. Supe que los rumores que aquella tarde habían circulado por Madrid respondían a la verdad. Micaela se alejó sin hacer ruido y nosotros permanecimos abrazados un buen rato, con Ignés sollozando sobre mi hombro hasta que sacó un pañuelo y se secó las lágrimas. En su rostro había algo más que dolor; era rabia contenida por no haber podido abortar la conspiración contra el general. Ignés le debía la vida a Prim quien, a diferencia de otros generales, entraba en combate junto a sus tropas empuñando el sable. Había acabado con un moro que estaba a punto de degollarlo, además de salvarlo en una refriega con los carlistas, y él tuvo ocasión de devolverle el favor en la memorable jornada de los Castillejos. Los unía un pacto de sangre, mucho más fuerte que la admiración de Ignés por el general y del respeto de Prim hacia aquel hombre sencillo de gran corazón.

En la puerta del comedor, silenciosas e inmóviles, estaban Paloma y tía Ernestina. Comprendieron que la visita de Ignés confirmaba los peores augurios.

—¡Esos matasanos lo han rematado, Fernandito!

—Cuéntame lo ocurrido —le dije tirando de él hacia el salón.

Tía Ernestina rompió a llorar y Paloma se abrazó a ella sollozando. Nos acomodamos como mejor pudimos e Ignés nos explicó que las heridas se habían infectado y todo se había complicado, al parecer por celos y rivalidades profesionales.

—Hasta ayer los médicos no se decidieron a extraerle los proyectiles. ¿Te lo puedes creer, Fernandito? ¡Ha estado casi dos días con el plomo en el cuerpo!

—¿Eso le ha provocado la muerte?

Ignés se encogió de hombros.

—¡Qué sé yo! Esta mañana estaba mucho peor. Tenía fiebre y deliraba.

—¿Lo has visto?

—Sí, doña Francisca me ha dejado entrar un momento. A primera hora de la tarde ordenó que se avisara al doctor Sánchez Toca quien, según me ha comentado Muñiz, al ver el estado en que estaba ha exclamado: «Señora, me trae usted a ver un cadáver». Por lo visto, si las heridas se hubieran tratado de otra forma, no estaría muerto. Lo que iniciaron los asesinos, lo han acabado esos incompetentes. —Ignés hizo un gesto de impotencia y añadió—: Creo que las Cortes van a reunirse.

—¿A estas horas?

—Sí.

No lo dudé. Invité a Ignés a venir al palacio de la Carrera de San Jerónimo. Cuando entramos en el hemiciclo —logré que dejaran a mi amigo subir a la tribuna de prensa— se leía una proposición en medio de un silencio impresionante:

«Pedimos a la Asamblea que se sirva declarar que ha sido sentida con el mayor dolor la horrible muerte del general Prim, declarándole benemérito de la patria. El general Prim vivirá eternamente para los buenos patricios, y su ilustre y desdichada familia y descendientes disfrutarán de todas las preeminencias, honores y posición social, como si viviera el noble marqués de los Castillejos. La patria está de luto. El nombre del general Prim se escribirá en una de las lápidas del salón de sesiones del Congreso. Su viuda y sus hijos quedan bajo la protección nacional. Las Cortes soberanas declaran que tienen la más completa confianza en el gobierno de Su Alteza, y le ofrecen todo su apoyo, para salvar el orden, la libertad y las instituciones».

La lectura de esto último fue acogida con murmullos. Los carlistas, los republicanos y los partidarios de Montpensier rechazaron dar su apoyo al gobierno de Amadeo de Saboya, aunque mostraron su conformidad con todo lo anterior. Busqué inútilmente entre los escaños republicanos a Paúl y Angulo. Antes de irme supe que el rey había llegado al puerto de Cartagena a bordo de la fragata *Numancia.* Lo había recibido el almirante Topete, en nombre del presidente del Gobierno.

El último día de 1870 Madrid se despertó conmocionado con la noticia de la muerte de Prim. El impacto del atentado lo habían amortiguado los primeros partes médicos, al señalar que las heridas no eran mortales, pero cuando se supo que los asesinos habían logrado su propósito, Madrid se vistió de luto. Los cafés y las chocolaterías estaban casi vacíos y muy poca gente circulaba por las calles. En el ambiente flotaba el miedo a una revolución.

Su muerte dio lugar a grandes manifestaciones de hipocresía. Muchos de los que deseaban su fin hacían ahora declaraciones de dolor; quienes lo habían vituperado y atacado sin piedad se deshacían en elogios hacia su persona, transformando sus defectos en virtudes. Serrano fue uno de ellos. En mi hogar vivimos un fin de año triste. Durante la cena —no hubo forma de convencer a Ignés para que nos acompañara— recordamos que el destino nos había privado de una comida con Prim y su esposa. Me acosté apesadumbrado, sumido en negros presagios y dolorosas sensaciones.

El año nuevo se estrenó con un día gris y frío. El túmulo funerario del presidente del Gobierno se había instalado en la basílica de Atocha. Paloma, tía Ernestina, Micaela y yo fuimos al templo, como miles y miles de madrileños, para dar el último adiós a quien había sido el principal artífice de la Gloriosa y durante dos años el hombre fuerte de la política española. Ante su cadáver se me hizo un nudo en la garganta y las lágrimas resbalaron por mis mejillas. En varias capillas de la basílica se celebraban misas por el eterno descanso de su alma. Paloma, mi tía y Micaela se incorporaron a una que acababa de comenzar y yo me quedé observando el heterogéneo mundo que desfilaba ante el féretro: hombres y mujeres, jóvenes y ancianos, menestrales, jornaleros, tenderos, rentistas y algunos militares, aunque las tropas estaban acuarteladas. Los soldados saludaban militarmente, sus taconazos resonaban bajo las bóvedas, y los civiles inclinaban la cabeza o se santiguaban, algunos hincaban una rodilla en el suelo. Me pregunté si Prim habría confesado antes de morir. No tuvo buenas relaciones con la jerarquía eclesiástica; en casi todo, sostenía puntos de vista muy diferentes a los del clero, entre cuyas filas se encontraban aún partidarios del poder absoluto del monarca y añoraban, como un paraíso perdido, el tiempo en que la Iglesia fue el principal poder económico del Estado. Se mostró partidario del Estado aconfesional, lo que irritaba profundamente a los clérigos que deseaban una España oficialmente católica.

Me retiré al fondo de la nave y junto a una columna, sumida en la penumbra, vislumbré una silueta familiar. Era Ignés. Tenía los brazos cruzados sobre el pecho, la barretina en una mano y la mirada fija en el suelo. Al sentir mi proximidad alzó la cabeza y comprobé que sus ojos estaban enrojecidos. El viejo contrabandista escondía un alma mucho más sensible de lo que se adivinaba bajo su apariencia de hombre duro.

—¿Cómo estás?

Se encogió de hombros y adiviné que llevaba allí muchas horas de pie, quieto.

—¿Nos vamos?

Me miró desconcertado. Al tomarlo por el brazo me preguntó:

—¿Adónde?

—A desayunar.

Me acerqué a las mujeres y les dije que me marchaba con Ignés. En la calle la cola era larguísima. El cielo estaba encapotado y el viento anunciaba lluvia.

—¿Por qué no andamos un poco? —me propuso Ignés—. Necesito caminar.

Subimos por Atocha hasta la plazuela de Matute y enfilamos la calle de las Huertas hasta llegar a la plazuela del Ángel y por Carretas a la Puerta del Sol. Nos fuimos al café de las Columnas y, al vernos, el camarero se acercó solícito.

—Don Fernando, hace un momento un hombre ha venido preguntando por usted. Me ha dicho que tiene una información que puede interesarle. No ha querido soltar prenda, pero ha dejado esto. —Me dio una nota arrugada donde había un nombre y una dirección.

—¿Se llama Ufano este individuo?

—Sí, señor; viene de vez en cuando a tomar café. Ha dicho que normalmente está en la barbería, salvo que tenga que salir para atender a algún cliente.

Le agradecí la información y decidí que primero nos tomaríamos un chocolate bien caliente. Apenas logré arrancar a Ignés algunos monosílabos en respuesta a mis preguntas. Estaba anonadado. Yo no paraba de preguntarme qué querría decirme el tal Ufano. En ocasiones había recibido confidencias, pero la mayor parte de las veces se trataba de gente que deseaba airear un asunto de su particular interés.

—¿Me acompañas a ver a ese barbero? La dirección que ha dejado no queda lejos.

Su respuesta fue ponerse de pie.

En la calle había empezado a nevar de forma suave. Llegamos a la barbería del tal Ufano, que despedía a su único cliente.

—Soy Fernando Besora. Me han dicho que desea verme.

Miró a Ignés y preguntó quién era, sin dejar de mirar la barretina.

—Un amigo de toda confianza.

Ufano se asomó a la calle para asegurarse de que no había nada extraño y, sin decir palabra, cerró la puerta de la barbería, dejándola sumida en una penumbra apenas rota por la luz que entraba por una ventana de cristales esmerilados. Estaba nervioso.

—Este señor, ¿también... también conocía a Prim?

—¿Por qué lo pregunta?

—Porque... —el barbero se acarició el mentón— porque lo que voy a contarle...

Estaba tan dubitativo y temeroso que decidí animarlo.

—Si estoy aquí es porque usted me ha llamado y este señor es amigo de Prim.

—Verán, se trata de un asunto delicado. Le he dado muchas vueltas, antes de decidirme a ir a buscarlo al café de las Columnas donde lo he visto en las tertulias. También lo he hecho porque sé que es amigo de Prim, lo vi en su boda.

—¿Qué quiere decirme con eso?

Ufano nos miró, tratando de calibrarnos, sobre todo a Ignés.

—Antes de confiarles lo que sé, tienen que jurarme por lo más sagrado que no revelarán mi nombre. No quiero complicaciones.

Me extrañó su actitud. Si no quería complicaciones, ¿por qué me había buscado?

—Cuente con nuestra absoluta discreción.

—¿Seguro? —insistió mirando a Ignés.

—Seguro. ¿De qué se trata? —pregunté a punto de perder la paciencia.

—Es algo… es algo que tiene que ver con el asesinato de Prim.

—¿Cómo dice?

—Verá. No… no estoy seguro. Pero… tampoco estoy tranquilo.

—¿Quiere explicarse?

—Verá, el día de Nochebuena vino un sujeto para que lo acompañase a hacer un trabajo. Dudé porque el tipo tenía mala pinta.

—¿Qué quería?

—Que fuera a cortarle la barba a un señor. Me mostró dos duros de plata y me dijo: «Si vienes, son tuyos». Verá usted, para ganar un duro tengo que estar pelando todo el día. Le pregunté adónde había que ir y me dijo que a la calle Relatores. No queda lejos, así que sin pensármelo más cogí los bártulos, eché la llave y me fui con él. A quien debía afeitar estaba en el número trece. Creo que en esa casa alquilan habitaciones a huéspedes.

—¿Cómo era ese señor?

—Muy desagradable, hasta en la voz.

Ignés y yo intercambiamos una mirada.

—¿Qué aspecto tenía?

—Sólo lo vi sentado, pero puedo asegurarles que era alto. Son muchos años de oficio atendiendo a la gente sentada. Tenía el pelo y las cejas teñidas de negro, pero era pelirrojo. Me llamó la atención que me mirara con los ojos entrecerrados. Llevaba puesta una zamarra de pelo, una prenda basta, que abrochaba hasta el cuello. Se negó a quitársela, lo que dificultó mi trabajo.

—¡Paúl y Angulo! —exclamamos Ignés y yo al unísono.

La descripción de Ufano no dejaba margen para la duda. Se trataba del mismo sujeto que habíamos visto en el Mesón de Pedro. Ahora teníamos la explicación de por qué identificábamos su voz pero resultaba imposible asociarla a su aspecto, lo había modificado para actuar con más libertad. Ahora cobraban sentido sus palabras de aquella noche en el mesón. Era Paúl y Angulo, aludiendo al cierre de *El Combate*; el periódico saldría por última vez el día de Navidad. Y al afirmar que su tarea no había concluido, se refería, como dejó escrito, a que había llegado el momento de cambiar la pluma por el fusil. ¡Lo que decía a aquellos facinerosos era que iban a empuñar los trabucos para acribillar a Prim!

—¿Por qué cree que ese individuo tiene algo que ver con el atentado? —le pregunté.

—Porque he atado cabos con todo lo que se dice estos días.

—¿Y por qué no ha acudido a la justicia?

En la boca de Ufano se dibujó una sonrisa desdeñosa.

—Si lo hubiera hecho, a estas horas estaría criando malvas. Si esa gente ha sido capaz de atentar contra el mismísimo Prim, imagínense lo que pueden con un pobre barbero.

—Entonces, ¿por qué nos lo cuenta a nosotros?

—Porque ustedes son sus amigos y yo devoto de Prim. ¡Los tenía bien puestos! ¡Le dio a los moros donde había que darles! ¡Echó a ese putón de la Isabelona! ¡Y ha tenido cojones para plantarle cara a todos: a Serrano, a Montpensier y a los republicanos! No me gustaría que quienes lo han asesinado se vayan de rositas.

Antes de despedirnos, observé que sobre una banqueta, en un rincón, se apilaban ejemplares de periódicos. El barbero estaba al día. Le aseguré que no debía de preocuparse por nuestra discreción, agradecí su información y rechazó los cinco duros que le ofrecí.

—¡Lo he hecho por Prim!

Comprobamos que, efectivamente, el administrador de Paúl y Angulo había alquilado una habitación en la calle Relatores. Se lo comunicamos al juez que instruía el sumario, pero no sirvió de mucho al no poder revelar la identidad del testigo que conocía la transformación física de Paúl y Angulo. Ufano nos había pedido discreción y estábamos obligados por nuestra palabra. Se limitó a incorporar nuestras declaraciones al sumario. Ese día, cuando Ignés y yo salimos del juzgado, supimos que jamás se detendría a los culpables.

Epílogo

Ahora, sentado junto a la ventana del despacho que da al patio de la casita donde vivo con Paloma, cuando mis huesos no se calientan, mi pulso ha perdido el vigor de otro tiempo y mi vista ha menguado mucho, mi mano temblorosa garabatea sobre el blanco papel las últimas líneas de esta historia que recogen las vivencias de uno de los años más importantes de mi vida. Las he escrito como un desahogo, a sabiendas de que probablemente nunca encuentren lector, pero el escritor que siempre hubo dentro de mí, me lo exigía cada mañana como un tributo póstumo a una de las personalidades más recias y lúcidas de nuestra historia. No me lleva a afirmarlo ni el hecho de que fuera mi paisano, ni el que me honrase con su amistad.

Ha transcurrido tanto tiempo desde aquel lejano 1870 que temo que mi memoria no haya sido todo lo fiel que requeriría este escrito. Para mí fue un año crucial, tanto en lo personal como en lo público, y fue un año de gran importancia para la historia de España. En aquellos meses solté definitivamente las amarras que me ligaban, como segundón, a la empresa familiar. Fue una decisión acertada dejar que mi hermano se quedara con todo el negocio. La casa Besora ha prosperado tanto bajo su batuta que, desde hace años, es una de las más importantes de España al haberse extendido por otras zonas, principalmente por Andalucía, la región española olivarera por excelencia. Estoy convencido de que bajo mi mano jamás habría experimentado ese crecimiento. Soy más soñador que realista, tanto como para creer que podía hacerme un lugar en el mundo de las letras, razón por la que me trasladé a Madrid. Fue también el año de mi matrimonio con Paloma Azpeitia, mi fiel y abnegada compañera con la que aún comparto nuestro sencillo hogar en una de las calles que desembocan al *carrer* de Monterols, la gran arteria de Reus, adonde nos vinimos para vivir los que han de ser últimos años de nuestra existencia. Nuestro matrimonio no fue bendecido con la descendencia, pero no nos ha importando demasiado.

1870 fue el año en que el duque de Montpensier, la personificación más acabada de la ambición política, mató en un duelo al infante don Enrique de Borbón. El mismo en que Prim intentó, con tres candidatos, ocupar el trono vacante de España: el portugués don Fernando de Coburgo, el alemán Leopoldo de Hohenzollern y el italiano Amadeo de Saboya, que a la postre, en medio de no pocas dificultades, pudo ceñir la corona, aunque por poco tiempo. Fue también el año en que el canciller prusiano Otto von Bismarck utilizó hábilmente los intríngulis de la candidatura de Hohenzollern para que el emperador de los franceses declarase la guerra a su país. Fui testigo excepcional, en el París de aquellos agitados meses, tras la derrota de Napoleón III en Sedán, de la caída del Segundo Imperio y de la proclamación de la III República. Pero sobre todo, para mí como para muchos españoles de entonces, 1870 fue el año del asesinato de Prim, de mi paisano, del hombre que, como protagonista principal de la Revolución del 68, destronó a Isabel II y se empeñó en cambiar el curso de nuestra historia, por la vía de una monarquía constitucional, parlamentaria y democrática. Todavía hoy, más de medio siglo después, su asesinato continúa siendo un misterio por resolver. Hubo demasiados intereses en juego en tan inicua acción.

Si, por alguna circunstancia, estos papeles hubieran acabado en manos de un lector que haya tenido la paciencia de llegar hasta aquí, tal vez se pregunte cómo es que estoy en Reus. Brevemente diré, porque mi vida carece de interés, que pocos meses después del asesinato del general, don Felipe Clavero se retiró de la vida activa y propuso a los dueños del periódico que yo ocupase la dirección de *La Iberia.* Poco antes de marcharse a su Galicia natal me dijo que Crisanto vivía en La Habana. Había comprado en Cuba una plantación de tabaco con el dinero de la venta del palacete, que quedó libre del usufructo que gozaba el conde de Casalabrada, quien se suicidó en la cárcel, librándose del juicio que condenó a la pena capital a Carmona Roland y a los demás supervivientes de la secta satánica.

Fui director de *La Iberia* hasta que dejó de rotularse como periódico demócrata. No me gustó el cambio y decidí, después de largas conversaciones con Paloma, aceptar la oferta de los dueños de *La Vanguardia*, un periódico nacido en Barcelona, en 1881, como diario político de avisos y noticias, para impulsar al partido liberal. Poco antes de nuestro traslado, murió Micaela y tía Ernestina se vino con nosotros a Barcelona. Volví, pues, a la ciudad de mis orígenes periodísticos, donde había librado mis primeras batallas serias con la tinta, en las páginas del *Diario de Barcelona.*

En la ciudad condal me reencontré con Ignés de Vilaplana. Nos veíamos todos los martes, a las cinco de la tarde, en un café de la plaza del Ángel, como recuerdo a aquel otro café de la calle de los Ángeles que fue nuestro cuartel general en Madrid. Se vino a Barcelona poco después de la muerte de Prim.

Vivía con Afrodisia, a la que había sacado del burdel de doña Patrocinio. Nos tomábamos una copita de aguardiente y recordábamos los sucesos de 1870. Fuimos puntuales a nuestra cita semanal hasta que un día de enero de 1887 no se presentó; fui a su casa y me enteré de que aquella mañana no se había despertado. Acompañé su cadáver hasta el cementerio y, al ver cómo se colocaba la lápida que cerraba su nicho, tuve conciencia de que se enterraba una parte de mi pasado. Allí me despedí de los restos de aquel hombre que, después de vivir años burlando a los carabineros, a los agentes de aduanas y a los recaudadores que aguardaban en los fielatos para cobrar los odiados impuestos de consumos, formó parte del contingente de voluntarios catalanes que luchó en Marruecos a las órdenes de Prim, se convirtió en un héroe y en su amigo. Poco después de morir, Afrodisia apareció un día por mi casa; se deshizo en excusas, como si su visita nos vejara. Paloma la atendió como lo que era: la viuda de mi amigo. Fue imposible que aceptara el café que le ofrecimos. Estoy seguro de que lo hizo por no molestar. Me traía, para que la conservara en mi poder, la cruz que Ignés había ganado en la batalla de los Castillejos. El viejo contrabandista nunca me dijo que fue condecorado por su valor, como tampoco me dijo nunca qué manejos tenía en Madrid. Cuando nos vinimos a Reus, una de las primeras cosas que hice fue llevar la cruz al santuario de Nuestra Señora de la Misericordia y colocarla junto a los exvotos que los fieles depositan a los pies de la imagen. Para mí aquel gesto no tenía mucho significado, pero sabía que para él era algo valioso. Tenía la fe del carbonero.

Desde las páginas de *La Vanguardia* di cumplida información de la Exposición Universal que se celebró en la ciudad en 1888, al tiempo que el diario abandonaba su credo político para convertirse en independiente. No me importó. Escribí muchas crónicas sobre la Barcelona de finales de siglo, que vivía el resurgimiento del catalanismo político de la mano de empresas culturales como los juegos florales, la aparición del modernismo o el fervor por el románico, representado en pequeñas iglesias del mundo rural que habían florecido en la Alta Edad Media. Estuve en Manresa para cubrir la información del programa político que allí redactaron los líderes del catalanismo el mismo año que Paloma y yo fuimos testigos, en primera fila, de la explosión de la bomba del Liceo. Era el año 92. Estaba con nosotros tía Ernestina, que vivía su ancianidad con mucha dignidad; murió a los pocos días de aquel terrible suceso que conmocionó a la ciudad. Mi madre murió al año siguiente.

Escribí mucho sobre la guerra contra los yanquis, que se entrometieron en el conflicto que manteníamos con los cubanos y se quedaron con los últimos restos del viejo imperio colonial. Viví el impacto del llamado desastre del 98, del que en Cataluña nos ha quedado la nostalgia con que se cantan habaneras en las fiestas populares de muchas localidades. Escuché a Joaquín Costa hablar de regeneracionismo y colaboré con mi pluma a difundir aquellas ideas que consideraba necesarias para sacarnos del atasco histórico en que estábamos. Era, con nuevas palabras, la misma cantinela de siempre. La misma por la que Prim había luchado, sólo que entonces en lugar de regeneración se hablaba de honra. La honra de España de la que varias veces oí hablar al general.

Viví los dramáticos sucesos que agitaron Barcelona a comienzos del verano del año nueve del nuevo siglo; comenzó con una protesta por el llamamiento a filas de los reservistas para ir a Marruecos y terminó con el incendio de numerosos establecimientos religiosos. Ahora a aquellos acontecimientos se los conoce como la Semana Trágica y culminaron con el fusilamiento de un pedagogo de ideas anarquistas, a quien se le cargó el muerto. Las protestas por su ejecución provocaron la caída de Maura. Viví el enriquecimiento de unos pocos a cuenta de la actividad que para la industria catalana supuso la Gran Guerra, pero que no mejoró las penosas condiciones laborales de los trabajadores; de aquellos polvos vinieron los lodos de 1917 y la huelga general. Paloma y yo sufrimos las tensiones sociales de los años siguientes y la violencia desatada en las calles barcelonesas entre los pistoleros de la patronal y de los sindicatos, que bautizaron a la ciudad con el nombre de la Rosa de Fuego.

Aquellos días de violencia desaforada me preguntaba: ¿qué habría ocurrido si Prim hubiera logrado asentar en el trono de España la dinastía de los Saboya?

Paloma estaba tan asustada, sobre todo después de la huelga de la Canadiense, que, cansado de verla temerosa hasta para acudir al mercado de la Boquería, cercano a nuestra vivienda, decidimos comprar en Reus la casa donde ahora vivimos y pasaremos los años que nos resten de vida.

No quiero concluir estos papeles sin consignar que la aparición de mi primera y única novela, que titulé *Angustias Salazar*, fue un rotundo fracaso. Apenas se vio en las librerías y no vendió más allá de una docena de ejemplares. Como tantos jóvenes deseosos de alcanzar la gloria literaria, tuve mis primeros escarceos en el terreno periodístico donde me hice un cierto nombre. Pero en el territorio de la literatura mayor, en el de la novela, fracasé estrepitosamente. Me hubiera gustado ocupar el lugar de Galdós, otro provinciano que llegó desde Las Palmas para hacerse un nombre y lo consiguió. A *La Fontana de Oro* siguieron novelas extraordinarias como *Fortunata y Jacinta*, *Nazarín* o *Doña Perfecta* y sobre todo esa serie de novelas con las que recorre buena parte de nuestro siglo XIX bajo el título de *Los Episodios Nacionales.* También Miguelito Rocafull se hizo un cierto nombre, pero la parca se lo llevó prematuramente.

No albergo la menor duda de que fue Paúl y Angulo quien ordenó abrir fuego contra Prim. Tanto el general como yo identificamos su voz. Era la misma que Ignés y yo habíamos escuchado en el Mesón de Pedro aquella Nochebuena y, como ya he referido, tuve las pruebas que explicaban por qué su aspecto era tan diferente al habitual. Murió hace muchos años; antes publicó, creo recordar que en 1886, un panfleto lleno de mentiras donde proclamaba su inocencia. La justicia se mostró incapaz para detenerlo. Puso tierra de por medio y jamás regresó a España, ni siquiera se atrevió a hacerlo cuando sus correligionarios de credo político proclamaron la república, en un ensayo funesto que duró once meses y vio desfilar en tan corto tiempo a cuatro presidentes. También estoy convencido de que Paúl y Angulo fue el brazo ejecutor. Para encontrar a quien manejaba los hilos del atentado habría que apuntar mucho más arriba. En el proceso estuvieron involucrados tanto el jefe de la escolta del general Serrano como el asistente del duque de Montpensier. Ambos tenían muchas cosas que ocultar sobre sus respectivos jefes.

Cuando Amadeo de Saboya, nada más llegar a Madrid, visitó el cadáver de Prim, afirmó que no pararía hasta encontrar a los asesinos. Doña Francisca, la viuda del general, le espetó: «Mire a su alrededor, vuestra majestad no tendrá que buscar muy lejos». Quien acompañaba al nuevo rey era Serrano. Yo sabía que el dinero de Montpensier había movido voluntades y tenía indicios sobrados de sus contactos con La Internacional, fundada en Bayona por el grupo capitaneado por José López, quien hizo revelaciones muy interesantes desde la cárcel, adonde fue a parar acusado de participar en el atentado. Acabaron cerrándole la boca como a muchos de sus compinches.

Entretengo mis ocios escribiendo estas páginas que ahora concluyo. De vez en cuando llevo dos velas al santuario de la Virgen de la Misericordia como recuerdo a Ignés que, cuando vine a Reus para arreglar lo relativo a mi herencia, me encargó poner dos velas. Un día me dijo que una era por él y la otra por mí. Paseo a diario por el *carrer* de Monterols y llego hasta la plaza que hoy lleva el nombre de Prim, en cuyo centro se alza una estatua en bronce que nos lo presenta a caballo, de uniforme y blandiendo en alto su sable desenvainado.

Lo miro y le digo que tenemos pendiente una comida. Algunas veces me sonríe.

J. C. P.
Cabra, enero de 2011

Nota del autor

Sangre en la calle del Turco es una novela ambientada en la España de 1870, un año de fuertes tensiones políticas en el marco del llamado Sexenio Democrático, iniciado en septiembre de 1868 con la revolución que destronó a Isabel II y concluido a finales de 1874 con el retorno de los Borbones, al ser proclamado rey Alfonso XII. Fue el año en que el general Prim —héroe de la guerra de África y protagonista principal de la mencionada revolución, a la que se dio el nombre de la Gloriosa— logró imponer la candidatura del duque de Aosta y convertirlo en rey de España con el nombre de Amadeo I. 1870 fue también el año del asesinato de Prim, al ser acribillado el coche donde iba cuando pasaba por la calle del Turco en la tarde del 27 de diciembre. Murió tres días después como consecuencia de las heridas recibidas, al no ser tratadas debidamente.

Para sacar adelante su proyecto de entronizar una nueva dinastía, Prim se enfrentó a los republicanos, al general Serrano —regente mientras permaneciera vacante el trono y deseoso de ceñir la corona— y a Antonio de Orleans, duque de Montpensier, casado con la infanta Luisa Fernanda, cuya mayor ambición era la de ser proclamado rey. En esas circunstancias, la búsqueda de un monarca resultó extremadamente complicada tanto por el rechazo de los republicanos a la monarquía y las ambiciones de Serrano o Montpensier, cuanto por las graves implicaciones internacionales que suponía. Baste señalar que la posibilidad de que un Hohenzollern accediera al trono de España fue el detonante de la guerra franco-prusiana que acabó con el Segundo Imperio francés.

Sin renunciar a la libertad del novelista y, en consecuencia, a utilizar elementos de ficción, he procurado reflejar el ambiente político que se respiraba en el Madrid de aquellos meses en que se produjo el duelo entre Enrique de Borbón y Antonio de Orleans, en que Paúl y Angulo expresó su animadversión contra Prim en las páginas de *El Combate*, en que Serrano conspiró para impedir el nombramiento de Amadeo I o en que Montpensier intrigó sin descanso para ser nombrado rey por las Cortes en la votación celebrada el 16 de noviembre, cuyo resultado queda reflejado en la novela.

Fernando Besora es un personaje de ficción como lo es su familia. No obstante, su perfil responde al de numerosos escritores de la época que marchaban a Madrid para triunfar en el mundo de las letras y en la mayoría de los casos estuvieron ligados al periodismo. También es fruto de la imaginación del autor la figura femenina de Paloma Azpeitia, pero al igual que en el caso de Fernando Besora, sus vicisitudes pudieron ser realidad en el ambiente social de la España de su tiempo. Por el contrario, Ignés de Vilaplana existió; en su juventud ejerció el contrabando y fue muy amigo de Prim. Su verdadero nombre es José Ferrer i Grau. La anécdota de la navaja ocurrió en el palacio de Buenavista. La salida de París de Fernando Besora en un globo aerostático se inspira en la que protagonizó, por ese procedimiento, Léon Gambetta quien a la caída de Napoleón III se convirtió en presidente de la Tercera República francesa. También es personaje de ficción don Felipe Clavero, como lo son los periodistas compañeros de Besora, salvo en el caso de Carlos Rubio que era cordobés y tan desaliñado en su indumentaria que, según se dice, fue la razón por la que no llegó a ocupar un cargo público. *La Iberia* fue un periódico de tendencia progresista, fundado por Calvo Asensio en 1854 y que tuvo una larga vida, desde luego muy larga para lo que era habitual en la época donde abundaron las cabeceras efímeras. No existió una secta satánica en la calle Carretas y sus integrantes son imaginarios; sin embargo, el satanismo contó con numerosos adeptos en la segunda mitad del siglo XIX, en que estuvo muy de moda todo lo relacionado con el ocultismo.

Cuando el coche de Prim fue acribillado en la calle del Turco, el presidente del Gobierno iba acompañado por sus dos ayudantes, los coroneles Moya y González Nandín. Me he tomado la libertad de situar allí a Fernando Besora para poder contar el atentado en primera persona. Es cierto que Prim identificó la voz de Paúl y Angulo como la del individuo que daba las órdenes a los asesinos y también lo es su afirmación de que no lo mataban los republicanos. Existió una sociedad constituida en Bayona con el nombre de «La Internacional», promovida por José López, cuyo fin era apoyar la candidatura al trono del duque de Montpensier. También lo es que el director de un periódico dio al secretario de Prim, en vísperas del atentado, una lista con los implicados en la trama y que el gobernador civil de Madrid, Rojo Arias, no actuó con la debida diligencia. El barbero Ufano aparece en el sumario que se incoó con motivo del asesinato y prestó un servicio a un caballero que trataba de ocultar su identidad que ha inspirado lo que se cuenta en la novela.

Sangre en la calle del Turco es, por tanto, una novela con fondo histórico que sitúa al lector en los entresijos de unos meses trepidantes de la historia de España. Un tiempo en que la política española estuvo dirigida por el general Prim, que buscó nuevos horizontes sobre la base de entronizar una dinastía que no llegó a cuajar. Amadeo I, privado del apoyo de su valedor, trató de hacer frente a la situación y se enfrentó a una realidad política cuajada de dificultades, hasta que hastiado abdicó de sus derechos al trono en febrero de 1873. Se cuenta que al marcharse afirmó que los españoles éramos ingobernables. Su renuncia al trono supuso la proclamación de la Primera República —en sus cortos once meses de existencia vio desfilar a cuatro presidentes—, hasta que el general Pavía asaltó el Congreso de los Diputados y ofreció a Serrano una presidencia provisional que se prolongó a lo largo de 1874. Cuando ese año concluía, otro militar, Martínez Campos, proclamó rey a Alfonso XII que poco después, en contra de la voluntad de Cánovas del Castillo, se casó con María de las Mercedes de Orleans, hija del duque de Montpensier.

Agradecimientos

Quiero expresar mi agradecimiento a aquellas personas que con su aliento, sus consejos, sus críticas y sus aportaciones han hecho posible que *Sangre en la calle del Turco* sea como el lector ha podido comprobar. Si el resultado ha sido el disfrute de estas páginas, en buena medida se debe a dicho aporte. En ese sentido resulta impagable el trabajo realizado por Javier Sánchez, Gloria Abad y Juan Sol quienes leyeron el manuscrito con todo el cariño que ponen cuando se trata de un original mío; en sus anotaciones, me hicieron llegar sus impresiones y los comentarios que han enriquecido de forma notable el resultado final de la novela.

A Belén Basanta tengo que agradecerle su excelente disposición para invertir parte de su tiempo en la búsqueda de planos y mapas del Madrid del siglo XIX, así como la aportación de detalles valiosos sobre las costumbres madrileñas de la época. También al profesor gaditano Diego Caro que me proporcionó datos sumamente importantes sobre los precios y los salarios de aquellos años. Y a cuantas personas me facilitaron algún tipo de información.

A David Trías y a Alberto Marcos, mis editores, el interés con que, desde el primer momento, acogieron la idea de una novela sobre el magnicidio del general Prim, sin rechazar la posibilidad de elaborar una trama sobre un final que es de sobra conocido por los aficionados a la historia. En cualquier caso, me permitieron trabajar con absoluta libertad y sin el menor condicionamiento.

Pero si hay una persona a quien la novela debe mucho de su resultado final es a Cristina. Primero por las largas conversaciones mantenidas en torno a la trama y los personajes que iban a protagonizarla, luego por haberme soportado durante los meses de intenso trabajo de redacción del texto, cuando la soledad es la principal compañera del novelista. Ella ha sido quien ha señalado los puntos débiles del primer borrador y quien me ha ayudado a perfilar detalles y eliminar partes del texto inicial de los que podía prescindirse fácilmente.

Bibliografía

ANGUERA, PERE, *El general Prim. Biografía de un conspirador*, Edhasa, Barcelona, 2003.

CALVO POYATO, JOSÉ, *Los Orleans en España*, Plaza & Janés, Barcelona, 1993.

CORRAL, JOSÉ DEL, *La vida cotidiana en el Madrid del siglo XIX*, Ediciones la Librería, Madrid, 2001.

DIEGO, EMILIO DE, *Prim. La forja de una espada*, Planeta, Barcelona, 2003.

ESPADAS BURGOS, MANUEL, *Madrid de la Revolución a la Restauración (1868-1874)*, Ayuntamiento de Madrid e Instituto de Estudios Madrileños, Madrid, 1981.

JUTGLAR, ANTONI, *De la Revolución de Septiembre a la Restauración*, Editora Nacional, Madrid, 1976.

LÓPEZ CORDÓN, MARÍA VICTORIA, *La Revolución de 1868 y la I República*, Siglo XXI Editores, Madrid, 1976.

OLIVAR BERTRAND, RAFAEL, *Prim*, Tebas, Madrid, 1975.

PEDROL RIUS, ANTONIO, *Los asesinos del general Prim*, Ediciones 29, Barcelona, 1960.

PÉREZ GALDÓS, BENITO, *Prim*, Aguilar, Madrid, 1980.

—, *España sin rey*, Aguilar, Madrid, 1980.

—, *España trágica*, Aguilar, Madrid, 1980.

POCH NOGUER, JOSÉ, *Prim*, Editorial Juventud, Barcelona, 1965.

RIVAS SANTIAGO, NATALIO, *Políticos, gobernantes y otras figuras españolas*, Librería San Martín, Madrid, 1933.

ROS, CARLOS, *El duque de Montpensier. La ambición de reinar*, Editorial Castillejo, Sevilla, 2000.

RUBIO, JAVIER, *España y la guerra de 1870*, 3 vols., Biblioteca Diplomática Española, Madrid, 1989.